OLÁ, ESTRANHO

KATHERINE CENTER

OLÁ, ESTRANHO

Tradução
Marcia Blasques

essência

Copyright © Katherine Center, 2023
Publicado em acordo com o St. Martin's Publishing Group.
Copyright © Editora Planeta do Brasil, 2025
Copyright da tradução © Marcia Blasques, 2025
Todos os direitos reservados.
Título original: *Hello Stranger*

Preparação: Bonie Santos
Revisão: Elisa Martins e Camila Gonçalves
Projeto gráfico e diagramação: Márcia Matos
Capa: Olga Grlic
Ilustração de capa: Katie Smith
Adaptação de capa: Isabella Teixeira

CIP-BRASIL. CATALOGAÇÃO NA PUBLICAÇÃO
ANGÉLICA ILACQUA CRB-8/7057

Center, Katherine
  Olá, estranho / Katherine Center; tradução de Marcia Blasques. – São Paulo: Planeta do Brasil, 2025.
  352 p.

  ISBN 978-85-422-2997-4
  Título original: Hello stranger

  1. Ficção norte-americana I. Título II. Blasques, Marcia

  24-5334   CDD 813

Índice para catálogo sistemático:
1. Ficção norte-americana

Ao escolher este livro, você está apoiando o manejo responsável das florestas do mundo

2025
Todos os direitos desta edição reservados à
Editora Planeta do Brasil Ltda.
Rua Bela Cintra 986, 4º andar – Consolação
São Paulo – SP – 01415-002
www.planetadelivros.com.br
faleconosco@editoraplaneta.com.br

Para Deborah Inez Detering, minha mãe linda.
Mais uma vez.
É uma honra tão grande ser sua filha.
Como posso agradecer o suficiente?

CAPÍTULO UM

A PRIMEIRA PESSOA PARA QUEM LIGUEI DEPOIS QUE DESCOBRI QUE HAVIA SIDO SELECIONADA NO GRANDE concurso anual da North American Portrait Society – algo que poderia impulsionar minha carreira – foi meu pai.

O que é estranho. Porque eu nunca ligava para ele.

Pelo menos não por vontade própria.

Claro, eu ligava nos aniversários, no Dia dos Pais ou no Ano Novo – esperando dar a sorte de ele não atender para eu deixar uma mensagem bem animada, do tipo "Sinto muito por não conseguir falar com você", receber o crédito e pronto.

Mas eu ligava apenas por obrigação. Nunca por diversão. Nunca, jamais, só para conversar. E nunca – Deus me livre – para *compartilhar coisas*.

Meu objetivo sempre foi *não* compartilhar coisas com meu pai. Como eu estava sem dinheiro. Como eu ainda fracassava – o tempo todo – na carreira que tinha escolhido. Como tinha desistido de mais um relacionamento e me mudado para o meu estúdio de arte nada-adequado--para-habitação-humana porque não podia pagar um lugar só meu.

Eram todas informações necessárias.

E ele, definitivamente, não precisava saber de nenhuma.

De certa forma, isso me deu alguma estrutura – criar falsas histórias de sucesso sobre mim mesma para ele e minha madrasta má, Lucinda. Eu estava sempre "indo muito bem". Ou "incrivelmente ocupada". Ou "prosperando *muito*".

Não que eu ficasse inventando coisas. Eu apenas trabalhava dedicadamente para obscurecer a verdade.

A verdade era que, oito anos antes, eu desafiara todas as instruções do meu pai, desistindo da faculdade de medicina e mudando minha especialização para Artes.

— Artes? — dissera meu pai, como se nunca tivesse ouvido o termo antes. — Como exatamente você pretende ganhar a vida com isso?

Dei de ombros.

— Eu só vou... ser artista.

Uau, essas palavras não foram bem recebidas.

— Então você está me dizendo — questionou ele, com aquela veia pequena na testa começando a escurecer — que quer ser enterrada em uma cova de indigente?

Franzi o cenho.

— Eu não diria que *quero* isso.

É possível que meu pai quisesse que eu fosse médica porque ele era médico. E é possível que meu pai não quisesse que eu fosse artista porque minha mãe tinha sido artista. Mas nós não falávamos sobre isso.

Ele continuou:

— Você está jogando fora uma boa carreira, um bom futuro, para desperdiçar sua vida fazendo algo que não importa, e sem ganhar nada?

— Quando você coloca dessa forma, parece uma má ideia.

— É uma ideia terrível! — ele disse, como se fosse tudo o que havia para ser dito.

— Mas você está se esquecendo de duas coisas — ponderei.

Meu pai esperou que eu esclarecesse.

— Eu não gosto de medicina — falei, contando nos dedos. — E eu gosto de arte.

Limito-me a dizer que ele não achou nada disso relevante. Então ele insinuou que eu era mimada e tola e que nunca tinha conhecido o sofrimento de verdade.

Mesmo que nós dois soubéssemos que ele estava mentindo – pelo menos nesse último ponto.

De qualquer forma, não importava. Ele não tinha o direito de decidir o que eu faria com a minha vida.

Afinal, era eu quem teria que vivê-la.

Meu pai não era um grande fã de perder.

— Não me peça ajuda quando estiver falida — ele disse. — Você está por conta própria. Se escolher esse caminho para si mesma, então terá que percorrê-lo sozinha.

Dei de ombros.

— Eu não peço ajuda para você desde os meus catorze anos.

Com isso, meu pai se levantou, afastando a cadeira com um barulho que anunciava que havia terminado. Terminado com a conversa – e possivelmente com suas responsabilidades paternas também.

Ainda me lembro da determinação que senti ao vê-lo sair. Parece quase pitoresco agora. *Vou mostrar pra você*, me lembro de ter pensado, com um fogo presunçoso no olhar. *Vou fazer você desejar ter acreditado em mim desde o início.*

Spoiler: não mostrei nada para ele. Pelo menos, ainda não.

Isso foi há oito anos.

Consegui o diploma em Artes. Fui sozinha à minha cerimônia de formatura, aguentei todas as famílias tirando fotos orgulhosas, e depois saí triunfante do estacionamento da universidade no meu Toyota amassado que minha amiga Sue e eu tínhamos pintado de rosa-choque com chamas para o Desfile de Carros de Arte.

E então?

Embarquei em muitos anos infinitos de… *não mostrar para ele*.

Me inscrevi em concursos e não ganhei. Submeti meu trabalho a exposições e não fui aceita. Ganhava a vida vendendo retratos pintados a partir de fotos (tanto de humanos quanto de animais) no Etsy por cem dólares cada.

Mas não era o suficiente para pagar o aluguel.

E, sempre que conversava com o meu pai, eu fingia que estava "indo muito bem".

Porque talvez ele estivesse certo naquele dia. Talvez eu estivesse a caminho de uma cova de indigente. Mas eu estaria *debaixo da terra, naquela cova*, antes de admitir isso.

Deve ter sido por isso que liguei para ele para contar sobre o concurso.

O concurso em si era importante – e tinha um grande prêmio em dinheiro, para quem conseguisse vencer.

Acho que o atrativo de ter um triunfo genuíno para contar me impediu de pensar com clareza.

Além disso, bem lá no fundo, não é verdade que todos nós carregamos um desejo inextinguível de que nossos pais se orgulhem de nós? Mesmo bem depois de termos desistido?

No calor do momento, esqueci que ele não se importava.

Foi bom – e nada surpreendente – que a ligação tenha ido direto para a caixa postal. Isso significava que eu poderia fazer minha próxima ligação. Para alguém que se importava.

— O quê? — minha amiga Sue gritou assim que as palavras saíram da minha boca. — Isso é o *máximo*! — Ela prolongou o "a" por pelo menos um minuto. *Máááááááááááááááááááááximo.*

E eu apenas me permiti desfrutar daquilo.

— O prêmio principal é de dez mil dólares — acrescentei quando ela terminou.

— Ai, meu Deus — disse ela. — Melhor ainda.

— E adivinha mais o quê?

— O quê?

— O grande evento, a exposição com um júri na qual escolhem o vencedor, é aqui. Em Houston.

— Pensei que fosse em Miami este ano.

— Isso foi no ano passado.

— Então você nem precisa viajar! — disse Sue.

— O que é perfeito! Porque eu não poderia pagar pela viagem!

— É um sinal!

— Mas será que não é um sinal bom *demais*? Tão a meu favor que vai dar azar?

— Não existe essa história de "bom demais" — disse Sue. Então, como se ainda houvesse dúvida, ela completou: — De qualquer forma, está decidido.

— O que está decidido?

— Temos que dar uma festa! — disse ela. Sempre a extrovertida extrema.

— Uma festa? — repeti, em uma tentativa tímida de resistir.

— Uma festa! Uma festa! — Sue praticamente cantou no telefone. — Você vem fracassando tragicamente na vida por anos e anos! Temos que comemorar!

Fracassando tragicamente na vida pareceu um pouco duro demais.

Mas *tudo bem*. Ela não estava errada.

— Quando? — perguntei, já temendo toda a limpeza que teria que fazer.

— Hoje à noite!

Já era quase perto do pôr do sol.

— Eu não posso organizar uma... — comecei a dizer, mas antes mesmo de completar "festa hoje à noite", já estava decidido.

— Vamos fazer na cobertura do seu prédio. De todo modo, você precisava dar uma festa de inauguração da casa nova.

— Não é uma casa — corrigi. — É um cafofo.

— Então será uma festa de inauguração do cafofo — prosseguiu Sue, aceitando numa boa.

— Seus pais não vão ficar bravos? — perguntei. O sr. e a sra. Kim eram os proprietários do prédio, e tecnicamente eu nem devia estar morando lá.

— Não se for uma festa para *você*.

Sue, cujo nome coreano – Soo Hyun – fora ligeiramente americanizado por um oficial de imigração, também desapontara seus pais ao se tornar uma estudante de Artes na faculdade. E foi como nos aproximamos. Embora os pais dela fossem muito sensíveis para ficarem bravos por muito tempo. Com o passar dos anos, eles meio que me adotaram e gostavam de provocar Sue me chamando de filha favorita deles.

Tudo isso para dizer... que a festa *ia acontecer*.

Era a nossa dinâmica Oscar e Felix. Sue sempre procurava maneiras otimistas, enérgicas e alegres de fazermos coisas extrovertidas juntas. E eu sempre resistia. E depois cedia a contragosto.

— Você não pode organizar uma festa em duas horas — protestei.

— Desafio aceito — disse Sue. Em seguida, acrescentou: — Já mandei mensagem para o grupo.

Mas eu ainda continuei protestando, mesmo depois de ter perdido.

— Minha casa não é adequada para uma festa. Nem mesmo é adequada para mim.

Sue não ia discordar de mim sobre isso. Eu estava dormindo em uma cama dobrável que tinha encontrado na rua. Mas ela também não estava disposta a aceitar protestos.

— Vamos ficar todos do lado de fora. Está tudo bem. Você finalmente pode pendurar aqueles cordões de luz. Vamos convidar todo mundo que é legal. Tudo o que você precisa fazer é arranjar um pouco de vinho.

— Eu não tenho como comprar vinho.

Mas Sue não estava feliz com minha atitude.

— Quantas pessoas se inscreveram na primeira etapa? — Ela quis saber.

— Duas mil — respondi, já cedendo.

— Quantos finalistas são?

— Dez — respondi.

— Exatamente — disse Sue. — Você já aniquilou mil novecentos e noventa competidores. — Ela fez uma pausa para causar impacto, depois estalou os dedos e disse: — O que são mais nove?

— Qual a relevância disso? — perguntei.

— Você está prestes a ganhar dez mil dólares. Pode se dar ao luxo de comprar *uma* garrafa de vinho.

...

E assim Sue se dedicou a organizar uma festa de última hora.

Ela convidou todos os nossos amigos do curso de Artes – com exceção do meu ex-namorado, Ezra –, alguns dos colegas dela que eram professores de arte, e o namorado dela de longa data, Witt, que não era um artista: era um cara de negócios que fora o capitão do time de atletismo na faculdade. Os pais de Sue aprovaram o rapaz, mesmo ele não sendo coreano, porque era gentil com ela – e também porque ganhava bem e, como o pai dela colocou, Sue poderia ser "uma artista faminta sem precisar passar fome".

Sue disse – com carinho – que Witt poderia ser o representante dos atletas na nossa festa.

A minha tarefa era colocar o vestido rosa vintage com flores aplicadas, que um dia tinha sido da minha mãe e que eu só usava em ocasiões muito, muito especiais... e então sair em busca do maior número de garrafas de vinho que eu conseguisse com uma nota de vinte dólares.

Eu morava na parte antiga e industrializada do centro da cidade, e a única mercearia a uma curta distância a pé existia desde os anos 1970 – uma mistura de loja de bebidas e loja de variedades. Tinha frutas frescas na frente, e uma música antiga de R&B tocava no sistema de som. Marie, a sempre presente proprietária, ficava perto do caixa. Ela sempre usava caftãs coloridos que realçavam sua pele marrom-clara e sempre chamava todo mundo de *querido*.

Assim que entrei, meu celular tocou. Era meu pai me ligando de volta.

Agora que o primeiro impulso tinha passado, eu estava na dúvida se deveria atender. Talvez eu estivesse apenas criando expectativas para nós dois.

Mas acabei atendendo.

— Sadie, o que foi? — disse meu pai, todo sério. — Estou embarcando para Singapura.

— Eu liguei para dar uma boa notícia — respondi, me esgueirando até a prateleira dos cereais e baixando a voz.

— Não consigo ouvir você — disse meu pai.

— Acabei de receber uma boa notícia — falei um pouco mais alto. — E eu queria... — será que eu realmente estava fazendo aquilo? — compartilhar com você.

Mas meu pai parecia irritado.

— Estão dando anúncios simultâneos pelos alto-falantes e estou com um por cento de bateria. Pode esperar? Estarei de volta em dez dias.

— Claro que pode esperar — respondi, já decidindo que ele tinha perdido a chance. Talvez eu contasse quando tivesse aquele cheque de dez mil dólares no bolso. Se ele tivesse sorte.

Ou talvez não. Porque naquele momento a ligação caiu.

Ele não tinha exatamente desligado na minha cara. Ele simplesmente foi fazer outras coisas.

Nossa conversa terminara. Sem despedida. Como de costume.

Estava tudo bem. Eu tinha uma festa para ir. E vinho para comprar.

Ao entrar na seção de vinhos, Smokey Robinson começou a tocar no sistema de som com uma música que era uma das favoritas da minha mãe: "I Second That Emotion".

Normalmente, eu nunca cantaria em voz alta em público – muito menos em *falsete*. Mas eu tinha muitas lembranças felizes de cantar com minha mãe, e sabia que era muito fácil para mim ficar remoendo a toxicidade do meu pai. E naquele momento, parecia que Smokey tinha aparecido na hora certa para me dar apoio emocional.

Olhei de relance para a proprietária da loja. Ela estava ao telefone com alguém, rindo. E, pelo que pude perceber, não havia mais ninguém por perto.

Então cedi e comecei a cantar – primeiro em voz baixa e, como Marie não percebeu, um pouco mais alto. Eu me movia seguindo o ritmo, com minhas sapatilhas e o vestido rosa de festa da minha mãe. Simplesmente cedi e me permiti me sentir melhor – fazendo um movimento de dança que minha mãe tinha me ensinado e adicionando um movimento de quadril ocasional.

Apenas uma pequena dancinha particular para elevar o ânimo.

Então algo me atingiu enquanto eu estava diante daquela prateleira, cantando uma música antiga favorita e usando o vestido da minha mãe, que tinha ficado guardado por tanto tempo: minha mãe – também uma retratista – tinha sido premiada nesse concurso.

Exatamente no mesmo concurso. No ano em que eu completei catorze anos.

Eu sabia daquilo quando me inscrevi. Mas, para ser honesta, me inscrevi em tantos concursos, e fui rejeitada de forma tão implacável, que não pensei muito no assunto.

Mas este era *o* concurso. O concurso para o qual ela estava pintando um retrato – um retrato meu, aliás – quando morreu. Ela nunca terminou a pintura e nunca chegou a participar da exposição.

O que teria acontecido com aquele retrato?, me perguntei de repente.

Se eu tivesse que apostar? Lucinda o jogou fora.

Em geral, não sou muito de chorar. E tenho certeza de que em parte foi toda a empolgação de ser selecionada no concurso, em parte foi o tom inesperadamente áspero da voz do meu pai naquele momento, em parte foi o fato de eu estar usando uma roupa da minha mãe, que eu guardara por tanto tempo, e em parte foi perceber que esse concurso era o concurso dela... mas por mais feliz que me sentisse cantando aquela velha canção em uma mercearia vazia, eu também me sentia triste.

Senti meus olhos se encherem de lágrimas e fui obrigada a enxugá-las várias vezes. É difícil imaginar que seria possível fazer todas essas coisas ao mesmo tempo, certo? Dançar, cantar *e* ficar com os olhos marejados? Mas estou aqui como prova: é possível.

Mas talvez aquela música realmente fosse um talismã para alegria, porque, assim que ela terminou, avistei um vinho com um rótulo cheio de bolinhas em promoção: seis dólares a garrafa.

Quando cheguei ao caixa com os braços cheios de vinho, estava sentindo que Sue tinha razão. Claro que deveríamos comemorar! Eu teria que colocar meu cachorro Amendoim – que era ainda mais introvertido que eu – no armário, com sua caminha, por algumas horas, mas ele me perdoaria. Provavelmente.

Peguei alguns biscoitos em forma de taco para cães como uma desculpa preventiva. Isso estouraria meu orçamento, mas Amendoim valia a pena.

No caixa, olhei para um pequeno buquê de margaridas brancas, pensando que seria bom ter uma para colocar atrás da orelha – algo que minha mãe costumava fazer quando eu era pequena. Acho que ela gostaria de me ver celebrar dessa forma. Com uma flor.

Mas então decidi que era muito caro.

Em vez disso, coloquei o vinho e os biscoitos de cachorro no balcão, sorrindo para a dona da loja, e fui pegar minha bolsa...

Só então percebi que não estava com ela.

Olhei para baixo e então levei a mão ao outro lado do corpo para ver se eu a colocara de forma errada. Depois, dei uma olhada no chão para ver se a deixara cair. Então deixei meu vinho e os biscoitos de cachorro no balcão, levantando o dedo como quem diz *um segundo*, e corri para verificar os corredores vazios.

Nada. Hum. Eu tinha deixado a bolsa em casa.

Nada muito surpreendente, dado o agito de hoje.

Marie já estava começando a passar o vinho pelo caixa quando voltei e, sem querer interromper a conversa dela, balancei as mãos, como se dissesse: *Esqueça.*

Ela me olhou como se perguntasse: *Você não quer isso?*

Eu dei de ombros em resposta, de uma forma que tentava transmitir: *Sinto muito! Esqueci minha bolsa.*

Ela deu um suspiro e encolheu os ombros, mas antes que pudesse começar a cancelar tudo, uma voz masculina vinda de trás de mim disse:

— Eu pago.

Eu me virei, surpresa, franzindo o cenho para ele, como se questionasse: *Como você entrou aqui?*

Mas o homem apenas assentiu para mim com a cabeça e se voltou novamente para a dona da loja.

— Eu posso pagar por isso.

Isso não é relevante... mas ele era bonitinho.

Era um cara branco genérico – sabe como é, aquele tipo que é praticamente um boneco Ken. Mas uma versão realmente, realmente atraente.

Por causa do meu trabalho como retratista, nunca consigo olhar para um rosto pela primeira vez sem avaliá-lo mentalmente em suas formas, estrutura e características mais cativantes – e, por isso mesmo, posso dizer que ele era bonito e também que era básico. Artisticamente, quero dizer.

Tudo nele era genérica e perfeitamente proporcional. Ele não tinha um queixo desproporcional, por exemplo, ou narinas cavernosas ou orelhas de Dumbo. Não tinha os lábios de Steven Tyler, dentes malucos ou monocelha. Não que qualquer uma dessas coisas seja *ruim*. Características distintas tornam um rosto único, e isso é bom. Mas também é verdade que os rostos mais genéricos são consistentemente classificados como os mais bonitos.

Tipo, quanto mais uma pessoa parece um composto de todo mundo, mais todos gostam dela.

Esse cara era a coisa mais próxima de um composto que eu via fazia um bom tempo. Cabelo curto e arrumado. Testa, ponte do nariz, maxilar e queixo proporcionais. Maçãs do rosto perfeitamente posicionadas. Um nariz reto com narinas deslumbrantemente simétricas. E não dava para desenhar orelhas melhores. Impecáveis. Não muito planas, mas também não muito protuberantes. Com lóbulos perfeitos e rechonchudos.

Eu sou um pouco esnobe em relação a lóbulos de orelha. Lóbulos feios poderiam realmente ser um problema para mim.

Sem brincadeira: eu já elogiei pessoas pelo lóbulo da orelha. Em voz alta.

O que, aliás, nunca termina bem.

Há truques para fazer um rosto parecer atraente quando você está desenhando um retrato. Os humanos parecem achar certos elementos universalmente atraentes, e se você enfatiza esses elementos, a pessoa parece ainda melhor. Isso é uma coisa científica. Já foi estudada. A teoria é que certas características e proporções despertam em nós sentimentos de "ah, que fofinho", o que gera comportamentos de cuidado, afeição e uma vontade de se aproximar. Em teoria, a evolução dessa reação se deu em resposta ao rosto dos bebês, para que nos sintamos compelidos a cuidar das nossas crianças, mas quando essas mesmas características e padrões aparecem em outros lugares, em outros rostos, nós também gostamos delas lá.

Podemos achar até pepinos-do-mar adoráveis se olharmos do ângulo certo. O mesmo acontece com um homem que está tentando pagar pelo nosso vinho e nossos biscoitos de cachorro.

Porque, além da beleza genérica, esse cara também tinha elementos em suas feições – invisíveis para o olho não treinado – que subliminarmente estabeleciam seu charme. Seus lábios eram suaves e cheios e de um rosa caloroso e amigável que significava juventude. Sua pele era brilhante de uma maneira que evocava boa saúde. E o verdadeiro toque final eram os olhos – um pouco maiores que a média (sempre um sucesso entre a multidão), com uma ligeira e melancólica curvinha nos cantos que lhe dava um irresistível olhar de cachorrinho.

Garanto que esse cara conquistava todas as mulheres que queria.

Mas isso era problema dele.

Eu tinha uma situação de carteira esquecida para resolver. E uma festa de última hora para organizar.

— Está tudo bem — falei, acenando para ele e rejeitando a oferta dele de pagar pelas minhas coisas.

— Não me importo — disse ele, tirando a carteira do bolso da calça.

— Não preciso da sua ajuda — afirmei, e saiu um pouco mais áspero do que eu pretendia.

Ele olhou para mim – sem bolsa – e depois para o balcão com as coisas que ainda não tinham sido pagas.

— Acho que talvez precise sim.

Mas eu não ia concordar com ele.

— Eu posso voltar em casa para pegar minha bolsa — falei. — Não é um problema.

— Mas você não precisa.

— Mas eu quero.

Que parte de *não preciso da sua ajuda* esse cara não entendeu?

— Agradeço o gesto, senhor — respondi então. — Mas está tudo bem.

— Por que está me chamando de *senhor*? A gente tem, tipo, a mesma idade.

— *Senhor* não é uma questão de idade.

— Claro que é. *Senhor* é para velhos. E mordomos.

— *Senhor* também é para desconhecidos.

— Mas nós não somos desconhecidos.

— Tenho que discordar de você, senhor.

— Mas estou resgatando você — disse ele, como se isso nos tornasse amigos.

Torci o nariz.

— Prefiro resgatar a mim mesma.

Para constar, eu reconhecia que ele estava tentando fazer algo bom. Também reconhecia que a maior parte da humanidade teria deixado ele pagar pelas compras, demonstrado gratidão e encerrado a questão aí. Esse é o tipo de momento que poderia acabar na internet, sendo compartilhado com legendas como *Viu só? As pessoas não são tão terríveis no final das contas!*

Mas eu não era como a maior parte da humanidade. Eu não gostava de ser ajudada. Isso é um crime?

Com certeza não sou a única pessoa neste planeta que prefere resolver as coisas por conta própria.

Eu não tinha nada contra *ele*. Ele era atraente. Bastante e visceralmente atraente.

Mas a oferta de ajuda – incluindo a insistência dele – não era.

Ficamos nos encarando por um segundo – em um impasse. E então, sem motivo, ele disse:

— Esse é um vestido incrível, a propósito.

— Obrigada — falei desconfiada, como se ele estivesse usando o elogio para baixar minha defesa. Então, realmente sem querer, eu disse:
— Era da minha mãe.

— E você faz uma bela imitação de Smokey Robinson, a propósito.

Ah, Deus. Ele tinha me ouvido. Baixei os olhos, descontente.

— Obrigada.

— Estou falando sério — disse ele.

— Soou sarcástico.

— Não, foi ótimo. Foi... hipnotizante.

— Você estava me observando?

Mas ele balançou a cabeça.

— Eu só estava comprando cereal. Você é que estava fazendo um show de cabaré no corredor de um mercado.

— Achei que a loja estivesse vazia.

Ele deu de ombros.

— Não estava.

— Você devia ter me parado.

— Por que eu faria isso? — perguntou ele, parecendo genuinamente perplexo. Então, ao se lembrar da cena, algo como ternura iluminou sua expressão. Ele deu de ombros. — Você foi um deleite.

Eu não fazia ideia do que fazer com esse cara.

Ele estava sendo sarcástico ou falando sério? Ele era atraente ou comum? Estava sendo gentil ao ajudar ou era insistente demais? Estava flertando comigo ou sendo irritante? Ele já tinha me conquistado, ou eu ainda tinha uma escolha?

Finalmente, voltei a dizer:

— Tudo bem. Apenas... não me ajude.

A expressão dele mudou para irônica.

— Estou começando a achar que você não quer que eu te ajude.

Mas eu fui direta.

— Isso mesmo.

Então, antes que eu perdesse mais terreno, me virei para a proprietária no balcão – ainda conversando animadamente com a amiga – e sussurrei:

— Volto em cinco minutos com a minha bolsa.

Então saí pela porta.

Caso encerrado.

...

Eu estava esperando na faixa de pedestres, aguardando o sinal abrir, quando me virei e vi o cara da mercearia saindo com uma sacola de papel que, estranhamente, parecia conter três garrafas de vinho bem barato e alguns petiscos para cachorro.

Eu o encarei até ele me ver.

Então ele me deu um grande sorriso, sem nenhum remorso, como quem diz: *Você me pegou no flagra.*

Tudo bem. Eu tinha minhas respostas: *Sim.*

Quando ele chegou ao meu lado para esperar na mesma faixa de pedestres, mantive meu olhar à frente, mas falei para ele, como se fôssemos espiões ou algo assim:

— Essa sacola está cheia do que eu acho que está?

Ele não virou na minha direção.

— Você acha que está cheia de bondade humana?

— Acho que está cheia de ajuda indesejada.

Ele olhou dentro da sacola.

— Ou talvez eu goste muito, mas muito mesmo, de vinho de seis dólares.

— E petiscos para cachorro — completei, olhando na direção dele.

Consegui ver os cantos dos olhos dele se enrugando com esse comentário.

— Tudo bem — falei, aceitando minha derrota e estendendo os braços para a sacola.

Mas ele balançou a cabeça.

— Eu levo.

— Vai ser teimoso com isso também?

— Acho que a palavra que você está procurando é *cavalheiresco*.

— Será? — perguntei, inclinando a cabeça.

Então, como se a pergunta se respondesse sozinha, estendi os braços novamente para a sacola.

— Por que eu deveria dar isso para você? — ele perguntou.

— Porque você conseguiu o que queria da última vez — falei, indicando com a cabeça na direção da loja — e agora é a minha vez.

Ele ficou pensativo.

Então acrescentei:

— É justo.

Ele assentiu, e então, como se tivesse sido completamente razoável o tempo todo, se virou, se aproximou e colocou a sacola nos meus braços.

— Obrigada — falei, assim que me apoderei dela.

O sinal abriu, e a multidão ao nosso redor começou a se mover para atravessar a rua. Quando comecei a acompanhá-la, olhei para baixo para verificar o conteúdo da sacola e vi um buquê de margaridas brancas. Comecei a me virar, mas ele já não estava mais ao meu lado – e quando olhei para trás, ele ainda estava na calçada olhando para o telefone como se talvez tivesse parado para uma mensagem.

— Ei! — gritei do meio da rua. — Você esqueceu suas flores!

Mas ele ergueu os olhos e balançou a cabeça.

— São para você.

Não discuti. Afinal, era a vez dele.

Se eu soubesse o que aconteceria em seguida, talvez tivesse lidado com aquele momento de forma diferente. Talvez tivesse continuado discutindo só para podermos continuar conversando. Ou talvez tivesse perguntado o nome dele, para ter alguma forma de me lembrar dele

– para que ele não se tornasse, em minha memória depois disso, o Cara da Mercearia que nunca mais vi.

Claro, se eu soubesse o que aconteceria em seguida, nunca teria atravessado a rua, em primeiro lugar.

Mas eu não sabia. Da mesma forma que nenhum de nós sabe. Da mesma forma que todos nós apenas seguimos pelo mundo no palpite e na esperança.

Em vez disso, apenas dei de ombros, como se dissesse *Tudo bem*, e depois virei e continuei a andar – notando que ele tinha sido o primeiro homem por quem me senti atraída em todos os meses desde o meu término, e meio que esperando que ele corresse para me alcançar em um ou dois minutos.

Mas isso não foi o que aconteceu em seguida.

Em seguida, eu congelei bem ali na faixa de pedestres, meus braços ainda segurando minha sacola com o vinho.

E não me lembro de mais nada depois disso.

CAPÍTULO DOIS

ACORDEI NO HOSPITAL COM LUCINDA, MINHA MADRASTA MÁ, AO MEU LADO.

E você *sabe* que a situação é feia se Lucinda aparece.

Abri os olhos e vi uma das pessoas de quem menos gostava no planeta inclinada para a frente, com os cotovelos nos joelhos, espiando por cima da grade da cama, franzindo o nariz e me encarando como se nunca tivesse me visto antes.

— O que aconteceu? — foi tudo o que consegui pensar em dizer.

Com isso, Lucinda entrou em modo fofoca total, me atualizando sobre os detalhes do ocorrido como se estivesse conversando com um vizinho qualquer – e não posso nem dizer o quão estranho foi ouvir a história da minha vida contada pela pessoa que a arruinou.

Enfim.

Aparentemente, eu tive o que chamam de uma crise não convulsiva, bem ali, no meio da faixa de pedestres, em frente ao meu prédio. Fiquei paralisada, com o olhar vazio no meio da rua, e quase fui atropelada por um Volkswagen Beetle antes que um misterioso Bom Samaritano me empurrasse para a calçada no último segundo e salvasse minha vida.

Em seguida, depois de não ser atropelada, desmaiei na calçada diante do meu prédio.

Então o Bom Samaritano ligou para a emergência e me entregou para os paramédicos quando eles chegaram. De acordo com a enfermeira do hospital, eu estava semiconsciente quando me levaram de maca e pedia para todos encontrarem meu pai – embora essa seja mais uma coisa da qual não me lembro.

Eu realmente devia estar fora de mim para pedir que chamassem meu pai. Entre todas as pessoas. Alguém a quem eu nunca recorreria voluntariamente em uma situação de necessidade.

Mas, aparentemente, eu chamei por ele várias e várias vezes, dizendo o nome dele. O que as enfermeiras reconheceram. Porque meu pai era, para ser honesta, um cirurgião um pouco famoso.

De acordo com a mesma enfermeira, a equipe ligou para o consultório dele, mas ele estava "indisponível".

Foi assim que Lucinda veio parar aqui.

Ela era definitivamente a última pessoa que eu gostaria de ter ao meu lado – tirando, talvez, a filha dela. Honestamente, eu preferiria ter acordado ao lado de Miranda Priestly. Ou da Mamãezinha Querida. Ou da Úrsula de *A pequena sereia*.

E pela aparência das narinas dela, Lucinda também não estava muito animada em me ver.

Ainda assim, ela meio que gostava do drama.

Seu tom de voz estava um pouco incrédulo enquanto me atualizava, como se não conseguisse entender como eu poderia ter escolhido a faixa de pedestres de uma rua movimentada, entre todos os lugares, para ter aquela crise não convulsiva.

— Se aquele Bom Samaritano não tivesse salvado você, agora você estaria tão achatada quanto uma panqueca. — Ela fez uma pausa e inclinou a cabeça, como se estivesse imaginando a cena. — Eu estava no meu grupo Vinhos e Choramingos quando ligaram, mas está tudo bem. Claro que larguei tudo e vim para cá imediatamente.

O tom de voz dela me fez pensar se aquilo era verdade. Que talvez ela tivesse tomado um último gole de Chardonnay antes de vir até aqui.

Balancei novamente a cabeça, atordoada, tipo: *Espera aí*.

— O que aconteceu?

Ela se inclinou um pouco, como se eu não estivesse prestando atenção.

— Você quase morreu no meio da rua.

— Mas o que causou a crise? — perguntei por fim, começando a recuperar os sentidos.

— Ninguém sabe. Pode até ter sido apenas desidratação. Mas querem fazer uma ressonância magnética antes de liberar você. Parece que terá que ficar internada durante a noite.

E então, rapidamente, para extinguir até mesmo a possibilidade de eu pedir para ela ficar – o que eu jamais faria –, Lucinda acrescentou:
— Eu volto logo pela manhã.
Esperei que todas aquelas informações se acomodassem em minha mente enquanto Lucinda checava suas mensagens e recolhia suas coisas.
Ela era uma daquelas senhoras bem arrumadas que sempre combinavam os sapatos com a bolsa. Mantinha o cabelo prático e curto, mas sempre estava completamente maquiada. Sempre suspeitei que ela focava muito na aparência porque não havia muito no interior. Mas, na verdade, eu não a conhecia tão bem. Mesmo depois de todos esses anos.
Por exemplo, eu não previa que quando sua filha, Parker, também conhecida como minha malvada meia-irmã, a chamasse pelo FaceTime naquele momento, Lucinda atenderia a ligação. Ou que começaria a contar tudo o que acabara de acontecer, como se estivesse contando a fofoca mais quente. Muito menos que, quando Parker disse *Me mostra*, Lucinda fosse virar o telefone e apontar a câmera direto para mim.
Franzi o cenho para Lucinda e balancei a cabeça. Mas era tarde demais.
Lá estava o rosto felino de Parker – tão assustador na tela do iPhone quanto era na vida real.
Quanto tempo fazia que eu não a via? Anos.
E poderia passar minha vida inteira assim e ainda não seria tempo suficiente.
— Meu Deus! — Parker gritou. — Não acredito que você quase foi atropelada por um Beetle! Quer dizer, pelo menos escolha algo legal, tipo um Tesla.
— Anotado — falei.
Era estranho vê-la novamente. Ela fizera luzes no cabelo. E realmente tinha mergulhado no mundo da sombra para os olhos. Tinha um estilo melhor agora do que no ensino médio – de uma forma meio apresentadora de noticiário. A visão dela meio que fazia meus olhos arderem. Mas eu não podia negar que tecnicamente – e digo isso como profissional do ramo – o rosto dela era bonito.
Pena que ela estragava isso sendo… completamente má.

— Você está horrível — disse Parker, franzindo o nariz em uma falsa simpatia. — Você caiu de cara?

Olhei para Lucinda, tipo: *Sério mesmo?*

Mas Lucinda apenas sorriu e fez um gesto para que eu respondesse, como se achasse que essa poderia ser uma conversa agradável.

Suspirei e voltei meus olhos para a tela.

— Eu não caí de cara — respondi roboticamente.

— É que você parece tão inchada — continuou ela.

— Estou bem.

— Eles tiveram que encher você de soro ou algo assim?

— O quê? Não.

— É que agora você está um pouco parecida com o James Gandolfini. É só isso que estou dizendo.

Ok. Já chega.

— Ai, meu Deus — falei, verificando o relógio inexistente em meu pulso. — Olha a hora.

Então me virei e fiquei encarando a parede.

— Ela está fazendo birra? — Parker perguntou quando Lucinda pegou o telefone de volta.

— Você também estaria mal-humorada se isso tivesse acontecido com você.

— Mas nunca aconteceria comigo. Se eu fosse atropelada, seria por um Aston Martin.

Mil anos depois, quando finalmente desligou e ficou pronta para ir embora, Lucinda parou ao lado da minha cama, me observando como se não conseguisse sequer começar a entender minhas escolhas de vida.

— Espero que o Centro Betty Ford não seja o próximo passo para você — ela disse, balançando a cabeça como se eu fosse um mistério insolúvel. — Disseram que você chegou na emergência encharcada de vinho tinto.

Ao ouvir aquelas palavras, prendi a respiração.

— Cadê o vestido?

— Que vestido?

— O que eu estava usando. Quando cheguei aqui.

— Ah — disse Lucinda, sacudindo a cabeça com desgosto. – Está no lixo.

— No lixo? — Agarrei a grade da cama.

— Ficou todo estragado — disse Lucinda. — Encharcado de vinho, manchado de sangue... e os paramédicos tiveram que cortá-lo. Agora nem serve para pano de chão. Irrecuperável. Eu pedi para a auxiliar jogá-lo fora.

Não me lembro de ter começado a chorar, mas quando Lucinda parou de falar, meu rosto estava molhado, minha garganta estava apertada e minha respiração, irregular.

— Jogaram o vestido fora?

— Era lixo, Sadie — Lucinda disse com firmeza. — Não tinha salvação.

Eu balancei a cabeça.

— Mas eu preciso dele — falei.

Lucinda arqueou as sobrancelhas, como se dissesse: *É melhor ter um bom motivo para isso.*

— Por quê?

— Porque... — comecei a falar.

Mas não havia nada a dizer. Lucinda passou todo o seu casamento com o meu pai tentando apagar as evidências da minha mãe. Se ela soubesse que o vestido era dela, o teria jogado fora ainda mais rápido.

E talvez até colocado fogo antes.

— Porque sim — eu concluí.

Lucinda deu um passo para trás e me observou como se dissesse: *Exatamente o que eu esperava.* Como se tivesse desmascarado meu blefe insultuosamente óbvio.

— Já era — ela disse enquanto saía pela porta. — Deixe isso para lá.

Mas, assim que ela saiu, apertei o botão para chamar a enfermeira.

Quando ela apareceu, eu estava chorando tanto que ela segurou minha mão e a apertou.

— Respire fundo. Respire fundo — aconselhou ela de maneira encorajadora.

Finalmente, entre respirações que mais pareciam espasmos, consegui fazer a pergunta.

— O vestido... que eu estava usando... quando cheguei aqui... minha madrasta disse... para jogar fora... mas eu preciso dele. Existe alguma maneira de... recuperá-lo?

O suspiro dela pareceu esvaziar todo o seu corpo.

— Ah, querida — disse ela, e só com o jeito que ela disse as palavras, eu soube que toda esperança estava perdida. — Se nós o jogamos fora, ele foi para o incinerador.

E assim não havia mais nada a fazer além de chorar até dormir.

■■■

Lucinda não voltou "logo pela manhã". O que não era problema para mim. Eu já tinha tomado café da manhã, feito uma ressonância magnética e começado uma consulta com um neurocirurgião filipino muito sério chamado dr. Sylvan Estrera antes de ela aparecer novamente, entrando no quarto assim que o médico chegou à parte interessante.

— O exame não revelou nada urgente — dizia o dr. Estrera. — Nenhum derrame ou hemorragia. Nenhum sangramento significativo no cérebro.

— Isso é um alívio — eu falei.

Então ele continuou.

— Mas revelou um problema neurovascular.

Ok, isso não soava bem.

— Um problema neurovascular?

A palavra *neurovascular* parecia estranha na minha boca.

— Uma lesão — ele explicou — que deve ser tratada.

— Uma *lesão*? — repeti, como se ele tivesse dito algo obsceno.

O dr. Estrera colocou algumas imagens da ressonância magnética em um painel luminoso. Apontou para uma área com um pequeno ponto escuro e disse:

— O exame revelou um cavernoma.

Ele esperou algum sinal de reconhecimento, como se eu soubesse do que se tratava. Eu não sabia. Então apenas o esperei continuar.

— É um vaso sanguíneo malformado no cérebro — explicou em seguida. — Você o tem desde sempre. É uma condição herdada.

Olhei para Lucinda, como se isso não parecesse certo.

Mas Lucinda levantou as mãos e disse:

— Não me culpe. Eu sou só a madrasta.

Olhei novamente para a imagem do exame – e para aquele pontinho ameaçador.

Será que ele poderia ter trocado meu exame com o de outra pessoa? Quero dizer, eu simplesmente não me *sentia* como alguém andando por aí com um vaso sanguíneo malformado no cérebro.

Fiz uma careta para o dr. Estrera.

— Você tem certeza?

— Está claro como o dia, bem aqui — ele disse, apontando para a imagem.

Claro como o dia? Parecia mais um borrão embaçado, mas tudo bem.

— Os cavernomas frequentemente causam convulsões — ele prosseguiu. — Podem ser neurologicamente silenciosos. Você poderia passar a vida inteira sem ter nenhum problema. Mas também podem começar a vazar. Então a melhor opção é removê-lo cirurgicamente.

— Está vazando? — perguntei.

— Está. Foi o que desencadeou a convulsão.

— A crise *não convulsiva* — observou Lucinda, como se isso tornasse as coisas melhores.

— Pensei que você tivesse dito que não havia sangramento no cérebro — comentei.

— Nenhum sangramento *significativo* — esclareceu ele.

Por que eu estava discutindo com ele?

Ele continuou:

— Precisamos intervir e remover esse vaso sanguíneo.

Hum.

— Quando você diz *intervir* — perguntei —, quer dizer entrar... *no meu cérebro*?

— Exatamente — disse ele, satisfeito por agora eu estar entendendo.

Definitivamente, agora eu estava entendendo.

— Você está me dizendo que preciso de uma cirurgia no cérebro?

Olhei para Lucinda novamente. Não havia mais ninguém para quem olhar. Ela se inclinou em direção ao médico como se tivesse um segredo importante.

— O pai dela é um cirurgião cardiotorácico muito proeminente — disse ela, como se isso, de alguma forma, pudesse me dar uma folga. Então, com toda a confiança de uma mulher cuja maior realização era ser casada com um cirurgião cardiotorácico muito proeminente, ela completou: — Richard Montgomery.

O dr. Estrera absorveu a informação como uma amenidade aleatória que ele era educado demais para ignorar.

— Sim. Já o encontrei em várias ocasiões.

Ele se voltou para mim.

— É um procedimento eletivo, no sentido de que você pode agendar conforme sua conveniência. Mas eu recomendaria que fosse feito o mais cedo possível.

— Como uma *cirurgia no cérebro* pode ser um procedimento eletivo? — perguntei. Botox é um procedimento eletivo. Abdominoplastias. Amigdalectomias.

— Vou ter que encaminhá-la para o agendamento — o dr. Estrera continuou. — Mas provavelmente podemos realizá-lo nas próximas semanas.

Nas próximas semanas! Ah, não. Não podia ser.

Fiz uma varredura mental no e-mail que tinha recebido no dia anterior sobre minha evolução no concurso de retratos.

Ter conquistado um lugar nesse concurso – estar entre os dez primeiros de dois mil participantes – significava que eu tinha exatamente seis preciosas semanas para planejar e executar o melhor retrato que pudesse pintar na vida. Desde escolher um modelo, uma paleta de cores e um cenário, passando pelo trabalho preparatório e os esboços iniciais, até criar a pintura final completa… Eu ia precisar de cada minuto que tivesse.

A competição. Eu quase tinha esquecido. Eu era finalista no concurso de retratos mais prestigiado do país.

Eu não podia estragar tudo. Depois de todos esses anos de fracasso, apenas sobrevivendo e trabalhando em mais de um emprego ao mesmo tempo e questionando meu valor como ser humano, eu precisava ganhar.

Sue queria celebrar no dia anterior, mas o trabalho de verdade começava agora. Era a minha chance. Possivelmente a única que eu teria.

Então não, eu não ia agendar uma cirurgia cerebral eletiva agora, muito obrigada.

— Hum — comecei a falar para o dr. Estrera com voz suave, como se não quisesse ofendê-lo —, eu simplesmente não tenho tempo para uma cirurgia no cérebro.

Que estranho dizer essas palavras em voz alta.

E então meu desejo de *não fazer uma cirurgia no cérebro* entrou em conflito direto com meu desejo de que Lucinda *nunca soubesse nada sobre minha vida* – e hesitei tanto em explicar minha situação que, quando tudo saiu, foi um desabafo rápido:

— Eu pinto retratos, e sou finalista em um concurso com prazo de seis semanas, e o prêmio do primeiro lugar é de dez mil dólares, e isso realmente é a grande oportunidade que pode mudar tudo para mim, e eu vou precisar de cada segundo entre agora e o prazo final para criar o retrato mais foda da história porque eu realmente, realmente preciso ganhar.

Será que eu tinha acabado de dizer a palavra *foda* na frente de um neurocirurgião?

— Eu entendo — disse o dr. Estrera. — Mas, por favor, perceba que há uma certa urgência aqui. Sangramento, até mesmo infiltração, no cérebro nunca é algo bom. E embora "cirurgia no cérebro" — ele fez aspas no ar com os dedos — pareça algo grande, e é, esse procedimento é relativamente rápido. Você precisaria de apenas dois a quatro dias no hospital. Podemos até usar técnicas que preservam o cabelo para evitar raspar a cabeça.

Ele estava tentando tornar isso *atraente*? Eu nem tinha pensado em alguém raspar minha cabeça.

O que tinha começado como um simples *não* estava se tornando rapidamente um *de jeito nenhum*. Balancei a cabeça como se estivesse pensando a respeito. Mas o que havia para pensar? Um antigo quadrinho da *New Yorker* em que alguém precisa marcar uma reunião e diz "Que tal nunca?" me veio à mente.

— Acho — falei, então — que eu realmente gostaria de adiar a cirurgia pelo maior tempo possível.

CAPÍTULO TRÊS

LUCINDA TENTOU ME OBRIGAR A IR PARA CASA COM ELA EM SUA NAVIGATOR, MAS, EM VEZ DISSO, CHAMEI UM Uber. De jeito nenhum eu aceitaria ajuda dela.

Ou a deixaria ver meu apartamento.

Embora "apartamento" fosse um termo muito generoso. Mais uma "quitinete". Ou mais precisamente, um "cafofo" – construído como a moradia do zelador na década de 1910, quando o prédio havia sido construído como um armazém.

O pai de Sue, o sr. Kim, havia reformado o prédio, transformando-o em um moderno condomínio industrial. Mas a choupana no telhado era a última coisa em sua lista – e, em suas palavras, ainda estava "inabitável para humanos". Mas Sue o convenceu a alugá-la para mim como um espaço para montar um estúdio – prometendo que eu a usaria "quase como um quarto para guardar coisas".

Isso foi antes de eu terminar com meu ex, Ezra – depois que ele esqueceu completamente meu aniversário, e me deixou plantada num restaurante, e acabei lendo um artigo sensacionalista no meu celular sobre narcisistas… percebendo de repente que estava namorando um. Dois longos anos de pistas ignoradas, e então um artigo muito esclarecedor – e de repente eu estava livre.

Partir foi um alívio.

Encontrar um lugar para viver com a renda da minha loja no Etsy seria, no mínimo, um desafio, e eu já tinha esgotado quase todo o dinheiro que recebera ao vender meu carro – uma escolha radical em Houston, que não é exatamente uma cidade propícia para pedestres. Por enquanto, meu cafofo estava bom. Por quatrocentos e setenta e cinco dólares por mês, eu não precisava de um palácio.

Mas minha situação atual era mais parecida com um cenário de "uma princesinha banida para os aposentos dos criados" do que com um de "vivendo a boa vida em uma luxuosa cobertura".

Eu tinha jurado ao sr. Kim que não estava realmente morando lá, e ele, empaticamente, fazia vista grossa. Quer dizer, o que é "inabitável para humanos" para uma pessoa é um cafofo perfeitamente aceitável para outra.

A luz, por si só, era incrível.

Isso sem mencionar a vista do centro da cidade. E o rio.

Sue achava que a mudança para meu estúdio era um movimento genial, um drible no sistema. Não era uma situação de vida normal, mas era mais legal. Ela estava amolando para fazer uma festa de inauguração do cafofo desde o início. Mas, por mais que eu quisesse abraçar a ideia de que eu era especial demais para viver como uma pessoa normal, a verdade era que eu simplesmente não tinha dinheiro suficiente.

De volta para casa depois daquela noite no hospital, nada no meu cafofo ou na minha vida, ou em mim mesma, parecia fantástico. É uma coisa desorientadora saber que há algo errado com você. Isso faz com que tudo na sua vida pareça diferente. Pior. Falso. Como se eu tivesse entendido tudo errado o tempo todo.

■■■

Eu tinha alguns retratos encomendados para terminar – uma menininha com seu cocker spaniel, a foto de formatura de um rapaz, uma doce avó com um chapéu de festa de oitenta anos – e não poderia cobrar por eles até enviá-los. Eles custavam cem dólares cada, então era isso que eu devia fazer o dia todo depois que voltei do hospital: cobrir o aluguel deste mês.

Em vez disso, me vi pesquisando sobre cavernomas.

Muitas imagens granuladas de exames cerebrais, muitas ilustrações de pessoas segurando a cabeça como se estivessem tendo as piores enxaquecas da história e muitas ilustrações de veias com malformações parecidas com framboesas gordinhas.

O que era algo muito mais fofo do que eu teria esperado.

Tentei imaginar o interior da minha cabeça. Será que havia realmente uma pequena framboesa de sangue ali o tempo todo?

Também pesquisei sobre o dr. Sylvan Estrera. Aparentemente, ele praticava dança de salão amadora como hobby. Quando não estava, *sabe como é*, operando cérebros.

Quando meus olhos ficaram secos de tanto rolar a tela, fechei o notebook e fui me sentar ao lado do meu cachorro, alma gêmea e única família de verdade, Amendoim, que dormia profundamente no sofá, com as pernas esticadas e a barriga virada para o teto, como se nada de louco tivesse acontecido no mundo.

Eu gostava da atitude dele. Era bom que pelo menos alguém na minha vida não estivesse assustada.

Ele foi presente de aniversário da minha mãe no ano em que eu completei catorze anos. Um cão resgatado, mas ainda filhote, e que fez xixi por toda a casa até que o treinamos. Meu pai provavelmente teria decidido não gostar de Amendoim por causa disso – se Amendoim não tivesse desgostado do meu pai primeiro. Ele evitou meu pai desde o início; latindo e lançando olhares raivosos sempre que ele entrava na sala. Mais tarde, descobrimos que Amendoim odiava todos os homens, e nos perguntamos se algo ruim havia acontecido com ele que deixara algum trauma.

Mas minha mãe o adorava, não importava o que acontecesse. Ele era oito quilos de fofura sólida – alguma mistura de maltês/bichon/poodle/shih-tzu/yorkshire. Quando as pessoas nos paravam para perguntar sobre a raça dele, o que faziam com frequência, porque ele era literalmente o cachorro mais fofo do mundo, nós simplesmente dizíamos: "bola de pelos do Texas". Como se isso fosse uma coisa reconhecida pelo American Kennel Club.

Minha mãe adorava vesti-lo com casaquinhos de lã e jaquetas de aviador para cachorros. Quando meu pai resmungava sobre como era "humilhante" fazer um cachorro vestir roupas humanas, ela abraçava Amendoim e dizia:

— Você está com inveja.

Minha mãe faleceu no mesmo ano, e não acho que meu pai tenha sequer olhado para Amendoim novamente depois disso. Amendoim ficou no meu quarto e me acompanhava para todos os lugares. Arrumei um emprego de meio período em uma loja de animais e gastava grande parte do meu salário em brinquedos e petiscos para ele. A partir daí, nos tornamos completamente inseparáveis.

Exceto pelo período de dois anos em que fui mandada para longe.

Mas Amendoim e eu não falávamos sobre isso.

Sentada ao lado de Amendoim hoje – enquanto meu cérebro girava e tentava absorver essa nova realidade –, pela primeira vez em um bom tempo, senti a saudade amarga que sempre me atravessava quando eu realmente sentia falta da minha mãe. Ficava ali, à parte de todos os outros sentimentos, úmida e fria – como se minha alma tivesse sido molhada pela chuva e não conseguisse secar.

Na maioria das vezes, eu tentava apenas sentir gratidão pelo tempo que tivera com ela.

Eu sabia o quanto tinha sido sortuda.

Todo domingo, ela comprava um buquê de flores no supermercado. Então, toda manhã, cortava uma das flores do buquê e a usava atrás da orelha. Não tenho uma lembrança da minha mãe sem uma flor atrás da orelha.

Mesmo no dia em que a enterramos.

De volta ao meu cafofo, sentada no pequeno sofá de dois lugares, senti uma saudade tão intensa da minha mãe que parecia estar enchendo meus pulmões. Se ela estivesse aqui, eu teria descansado a cabeça no ombro dela e ela teria feito carinho no meu cabelo. Eu teria encostado o ouvido no peito dela e teria me acalmado com o ritmo de sua respiração. E então ela teria me abraçado com força para eu ter certeza de que não estava sozinha.

Porque essa era a coisa mais essencial em minha mãe. Ela nem sempre podia consertar as coisas para mim, mas sempre estava lá.

Até o dia em que não estava mais.

...

Eu estava me perguntando se já tinha me sentido mais sozinha do que naquele momento quando recebi uma mensagem do meu pai.

Eu *nunca* recebia mensagens do meu pai.

Eu nem sabia que ele tinha salvo o número do meu celular.

Mas o telefone apitou, e ali estava na tela:

AQUI É O SEU PAI. ESTOU NO SEU PRÉDIO. QUAL É O SEU APARTAMENTO? ESTOU SUBINDO.

Espera aí... no meu prédio? *Subindo?* Ele não estava em Singapura?

VOCÊ NÃO ESTÁ EM SINGAPURA?, respondi por mensagem.

VOLTEI.

Ah, não. Ele não podia subir. Eu fingia ser bem-sucedida na frente dele havia anos. De jeito nenhum eu ia deixá-lo ver a verdade da minha vida.

VOU DESCER AÍ, mandei por mensagem.

PRECISO FALAR COM VOCÊ. EM PARTICULAR.

ESPERE AÍ MESMO.

Antes que ele pudesse argumentar, entrei em ação. Ele *não* ia subir até aqui.

Eu já estava pronta para ir dormir. Era esse tipo de dia. Mas vesti meu roupão de algodão com estampa batik – que tinha sido da minha mãe –, calcei meus chinelos felpudos e fui em direção ao corredor do último andar parecendo, vamos dizer, não exatamente pronta para o horário nobre.

Entrei no elevador um pouco antes de as portas se fecharem e, só quando me virei, percebi que tinha mais alguém lá comigo.

Só dava para ver as costas dele e a parte de trás do boné de beisebol, mas era o suficiente.

Ele estava parado na frente do elevador, de costas para mim, apoiado naquele canto, como se aquela fosse a única coisa que o mantinha de pé.

Usava uma jaqueta de boliche estilo anos 1950, daquelas que os hipsters adoram encontrar garimpando em brechós. Mas não parecia um hipster. E a jaqueta não parecia tão vintage assim. Talvez mais uma versão nova de uma jaqueta antiga?

Quem fazia isso?

Eu estava prestes a pedir a ele para apertar o botão do térreo para mim quando percebi que, *um*, ele já tinha apertado, e, *dois*, ele estava ocupado falando ao telefone.

— Ai, meu Deus, ela é tão gorda — disse ele ao telefone, com uma postura que indicava que não tinha ideia de que eu estava ali. — Eu pensei que ela devia estar grávida, mas não. Ela é apenas incrivelmente obesa.

Senti meu cenho se franzir, como se quisesse dizer: *Hum, como é que é?*

— Sério — ele continuou —, o lado inteiro dela da cama estava afundando. Quase certeza de que ela quebrou as molas. A gordura naquela barriga valia registro no *Guinness*, juro. E ela faz aquela coisa de respirar como se estivesse engasgando. É hilário.

Hilário? Que tipo de conversa era aquela?

Ele prosseguiu:

— Outro caso de uma noite só. Grande erro. Um erro imenso. Ela *rasgou os lençóis*. Aquelas unhas. Não estou brincando... eu podia precisar de pontos. Mas o que eu devia fazer? Ela vomitou no meu hall de entrada.

Ok. Agora ele tinha minha atenção.

— Eu sei — continuou ele, a voz ainda em volume máximo. — Mas, depois de cinco minutos, ela estava se esfregando em mim de novo... do mesmo jeito que no estacionamento. Acho que estirei um músculo da coxa. — Ele bateu a cabeça na parede do elevador. — Tentei tirá-la da cama — disse em seguida —, mas ela continuava voltando. E, meu Deus, ela geme demais.

Essa devia ser a pior conversa que eu já tinha ouvido sem querer. *Quem fala assim?* Odeio admitir ser tão ingênua, mas nunca passou pela minha cabeça que conversas tão horríveis realmente acontecessem.

Quem *era* esse cara? Que desagradável.

Eu o olhei de cima a baixo, em busca de detalhes identificadores. Mas não havia muito para ver, já que ele estava de costas, encolhido no canto.

O cabelo era meio castanho. Era meio alto. A única coisa que chamava a atenção nele era a jaqueta de boliche. Vermelha e branca com costura cursiva. Ele ainda estava falando.

— É, cheguei em casa do trabalho e ela ainda está na cama. Então agora são *duas* noites. E, na noite passada, ela fez aquela coisa de plantar a bunda gorda bem no meio do colchão e depois se jogou em cima da minha cara. Eu quase sufoquei, juro... debaixo de uma montanha de gordura.

Uma montanha de gordura???

Eu realmente tinha acabado de ouvir isso? Agora eu olhava descaradamente para a parte de trás do boné de beisebol sem graça desse cara.

Que diabos? Quem sequer *pensa* essas coisas sobre uma pessoa com quem passou a noite, e ainda diz tudo isso em voz alta?

À medida que nos aproximávamos do térreo, exatamente quando eu pensava que a conversa não podia ficar mais chocante, o Desagradável acrescentou:

— Tirei umas fotos enquanto ela dormia. Vou mandar pra você. Ah, e tem um vídeo. Aumenta o som quando for assistir. Você nunca ouviu um ronco assim na vida. Pode postar tudo.

Nesse momento, as portas se abriram e ele saiu, ainda falando, sem jamais perceber que eu estava atrás dele.

Puta merda.

Também saí, mas parei atônita logo do lado de fora do elevador.

Era por isso que eu não tinha namorado ninguém desde Ezra. Era por isso que eu passava as noites de sábado em casa com Amendoim. Só pelo fato de *homens assim existirem*.

O que eu tinha acabado de ouvir? Será que aquele cretino inacreditável estava mandando mensagens com fotos de alguma pobre mulher desacordada para os amigos? "Postar tudo"?! O que diabos ele queria dizer com "pode postar tudo"? Será que ele atraía mulheres para seu apartamento, filmava-as e depois publicava em algum tipo de site? Isso não era ilegal? Será que eu deveria chamar a polícia e fazer uma denúncia sobre uma... uma...? *Uma pessoa moralmente repugnante nas redondezas?*

Ou deveria ir até o apartamento desse cara, bater na porta, resgatar essa mulher – que claramente acabara de tomar a pior decisão da vida –, emprestar um suéter confortável, fazer um chá para ela e apresentar um pequeno TED Talk sobre Homens Tóxicos e Como Reconhecê-los?

Eu ainda estava indecisa quando – falando em homens que fazem você perder a fé neles – senti algo segurar meu cotovelo, me virei e dei de cara com o meu pai. Mas não exatamente a cara, e sim a parte de trás da cabeça dele, porque ele já estava me arrastando em direção a... onde? A rua, talvez?

— Ei! — protestei, como se ele tivesse esquecido as boas maneiras.

— Precisamos conversar — meu pai respondeu, sem diminuir o passo ou se virar.

Quanto tempo fazia desde que eu o tinha visto? Um ano? Dois, talvez? Nossa última comunicação tinha sido a carta de Natal de três páginas de Lucinda, digitada e impressa – que eu não tinha lido – e agora nem um *Oi! Como você está?* desse cara? Ele simplesmente ia agarrar meu cotovelo e me arrastar pelo meu próprio saguão?

Puxei o braço em um sinal de resistência, como quem diz: *Não é assim que se faz.*

Com isso, meu pai diminuiu a velocidade e se virou.

Ele observou o roupão. E as pantufas. Então disse:

— Lucinda me contou toda a história.

— Tenho certeza disso — respondi.

— Você precisa fazer a cirurgia, Sadie — falou ele em seguida.

Olhei ao redor para ver se alguém tinha ouvido. Parecia algo extremamente privado para ser dito em voz alta, em um lugar público.

Acho que era por isso que ele estava me puxando pelo cotovelo.

— Eu vou fazer — respondi, me aproximando e dando o exemplo ao abaixar a voz. — Só estou... processando por um minuto.

— Você não precisa processar — meu pai disse. — Só precisa fazer.

— É complicado — falei.

— Não — retrucou meu pai. — É simples.

Minha voz baixa não funcionou. Em vez disso, meu pai usou sua voz de médico – que é ainda mais alta que a voz normal dele:

— Faça a cirurgia imediatamente. O mais rápido possível.

O térreo do meu prédio tinha uma ótima cafeteria chamada Bean Street que dava para a rua, mas também se conectava com o nosso saguão.

— Posso... — Parecia tão estranho dizer isso. — Posso te pagar um café?

Meu pai passou a mão no cabelo e olhou para o logo da Bean Street – pintado à mão nas portas de vidro por um artista de letreiros moderno – com ar de quem avalia.

Então disse:

— Está bem.

E foi até lá sem me esperar.

O lugar estava quase vazio. Nós nos sentamos um de frente para o outro em um compartimento com bancos e eu mudei de tática, agora tentando contra-atacar a voz de médico dele com uma voz profissional e calma improvisada.

— Eu já disse ao cirurgião que prefiro esperar — falei. — Tenho um projeto que não pode ser adiado.

— Lucinda me contou. Sua grande chance.

Claro que ela tinha contado. O que mais ela tinha para falar?

— Uma delas — eu o corrigi. — Uma de muitas. Tenho grandes oportunidades o tempo todo. — Talvez eu tenha exagerado um pouco. — Minha vida inteira é feita de grandes oportunidades.

Ele franziu o nariz.

— O ponto é que você não pode esperar.

Inclinei a cabeça.

— Isso é incomumente autoritário da sua parte, Richard.

— Não me chame de Richard. Pai está bom.

— Qual é a pressa, exatamente? O médico disse que não era urgente.

— Você precisa resolver isso.

Quando olhei mais de perto, vi que meu pai parecia desalinhado, o que era atípico. Gravata torta. Rugas na camisa Oxford. Ele sempre viajava de terno. Um cara formal.

— Você não devia estar em Singapura? — perguntei.

— Voltei mais cedo da minha conferência.

— Por causa *disso*? — perguntei. Devia ser por outra coisa.

— Isso não podia esperar — disse ele. Parecia um sim.

Então era só disso que eu precisava para chamar a atenção dele?

— Uau. Eu devia ter desenvolvido esse cavernoma anos atrás.

— Você sempre teve. É congênito.

— Eu estava brincando.

Mas ele não estava com vontade de brincar. Na verdade, ele parecia… preocupado.

Hum. Preocupado com a filha. Que novidade era essa?

— Está tudo bem — falei em seguida. — Vou cuidar disso.

Mas ele balançou a cabeça.

— Já está decidido. Já marquei para quarta-feira.

Ao ouvir isso, apenas franzi a testa.

— Quarta-feira *agora*?

Ele assentiu, como se dissesse: *Afirmativo*.

Tentei lembrar se meu pai alguma vez havia marcado algo para mim, mesmo uma consulta com o ortodontista.

— Por que *você* marcaria *minha* cirurgia?

Ele me olhou como quem diz: *Não é óbvio?*

— Tenho algumas conexões.

— Fala sério.

— De outra forma, seriam três semanas de espera.

— Para mim, tudo bem.

— Mas você precisa fazer isso…

— Agora mesmo — completei. — Sim. Você disse.

O *latte* dele permanecia intocado.

Mexi meu próprio café e observei as bolhas girarem na xícara. Então disse:

— Olha, vou ser sincera. Isso parece um interesse muito repentino de um cara que literalmente não fez uma única pergunta sobre mim na última década.

— Eu entendo.

— Então o que está acontecendo?

Ele assentiu, como se estivesse esperando por essa pergunta.

— Sua mãe — disse ele, então, olhando para a mesa de madeira desgastada.

Minha mãe. Meu pai absolutamente nunca falava sobre minha mãe.

Agora ele tinha toda a minha atenção. Mas então ele ficou quieto por tanto tempo que finalmente tive que perguntar:

— Minha mãe. Ok. O que tem ela?

— Sua mãe — repetiu ele. — Ela...

Outra pausa. Dei um tapinha na mesa, no campo de visão dele.

— Ela o quê?

Ele levantou a cabeça e encontrou meus olhos.

— Ela morreu por causa de um cavernoma.

Eu me recostei na cadeira.

Um baita de um choque de adrenalina.

— Pensei que ela tivesse morrido de derrame — falei.

— Ela morreu. Um derrame causado por um cavernoma que se rompeu.

— Parece algo que eu devia ter sabido antes.

— Talvez se tivesse ido para a faculdade de medicina, você teria aprendido tudo sobre isso.

— Você está me criticando por causa da porra da faculdade de medicina agora?

Meu pai apertou os lábios ao ouvir a palavra chula – o que parecia ser o menor dos nossos problemas. Em seguida, inclinou a cabeça para a frente como se estivesse se forçando a ter um momento de calma. Então falou:

— Estou dizendo que você não pode esperar. Tem que fazer a cirurgia agora mesmo.

— Não posso fazer agora. Não tenho tempo.

Ele ergueu os olhos para encontrar os meus.

— Foi exatamente o que sua mãe disse.

Uau.

Então, antes de eu absorver isso, ele acrescentou:

— E talvez estivesse usando esse mesmo roupão quando disse isso.

Olhei para baixo e respirei fundo. Hora de parar de discutir.

— Então você está dizendo... que ela teve exatamente a mesma coisa?

— Sim. É hereditário.

— E ela sabia que tinha?

— Sim.
— E a aconselharam a operar?
— Sim.
— Mas ela não fez? E então morreu?
Ele assentiu.
— Precisamente.
— Por que ela não fez a cirurgia?
Meu pai desviou o olhar.
— Acho que não precisamos entrar nesse assunto.
— Que outro assunto teríamos para entrar?
— Não quero remexer no passado.
Levantei as mãos, como se dissesse: *Mas que diabos?*
— Tarde demais. Já foi remexido.
— O ponto é... faça a cirurgia.

Para ser honesta, eu não ia discutir com ele. Meu pai podia ser uma pessoa complicada, difícil, excessivamente formal, patologicamente reservada e nem tanto um fã meu... mas não era estúpido. Ele era, como Lucinda poderia atestar, um "cirurgião cardiotorácico muito proeminente". Ele sabia do que estava falando. E entendia – pelo menos isso – o funcionamento do corpo humano.

O ponto é: quando o dr. Richard Montgomery, membro do Colégio Americano de Cirurgiões, da Associação Americana do Coração e chefe de cirurgia cardiotorácica da Escola de Medicina da Universidade do Texas, arrasta você, vestindo o roupão da sua mãe, até uma cafeteria e diz que deve fazer uma cirurgia no cérebro, você não discute.

Você simplesmente faz a cirurgia.

— Está bem — cedi. — Vou fazer a cirurgia. Depois que você me contar por que minha mãe não fez a dela.

— E eu vou contar sobre sua mãe — retrucou meu pai — depois que você fizer a cirurgia.

CAPÍTULO QUATRO

A MELHOR COISA — E POSSIVELMENTE A ÚNICA COISA BOA — DO DIA DA CIRURGIA FOI CONHECER MINHA NOVA neuropsicóloga, a trinitária dra. Nicole Thomas-Ramparsad.

Quando ela chegou, uma enfermeira estava começando sua terceira tentativa de colocar soro na minha veia.

— O problema — a enfermeira estava dizendo — é que você está muito tensa. — Ela batia no meu braço com a ponta dos dedos, como se dissesse: *Viu? Nada.* — Você encolheu seus vasos sanguíneos.

Olhei para o meu braço como se pudesse ajudá-la a encontrar um vaso.

— Você precisa relaxar — disse ela.

— Concordo — respondi, tentando diminuir minha respiração acelerada.

Ela adicionou um segundo torniquete.

— Quando ficamos com medo, nossos corpos puxam todo o sangue para nosso centro, para proteger os órgãos vitais.

Relaxe, ordenei a mim mesma, mentalmente. *Relaxe*.

— Olhe para essas veias. — Ela chamou outra enfermeira, dando mais algumas batidinhas.

A Enfermeira Dois se aproximou para dar uma olhada, balançando a cabeça levemente ao ver.

— São como linhas de costura.

Não pareceu ser um elogio.

— Ela não vai conseguir terminar isso até você relaxar — a Enfermeira Dois disse para mim, um pouco repreensiva.

— Mas eu não consigo relaxar até que isso acabe — falei, ciente do beco sem saída.

— É sempre tão difícil achar uma veia em você? — a Enfermeira Um perguntou.

Eu não estava curtindo essa terminologia. No mínimo, me fazia parecer pouco cooperativa. Mas só havia uma resposta para essa pergunta:

— Sim.

As Enfermeiras Um e Dois trocaram um olhar.

Tentei me defender.

— É assim que as situações com agulhas geralmente terminam para mim... com lágrimas. Ou ânsia de vômito. Ou desmaios. — Ao dizer as palavras "ânsia de vômito", senti minhas veias se encolherem um pouco mais.

Relaxe, droga. Relaxe!

Mas foi então que minha futura nova pessoa favorita entrou.

E digamos apenas que ela trouxe uma energia totalmente diferente para a sala.

A dra. Nicole Thomas-Ramparsad não apenas entrou, ela avançou, me cumprimentando em voz alta ao fazer isso, com um tom de voz caloroso e rico.

— Olá — ela praticamente cantou. — Você é Sadie Montgomery, e estou encantada em trabalhar com você hoje. — E com isso, pôs uma mão firme, reconfortante, totalmente no comando de tudo o que estava acontecendo, em meu ombro, e disse: — Por favor, me chame apenas de dra. Nicole. — Pronunciando seu nome como *Ni-coll*.

Digamos apenas que a voz de médica dela não soava nada parecida com a do meu pai.

O que era uma coisa muito boa.

Porque a voz dela – calorosa, materna e confiante – simplesmente tomou conta da sala. Ela tinha uma presença tão grande que eclipsava tudo o mais. É importante mencionar que ela, em suas roupas cirúrgicas e touca azul-claras, se parecia bastante com todas as outras pessoas que trabalhavam naquele hospital. Ela não devia se destacar como se tivesse um holofote pessoal.

Mas se destacava.

Talvez fosse o sorriso largo e destemido. Ou o brilho caloroso da pele dourada. Ou as marcas de expressão ao redor dos olhos. Ou sua postura altiva, como se fosse a adulta número um na sala. Ou o fato de que ela parecia ter a idade que minha mãe teria agora se estivesse viva.

Seja lá o que tenha sido, ela apareceu, e então positivamente tomou conta da minha consciência, aproximando-se, apertando minha mão e me contando mais sobre ela nos primeiros cinco minutos do que a maioria dos médicos revela em anos: ela viera para Houston de sua cidade natal, Porto da Espanha, passando pela Universidade McGill, no Canadá – originalmente estudando para ser neurologista antes de se fascinar pela neuropsicologia e mudar de rumo, para desagrado de seus pais, já que psicologia não era uma ciência "de verdade". Seus tipos de música favoritos eram calipso, soca e tambor de aço, porque a lembravam de casa e a faziam se sentir em paz. Sua flor favorita era a estrelícia, que "cresce como mato" em Trinidad. E, segundo ela mesma, seu pão de coco era o melhor do mundo.

— Vou assar um pão para você algum dia — disse ela.

— Obrigada, dra. Thomas-Ramparsad — respondi.

— Dra. Nicole — ela corrigiu, me dando um tapinha no braço.

Foi então que olhei para baixo e notei que as Enfermeiras Um e Dois tinham ido embora e o soro felizmente já estava no lugar, como se nunca tivesse havido nada de difícil nisso.

Meu Deus, ela era um gênio. Abençoada seja.

Enfim, adorei a dra. Nicole a partir daquele momento – instantaneamente, da maneira como uma adolescente pode amar uma estrela pop. Eu teria colocado um pôster dela na minha parede com prazer.

Depois do soro, tudo ficou mais fácil – especialmente porque não havia muito o que fazer. Além disso, em pouco tempo comecei a sentir como se meu sangue fosse feito de xarope de bordo.

A propósito: meu pai veio participar da cirurgia – e não deixei de perceber que era a primeira coisa que fazíamos juntos em anos. Um pouco de tempo pai-filha.

Finalmente, algo na minha vida sobre o que ele conseguia se interessar.

Hospitais têm a infeliz necessidade de explicar antecipadamente exatamente o que vão fazer com você, e o dr. Estrera não era exceção. Quando me sedaram bem, ele me deu muito mais informações do que eu queria ou precisava sobre como – e, por favor, prepare-se para as palavras que virão – eles *usariam um suporte de crânio para prender minha cabeça a pinos na mesa cirúrgica*, me inclinando para a frente e para o lado para que pudessem acessar o local certo, e então ergueriam uma tenda de plástico ao meu redor para que os cirurgiões pudessem ver apenas a área do meu crânio que precisavam ver e nada mais.

Uma lista de afazeres e tanto. Mas fazia sentido.

Um pedaço de osso desencarnado provavelmente era muito mais fácil de perfurar do que, bem, *uma pessoa*.

A seguir, lavariam meu cabelo com solução de Betadine para esterilizar tudo, e depois o penteariam com um pente esterilizado. Raspariam só um tiquinho, cortariam e puxariam uma aba do meu couro cabeludo para trás... e então fariam um *buraco de dez centímetros na minha cabeça*.

Como se estivessem indo pescar no gelo.

Nada de mais.

...

Fiquei no hospital durante quatro dias inteiros após a cirurgia, o que me fez sentir que estava aproveitando ao máximo o dinheiro gasto naquilo.

Tirei muitas sonecas. Eu dormia parcialmente sentada em um travesseiro para ajudar na drenagem. Comi muita gelatina e me perguntei por que nunca gostara daquilo antes.

As incisões no meu couro cabeludo doeram por vários dias depois. Tive algumas dores de cabeça e algumas pontadas de vez em quando perto da ferida. Meus olhos incharam o suficiente para que a dra. Nicole sugerisse que eu evitasse o espelho por um tempo. Coisas normais do pós-cirúrgico.

No geral, senti que estava de volta ao meu eu habitual surpreendentemente rápido. Os médicos ficaram impressionados com minha resistência e atribuíram isso à minha "juventude e boa saúde". Assumi total responsabilidade por ambos. Até me peguei me perguntando se estava fazendo meu pai se orgulhar.

No domingo, meu último dia no hospital, eu estava tão bem que me sentia tola por ter resistido à cirurgia daquela maneira. Na verdade, me senti tão bem tão rapidamente que tinha que me lembrar de que eu era uma inválida.

Eu já estava recebendo as instruções de alta para o dia seguinte – coisas como não beber álcool, não dirigir por três semanas, não subir escadas por três meses –, quando uma desconhecida veio me visitar.

Quer dizer, eu passara a semana toda cercada de desconhecidos – enfermeiras em uniformes rosa-chiclete entrando e saindo, verificando pontos, sinais vitais, fita cirúrgica. Aqueles uniformes rosa realmente faziam com que todos na equipe fossem parecidos.

Mas essa desconhecida não estava de uniforme, estava de roupa comum. Ela entrou direto e puxou uma cadeira, e me lembro de me perguntar se ela era uma assistente social ou até mesmo uma repórter fazendo algum tipo de matéria sobre cavernomas.

Talvez ela fosse me pedir para estrelar um documentário. Fiquei imaginando quanto as pessoas recebem por isso.

Mas foi aí que ela começou a falar.

E, à medida que as palavras se acumulavam, comecei a me perguntar se ela realmente era uma desconhecida, no final das contas.

— Eu vim no primeiro dia — disse ela —, mas você estava tão fora de si. E depois a avó de Witt ficou doente, então tivemos que ir até San Antonio para vê-la. Mas não se preocupe, eu deixei o Amendoim naquela clínica veterinária da esquina da sua casa. O que provavelmente é melhor, de qualquer forma, porque Witt é bem alérgico, e ele estava levando tudo bem na esportiva, mas os olhos dele estavam, tipo, lacrimejando e coçando o tempo todo. E aquela clínica nova é incrível… embora eu saiba que você gosta da antiga. Eles têm me mandado fotos de lá, e eu acho que o Amendoim iniciou um romance com uma lulu-da-pomerânia bem mais jovem que ele.

Ela parou para rir, mas eu só disse:

— O quê?

Quer dizer, por que essa pessoa estava falando sobre o Amendoim? Ou sobre Witt, para ser sincera?

A estranha se inclinou um pouco para a frente.

— O que sobre o quê?

— Sobre tudo isso — falei.

Ficamos nos encarando.

E foi aí que algo impossível me ocorreu.

Essa total desconhecida... estava falando como se fosse minha melhor amiga, Sue.

Não consigo descrever a intensa dissonância cognitiva de repentinamente me dar conta dessas duas coisas opostas ao mesmo tempo. Mas não havia outra explicação. Eu estava claramente sentada em frente a uma pessoa que eu não conhecia... e ela estava claramente dizendo coisas que apenas Sue poderia dizer.

É justo dizer que *isso* captou toda a minha atenção.

Até aquele momento, todas as outras pessoas que tinham passado pelo meu quarto eram como ruídos de fundo. Eu não prestara muita atenção nelas enquanto me concentrava em aventuras pós-cirúrgicas como tomar meus remédios, cuidar da minha incisão e ir e vir do banheiro.

Eu acho que tudo no hospital tinha sido exatamente... *como o esperado*.

Mas aí entrou essa pessoa falando como Sue. E me obrigou a perceber que ela não se parecia com Sue. O que me fez tentar descobrir como era realmente a aparência dela.

E foi aí que eu percebi que não fazia ideia.

Quer dizer, essa mulher na minha frente tinha características faciais. Eu conseguia vê-las se tentasse – uma de cada vez. Olhos. Um nariz. Sobrancelhas. Uma boca. Estava tudo lá.

Eu só não conseguia juntá-las para formar um rosto. Nenhum rosto. Muito menos o de Sue.

— Sue? — perguntei.

— O quê?

— É você?

— Sou eu — respondeu ela, como se eu estivesse fazendo alguma pegadinha.

— O que você fez com o seu rosto?

Eu a vi levar a mão até o rosto. Depois de um segundo, ela disse:

— O hidratante novo?

— Não. Quero dizer...

— Eu estou parecendo estranha? Troquei de multivitamínico.

Ela parecia estranha? Quer dizer, os componentes do rosto dela eram como peças de quebra-cabeça espalhadas sobre uma mesa. Então sim.

Mas eu não sabia exatamente como dizer isso.

Eu estava apenas olhando para as peças, tentando usá-las em um truque mental Jedi para encaixá-las nos lugares certos, quando uma daquelas enfermeiras de uniforme rosa entrou.

E percebi que tampouco conseguia ver o rosto dela.

Quer dizer, "não conseguia ver o rosto dela" não é exatamente correto. Eu conseguia perceber que havia um rosto ali. Teoricamente. Não era um completo vazio. Eu conseguia focar nas sobrancelhas, nas linhas de expressão e nos lábios.

Só que as peças não se encaixavam direito. Não formavam um rosto. Era quase como olhar para uma pintura de Picasso.

Eu conseguia *ver*, acho. Só não conseguia *entender* o que estava vendo.

Aquilo me lembrou daquele jogo de que a gente brinca quando é criança, de ficar de cabeça para baixo e observar alguém falando enquanto os lábios estão invertidos, de cima para baixo. De repente, tudo parecia tão engraçado. E desconexo. E caricato.

Uma compreensão começou a surgir. Será que eu tinha ficado assim a semana toda?

Por mais louco que pareça, é verdade: foi só quando realmente comecei a tentar olhar que percebi que não conseguia ver.

— Sue? — falei de novo, piscando, como se talvez isso pudesse clarear as coisas.

— Você está incrível — disse ela, se inclinando para a frente e segurando minhas mãos entre as dela. — Ninguém diria que acabaram de tirar uma parte do seu crânio como se fosse a tampa de uma abóbora.

Sim, era Sue, com certeza.

— Eu esperava que você estivesse careca, para ser honesta — prosseguiu ela. — Estava preparada para entrar aqui e dizer que você ficava *melhor* careca. Eu tinha todo um discurso temático da Sinéad O'Connor preparado.

Eu esfreguei os olhos e tentei olhar para ela de novo.

Mas nada mudou.

— Como eles conseguiram manter o seu cabelo? — perguntou Sue.

Eu sabia a resposta para essa pergunta. O dr. Estrera tinha me mostrado em detalhes. Mas não parecia tão importante agora.

— Acho que tenho um problema — confessei então. — Não consigo ver você.

Sue agitou a mão na minha frente, como se dissesse: *Oi?*

— Você não consegue me ver?

— Eu consigo ver a sua mão — falei. — Só não consigo ver o seu rosto.

Sue se inclinou para a frente, como se isso pudesse ajudar, bem quando a enfermeira se aproximou e disse:

— Você está com problemas nos olhos, querida?

— Não acho que sejam os meus olhos — comentei. — Acho que é o meu cérebro.

...

Em duas horas, eu tinha feito mais uma ressonância magnética, e toda a equipe sem rosto composta por Estrera, Thomas-Ramparsad, o próprio Montgomery e um grupo de residentes e espectadores se reuniu no meu quarto.

— Os exames mostram um pouco de edema ao redor do local da cirurgia — disse o dr. Estrera, falando mais para o meu pai do que para mim.

— O que é edema? — perguntei.

— Um inchaço — explicou a dra. Nicole. — Bem normal. Não há com o que se preocupar.

— É comum ter um pouco de inchaço após um procedimento como este — confirmou o dr. Estrera.

Então ele se virou para mim, e, ao fazer isso, olhei para o cobertor na minha cama.

Olhar para rostos – ou para as peças de arte moderna onde os rostos costumavam estar – era difícil. Isso fazia meu cérebro doer um pouco. Felizmente, o dr. Estrera não ficou ofendido. Ele continuou:

— Como artista, você sabe que o rosto humano tem muita variabilidade.

Não tenho certeza de que é preciso ser artista para saber disso, mas tudo bem.

— Os pinguins, por exemplo — disse ele — não têm a mesma quantidade de variabilidade facial. A maioria dos rostos dos pinguins se parece muito.

— Fico imaginando se os pinguins discordariam disso — comentei.

Ele prosseguiu:

— Seu cavernoma estava localizado muito perto de uma área no cérebro chamada giro fusiforme facial...

Ele esperou para ver se eu já tinha ouvido falar. Eu não tinha.

— É uma estrutura temporal profunda... uma área especializada do cérebro que permite às pessoas reconhecerem rostos.

Eu concordei e mantive meus olhos no cobertor.

Ele continuou:

— Os seres humanos desenvolveram sistemas cerebrais altamente especializados para reconhecer rostos, e a maioria de nós tem memórias quase fotográficas deles. No momento em que você vê outro rosto humano, desencadeia um fluxo instantâneo de informações sobre aquela pessoa: nome, profissão, dados biográficos, memórias que têm juntos... e o giro fusiforme facial é crucial para esse processo.

Eu assenti, como se dissesse: *Interessante*. Como se ele estivesse apenas me contando fatos aleatórios sobre o cérebro.

Então ele disse:

— Seu cavernoma estava localizado perto do GFF. Não dentro nem tocando, mas perto.

— Você machucou a região ou algo assim? É por isso que não está funcionando?

O dr. Estrera virou minha ressonância magnética no quadro de luz e circulou uma área cinza.

— Acreditamos que o inchaço normal pós-cirúrgico esteja pressionando a área do giro fusiforme que está ao lado e causando um certo tumulto.

"Causando um certo tumulto" parecia uma forma bastante meiga de descrever minha situação, mas deixei para lá.

— O que podemos fazer a respeito? — perguntei. — Aplicar gelo, talvez? Tomar um pouco de ibuprofeno? Parar de beber água por um tempo e me desidratar?

— Não há muito o que fazer — disse o dr. Estrera. — Só temos que esperar.

— Esperar?! — Eu não tinha tempo para esperar. — Por quanto tempo?

— Varia bastante para cada pessoa — disse o dr. Estrera de forma agradável, como se estivéssemos apenas batendo papo. — Eu diria que é provável que melhore em duas a seis semanas.

Duas a seis semanas? Ergui os olhos.

— Eu estou olhando para você agora, e você parece um Sr. Cabeça de Batata de ponta-cabeça. Está dizendo que meu cérebro pode ficar assim por seis semanas?

— Espero que melhore antes disso — disse ele. — Considerando que vá melhorar.

Senti uma pontada de adrenalina.

— Considerando que vá melhorar? — repeti. — Está dizendo que pode não melhorar?

— Acho muito provável que melhore. A maioria dos edemas pós-cirúrgicos melhora. Claro que não posso garantir. Mas ficaria surpreso se não melhorasse.

Tudo bem, tudo bem.

— Mas, presumindo que melhore, o que acontece então? Tudo volta ao normal, certo?

— Então... — disse o dr. Estrera — veremos.

Fala sério, cara!

Ele deve ter achado que tinha conseguido um equilíbrio entre ser reconfortante e não fazer promessas que não poderia cumprir. Mas como a possibilidade de que *talvez não melhorasse* nem sequer havia me ocorrido, ele estava fazendo absolutamente o contrário do que pretendia.

— Eu simplesmente não entendo — falei então, meu pânico me deixando um pouco sem fôlego — como você conseguiu me explicar cada detalhe minucioso da braçadeira de cabeça e cada aspecto da técnica para poupar cabelo, mas de alguma forma deixou de mencionar que a cirurgia cerebral pela qual acabei de optar voluntariamente pode arruinar minha capacidade de ver rostos.

— Esse é um desfecho muito raro — disse o dr. Estrera.

— Eu pensei que você tivesse dito que era completamente normal!

— O edema é normal — garantiu ele. — Mas o seu cavernoma acabou por estar muito perto desta área muito especializada. As chances de algo assim acontecer eram infinitesimais.

— Vocês sabem o que eu faço da vida? — questionei.

O quarto todo esperou. Eles não sabiam.

Eu estava elevando a voz, mas não percebi.

— Eu sou uma retratista. Eu pinto retratos! De rostos! Para viver! O que eu devo fazer agora? O que acontece com o meu sustento? Eu preciso que minha coisinha fusiforme facial funcione!

No silêncio que se seguiu, o dr. Estrera assentiu, com jeito de quem pedia desculpas pelo inconveniente.

Suspirei.

Olhei para o rosto de quebra-cabeça da dra. Nicole em busca de ajuda – emocional ou de outro tipo.

— Não há motivo para que não se resolva — disse ela, segurando minha mão. — Vamos apenas ter paciência. Enquanto isso, vou trabalhar com você para lhe ensinar algumas habilidades para enfrentar a situação.

Soltei um longo suspiro.

— Ainda posso ir para casa amanhã?

— Claro — disse o dr. Estrera. — O local da cirurgia está cicatrizando maravilhosamente. Não há motivo para você permanecer aqui.

Meu pai estava estranhamente em silêncio. Tirei um minuto para notar o inesperado entusiasmo que estava sentindo por ser um "modelo" acidental de cirurgia cerebral – de repente, uma pequena celebridade no mundo dele.

Mas então, quando ele apertou a mão do dr. Estrera e saiu do quarto sem dizer uma única palavra para mim, aquele entusiasmo caiu por terra.

Parecia que era hora de ser uma decepção novamente.

Ah, tudo bem.

...

O momento da verdade veio mais tarde, depois que a maioria dos médicos, incluindo meu pai, havia saído.

A dra. Nicole ficou para me submeter a alguns testes de reconhecimento facial. Antes de começarmos, eu precisei fazer xixi. O que significava ir até o banheiro. Que, é claro, tinha um espelho sobre a pia. Eu evitei olhar enquanto entrava, mas ao sair, parei.

O que aconteceria se eu olhasse para aquele espelho? O que eu veria?

Não olhe, disse a mim mesma.

Eu não queria saber, mas também não suportava a ideia de não saber... então acabei ficando parada, desviando o olhar, presa entre a curiosidade e o medo, por tanto tempo que a dra. Nicole finalmente perguntou se eu estava bem.

A batida na porta me assustou e, em seguida, fui tomada por essa energia e olhei para o espelho para conferir meu reflexo...

E o que vi me fez ofegar.

Meu rosto, meu próprio rosto, aquele que eu tinha e conhecia e com o qual convivera durante toda a vida, não passava de peças de quebra-cabeça também.

...

Quando abri a porta do banheiro, ainda me movendo em câmera lenta com o choque, mantive os olhos fixos no chão, que parecia o lugar mais seguro. Cheguei até o limiar da porta antes de parar.

— Sadie? — perguntou a dra. Nicole.

— Não consigo ver o meu próprio rosto — falei então, um pouco sem fôlego. — Acabei de olhar no espelho e não está lá. Estou sem rosto.

Mas a dra. Nicole não cedeu ao meu drama.

— Você não está sem rosto — disse ela, me guiando suavemente pelos ombros de volta para a cama. — Só está com um edema.

Eu queria ser prática a respeito. Falar sobre isso de forma objetiva. Eu queria compreender plenamente que era apenas um pequeno problema no cérebro.

Mas não havia nada de objetivo nisso.

Eu me afastei daquele espelho me sentindo solitária.

Não importa quão sozinho você esteja na vida, você sempre tem a si mesmo, certo? Você sempre tem aquele rosto bobo e imperfeito, de quem esquece de tirar o rímel antes de dormir e acorda com olhos de panda. Aquele dente inferior ligeiramente torto que o ortodontista nunca conseguiu ajustar direito. Aquelas orelhas que se projetam um pouco demais. Aquelas linhas de cada lado do seu sorriso que sempre parecem parênteses. Aquela pequena covinha no seu queixo que é igualzinha à da sua mãe.

Claro que essas não são as únicas coisas que fazem de você *você*.

Você também é toda a sua história de vida. E seu senso de humor. E sua receita caseira de rosquinhas. E seu amor por histórias de fantasmas. E a maneira como você aprecia brisas do oceano. E a predileção que tem pela combinação das cores rosa e laranja.

O que quero dizer é que você não é apenas o seu rosto.

Mas, caramba, com certeza é uma parte grande sua.

Como a sombra. Tão fiel e constantemente presente que você nem percebe.

Ela está sempre lá. Mas um dia desaparece.

Exceto que não é apenas a sombra que desaparece. É a pessoa que a cria.

Você. Você desapareceu.

E a ideia de que qualquer coisa pode apenas desaparecer a qualquer momento é algo que você entende de repente de uma maneira completamente nova. Do jeito que eu entendi por um bom tempo depois que minha mãe morreu.

— É como se eu não estivesse aqui — falei para a dra. Nicole, minha garganta ficando apertada. — É como se eu tivesse desaparecido.

— Você está bem aqui — tranquilizou ela, pegando minhas mãos e apertando-as antes de erguê-las para me mostrar. — Você reconhece essas mãos, certo?

Eu assenti.

— Aqui está você — garantiu ela. — Você não foi a lugar nenhum. — Então ela me deu um abraço e disse: — Mas vamos evitar olhar no espelho por um tempo.

Ela queria voltar ao trabalho. Estava organizando alguns testes para eu fazer em seu notebook. Enquanto eu esperava, um pensamento aleatório me ocorreu: Amendoim.

— Isso não se aplica a animais, certo? — perguntei.

— O quê? — questionou a dra. Nicole.

— De repente fiquei preocupada que, quando chegar em casa, eu não consiga ver o meu cachorro.

— Com certeza você vai conseguir ver seu cachorro.

— O rosto dele, quero dizer — eu disse. — Eu preciso desse rosto. Ele é o meu principal animador de humor.

— Eu entendo — disse a dra. Nicole, ainda focada em seu trabalho.

— Esse negócio de rosto é só para rostos humanos, certo?

Com isso, ela hesitou.

— Na maioria das vezes, sim — disse ela.

— Na maioria das vezes? — perguntei. — O que quer dizer com *na maioria das vezes*?

— Não há muita pesquisa com rostos de animais. No entanto, houve alguma pesquisa com carros.

— Carros?

— Algumas pessoas com essa condição têm dificuldade em reconhecer seus carros. Elas também podem ter problemas com direção. Mas não foi estudado o suficiente para entender por que ou como.

— Então... — De alguma forma, isso pareceu a pior notícia de todas. — Você não pode garantir que eu serei capaz de ver o rosto do meu cachorro?

Mas ela não ia permitir que eu caísse na autopiedade.

— Garantias são superestimadas.

Eu devia estar louca por uma briga.

— Garantias são *subestimadas*.

Mas ela não caiu na provocação.

— Vamos focar em uma questão de cada vez.

...

A dra. Nicole tinha preparado alguns testes de reconhecimento facial para eu fazer e avaliar quão ruim estava.

— Isso nos dará uma base — garantiu ela.

Os testes – um de Correspondência Facial de Glasgow, e o de Memória Facial de Cambridge, junto com alguns outros – eram todos online. Ela girou o notebook na minha direção.

Cruzei as pernas e me preparei para começar. Geralmente, eu era bastante boa em testes. Mas não seria aprovada nesses.

Esses testes eram difíceis. Como se fizessem um aluno da pré-escola prestar o vestibular para a faculdade.

Alguns deles pediam para você olhar para duas fotos e decidir se eram da mesma pessoa ou de pessoas diferentes. Outros pediam para você estudar um conjunto de rostos e depois encontrar essas pessoas em grupos. E uns mostravam pessoas famosas sem cabelo. A ideia não era saber se você conseguia nomear as pessoas – porque lembrar nomes é um sistema cerebral diferente. Apenas perguntavam se você conseguia *reconhecê-las*.

Eu conseguia reconhecê-las?

Não, não conseguia.

Era tudo *absurdo* – e eu digo isso no sentido mais amplo da palavra.

De celebridades a presidentes, de ícones pop a ganhadores do Oscar, todos os rostos em todos os testes pareciam totalmente indistinguíveis. Eu não conseguia diferenciar Jennifer Aniston de Meryl Streep. Não conseguia distinguir Sandra Bullock de Jennifer Lopez. Era como olhar para pilhas de traços faciais em um jogo de pega-varetas. Eu conseguia ver que essas pessoas tinham rostos. Conseguia ver os pedaços dos rostos. Só não conseguia dizer como os rostos pareciam quando se juntavam os pedaços.

Sabe aquela sensação que você tem quando reconhece alguém? Aquela pequena faísca de reconhecimento? Eu olhei para centenas de rostos naquele dia e não senti isso nem uma vez.

Ao final do quinto teste, eu estava chorando.

— Isso é o suficiente por hoje, *choonks* — disse a dra. Nicole, colocando o braço ao meu redor para um abraço lateral.

— Do que você acabou de me chamar? — perguntei. O que diabos aquilo poderia significar?

— *Choonks* — ela repetiu. — Significa "querida" em Trinidad.

Isso fez com que eu me sentisse muito bem por um segundo. Eu gostava de ser uma querida.

Mas aí comecei a chorar outra vez.

Ela apertou meus ombros com mais força.

— Eu sei que é muita coisa.

— O problema é... — falei, realmente cedendo ao choro agora. — O problema é... eu simplesmente não sei o que vai acontecer comigo.

— Não vamos nos preocupar com o futuro — sugeriu ela. — Vamos nos concentrar no aqui e agora. Você está se recuperando muito bem. Você cuidou do seu problema cerebrovascular. Já fez a parte difícil.

Agora ela estava dando tapinhas nas minhas costas.

Meus pensamentos estavam agitados como se estivessem dentro de uma betoneira.

— E se... — sussurrei, expressando meu pior medo — eu ficar assim para sempre?

Foi nesse momento que a dra. Nicole mudou de posição para me encarar. Eu olhei para o meu cobertor.

— Quando eu ouvir você dizer coisas improdutivas — disse ela então —, vou chamar sua atenção para elas e questioná-las.

— Eu disse algo improdutivo? — perguntei.

Ela assentiu.

— O que eu disse?

— Aqui está uma pergunta hipotética — falou em seguida. — Se há uma chance de cinco por cento de algo ruim acontecer e uma chance de noventa e cinco por cento de que as coisas fiquem bem, qual delas é mais provável?

Era uma pegadinha?

— Que as coisas fiquem bem?

Ela assentiu.

— Quero que você trabalhe nisso.

— Trabalhar em quê?

— Em com qual dos seus pensamentos você vai escolher se envolver.

— Isso tem a ver com minha preocupação de que eu possa ficar assim para sempre?

Ela assentiu novamente.

— Nossos pensamentos criam nossas emoções. Então, se você se fixar no pior cenário, vai tornar as coisas mais difíceis para si mesma.

— Você quer que eu não me fixe no pior cenário?

— Quero que você comece a praticar a arte do autoencorajamento.

— Então, quando perceber que estou preocupada, devo tentar convencer a mim mesma de que as coisas vão ficar bem?

— É uma maneira de fazer.

— Mas e se eu não acreditar nisso?

— Então continue argumentando.

Eu deveria argumentar comigo mesma para me sentir otimista?

— Eu nunca fui muito otimista — comentei.

— É para isso que serve o argumento.

— Também não sou muito boa em argumentar.

— Talvez essa seja uma chance de melhorar.

Mas eu tinha aprendido havia muito tempo que argumentar não leva ninguém muito longe.

— Você pode me dar uma dica?

— Tente se afastar do detalhe e olhar para o quadro geral — disse a dra. Nicole. — É aí que você pode ver mais claramente.

— Ver o quê?

— Que, não importa o que aconteça, você vai encontrar um jeito de ficar bem... seja a sua prosopagnosia temporária ou permanente.

— Minha proso... — perguntei, desistindo da palavra no meio do caminho. — O que é isso?

— É a condição que você tem agora — disse a dra. Nicole —, com base nos resultados desses testes. — Então ela me deu um diagnóstico: — Prosopagnosia aperceptiva adquirida.

Esperei que essas sílabas fizessem sentido. Mas não fizeram.

Então ela disse novamente.

— Prosopagnosia aperceptiva adquirida. — Depois acrescentou: — Também conhecida como cegueira facial.

CAPÍTULO CINCO

E, DEPOIS DE TUDO ISSO, PARA ADICIONAR UMA ENORME AFRONTA A UM DANO RARÍSSIMO DE ACONTECER, quem eu encontro no elevador do meu prédio na mesma manhã em que volto para casa?

Você adivinhou.

O cara do caso de uma noite. O Desagradável.

Recém-saída do hospital, eu havia caminhado em câmera lenta pelo saguão do meu prédio, prendendo a respiração enquanto pessoas sem rosto vagavam despreocupadamente ao meu redor.

Mantive os olhos no carpete, passei cuidadosamente pelas portas do elevador e apertei o botão para o último andar – meu cabelo cheirando a xampu de hospital e cuidadosamente preso em um rabo de cavalo para cobrir os pontos. Eu tentava com todas as minhas forças não soltar acidentalmente aquela rolha no meu crânio, ao mesmo tempo em que segurava um tsunami de descobertas sobre a semana anterior que mudariam minha vida... exatamente quando o Desagradável em pessoa se lançou através das portas que estavam se fechando e ergueu os braços em vitória ao passar por elas no último segundo.

Digamos apenas que ele não combinava com a minha energia frágil.

Claro, eu não poderia reconhecer o rosto dele agora. Ou qualquer outra coisa sobre sua pessoa bastante insossa. O que eu reconheci – além de sua personalidade terrível – foi a jaqueta de boliche vintage *não vintage* vermelha e branca.

Não poderia haver mais de uma dessas por aí.

Meu Deus! O Desagradável! Eu me esqueci da mulher na cama dele. Eu tinha a intenção de ir até o apartamento dele naquela noite, acordá-la e mandá-la para longe – mas com toda a agitação, sabe, da *cirurgia no cérebro*, eu acabei esquecendo.

Ele não a estava mantendo refém lá dentro, estava?

Pensei em perguntar.

Mas foi quando ele se virou para mim, todo amigável e sem fôlego, e disse:

— Consegui!

Como uma pessoa legal falaria com outra pessoa legal.

Mantive os olhos baixos e me afastei.

Sério, cara? Você acha que pode falar mal e sem nenhum filtro sobre seus casos de uma noite e ainda assim ser um membro normal da sociedade?

Não no meu turno, amigo.

Eu não seria cúmplice desse teatrinho de bom rapaz. Além do mais: que diabos? Que adulto sai correndo pelo saguão de um prédio assim sem pensar? E se ele tivesse esbarrado em mim? E se eu tivesse batido a cabeça e o plugue no meu crânio tivesse estourado como uma rolha de champanhe – e então eu teria que voltar ao hospital?

Eu não estava acostumada a me sentir frágil. E definitivamente não gostava daquilo. Então olhei para ele com raiva, como se dissesse: *Muito obrigada por me lembrar.*

Eu conseguia deduzir que ele estava sorrindo, mesmo com o rosto parecendo um quebra-cabeça. Aquela fileira de dentes grandes era bastante inconfundível.

Como ele ousava?

Era frustrante demais olhar diretamente para uma pessoa e não ter ideia de como era sua aparência. Em especial porque eu realmente poderia ter que identificá-lo em uma fila de suspeitos um dia.

Uma das dicas que a dra. Nicole me dera para lidar com a falta súbita de rostos no mundo era prestar atenção em outras coisas sobre as pessoas.

— A maioria de nós usa rostos por padrão — ela explicara —, mas há muitos outros detalhes para observar. Altura. Formato do corpo. Cabelo. Jeito de andar..

— Jeito de andar? — questionei, como se fosse um exagero.

— Todo mundo anda de um jeito um pouco diferente dos demais, se você começa a prestar atenção — insistiu a dra. Nicole.

Então tentei isso com o Desagradável. O que ele tinha além do rosto?

Mas acho que eu não era muito boa nessa técnica ainda. Tudo o que realmente se destacava era a jaqueta de boliche – que tinha o nome *Joe* bordado em estilo retrô no peito. O resto? Cabelo bagunçado caindo agressivamente sobre a testa. Altura normal. Óculos hipster cinza de armação grossa.

E não sei mais o quê. Braços e pernas, suponho. Ombros? Pés? Isso era difícil.

Normalmente, em situações de elevador com estranhos, mesmo que comece a falar sem querer, você volta rapidamente ao comportamento padrão: olhos desviados, silêncio, o máximo de espaço possível entre os corpos.

Mas eu podia sentir o Desagradável quebrando as regras. Parado perto demais. Tentando fazer contato visual.

Ah, meu Deus. Será que ele achou que eu estava *dando uma olhada nele*?

Senti uma pontada de humilhação. Aquilo era uma pesquisa científica, droga!

Baixei os olhos diretamente para o chão e me afastei ainda mais. Linguagem corporal inconfundível de *não nos conhecemos*.

Mas talvez ele não falasse esse idioma? Eu podia senti-lo me estudando enquanto subíamos para o próximo andar.

— Bela calça de moletom — ele disse então, a voz ainda no máximo da simpatia.

— Obrigada — respondi. Simples e seca.

— É confortável?

O quê? Quem se importava?

— Sim.

Ele parou, e pensei que minhas respostas curtas tinham cumprido seu papel. Mas então ele voltou com tudo.

— Como você está hoje?

Como eu estava? Que tipo de pergunta era essa?

— Estou bem.

— Você está com uma boa aparência — disse ele, como se fosse de alguma forma qualificado para afirmar isso.

Uma lembrança dele dizendo a frase *uma montanha de gordura* surgiu na minha mente, e tudo o que consegui fazer foi soltar uma palavra curta e seca.

— Obrigada.

— Como está sua saúde?

Minha saúde? Hum. Não íamos falar sobre minha saúde – ou sobre mim de jeito nenhum. Eu não conhecia ninguém que morava no meu prédio o suficiente para uma conversa assim. Exceto talvez o sr. e a sra. Kim, que moravam no térreo.

Fui para o ataque.

— Minha saúde está bem. E a sua?

— Ah, boa, sabe como é. Sim, passei a noite toda acordado. Mas isso não é novidade.

Meu Deus. Que monstro. Quantas outras mulheres ele havia ameaçado desde a última vez que eu o vira?

Quando chegamos ao último andar, ambos começamos a nos dirigir para as portas ao mesmo tempo, e, quando ele percebeu o engarrafamento, fez um gesto para que eu passasse com uma reverência digna de Shakespeare.

Sério? Agora ele estava estragando *Shakespeare*?

Passei na frente. Andando um pouco mais rápido do que realmente queria, tentando deixá-lo para trás.

Mas ele me seguiu.

— Você aluga a casinha no terraço? — perguntou ele, enquanto eu parava para digitar o código da porta que dava para a escadaria do terraço.

Obviamente.

— Aham — respondi.

— Nós somos vizinhos — disse ele, e apontou para a porta mais próxima. — Eu moro aqui. Logo abaixo de você.

Será que ele estava se ouvindo?

Assenti com a cabeça, sem erguer os olhos. Sem contato visual.

— Eu adoraria dar uma olhada na sua casa um dia desses — disse ele então. — Sempre quis ver como é lá em cima. — Depois acrescentou: — Especialmente quando você está fazendo barulho no meu teto.

Não. Não, muito obrigada. Não tinha a menor chance de esse idiota "ver como é lá em cima".

Virei para encará-lo, verificando o nome no bolso dele.

— Olha, Joe — falei, fincando meu dedo, com força, no nome bordado na jaqueta dele para que ele soubesse que eu sabia —, não vou convidá-lo para ir ao terraço. — Então, com um tom que muito claramente dizia *Eu sei o que você fez com aquela mulher, você é uma pessoa horrível e ambos sabemos disso*, acrescentei: — Isso não vai acontecer. Entendeu?

Isso o chocou um pouco – o que me lembrou de outra coisa que a dra. Nicole me dissera.

Durante nossa extensa sessão para desenvolver habilidades de enfrentamento, antes de eu sair do hospital, enquanto tentava argumentar que a cegueira facial não seria tão debilitante quanto eu temia, ela me disse, entre muitas outras coisas, que mesmo que eu não pudesse ver os rostos, ainda seria capaz de ler as emoções neles.

— Se alguém estiver chocado, envergonhado ou com raiva, você ainda será capaz de perceber — explicou ela. — Você não vai *ver*, mas vai *saber*.

— Como isso é possível? — perguntei.

— São dois sistemas cerebrais diferentes.

— Mas como posso *ler* rostos se não posso *vê-los*?

— Você ainda consegue ver os rostos — disse a dra. Nicole. — Não há nada de errado com os seus olhos. O seu cérebro só não sabe como juntar as informações para mostrá-las a você no momento.

O tom de voz dela era tão razoável.

Mas nada disso era razoável.

— Os rostos não desapareceram — a dra. Nicole tentou me explicar novamente. — Os rostos ainda estão lá. E outra parte do seu cérebro pode ler as emoções deles muito bem. Como sempre.

— Vou ter que confiar em você quanto a isso — cedi, sem confiar nela de jeito nenhum.

Mas acontece – como muitas vezes aconteceria com a dra. Nicole – que ela estava certa. Porque quando rejeitei abruptamente o pedido do Desagradável para ser convidado para conhecer minha casa, o choque dele foi evidente. Eu não pude ver, mas pude *sentir*: o rosto ininteligível dele estava surpreso. E um pouco desconcertado – muito provavelmente tendo vivido a vida toda como um completo idiota sem encontrar repercussões suficientes. E agora, finalmente, estava pronto para parar com toda aquela simpatia inapropriada.

Tudo bem. Ótimo.

Ele pode ter enganado aquela pobre mulher que passara a noite com ele. Mas não ia me enganar.

Baixei os olhos para o bolso da jaqueta dele, deixando-os repousar na palavra *Joe*, até que ele também olhasse para a palavra.

Um nome bonito demais para ele.

Talvez eu tivesse que ser vizinha dele. Talvez tivesse que esbarrar com ele no elevador. Talvez tivesse que carregar a lembrança dele dizendo a palavra *gordura* pelo resto da vida...

Mas eu não precisava convidá-lo para o meu cafofo.

Joe, o Desagradável, concordou com a cabeça e deu um passo para trás.

— Entendi.

E soou como se ele realmente tivesse entendido.

/ CAPÍTULO SEIS =

ENCONTRAR O DESAGRADÁVEL NO ELEVADOR NÃO FOI A PIOR PARTE DE VOLTAR PARA CASA DEPOIS DO HOSPITAL.

A pior parte da volta foi Lucinda.

Que decidiu tentar me ajudar.

Entre todas as possibilidades.

E começou me forçando a aceitar uma carona para casa.

Para ser honesta, eu nem tinha notado Lucinda quando ela chegou de manhã. O cardigã rosa-chiclete que ela escolhera era quase exatamente da mesma cor dos uniformes das enfermeiras, e eu apenas presumi que ela fosse uma delas. Lucinda conversou com as enfermeiras por um bom tempo, e eu não percebi até ela vir e dizer:

— Pronta para ir?

Seria de se pensar que eu poderia ter reconhecido com facilidade a voz da *pessoa que arruinou minha vida*... mas não consegui.

Ela poderia ser qualquer pessoa.

A dra. Nicole também tinha me explicado sobre vozes. Meu cérebro estava acostumado a todos os meus sentidos trabalhando juntos em um ecossistema. Ter um sentido desordenado podia desregular os outros também, por um tempo. Então ele poderia demorar para aprender a reconhecer vozes sem os habituais indícios visuais do rosto. Com o tempo, ela prometeu, eu ficaria melhor em identificar vozes sozinhas.

— Você pode até acabar sendo melhor em reconhecer vozes do que era antes. Com o tempo. Se... — Mas ela se interrompeu.

— Se eu não recuperar a capacidade de ver os rostos? — completei.

Ela assentiu.

— Seja paciente consigo mesma — pediu ela. — Seu cérebro tem muito a que se ajustar agora. Costumamos pensar nos sentidos como se fossem coisas separadas, distintas. Mas eles estão realmente interligados.

Vai ser um caos aí dentro até as coisas se acalmarem. Até coisas simples vão ser difíceis por um tempo.

— Por quanto tempo? — perguntei.

Mas eu sabia a resposta, mesmo quando ela disse:

— Nós simplesmente não sabemos.

De qualquer forma, isso poderia acabar sendo um ponto positivo, de algum modo.

Eu não tinha pressa de reconhecer a voz de Lucinda.

Concordei com a carona apenas depois de fazê-la jurar de pé junto que *só* me deixaria na porta e não subiria.

— Mas eu preciso pegar seus remédios — protestou ela.

— Eu posso pegar meus malditos remédios — insisti.

Mas dá para imaginar como foi o resultado.

Isso mesmo. Ela pegou as minhas receitas sem permissão e depois subiu até minha casa sem ser convidada.

Eu estava em casa não fazia nem quinze minutos quando ela apareceu.

Eu ainda estava parada na entrada, tentando me ajustar ao silêncio desconhecido. Amendoim estava no canil. Não havia o tilintar das plaquinhas ou o barulho das patinhas de cachorro enquanto ele corria para me receber na porta, abanando o rabo tão forte que batia nas orelhas. Não havia o rosto dele, com sorte ainda reconhecível, para me fazer sentir que tudo ficaria bem.

Estava tudo ruim.

E então, de repente, lá estava Lucinda. Batendo na porta do meu cafofo.

E tudo ficou ainda pior.

Depois de uma vida inteira tentando esconder minha extrema falta de sucesso na vida tanto dela quanto do meu pai, a chegada dela só piorava as coisas.

Pensei em ignorá-la. Mas então decidi não prolongar a agonia.

— É aqui que você mora? — perguntou ela, entrando assim que eu abri a porta.

— Pensei que você tivesse ido para casa — comentei.

— Peguei seus remédios — disse Lucinda, como se estivesse me fazendo um favor.

— Eu não falei para você não fazer isso?

Mas Lucinda olhava ao redor.

— É bem... boêmio — disse ela, como se fosse o elogio mais polido que conseguisse encontrar.

— Como você subiu aqui? — eu quis saber.

— O sr. Kim me deu o código.

— Você conheceu o sr. Kim?

Ela assentiu, ainda olhando ao redor.

— Ele ficou me chamando de Martha Stewart.

Ao ouvir isso, reprimi um sorriso. O sr. Kim sempre conseguia captar o jeito de ser de todo mundo.

Suspirei.

— Na verdade, é um apelido ótimo para você.

Ela ficou pensando naquilo. Será que ela considerava um elogio ou uma ofensa?

De qualquer forma, eu não gostava de ver meus mundos se encontrarem.

— Não incomode o sr. Kim, ok?

O sr. Kim e toda a família Kim eram minha responsabilidade.

Mas ela não estava ouvindo.

— Você mora aqui?

Suponho que eu poderia ter mentido. Mas talvez eu estivesse cansada de mentir. E, de qualquer forma, era inútil. Ela estava ali. Era o que era.

— É temporário — falei.

E então, com sua característica determinação, ela tirou a carteira, passou os olhos pelos cartões de crédito e pegou um.

— Pegue — disse ela.

— Não preciso disso — falei.

— Só pegue — ela insistiu. — Seu pai nunca vai saber.

— Estou bem — garanti.

— Este aqui acumula pontos — disse ela, balançando o cartão na minha direção.

— E daí?

— Então cada vez que você usar, estamos ganhando dinheiro.

— Não é assim que funciona.

Mas ela me deu uma piscadinha.

— Use. Eu cuido de todas as contas, de qualquer forma. Nunca vou contar.

Como ela se atrevia a agir como se eu precisasse dela?

Nunca precisei de ninguém. Nunca. Para nada.

E a razão pela qual isso era verdade? A razão pela qual eu nunca me permitia fazer algo tão simples como *precisar de outras pessoas*, algo que o resto da humanidade podia fazer o tempo todo? Essa razão estava bem aqui, usando um suéter rosa-choque.

Segurei seus ombros e a conduzi em direção à porta.

— Eu não preciso da sua ajuda. Não quero você aqui. E vou mudar o código de acesso. Então vá para casa, tá bom? E leve seu cartão de crédito com você.

Ela não me contestou. Partiu sem protestar.

Mas foi só depois de trancar a porta que vi, sobre a mesa ao lado, me encarando desafiadoramente... o cartão de crédito dela.

...

A ficha só caiu, realmente, depois que me livrei dela.

Minha vida inteira até então fora um *antes*. E agora eu estava no depois.

Eu não conseguia ver rostos. Nem mesmo o meu.

Eu tinha prosopagnosia.

Talvez eu continuasse assim, talvez não. Mas uma coisa era certa. Eu nunca mais seria a mesma.

Era como de repente me encontrar em um planeta alienígena. Mesmo no hospital, onde o cuidado era literalmente o trabalho de cada pessoa com quem eu interagia, todos pareciam estranhos, estrangeiros e vagamente perigosos. Ou eu estava pensando nos rostos ausentes e tentando desviar o olhar, ou os encarava, ainda descrente, ou esquecia da minha situação cerebral – e então olhava para cima e era surpreendida por mais um rosto sem rosto.

Para ser clara, eu sabia conceitualmente que os rostos ainda estavam lá. Se eu olhasse com cuidado, conseguia ver as partes individuais. O que eu não conseguia fazer era olhar para um rosto e saber instantaneamente quem era e me lembrar de tudo o que já havia aprendido sobre aquela pessoa. Ou, no caso de estranhos: saber de imediato que eu não os conhecia.

Esse novo modo de ser era um processo consciente de dedução. Não havia nada de fácil nele.

Agora, na maioria das vezes, em vez de tentar, eu simplesmente deixava todos serem um borrão.

Minha mente consciente entendia o que tinha acontecido. O GFF não estava funcionando. Entendido. Apenas um pequeno contratempo cerebral. Não a realidade. Apenas um erro no meu sistema.

Mas minha mente subconsciente – aquela que não estava acostumada a ter que repensar a realidade – estava profunda e intensamente perturbada.

Eu podia entender na teoria que tinha prosopagnosia.

Mas na prática? Não fazia sentido algum.

Descobri rapidamente, através de pesquisas obsessivas na internet, que dois por cento da população mundial têm prosopagnosia. Então definitivamente eu não estava sozinha. De oito bilhões de pessoas no mundo – e eu peguei a calculadora para isso –, havia cento e sessenta milhões de outras pessoas que também tinham prosopagnosia. Além de mim. Esse número era maior do que a população da Rússia. Poderíamos começar nosso próprio país e competir nas Olimpíadas.

Só que muitos deles nem sequer sabiam que tinham prosopagnosia.

Eu tinha um tipo de prosopagnosia conhecido como adquirida. O tipo que as pessoas desenvolvem em algum momento da vida – seja por derrames, lesões na cabeça ou cirurgia cerebral. A maioria das pessoas com prosopagnosia adquirida sabe que a têm. Se sempre foi capaz de reconhecer rostos e, de repente, não consegue mais, você percebe.

Mas o tipo muito mais comum era conhecido como desenvolvimental. Essas pessoas eram prosopagnósicas durante toda a vida – e muitas delas nem sequer sabiam disso. O que faz sentido. Porque se o mundo sempre foi assim para você, então assim sempre foi. Nada pareceria estranho. Você presumiria que todos os outros eram exatamente iguais.

Encontrei alguns grupos no Facebook e li todos os comentários em cada post, tentando entender o que era realmente viver no mundo assim. A maioria das pessoas tinha dicas e truques para reconhecer pessoas sem usar os rostos como pista principal, e algumas pareciam ser muito boas nisso.

Quanto ao que todos sentiam em relação a ter a condição, encontrei uma ampla gama de opiniões. Algumas pessoas achavam limitante, frustrante ou deprimente... enquanto outras achavam que *não era nada de mais*, a ponto de não entenderem por que isso merecia discussão. Uma mulher queria saber qual era o motivo para falar sobre isso quando havia "pessoas com problemas reais" por aí. Outra mulher muito agradável descrevia sua prosopagnosia como um "superpoder", dizendo que tratava cada pessoa com quem interagia como uma amiga querida – apenas no caso de essas pessoas realmente serem amigas queridas. Quando as pessoas falavam com ela no supermercado como se a conhecessem, ela fingia que as conhecia também e fazia pergunta após pergunta, até conseguir desvendar o mistério por si mesma. Aprendia muito sobre as pessoas dessa maneira, ela afirmava – mas, mais que isso, significava que quase toda interação que tinha com outras pessoas era impregnada de calor e afeição. De certa forma, não havia estranhos.

Ela adorava ter cegueira facial. Sentia que isso a tirava de sua zona de conforto. Acreditava de todo o coração que era um presente.

Hum.

Fechei os olhos e tentei ver esse momento na minha vida como um presente.

Bem... Não.

Minha experiência até agora era o oposto de viver em um mundo sem desconhecidos. Para mim, agora mesmo, todos pareciam desconhecidos. Até eu mesma.

Quero dizer, sinceramente, eu não conseguia me imaginar andando por um mundo onde todos pareciam figuras de chapéu-coco em uma pintura de Magritte e me sentir... envolta em um mar calmo de bondade humana.

Talvez se tratasse mais de adaptação do que de qualquer outra coisa. Do antes e o depois. Do fato de o mundo – meu mundo – ter mudado de maneiras que eu nunca imaginara antes de tudo isso acontecer. Do fato de uma ferramenta central para me relacionar com o resto da humanidade – algo em que eu confiara constantemente, todos os dias, durante toda a minha vida – de repente ter... *desaparecido*.

Sendo honesta, era assustador. E para começo de conversa, eu nunca tinha sido muito boa com pessoas.

Tudo isso para dizer que, nos primeiros três dias em casa, eu não conseguia me obrigar a sair do apartamento.

Eu basicamente me recuperava da cirurgia. E pedia delivery. E assistia a filmes antigos.

E me aproveitava – depois de muita hesitação – do cartão de crédito de Lucinda.

Eu tinha jurado nunca precisar da ajuda do meu pai ou de Lucinda. Mas usar aquele cartão era realmente "precisar" deles? Em especial se eu estivesse comprando itens de luxo dos quais não precisava. Isso era diferente de precisar deles. Era *puni-los*. Certo?

Pensando nisso do jeito certo, era um jeito de vencer.

Então eu fui em frente. Desfrutei da minha primeira sessão de compras recreativas em anos: uma chaleira de estilo *hygge*, um cordão de luzes cintilantes vendido como "estrelas cadentes", um travesseiro aveludado em forma de coração... e um híbrido completamente maluco que misturava um pijama com pés com um cobertor felpudo chamado Pijamudo.

O Pijamudo chegou no mesmo dia, e depois de me enfiar nele, jurei nunca mais tirá-lo. Era basicamente uma fronha retangular do tamanho de um ser humano, com buracos em cada canto para mãos e pés. Os buracos para os pés tinham botinhas, e os das mãos tinham luvas. E no pescoço tinha um capuz. E o que era aquele tecido felpudo, macio, que trazia a sensação de que nada jamais poderia machucar a pessoa novamente? Aveludado dos dois lados.

Tive que me controlar para não encomendar mil deles.

Então fiquei em casa. Eu estava no controle. Eu *podia* lidar com isso. Estava tudo bem.

Como sempre, eu estava completa, absoluta e surpreendentemente bem – colocando minha vida de volta nos eixos sem muito alvoroço.

Fechei minha loja no Etsy. Coloquei um aviso na página e no meu Instagram que dizia: "AGENDA LOTADA! Obrigada por todos os pedidos! Esta loja vai fazer uma pausa de oito semanas. Não aceito novas encomendas no momento".

Isso soava bastante bom, não é? Como se eu estivesse apenas no limite com o trabalho por causa da sede implacável que o mundo tinha dos meus retratos.

Não como se eu estivesse no limite *emocional*.

Ou como se minha vida inteira estivesse desmoronando.

Ou como se eu tivesse medo de sair de casa.

Não aceitar nenhuma encomenda de retrato significaria que não haveria entrada de dinheiro. Mas não havia escolha. Talvez eu devesse pagar todas as minhas contas no cartão de crédito do meu pai. Talvez fosse tudo uma questão de atitude. Se um pouco de punição era bom, será que muita punição seria melhor?

Fiquei me perguntando se o sr. Kim me deixaria pagar o aluguel no cartão.

Quando sentia uma sensação crescente de pânico, tentava encarar como algo positivo. Depois de todos esses anos de trabalho incessante, talvez fosse bom me desvincular um pouco da minha loja no Etsy. Embora ainda tivesse que checar os comentários todos os dias. A maioria das pessoas dizia coisas boas na maioria das vezes, mas ocasionalmente um maluco aparecia com um comentário como: **ESSES RETRATOS PARECEM PALHAÇOS DE CIRCO.**

De qualquer forma, essa era a vida online. Você tinha que ficar de olho nos malucos. *Bloquear* e *excluir*.

Um pouco como o resto da minha vida agora.

Eu mandava entregar as compras. Tomava banhos demorados.

E tentava repetidas vezes – sem conseguir – me convencer a ir buscar Amendoim na clínica veterinária.

Amendoim, de quem eu sentia falta o tempo todo no meu apartamento desamendoinizado.

A situação era ruim a esse ponto: deixei o *único membro* da família que me restava hospedado no veterinário por três dias a mais porque não conseguia me convencer a sair do prédio. E também, mais do que qualquer outra coisa, porque estava aterrorizada que, quando finalmente nos reencontrássemos, eu talvez não conseguisse ver o rosto dele.

...

Finalmente, em um profundo ato de coragem, consegui. Tomei um banho, me vesti e caminhei – tão cuidadosamente como se pudesse escorregar em uma calçada coberta de gelo – dois quarteirões cheios de desconhecidos com rostos pixelados até chegar a uma clínica veterinária na qual nunca estivera, cheia de pessoas que eu nunca conhecera.

Estávamos no Distrito dos Armazéns, então não fiquei surpresa ao descobrir que essa clínica ficava em um armazém. No entanto, fiquei surpresa pelo sistema de som que tocava músicas antigas animadas na sala de espera.

Ao me aproximar do balcão da recepção, falei:

— Música divertida.

— O quê? — perguntou uma recepcionista sem rosto, erguendo os olhos.

— A música! — falei, projetando a voz um pouco mais alto. Então fiz um sinal de positivo.

Ela apontou para os alto-falantes.

— Estamos tentando abafar todo o barulho da construção ao lado.

— Ah — falei.

— O barulho estressa os animais — disse ela, clicando no computador para abrir minha conta. — Mas parece que tocar Sam Cooke ajuda.

Enquanto a fatura saía da impressora, ela a leu e disse:

— Ah, você é a mãe do Amendoim!

Mãe? Acho que não. Mais como *irmã*. Ou melhor amiga. Mas eu apenas disse:

— Sim.

— Ele é um grande fã da música — comentou ela. — Você sabia que ele gosta de Louis Armstrong?

— Olha, não me surpreende — respondi. — Ele é um cachorro muito culto.

Ela assentiu, me entregou a fatura, e foi quando percebi que já tinha sido paga.

Lucinda.

Que chateação.

Dito isso, também eram seiscentos dólares que eu não tinha, então eu não estava reclamando.

Será que Lucinda podia simplesmente comprar meu carinho assim? Hoje, sim. Eu acho.

Em seguida, esperei pelo momento da verdade com Amendoim. Quando o visse novamente, será que conseguiria reconhecê-lo?

Depois do que pareceu ser uma eternidade, tive minha resposta.

Sim.

Um auxiliar o trouxe, e eu tive certeza assim que a porta se abriu: o pequeno focinho do Amendoim. Lá estava ele. Com grandes olhos castanhos líquidos. Pelo amarelo e o bigode estilo Lorax que ficava torto depois que ele descansava o queixo em alguma coisa. Orelhas penugentas que pareciam nunca estar ambas apontando para cima – ou para baixo – ao mesmo tempo.

Pergunta respondida.

Eu reconheceria aquele rosto em qualquer lugar.

Em um segundo, Amendoim estava nos meus braços e me lambendo por todo lado. Seu rabo abanava freneticamente, seu corpo se contorcia, seu coraçãozinho pulava no peito. Se ele estava bravo por ter sido abandonado por oito dias, com certeza não guardava rancor.

Cães eram tão bons em perdoar.

Amendoim alternava lambidas animadas com olhares profundos, como se não pudesse acreditar na sorte de eu ter retornado. E não era o único se sentindo sortudo. Porque o único rosto que eu consegui ver desde a cirurgia acabou sendo o meu favorito.

Tudo isso para dizer que algo no toque dele – a maciez do pelo, o cheiro salgado e canino, o amor incondicional – me fez começar a chorar ali mesmo na sala de espera.

Sim. Foi um momento emocional.

Comecei a chorar e então… não conseguia parar. Apenas fiquei ali sorrindo, chorando e acariciando meu amiguinho enquanto ele lambia as lágrimas salgadas das minhas bochechas de novo e de novo.

— Senti saudade, amigão — sussurrei, afundando meu nariz em seu pelo.

Foi quando olhei para cima e vi alguém me observando. Um homem. Um veterinário, pelo que parecia. Um veterinário alto, de jaleco branco e gravata, com um corte de cabelo impecável, digno de alguém que havia frequentado uma universidade de prestígio. Ele estava com as mãos nos bolsos do jaleco e ficou ali parado, olhando diretamente para Amendoim e para mim, absorvendo a cena.

E mais uma vez, a dra. Nicole estava certa, porque eu poderia dizer, sem nem precisar juntar os pedaços do seu rosto, que esse cara era verdadeiramente bonito.

Isso deve ser um sistema cerebral próprio.

Era algo nele. A maneira como se portava. Aquele corte de cabelo – tão profissional e competente. Eu sempre pensei que a beleza masculina estivesse nas características faciais e nas formas e proporções matemáticas. E talvez fosse. Mas esse cara também tinha algo especial – como se estivesse comandando o ambiente sem nem fazer nada. Apenas parado ali, irradiando beleza como uma estátua viva e sexy.

A maioria das pessoas naquele momento me fazia querer desviar o olhar. A intensidade daqueles rostos como peças de quebra-cabeça – a impossibilidade de tudo aquilo – era fisicamente desconfortável, como um zumbido no meu corpo.

Mas esse cara? Eu simplesmente não conseguia desviar o olhar. Eu o observei, e ele fez o mesmo comigo, por um bom minuto. Finalmente, ele se virou e caminhou pelo corredor – mãos nos bolsos e o jaleco balançando elegantemente atrás de si como um modelo masculino em uma passarela –, me obrigando a notar que a dra. Nicole estava certa mais uma vez.

Porque aquele homem tinha um jeito de andar incrível.

Caramba.

Foi amor à primeira vista – e eu nem mesmo podia vê-lo.

Ok, retiro o que disse. Não foi *amor*.

Amor requer, no mínimo, ter falado com a pessoa.

Talvez fosse uma *paixonite* à primeira vista. Ou uma inquietação. Ou uma obsessão.

O que quer que fosse, eu não ia reclamar.

Até esse momento, eu tinha classificado o conjunto: deixar Ezra, meu namorado narcisista, e então ficar sem dinheiro, quase morrer atravessando a rua, ter uma cirurgia cerebral surpresa, ter que deixar meu cachorro em uma clínica desconhecida e depois ficar com cegueira facial como coisas *ruins*.

Mas agora?

Estava tudo bem.

A visão daquele veterinário – pelo menos por um minuto – parecia ter consertado tudo.

Parei de chorar, pelo menos.

Eu me virei para a recepcionista, para ver se o mundo dela também tinha sido abalado pela aparição daquele misterioso veterinário do outro lado da sala. Mas não. Ela estava checando o Instagram.

— Aquele era o veterinário? — perguntei.

Ela olhou pelo corredor.

— Ah, sim. Um deles. É o dr. Addison. — Sua voz era completamente casual, como se ele fosse apenas uma pessoa comum, do dia a dia.

— Ele trabalha aqui?

Ela assentiu.

— Sim. É o veterinário mais recente da equipe.

Eu queria fazer mais perguntas – *Qual é a dele? Como ele é? Ele é tão bonito quanto eu acho que é?* –, mas não consegui pensar em nada que não me fizesse parecer maluca.

Em vez disso, eu apenas disse:

— Acho que provavelmente eu devia agendar um check-up para o Amendoim.

■■■

Claro, fazia só dois meses que Amendoim tinha feito um check-up – com minha antiga veterinária, uma senhora de mais de sessenta anos que eu conhecia desde criança – e estava com a saúde perfeita de um cavalheiro canino de sua idade.

Mas todo cuidado é pouco, não é verdade?

Cuidados preventivos com a saúde dos animais de estimação são muito importantes.

Mas acontece que o dr. Addison – o dr. *Oliver* Addison, notei quando peguei seu cartão de visita na recepção – não tinha nenhum horário disponível pelo próximo mês.

— Uau — exclamei. — Ele está realmente com a agenda cheia.

— Sim, ele lota rápido.

— Eu imagino.

— Além disso, ele deixa bastante espaço na agenda para emergências.

Viu só? Não apenas bonito, mas também um planejador atencioso. Deixando espaço para emergências para não ter que recusar ninguém. Havia *alguma coisa* nesse cara que não fosse perfeita? Mais importante, se eu me casasse com ele, eu mudaria meu sobrenome?

Ponderei sobre isso durante minha caminhada para casa. Testando o som em minha cabeça enquanto murmurava as palavras: *Sadie Addison*.

Sadie Addison! Era o melhor nome de todos. Todas aquelas letras S e D.

Eu podia me ver na minha festa de noivado – um pouco boba de felicidade enquanto explicava: "Nunca pensei em mudar meu sobrenome, mas Addison simplesmente parecia um upgrade tão grande". Eu podia me ver no futuro, sem a cegueira facial, me inclinando de um jeito confiante ao conhecer novas pessoas, com um firme aperto de mão, dizendo: "Prazer em conhecê-lo. Sadie Addison". Eu conseguia imaginar nosso cartão de Natal, ainda como recém-casados: "Feliz Natal! Oliver e Sadie Addison". Talvez vestíssemos suéteres nórdicos combinando.

Ou deveríamos usar um hífen? "Os votos de Natal mais calorosos dos Montgomery-Addison"?

Sem pressa para isso. Eram muitas opções para considerar.

Eu podia me ver encontrando antigos pretendentes ou antigas colegas de escola no supermercado, enquanto o dr. Addison e eu andávamos de mãos dadas, digamos, em uma saída noturna rápida para comprar sorvete Ben & Jerry's. Estaríamos tão felizes, brincando no corredor do congelador – talvez ele me cutucando ou tentando me levantar enquanto eu ria descontroladamente como a pessoa mais apaixonada da história – que nem notaríamos quem era a princípio. Então pausaríamos em meio à nossa delirante diversão para apresentações agradáveis. "Ah, olá. Veja como minha vida deu certo. Por favor, conheça meu marido tão-lindo--que-nem-precisa-de-rosto, Oliver. A propósito, agora sou Sadie Addison."

Sim. Seria ótimo.

Tudo bem. Será que estou criando uma paixonite para dar a meu cérebro ferido algo em que se concentrar que não fosse algo profundo e irremediavelmente deprimente?

Com certeza. Era bem provável.

Havia algo de errado nisso?

De jeito nenhum.

Se eu precisasse de um pequeno impulso romântico repleto de oxitocina, cortesia do penteado nível GQ e do andar incrivelmente bonito do dr. Oliver Addison, havia realmente algum crime nisso? Por que não, certo?

A dra. Nicole disse que nossos pensamentos criam nossos sentimentos.

Talvez alguns pensamentos positivos fossem exatamente o que o médico receitaria.

Ou o veterinário, no caso.

...

A caminhada para casa foi surpreendentemente agradável.

Estava ensolarado e ventando, e eu segurava Amendoim de encontro ao peito enquanto mantínhamos nossas cabeças erguidas e deixávamos o vento acariciar nossos rostos. Conhecer meu futuro marido renovou minha força e minha coragem, e eu aproveitei minha jornada de volta sem medo – deixando todas as pessoas sem rosto passarem por mim como borboletas.

Até que fui parada por uma delas.

— Ah, meu Deus! Sadie? — Era a voz de uma mulher, de alguma distância.

Virei na direção do som.

Ela era alta, estava vestida toda de cinza, com um lenço rosa que dava um toque de cor, e tinha o cabelo loiro tingido... e um rosto que parecia uma pintura cubista.

Ela correu até mim e me agarrou pelos ombros, me puxando para um abraço que apertou tanto a mim quanto a Amendoim.

Tentei conter o pânico crescente. Eu não fazia ideia de quem era essa pessoa. Quais eram mesmo os truques que eu tinha lido na internet? *Sorria muito. Faça perguntas sugestivas. Seja calorosa e amigável. Não diga nada que a entregue. Ganhe tempo e resolva o mistério antes que a pessoa perceba.*

Antes que eu pudesse pensar no que perguntar, a mulher sem rosto disse:

— Há quanto tempo não nos vemos?

— Nossa — concordei, ganhando tempo. — Há *quanto* tempo?

— Você está incrível — disse ela em seguida.

O que mais eu poderia dizer?

— *Você* está incrível.

— E o que você tem feito ultimamente?

— Ah — respondi. — A mesma coisa de sempre. — Então, tentando mudar o rumo da conversa: — E *você*?

— O mesmo de sempre — disse ela. — Apenas trabalhando e trabalhando. Tentando conquistar o mundo. Você entende.

— Com certeza. — Concordei com entusiasmo.

Então houve uma pausa.

Eu nunca tinha percebido antes o quanto perguntas pessoais precisavam de um ponto de partida.

Mas tentei me encorajar. Eu estava indo bem! Eu estava passando no teste!

— Bom — disse ela, então. — Foi ótimo ver você.

— Foi ótimo ver você também — respondi com o máximo de calor, como se realmente, realmente tivesse sido.

Ela começou a se afastar, mas depois se virou.

— Ah... Sadie?

— Sim? — perguntei, com um sorriso amplo.

— Eu sei que você não faz ideia de quem eu sou.

Meu sorriso desapareceu.

Ela deu um passo na minha direção.

— Você nunca seria tão simpática se tivesse alguma ideia.

— Quem é você? — perguntei.

— Mamãe me contou tudo o que aconteceu... mas, não sei... parecia bom demais para ser verdade. Eu precisava ver por mim mesma.

"Mamãe?" Contou a ela "tudo o que aconteceu"?

E então eu soube. Bem quando ela se aproximou e falou no meu ouvido, eu soube.

Era minha meia-irmã malvada. Parker.

Só depois de perceber quem ela era foi que notei também seu perfume característico. Ela sempre usa – juro que é verdade – um perfume da Dior chamado Poison.

Muito previsível.

— Oi, maninha — ela sussurrou, e então deu um tapinha na minha bunda e saiu rebolando.

E foi isso, ali mesmo, que selou meu destino. O otimismo estava cancelado.

Eu encontraria um Pijamudo de cachorro para o Amendoim e nunca mais sairia do meu apartamento.

CAPÍTULO SETE

QUANDO CHEGUEI EM CASA, HAVIA UM E-MAIL ME ESPERANDO DA NORTH AMERICAN PORTRAIT SOCIETY, O QUE me lembrou que eu tinha me esquecido completamente disso. Havia uma longa lista de tarefas a serem feitas antes da exposição com júri e outra cópia das regras e diretrizes, incluindo:

- Os retratos devem ser em uma tela de 76 cm × 102 cm.
- Os retratos devem apresentar apenas um modelo.
- Os retratos devem ser de um modelo-vivo – não serão aceitas obras feitas a partir de fotografias.
- Os retratos podem ser feitos em óleo ou acrílico – não serão aceitas obras feitas com técnica mista.
- Os retratos devem ser obras novas – pintadas nas seis semanas que antecedem o prazo final.

Também havia um anexo sobre um componente da noite do evento que eu certamente não tinha percebido no e-mail original. Não apenas a exposição era uma competição que seria julgada em tempo real, mas também ocorreria um leilão silencioso. Nossos retratos seriam leiloados ao longo da noite e vendidos ao maior lance – e os recursos seriam destinados a financiar projetos de ensino e aprendizagem.

Meu primeiro pensamento foi: *Isso é bem legal.*

Essa sensação foi imediatamente eclipsada por: *Ai, meu Deus. E se ninguém der um lance pelo meu retrato?*

Foi, digamos, um lembrete bastante convincente para eu me mexer.

Fiz uma contagem regressiva pelo meu calendário e percebi que tinham se passado catorze dias desde que eu havia descoberto que era finalista. É verdade que muita coisa tinha acontecido. Mas a North

American Portrait Society não esperaria. As submissões de retratos dos finalistas deveriam ser feitas três dias antes do evento e, embora outras pessoas tivessem que embalar e enviar seus trabalhos, e eu só precisasse chamar um Uber para levar o meu até a galeria, eu só tinha pouco mais de três semanas para fazer isso.

Três semanas.

Quase não era tempo suficiente para meu *antigo* giro fusiforme facial, que funcionava plenamente. Sem mencionar que eu nem sequer tinha começado a pintar. Nem mesmo tinha pensado muito sobre isso.

Hora de colocar as coisas nos trilhos. Se eu estava bem o suficiente para me casar com o veterinário do Amendoim, estava bem o suficiente para pintar um retrato.

Mas... *como?*

Os retratos que eu fazia eram clássicos e tradicionais. Um dos meus professores de arte na faculdade tinha me chamado de "um Norman Rockwell multicultural do século XXI". Eu pintava todos os tipos de retratos e os tratava como se fossem capas da revista *Saturday Evening Post* – imagens realistas, simples, fáceis de entender, com muita luz rosada e muito charme. Esse era o estilo de retrato que minha mãe também pintava – e, na verdade, eu tinha aprendido a pintar ao copiar o portfólio dela. Era isso que eu fazia no ensino médio em vez de sair para beber: ficava no estúdio de arte vinte horas por dia e copiava os traços da minha mãe.

A essa altura, eu diria que mal dava para distinguir o meu trabalho do dela, e isso não só me deixava orgulhosa, como também me fazia sentir que eu tinha encontrado uma maneira de me manter ligada a ela.

Mas aqui vai a verdade sobre retratos: eles são totalmente baseados no rosto. Tudo em um retrato desse tipo direciona o espectador para o rosto – as linhas, os ângulos, a composição, as cores. O rosto é onde as emoções estão, onde a história reside, onde o coração de tudo acontece.

Você não pode fazer concessões, é o que quero dizer. Não pode colocar o modelo de óculos de sol. Ou fazer com que a pessoa vire o rosto para longe de você, ou fique de cabeça para baixo, ou se esconda sob um chapéu. Não se quiser fazer algo bom. Não se quiser ganhar dez mil dólares. Você precisa de um rosto perfeitamente representado, tão detalhado que pareça estar vivo – em primeiro plano.

Eu tinha feito isso mil vezes. Tinha *arrasado* mil vezes.

Rostos eram a minha especialidade.

Mas agora?

Eu não tinha a menor ideia do que fazer.

E só tinha três semanas para descobrir.

■■■

Em algum momento, após o que Sue chamou de meu "rostocalipse", ela gentilmente concordou em ser minha modelo-viva. Ela achava que eu teria uma chance melhor com o rosto dela, já que o conhecia tão bem.

Além disso, como sempre, ela estava disposta a fazer coisas malucas. Liguei para ela depois de receber o lembrete por e-mail e disse:

— Ainda estamos combinadas para amanhã, certo?

— Claro — respondeu Sue.

— Não me deixe na mão, ok? Eu preciso de você de verdade.

— Eu nunca deixo você na mão — me garantiu ela.

Para ser honesta, às vezes ela me deixava na mão. Mas quem nunca fez isso?

Sue trabalhava como professora de arte em uma escola primária, e o plano era ela vir depois do trabalho todos os dias por uma semana. Pediríamos algo para comer em um delivery, e o namorado dela, Witt, jurava que não se importava de ela "trabalhar até tarde".

— Mas você não está realmente trabalhando, né? — perguntei. — Está?

— É um trabalho de amor — disse ela, dando razão para os dois lados.

Fiz Sue trazer seu vestido de bolinhas vermelhas com mangas de babado. Se o rosto fosse ficar mais fraco que o normal nesse retrato, então todo o restante precisava ser mais forte. Eu teria que representar a maciez dos babados de modo que quem olhasse para o quadro sentisse o farfalhar deles contra a própria pele. Além disso, o vermelho precisava ser perfeito – rico e chamativo sem ser avassalador. Fiz Sue se sentar no chão e enquadrar a perspectiva de cima para que eu pudesse preencher o máximo possível da tela com aquele tecido lindo.

Sem dúvida: aquele vestido de bolinhas daria muito trabalho.

Devo mencionar que Sue tem um rosto incrivelmente bonito. Ela tem lábios perfeitamente definidos, um nariz elegante, um cabelo preto tão brilhante que poderia vender xampu e olhos amendoados com uma íris castanha profunda. Eu a pintei pelo menos vinte vezes, e ela era uma das minhas modelos favoritas.

Em tempos normais, essa tarefa estaria no papo.

Agora, é claro, as coisas eram diferentes. Talvez eu a conhecesse tão bem que não precisaria vê-la para pintá-la? Talvez eu a tivesse pintado tantas outras vezes que minhas mãos saberiam o que fazer por memória muscular?

Fechei os olhos e tentei imaginar o rosto de Sue.

Mas não tive sorte.

Eu conseguia ver o cabelo dela. Se ampliasse a imagem na minha cabeça, conseguia me lembrar da forma de sua boca. Do castanho intenso de seus olhos. Mas todas as peças juntas?

Minha "visão mental" ficou em branco.

A "eu de antes" teria resolvido isso numa boa. Mas continuei afastando esse pensamento. *Nossos pensamentos criam nossas emoções.* Eu não ia me tornar um obstáculo para mim mesma – já estava difícil o suficiente. Não ia me deixar nervosa. Eu praticaria a arte do autoencorajamento, mesmo que isso me matasse.

Sue apareceu diligentemente todos os dias, com sucesso.

Depois da segunda-feira, eu tinha a estrutura básica. Então, terça e quarta, trabalhei nos detalhes e no caimento do tecido. Quinta-feira, acertei os braços e as mãos dela.

E, de repente, era sexta-feira. Hora de estragar tudo com o rosto.

Fiquei temerosa o dia todo, encarando o espaço vazio do rosto na tela branca. Quando Sue chegou, eu estava pronta para desistir.

— Eu não quero ter certeza de que não consigo fazer isso, sabe? — confessei. — Prefiro apenas suspeitar que não consigo. Não parece melhor?

— Não. Não parece melhor. Porque aí você não vai pintar. E você sempre fica muito rabugenta quando não está pintando.

Ela não estava errada.

— Até pintar algo ruim é melhor que não pintar nada — garantiu Sue.

— Será? — perguntei. Acho que estávamos prestes a descobrir.

— Talvez você se surpreenda — disse Sue. — Talvez pintar retratos use outro sistema cerebral, assim como ler emoções usa. Ou talvez você seja tão boa nisso que nem precise dessa área que vê os rostos. Isso não seria incrível?

Assenti.

— Apenas mergulhe — disse ela. — Eu suspeito de verdade que a pior escolha possível é nem tentar.

Eu também suspeitava disso.

Então tentei.

Fiquei em frente à tela, olhando para o rosto querido da minha amiga, que eu conhecia havia tanto tempo, que já pintara tantas vezes... e não vi nada além de um absurdo incompreensível.

Mas insisti.

Minha melhor estratégia era dividir o círculo do rosto na tela em seções matemáticas, marcar, em geral, onde os olhos, o nariz e a boca deviam estar, e depois focar em uma peça do quebra-cabeça de cada vez, encaixando-as onde cada uma devia estar.

Era um bom plano.

Mas não funcionou.

Quando finalmente terminei o esboço a lápis, dei um passo para trás e percebi que agora ele também parecia peças de quebra-cabeça.

Eu tinha *acabado* de desenhar aquela imagem. Mas agora não conseguia vê-la.

Pedi a Sue para dar uma olhada e ver se eu estava no caminho certo. Ela se levantou, toda animada, mas diminuiu o ritmo conforme se aproximou.

Eu não conseguia ver a expressão dela, mas definitivamente conseguia ler sua emoção. E essa emoção era *hum*.

— Me diga — pedi.

— Quer que eu seja honesta?

— Não. Sim. Não sei.

— Está um pouco esquisito — Sue disse por fim.

— O que isso quer dizer?

Ela fez uma pausa.

— Não é fotorrealismo.

— Nós já sabíamos disso. O que você está querendo dizer?

— É um pouco como uma pintura de Salvador Dalí.

— Meu Deus, seu rosto está *derretendo*? Como um relógio de Dalí?

— Não, as peças estão tecnicamente meio que no lugar certo. Mais ou menos. Não é exatamente surrealismo. É só...

— Está tão ruim que você nem consegue encontrar as palavras?

— Está um pouco macabro.

— Macabro! — Eu tinha minha resposta. — Macabro é terrível. Macabro é uma catástrofe.

Mas ela veio me abraçar.

— Certamente é chamativo — disse ela, tentando enfatizar o lado positivo. — Ninguém vai ficar entediado olhando para isso.

Mas ser chamativo não ia dar certo. Os jurados não queriam uma obra que apenas não causasse tédio. E nem vou começar a falar sobre o macabro. Essa era uma organização do tipo que ama cachorrinhos e gatinhos. Esse pessoal da North American Portrait Society gostava de seguir as regras, não de quebrá-las.

Fiquei encarando a pintura e tentei ver o que Sue estava dizendo – ou qualquer rosto de verdade. Mas simplesmente não conseguia. Semicerrei os olhos, me concentrei e tentei fazer as peças se encaixarem por tanto tempo que a frustração finalmente explodiu do meu corpo como um gêiser. Bati com força na mesa de pintura, golpeando sem querer um livro... que atingiu um pote de vidro com pincéis... que saiu voando e se espatifou no chão de concreto.

— Merda — falei, me sentindo desanimada.

Fui começar a recolher os cacos, mas Sue me deteve.

— Vá se sentar. Eu pego isso. Respire um pouco.

Fiz o que ela falou.

Sue pegou uma vassoura e uma pá.

— E quanto a Chuck Close? — sugeriu ela. — Era um retratista com prosopagnosia. Como ele fazia?

Eu tinha lido sobre ele. Era um artista com prosopagnosia que pintava rostos enormes em estilo fotorrealista. Mas balancei a cabeça.

— Ele sobrepunha uma grade sobre uma fotografia. Mas, para esta competição, tem que ser um modelo-vivo. Nenhuma foto é permitida. Está nas regras.

— O que outros retratistas com prosopagnosia fazem?

— Surpreendentemente, uma busca por "técnicas de retratistas com prosopagnosia" não traz um grande número de resultados.

— Você tentou?

— Muitas vezes.

— Bem, então — disse Sue, franzindo a testa novamente para a pintura — teremos que ser criativas.

...

Perguntei à dra. Nicole sobre isso quando tivemos nosso primeiro encontro fora do hospital.

Eu devia ter começado as sessões com ela duas vezes por semana no dia seguinte à minha alta. Mas no meu estado de estupor no Pijamudo, perdi a primeira consulta. E depois as duas seguintes. E estava pensando seriamente em apenas não ir mais quando ela começou a me ligar – na verdade, a me perseguir –, até que eu finalmente cedi.

Pedi um Uber para ir ao consultório dela.

Que, na verdade, não era um consultório. Era uma casa dos anos 1920 no Distrito dos Museus.

Não é exagero dizer que me tornei fã da dra. Nicole com a mesma intensidade com que estava agora perdidamente apaixonada pelo novo veterinário do Amendoim. Essa coisa toda da cirurgia cerebral parecia ter aumentado significativamente o volume das minhas emoções.

No hospital, ela parecia irradiar conforto e compaixão. Agora, aqui no mundo real, ao abrir a porta com um vestido longo marcado na cintura, brincos dourados pendentes e sapatilhas abertas... ela era ainda melhor. Seu cabelo curto naturalmente grisalho parecia formar um halo em torno de sua cabeça.

— Olá, Sadie — disse ela, segurando minha mão e dando seu aperto característico. — Entre.

O que será que ela tinha? Era tão *firme*. Sua voz. Sua calma. Tão equilibrada e sólida, como se tivesse tudo sob controle.

Basicamente, o oposto de mim.

Especialmente agora.

— Sinto muito por ter perdido todas aquelas consultas — falei, agora que finalmente estava ali. — Eu não queria sair do meu apartamento.

— Eu entendo — disse a dra. Nicole.

Não vou mentir. Minha vida ultimamente me fez questionar tudo. E a dra. Nicole Thomas-Ramparsad, Ph.D., parecia simplesmente ser uma pessoa que tinha todas as respostas.

— Ninguém tem todas as respostas — garantiu ela quando eu lhe falei isso. — Estou aqui para ajudá-la a fazer as perguntas certas.

Exatamente o que alguém que tem todas as respostas diria.

Seu consultório era claro e arejado. Tinha um pouco do estilo da Hollywood antiga, com paredes de gesso e um corrimão de ferro forjado. Janelas grandes. Um ventilador de teto girando preguiçosamente com pás de tecido trançado. Palmeiras e seringueiras em vasos por todo lado – e, do lado de fora da janela, banhando-se alegremente no sol, uma floresta animada de estrelícias por toda parte.

A dra. Nicole nos fez chá e me trouxe uma fatia de pão de coco – quente com manteiga derretida. Será que neuropsicólogos assam pão para seus pacientes? Será que isso é algo corriqueiro?

Não faz diferença. A dra. Nicole claramente fazia suas próprias regras.

Além disso, eu estava tão faminta por conforto que não me importava. Meus olhos se encheram de lágrimas na primeira mordida.

— Como está a percepção facial? — perguntou ela. — Alguma mudança?

Neguei com a cabeça. Nenhuma mudança.

— Pode levar um tempo — disse ela. E então: — Como você está lidando com isso?

— Acho que não vou ganhar nenhum troféu em relação a isso tão cedo — comentei.

Eu lhe contei sobre me sentir como se estivesse em um planeta alienígena. Contei sobre não me sentir eu mesma. Contei sobre estar tão aterrorizada por não reconhecer as pessoas – e depois encontrar Parker. Eu lhe disse que queria ser o tipo de pessoa que podia pensar na prosopagnosia como um superpoder – mas simplesmente não sabia como chegar lá.

— Bem — falou ela —, chegar lá é a parte divertida.

Se viesse de outra pessoa, isso poderia ter sido insultante.

Contei a ela sobre minha tentativa de pintar o retrato de Sue, e como tinha sido um desastre total, e como pensar no fato de que eu tinha trabalhado tão duro por tanto tempo apenas para finalmente ter minha grande oportunidade e então *estragar tudo* me mantinha acordada à noite.

— Por que você quer tanto ganhar a competição? — perguntou a dra. Nicole.

— Porque são dez mil dólares... e estou quebrada.

Ela assentiu, como se dissesse: *Um bom motivo*.

— Alguma outra razão?

— Porque isso pode mudar minha vida — falei.

A dra. Nicole esperou, como se soubesse que haveria mais.

— Porque um pouco de encorajamento seria bom — continuei. — Porque estou pronta para acertar em alguma coisa. Porque estou tão cansada de fracassar.

Aquilo pareceu uma confissão bastante significativa.

Mas a dra. Nicole apenas esperou, como se houvesse mais.

— Acho que devo mencionar — completei então — que minha mãe também era retratista. E ela também esteve entre os finalistas dessa mesma competição há treze anos. Mas ela, hum... — Tomei um gole de chá. — Ela morreu repentinamente na semana anterior ao evento.

A dra. Nicole se recostou na cadeira.

Finalmente, eu tinha dito algo real.

— Provavelmente devemos falar sobre isso.

Fiz uma careta e balancei a cabeça.

A dra. Nicole deu de ombros, como se dissesse: *Como preferir*.

— Qual é o seu sonho? — ela perguntou então. — O que você quer da sua carreira?

— Meu sonho? — repeti. Essa parecia uma pergunta difícil.

— Como seria a vida que você deseja?

Dei de ombros.

— Eu gostaria de ser bem-sucedida.

Parecia estranho dizer isso em voz alta, de certa forma. Como se eu estivesse sendo gananciosa. Mas para que diabos eu tinha trabalhado tanto todos esses anos se não fosse para ser bem-sucedida? Alguém se esforça tanto durante anos para *não* ter sucesso?

— Eu gostaria de ganhar a vida. Ganhar bem. Talvez ter alguma estabilidade no emprego. E apenas acordar todos os dias e pintar. Não preciso dominar o mundo. Não preciso de diamantes, iates e peles. Mas gostaria de pegar meu carro de volta. Ou... ok, talvez um carro melhor. Não quero desejar muito. Acho que poderia ficar satisfeita apenas com, tipo, um carro que funcionasse e dinheiro suficiente para pagar minhas contas.

A dra. Nicole esperou, como se eu não estivesse me esforçando o suficiente.

Continuei.

— Mas se você está perguntando o que eu *quero*? Lá no fundo, o que eu *desejo*? Eu quero que minhas pinturas sejam vendidas como água. Eu quero ser admirada pelas pessoas. Eu quero real e verdadeiramente estar bem, e não apenas fingindo. Eu quero arrasar. Eu quero prosperar. Quero provar que sempre fui incrível.

— Provar para quem?

Uau. Essa mulher consegue fazer as perguntas corretas. E faz soarem certas. Ela é literalmente a melhor. Mas eu não sabia como responder a essa pergunta.

— Não sei. Para as pessoas.

— Que pessoas?

Mas apenas dei de ombros.

A dra. Nicole mudou a abordagem.

— O que você ganharia se fosse bem-sucedida?

— O que eu ganharia?

A dra. Nicole assentiu.

— Em termos emocionais.

Ah. Emocionalmente. De repente entendi o que ela estava perguntando.

— Sabe — falei —, eu realmente não acho que precisemos fazer um mergulho profundo nas emoções aqui. Só estou aqui pelas dicas de neuropsicologia. Sabe? Para pegar algumas técnicas de enfrentamento. Não preciso, tipo, explorar meu passado sombrio ou algo assim.

Ela olhou para mim – novamente, pude sentir sem ver – e disse com toda a gentileza:

— Você sabe que é tudo a mesma coisa, né?

— O quê?

— Emoções. Dicas de enfrentamento. Seu passado sombrio.

Argh.

— Você está muito presa à sua mente — disse ela. — Eu gostaria de ver você se conectar mais com o coração.

— Eu gosto de estar na minha cabeça.

— Mas não é realmente lá que vivemos.

— Você está tentando me dizer que eu sou emocionalmente fechada? — falei. — Porque eu tenho muitas emoções. Eu sou ótima em emoções! Sou uma grande fã sua, por exemplo. Eu simplesmente me apaixonei perdidamente pelo meu mais novo veterinário. Eu choro com comerciais de *seguros de vida*.

— Emoções reais, quero dizer.

— Você está me dizendo que o *amor* não é real?

Mas a dra. Nicole usou sua autoridade naquele momento. Ela parou por um bom tempo antes de dizer:

— Essa é uma pergunta destinada a nos levar mais perto da verdade ou a nos afastar dela?

Meu Deus, ela era boa.

— A questão é que eu não falo sobre isso — respondi. — Meu passado sombrio. Nem mesmo com meu cachorro.

— Nós não precisamos falar sobre isso — disse ela. E então acrescentou: — Hoje.

Em seguida, mudou de assunto.

— Quais são suas estratégias para interagir com as pessoas?

— Eu vou só me esconder no meu apartamento até o edema diminuir.

— Por que você não quer ver as pessoas?

— Porque me estressa. Eu fico envergonhada.

— Envergonhada por não reconhecê-las?

— Sim. — Envergonhada por não reconhecê-las. Envergonhada por não vê-las. Com medo de magoar os sentimentos delas ou de ignorá-las sem querer ou de parecer desagradável. Humilhada por não ser eu mesma. Desapontada por não ser mais o modelo de uma cirurgia cerebral perfeita. Morta de vergonha, em última instância, por estar tão *não bem* a ponto de nem sequer conseguir esconder isso.

— E se você simplesmente contasse para as pessoas?

Essa pergunta nem fazia sentido.

— Contar para as pessoas o quê?

— Com o que você está lidando agora. O que você está passando.

— O quê? Tipo, usar uma camiseta que diga *Eu não consigo ver você*?

— Essa é uma opção, eu acho.

— Jamais — garanti.

— *Jamais?*

— Eu nunca vou contar para ninguém sobre esse problema com os rostos. Não voluntariamente.

A dra. Nicole se inclinou para a frente, como se isso fosse a coisa mais interessante que eu dissera o dia todo.

— Por quê?

— Porque isso é informação que só quem precisa saber deve ter.

— Isso pode ajudar você a se sentir mais confortável.

— O mundo inteiro não precisa saber que eu estou com um problema — falei, como se isso resolvesse a questão. Mas a dra. Nicole não parecia satisfeita. Então acrescentei: — Eu só quero ser eu mesma.

— Mas você não está sendo você mesma agora — disse ela, e misericordiosamente não acrescentou: *E talvez nunca seja de novo.*

— Eu só vou adotar a abordagem de "fingir até conseguir". — Era o que eu vinha fazendo a vida toda. — Se eu não posso estar bem, vou parecer bem.

— Parecer bem e estar bem não são a mesma coisa.

— São quase a mesma coisa.

— Na verdade — disse ela, inclinando-se um pouco —, elas podem se anular mutuamente.

— Está me dizendo que eu deveria simplesmente sair por aí me lamentando e chorando?

— Estou dizendo — ela me corrigiu — que é melhor ser real do que falsa.

Eu poderia ter discutido com ela. Mas tive a sensação de que eu perderia.

A dra. Nicole continuou.

— Pode ser útil as pessoas saberem o que está acontecendo com você. Pode ajudá-las a ajudar você.

— Você já *conheceu* pessoas? — perguntei. — Pessoas não ajudam outras pessoas.

A dra. Nicole deixou aquilo pairar por um segundo. Então disse:

— Consigo pensar em alguns professores, bombeiros, enfermeiros, pais amorosos e bons samaritanos que podem discordar de você.

O Bom Samaritano.

E, assim que me lembrei dele, a dra. Nicole disse:

— Alguém não salvou a sua vida recentemente?

Aff. Então isso era uma terapia do tipo que tem *pegadinhas*.

— Sim.

— Isso não foi "ajudar outras pessoas"?

— Foi uma emergência — falei.

— Ah — disse ela. Mas estava sendo sarcástica.

Dei uma mordida no pão de coco e fiquei pensando naquilo.

Então um pensamento iluminou minha mente como o sol rompendo as nuvens.

— Dra. Nicole? — perguntei, tentando não soar suspeita. — Quando você estava argumentando comigo agora há pouco, você... estava me ensinando a argumentar comigo mesma?

E então eu pude ver seus dentes – mas também sentir seu grande sorriso – enquanto ela dizia:

— Você é mais esperta do que aparenta, *choonks*.

CAPÍTULO OITO

QUAIS ERAM AS MINHAS ESTRATÉGIAS DE ENFRENTAMENTO?

Uma lista completa disso ainda precisava ser pesquisada no Google, mas, por enquanto, decidi, durante o trajeto de volta da casa da dra. Nicole, que a estratégia número um de enfrentamento seria a arte.

Quer dizer, objetivamente, havia um prazo assomando diante de mim. Então, de toda forma, eu precisava criar arte. E a coisa mais verdadeira sobre mim mesma era esta: eu sempre ficava feliz quando estava criando coisas.

Peguei minha caixa de aquarelas favorita, a mais brilhante e encantadora... mas em vez de fazer algo divertido, comecei a trabalhar. Em rostos. Em vez de simplesmente escolher alguma coisa, qualquer coisa, colorida e agradável para pintar – uma cesta de frutas, por exemplo, ou algumas flores –, pressionei a mim mesma como uma espécie de professora autoritária, determinada a forçar meu giro fusiforme facial a se render, passei um sábado inteiro pintando rosto após rosto, como uma mulher louca perseguindo sua própria sombra em forma de peça de quebra-cabeça.

Como foi?

Imagino que nada bem.

Mas é claro que, uma vez que os rostos estavam prontos, eu não conseguia vê-los.

Tudo bem. Não importava. Talvez, se eu pintasse o suficiente, as coisas começassem a mudar.

Ou talvez não.

De qualquer forma, era algo para fazer.

E daí se a determinação sombria da minha atitude sugasse toda a alegria disso?

Eu tinha menos de três semanas para consertar meu giro fusiforme facial.

No final da noite, quando meus dedos estavam manchados de turquesa, ameixa e tangerina e meus olhos pareciam lixas de parede, eu tinha uma pilha de rostos rabiscados e ininteligíveis com mais de trinta centímetros de altura e uma mesa inteira repleta de outros espalhados para secar.

Meu plano era levantar no dia seguinte e fazer tudo de novo.

Mas então, na manhã seguinte, Amendoim ficou doente.

■■■

Graças a Deus, a incapacidade de reconhecer rostos se aplicava apenas a humanos.

Os grandes olhos castanhos de Amendoim, perfeitamente redondos e repletos de afeto, eram como um bálsamo para minha alma cansada. Depois de trazê-lo de volta do canil, éramos só nós dois contra o mundo. Eu olhava para o pequeno focinho dele cem vezes por dia – saboreava seu animado bigode amarelo, aquele narizinho empinado e aquelas orelhas que nunca pareciam conseguir se inclinar para a frente ao mesmo tempo.

— *Você* ainda tem rosto, Amendoim — eu lhe dizia, pressionando o nariz em seu pelo.

Se houvesse um hall da fama para cachorros, Amendoim estaria em todas as categorias. Ele era fofo pra caramba sem ser convencido. E tinha uma animação infinita. Era bom de boca sem ser glutão. Ficava tão feliz em passear quanto em passar o dia inteiro cochilando. Amava um brinquedo de apito, mas perdia o interesse exatamente na mesma velocidade que eu. Ele me amava loucamente – pulando em círculos toda vez que eu voltava de qualquer lugar –, mas sem exagerar. Sem, digamos, sofrer de ansiedade de separação e comer meus sapatos. Sua autoestima era sólida. Seu senso de moda era lendário. Seu senso de humor era completamente impassível.

Mesmo em tempos normais, eu o preferia à maioria das pessoas, é o que quero dizer.

Ainda mais agora, quando "a maioria das pessoas" era a última coisa na terra que eu queria ver.

Então, quando acordei bem cedo no domingo e preparei o prato favorito dele para o café da manhã – pedaços de croissant da sua padaria francesa favorita –, mas Amendoim ficou parado, apenas me encarou, meu coração afundou no peito.

Eu simplesmente soube, entende? Senti instantaneamente que algo estava errado.

Tentei atraí-lo segurando um pedaço e dando uma mordida eu mesma, esperando que ele viesse pegá-lo. (Ele não veio.) Tentei pegá-lo e colocá-lo na frente do prato, como se isso pudesse inspirá-lo a comer. (Não deu certo.) Tentei colocar o prato no micro-ondas por dez segundos, como se isso o fizesse parecer recém-saído do forno e mais atraente. (O resultado foi meio que o oposto.)

Mas nada.

Tudo o que Amendoim queria fazer era ficar imóvel como uma estátua.

Eu apertei seu esquilo de borracha, mas ele apenas me encarou, como se dissesse: *Sério?*. Joguei o brinquedo do outro lado da sala e corri atrás como se estivéssemos competindo, mas Amendoim apenas piscou para mim, como quem diz: *Por favor, pare*. E quando finalmente peguei a coleira, balancei na frente dele e vi que ele não respondia de jeito nenhum, liguei para o veterinário.

Para a clínica nova – porque era a mais próxima. Eles nem estavam abertos ainda, mas eu disse ao serviço de atendimento que era uma emergência.

Eles disseram que iriam chamar um dos veterinários para me encontrar na clínica.

E eis o quão preocupada eu estava com Amendoim: nem pensei em pedir pelo dr. Addison.

•••

Era uma clínica pequena, não um daqueles lugares grandes que ficam abertos vinte e quatro horas por dia. Mas tinha horário de funcionamento nos fins de semana.

Eles só abriam das oito ao meio-dia aos domingos, mas eu embrulhei Amendoim em seu cobertor de veludo favorito, o segurei nos braços, caminhei rápido os dois quarteirões inteiros, ainda não estava autorizada a correr por motivos relacionados à cirurgia craniana, e, às 7h45, estava sentada no banco em frente às portas da clínica.

Meu coração estava acelerado. Acho que nem bombeava mais sangue naquele ponto – apenas adrenalina pura e um sentimento sombrio de temor de que Amendoim estivesse morrendo.

O que era inaceitável. Mesmo que ele tivesse catorze anos.

Sem brincadeira. Eu fiz um conjunto bastante impressionante de cálculos matemáticos envolvendo as expectativas de vida de todas as diferentes raças de cachorros das quais ele era uma mistura e, em todas as análises, tinha garantido pelo menos mais dois anos.

Alguns cachorros na categoria dele chegavam até mesmo aos dezoito.

Era tudo o que eu conseguia pensar enquanto esperava sentada no banco, com lágrimas escorrendo pelo meu rosto. Eu não ia deixar esse cachorro morrer. Eu não ia perder o único que me amava. Não hoje. Qualquer tratamento. *Qualquer coisa*. Eu ligaria para Lucinda se fosse preciso. Imploraria para o meu pai. Nenhuma conta seria alta demais. Nenhuma humilhação seria grande demais.

Alguns minutos depois, o dr. Oliver Addison em pessoa apareceu, e eu ouvi o som dos seus sapatos de couro batendo no pavimento do estacionamento antes de ver o homem em si.

Quando ergui os olhos, juro que ele caminhava em câmera lenta, como um super-herói. É assim que eu me lembro da cena: a silhueta iluminada com um efeito de lente, o bom doutor já usando seu jaleco branco, aberto e esvoaçando atrás de si, quase como uma capa ao vento. Não era um traje casual de domingo: o homem exalava um profissionalismo de alto nível, usando gravata, calça de terno e aquele épico penteado com o cabelo para trás, estilo Clark Kent.

E não podemos esquecer o jeito dele de andar: aquela passada confiante e incrível, como se dissesse: *Eu vou salvar o seu cachorro*.

Como eu nunca tinha notado o *jeito de andar* das pessoas antes?

Era praticamente uma linguagem do amor em si.

Em outra situação, eu teria derretido com a visão – escorrendo pelo banco e formando uma poça na calçada.

Mas fiquei focada. Pelo Amendoim.

Eu me levantei quando o dr. Addison se aproximou, totalmente inconsciente de que representava o oposto total do seu estilo de modelo de capa de revista *GQ*: eu ainda estava com o pijama curto de algodão estampado com o qual tinha dormido. E devia ter calçado os tênis quando saí de casa, mas, de alguma forma, acabei indo até a clínica veterinária com minhas pantufas felpudas em forma de coelhinho. Mas a humilhação viria depois. Nesse momento, havia apenas duas coisas no mundo: o pequeno cachorro enrolado na manta nos meus braços e o homem que precisava salvá-lo.

O dr. Addison diminuiu a velocidade ao se aproximar, observando a cena.

— Tem alguma coisa errada — falei, minha voz trêmula de tanto chorar. — Ele não quer comer. Não quer se mexer. — E agora, ambos notamos, ele estava ofegante.

O dr. Addison assentiu como um herói inabalável e disse:

— Vamos levá-lo para dentro.

Ele nos guiou diretamente para além de todas as salas de exames até o fundo, onde a verdadeira medicina veterinária acontecia. Todos os cães em suas jaulas acordaram quando entramos e começaram a latir, gemer e se agitar.

O dr. Addison nem percebeu.

Quando chegamos a uma maca de exame, ele disse:

— Me lembre a idade dele.

— Catorze — falei. E depois acrescentei: — É ainda um jovem de catorze anos. — Como se isso importasse.

O dr. Addison estendeu a mão para pegar Amendoim, e eu o entreguei como se fosse um bebê embrulhado. Então ele o desenrolou, dizendo:

— Ei, amigão. Vamos dar uma olhada em você.

Amendoim devia estar realmente se sentindo mal, porque, mesmo que não gostasse de homens em geral, tolerou o dr. Addison – ficando imóvel e encolhido na maca de exame de aço inoxidável.

O dr. Addison passou as mãos por todo o corpo, procurando inchaços e protuberâncias. Palpando coisas. Verificando as gengivas, que aparentemente estavam muito pálidas.

— Isso é ruim? — perguntei.

— Elas deviam estar mais rosadas — respondeu o dr. Addison, mas já estava verificando outras coisas.

Quando o resto da equipe chegou, me conduziram gentilmente para a sala de espera, dizendo que poderiam trabalhar mais rápido daquela forma. A assistente sem rosto que eu conhecera no primeiro dia disse que fariam exames de sangue e análises químicas, verificando células vermelhas e brancas, plaquetas e a função dos rins e do fígado.

— Vamos saber muito mais em algumas horas — disse ela. — Você pode ir para casa. Nós ligaremos quando recebermos os resultados.

— Eu vou ficar aqui, se não tiver problema.

A assistente sem rosto assentiu.

— Claro. — Em seguida, me ofereceu um jaleco dobrado. — O dr. Addison achou que você talvez dissesse isso. E achou que você talvez estivesse... com frio.

Então vesti o jaleco e fiquei ali. Acho que estava com fome, mas não percebi. Não tinha tomado café naquela manhã, e senti uma dor de cabeça devido à falta de cafeína subindo pela parte de trás do meu pescoço. Eu não tinha nada para fazer – nem sequer tinha levado o celular –, então apenas pressionava repetidamente aquele pequeno ponto entre o polegar e o indicador que supostamente é um ponto de pressão para aliviar a tensão. Pressionando em uma mão e depois na outra... esperando que funcionasse.

Não funcionou.

Eu continuava esperando – a qualquer momento – que o dr. Addison aparecesse como um médico de TV e me dissesse que tudo estava resolvido.

Em vez disso, ao meio-dia, ele saiu e me disse que queriam fazer uma transfusão de sangue em Amendoim.

Aquilo não parecia bom.

Eu apertei meus pontos de pressão com mais força ainda.

— Os resultados saíram — disse ele — e o diagnosticamos com AHIM, que significa anemia hemolítica imunomediada.

Ai, meu deus. Mais termos médicos. Balancei a cabeça.

— O que é isso?

— O sistema imunológico dele está atacando as próprias células vermelhas do sangue. O hematócrito estava em doze, quando devia estar mais perto de cinquenta. É por isso que ele está ofegante. Não consegue obter oxigênio suficiente.

Tudo o que eu consegui perguntar foi:

— Por que isso está acontecendo?

Provavelmente era mais uma pergunta retórica, genérica, por-que-minha-vida-inteira-está-desmoronando-de-uma-só-vez do que uma pergunta médica. Mas o dr. Addison a respondeu mesmo assim, com toda a seriedade:

— Não sabemos o que causa isso — disse ele. — É idiopático. De repente, o sistema imunológico simplesmente enlouquece e começa a se atacar.

— Tem cura? — perguntei.

— É uma ameaça à vida — explicou ele —, mas pode ser curado. A taxa de sobrevivência é de trinta a setenta por cento.

Trinta a setenta por cento? Que informação inútil.

— Eu estava realmente esperando por um simples "sim".

— Vamos fazer de tudo por ele — o dr. Addison prometeu. — Ele parece ser um guerreiro.

Com isso, senti as lágrimas se acumulando no meu peito.

— A questão é... — falei em seguida, tentando fazer minha voz soar normal através do aperto na garganta. — A questão é que não posso perdê-lo. Entende o que quero dizer? *Não posso.*

O dr. Addison assentiu, e pude sentir uma nova ternura nele.

— A transfusão de sangue vai ajudar muito — disse ele em seguida. — Vai dar a ele a energia de que precisa para lutar.

Concordei, meu rosto molhado novamente.

— Eu sei que todo mundo acha que seu cachorro é o melhor cachorro, mas a questão é que o meu cachorro realmente é, literalmente, o melhor.

O que eu estava dizendo?

— Ainda hoje — o dr. Addison continuou, mantendo o foco — queremos fazê-lo comer. Você pode me dizer quais são os alimentos favoritos dele?

Sentei-me mais ereta e limpei os olhos, determinada a me recompor.

— Sim. Ele adora tortilhas, donuts e rigatoni à bolonhesa. Ele é fã de *saag paneer*. Fica louco por sushi tipo California roll. Também adora crepe, mas só do tipo que se encontra em Paris. Se forem muito parecidos com panquecas, é um não.

O dr. Addison inclinou a cabeça.

— Eu estava pensando mais em... comida de cachorro.

— Ele não é muito fã de comida de cachorro — falei.

— Seu cachorro não come ração?

— Quer dizer, em caso de necessidade, come. Mas se está me perguntando do que ele gosta...

— Todos esses carboidratos não devem ser saudáveis para ele.

Eu já tinha ouvido isso antes, e também já tinha defendido meu pequeno companheiro antes.

— Ele é um gourmet — garanti. — Tem um paladar muito refinado.

O dr. Addison absorveu a informação.

E então uma piada que eu tinha feito muitas vezes me veio à mente, e eu simplesmente a disse agora sem realmente parar para pensar se, na nossa situação atual, ainda era verdade:

— Sabe aqueles velhinhos que fumam um maço por dia, mas vivem até os cem anos?

— Sim?

— Ele é meio que assim, mas com croissants.

■■■

Eu queria ficar na sala de espera da clínica veterinária o dia todo e a noite toda, para sempre, mas a fome e o cansaço me forçaram, não muito antes da hora do jantar, a deixar Amendoim nas mãos habilidosas e atraentes do dr. Addison e ir para casa.

Eu também queria levar o jaleco comigo, mas o deixei lá – indo para casa a pé de pijama curto e pantufa de coelho, me sentindo extradespida e sozinha, e ainda esperando encontrar algum estranho humilhante. Um antigo chefe. Um professor da faculdade. Meu pai.

Mas a pessoa que encontrei foi o sr. Kim.

Eu o reconheci, é claro, porque ele sempre usava sapatos sociais, calça de terno, uma camisa Oxford de botão e suspensório. Ele se vestiu assim a vida toda de Sue. Não importava o que estivesse fazendo.

E fiquei muito feliz que fosse ele, de todas as pessoas possíveis. Ele já nos vira – Sue e eu – muitas vezes em trajes muito mais malucos do que pantufas de coelho.

Essa noite, ele estava mexendo no mecanismo das portas do elevador, mas quando me viu, abandonou o trabalho.

— Venha comigo — disse, me fazendo sinal para ir até ele.

— E o elevador? — perguntei.

Mas ele dispensou minha preocupação com um gesto de mão.

— Temos escadas.

Ele me levou para um canto tranquilo e então foi direto ao ponto.

— Ouvi dizer que você não está apenas usando o quarto no terraço como estúdio. Você está morando lá.

O sr. Kim sorria muito. Talvez ele nem sempre estivesse sorrindo – mas muitas vezes estava.

Mas eu não conseguia sentir o sorriso agora.

Meu coração afundou. Será que eu estava sendo expulsa?

Será que eu estava realmente – bem aqui, de pijama e pantufas de coelho, com Amendoim na UTI, no momento mais falido, doente e desorientado da minha vida – sendo expulsa do meu apartamento pela pessoa mais próxima a uma figura paterna que eu tinha?

A voz dele estava bem séria.

— Isso não vai funcionar — disse ele, balançando a cabeça com um tom de voz que parecia verdadeiramente chateado.

Eu concordei. *Claro*. Desde o início, eu nunca devia ter tentado esconder isso dos Kim.

— Não é um apartamento — disse ele em seguida. — Alugá-lo como

estúdio é uma coisa. Mas não é adequado para morar. Eu realmente —
e aqui ele balançou a cabeça mais uma vez — não posso alugar aquele
lugar como moradia.

Assenti com mais força.

— Entendo. O senhor está certo. Sinto muito.

Meu Deus, eu estava tão ferrada.

Mas então o sr. Kim soltou uma risada que não mais conteve.

— Então eu acho — disse ele, espalmando a mão no meu ombro —
que você vai ter que ficar lá de graça.

CAPÍTULO NOVE

SUE DEVERIA VIR NO DIA SEGUINTE PARA A SEGUNDA SEMANA DAS NOSSAS MALDITAS SESSÕES DE RETRATO. Mas liguei para ela quando voltei da clínica e adiei.

— Não estou em um bom momento — disse a ela depois de dar as notícias sobre Amendoim.

— Mas pintar faz você se sentir melhor.

— Já não faz mais.

— Eu me recuso a acreditar nisso.

— Eu pintei cem rostos na outra noite e foi puro tormento.

Sue pensou sobre isso.

— Ok. Se é assim que vai ser agora.

— É assim que vai ser agora.

— Tire um tempo para *você*, então. Maratone alguma série.

— Não posso mais ver TV — falei.

Sue ficou chocada.

— Por quê?

— Por causa da prosopagnosia.

— Eu fico me esquecendo disso.

— Não consigo distinguir os personagens.

— Uau — disse Sue —, que pesadelo.

— Tem sido um pesadelo todo esse tempo!

— Mas agora eu realmente entendi.

— Foi *isso* que te fez entender?

— Isso — Sue concordou — e aquelas imagens que você me mandou dos rostos de cabeça para baixo. Eu, tipo, não reconheci *nenhuma* daquelas pessoas. Nenhuma. E aí você mandou a versão de cabeça para cima, e eu pensei: "Ah! É a Michelle Obama! E a Julie Andrews! E o Liam Hemsworth!".

— Você está me dizendo — falei — que se o Liam Hemsworth passasse por você com o rosto de cabeça para baixo, você nem saberia que era ele?
— Eu não teria ideia.
— Bem-vinda à minha vida. Eu passo por cem Liams Hemsworths virados todos os dias.
Sue suspirou como se estivesse realmente entendendo. Então falou:
— Mas é ele quem sai perdendo. Nunca se esqueça disso.

...

Então foi assim que passei meu tempo nos dias seguintes: tentando reduzir o edema no meu giro fusiforme por pura força de vontade e entregando refeições compostas de iguarias internacionais para o meu amado cachorro várias vezes ao dia enquanto ele lutava pela vida na UTI.

Confesso que, depois do primeiro dia, eu sempre dava uma caprichada no visual antes de ir para a clínica veterinária.

— É pelo Amendoim — eu disse para Sue no telefone. — Ele não ia querer me ver parecendo desleixada.

Mas, na verdade, eu precisava me redimir daquele pijaminha.

Em geral, eu tinha uma regra de nunca *não estar bem* diante de ninguém. Especialmente não de futuros maridos. Tudo o que eu podia fazer era esperar que o dr. Addison estivesse muito concentrado no Amendoim naquela primeira manhã para realmente notar o meu estado desgrenhado.

Quero dizer, provavelmente ele não tinha perdido o choro copioso. Mas talvez visse aquilo o tempo todo, de qualquer maneira.

O ponto era que algumas coisas não podiam ser evitadas. Mas, a partir de agora, eu não choraria mais naquela clínica. Eu pareceria cem por cento *Bem, obrigada, e você?* Era uma questão de orgulho.

E isso foi a única coisa que me salvou na terceira noite da internação de Amendoim, quando o *pad thai* que eu pedi do restaurante favorito dele ficou preso no trânsito durante a entrega – e, tentando desesperadamente me mover rápido, já que eu ainda estava proibida de correr, marchei os dois quarteirões com um par ridículo de saltos – só para chegar exatamente quando o dr. Addison estava fechando a clínica.

Eu sabia que era ele com certeza. Porque todas as outras veterinárias do consultório eram mulheres.

E também por causa do seu brilho divino.

— Sinto muito — falei, sem fôlego. — A entrega atrasou.

Mostrei a sacola do delivery.

— Isso é para o Amendoim?

Eu assenti.

— *Pad thai*.

Então o dr. Addison suspirou para mim, como se eu fosse uma verdadeira lunática. Mas pelo menos eu estava usando meu vestido de verão favorito. E eu mesma tinha aprendido a fazer uma coroa de tranças em volta da cabeça que escondia perfeitamente minhas cicatrizes cirúrgicas. E me dei ao trabalho de procurar meu batom framboesa depois que ele rolou debaixo da cama.

Com um balanço de cabeça como se não pudesse acreditar que estava sendo cúmplice da atrocidade moral de alimentar um cachorro doente com macarrão, ele destrancou a porta.

— Amendoim precisa de carne — disse ele entrando na clínica.

Eu o segui, e estávamos novamente cercados por antigas canções pop no sistema de som.

— Isso é *pad thai* de *frango* — falei, elevando um pouco a voz.

— Você não pode viciá-lo em churrasco ou algo assim? Estamos no Texas.

— Ele gosta de churrasco — falei. — Só que gosta mais de *pad thai*.

Depois de três noites, Amendoim estava muito melhor. Já tinha recebido sua segunda transfusão e em breve teria uma terceira. Isso, somado aos fluidos intravenosos e aos estimulantes de apetite, o deixara muito mais parecido com o seu eu habitual.

Tudo isso para dizer que, esta noite, Amendoim me cumprimentou com um chacoalhar de corpo inteiro pela primeira vez desde que tudo tinha começado.

O que me fez lacrimejar. De novo.

Mas eu pisquei para afastar as lágrimas. *Nada de chorar outra vez na clínica veterinária.*

— Parece que ele está se sentindo melhor — disse o dr. Addison.
— Definitivamente.
— Em breve, acho que ele estará forte o suficiente para começar com os medicamentos — explicou o dr. Addison.
— Que medicamentos são? — perguntei.
— Prednisona, ciclosporina e azatioprina — disse o dr. Addison, antes de perceber que talvez estivesse sendo excessivamente específico e retroceder um pouco para explicar: — Esteroides e imunossupressores.
— Entendi — respondi.
— Estou otimista em relação a ele — disse o dr. Addison.
— Obrigada — agradeci e, por um segundo, pressionei meu rosto contra o pelo de Amendoim. — Obrigada por ter esperança.
Eu estava tentando ser breve, mas o dr. Addison, me observando, disse:
— Não precisa se apressar. Está tudo bem.
— Mas você já não estava fechando? — perguntei. — Não quero atrasá-lo com... o que quer que você tenha para fazer.
— Não tenho nada para fazer — disse ele. — Fico feliz em ficar. — Em seguida, acrescentou: — Ele vai comer mais se você não estiver com pressa.
Em seguida, me ajoelhei no chão, cruzei as pernas, segurei Amendoim no colo e comecei a alimentá-lo com longos pedaços de macarrão *pad thai*, um por um.
Pensei que o dr. Addison nos daria um minuto, talvez voltasse para o seu consultório e fizesse... não sei, coisas de médico? O que os profissionais de saúde fazem quando ninguém está olhando? *Examinam gráficos? Estudam livros didáticos? Usam óculos e parecem importantes?*
É claro, o dr. Addison não usava óculos.
Mas tenho certeza de que ele não deixaria isso impedi-lo.
De qualquer forma, ele não foi fazer coisas de médico. Ficou ali. Observando Amendoim devorar todo o conteúdo da caixa de isopor, bocado após bocado, como um campeão.
— Ele realmente gosta de *pad thai*.
— Estou dizendo. Ele é um cachorro muito internacional. Gastronomicamente.

— Acredito em você.

Eu queria pensar que o apetite voraz de Amendoim era um sinal de que ele estava melhorando. Mas não podia descartar o efeito do estimulante de apetite.

— Isso é um bom sinal, certo? — perguntei enquanto Amendoim lambia o recipiente vazio.

— Não é um mau sinal — disse o dr. Addison.

— Estou tão feliz que ele esteja melhorando.

Houve uma pequena pausa e então o dr. Addison disse:

— *Você* está se sentindo melhor?

Olhei para cima. Abençoado fosse esse homem – ele acabara de me dar a oportunidade perfeita de dizer o que eu queria:

— Estou ótima — garanti, com toda a energia convincente, animada, nem-sei-por-que-está-perguntando que pude reunir. Mentalmente, acrescentei: *Não estou desmoronando. Não estou parada de boca aberta e impotente diante da visão da minha vida colapsando como uma calota de gelo polar. Estou absoluta, inegável e categoricamente bem.*

— Ótimo — disse o dr. Addison, parecendo pouco convencido. Em seguida, acrescentou: — Maravilhoso.

Tudo bem. Talvez minha declaração de duas palavras não tivesse sido suficiente.

— É que nós somos... muito próximos — acrescentei por fim. Quero dizer, até pessoas que estivessem perfeitamente bem poderiam ficar chorosas se seus cães estivessem à beira da morte! Isso não era evidência de patologia emocional, era?

— Você e o Amendoim? — perguntou o dr. Addison.

Confirmei com a cabeça.

— Praticamente irmãos de criação. Minha mãe o deu para mim quando eu era criança. — Ainda se é criança aos catorze anos? Quase lá.

O dr. Addison assentiu.

— Eles realmente se aconchegam no nosso coração, não é?

Me pareceu um jeito muito verdadeiro de colocar a situação.

— E você, tem algum animal de estimação? — perguntei.

O dr. Addison se mexeu.

— Estou entre animais de estimação no momento.

— Acho que você vê animais o suficiente no trabalho.

— É uma maneira de enxergar.

Certamente havia uma história ali.

Mas estava ficando tarde.

— Tenho certeza de que você precisa ir para casa — falei.

Ele pensou um pouco.

— Vou verificar outro paciente depois disso, de qualquer forma. Um dogue alemão, fêmea. Ela está doente demais para ficar aqui sem supervisão durante a noite, então está em uma clínica vinte e quatro horas.

— Preciso parar de incomodar, então — falei, dando mais um abraço em Amendoim.

O dr. Addison me observou jogar as embalagens do delivery fora e depois colocar meu nariz bem na frente do focinho de Amendoim para uma última olhada reconfortante no rosto peludo dele.

— Comporte-se com esses caras, entendeu? — falei para Amendoim. — Se eles disserem para você ficar bom, você fica bom.

Amendoim me deu uma lambida na bochecha em resposta com sua língua rosada e molenga.

Coloquei-o de volta na gaiola, aconcheguei-o com seu esquilo de borracha que fazia barulho, reprimi todos os sentimentos negativos e fechei a tranca. Estava tudo bem. Estava tudo ótimo. Eu não era uma pessoa que podia ser derrubada por uma despedida comum.

Quando me virei, o dr. Addison estava esperando para me acompanhar até a entrada.

— Novamente, muito obrigada — agradeci, sorrindo como uma pessoa que estava perfeitamente bem.

— Tenho uma pergunta para você — disse o dr. Addison assim que saímos da clínica.

— O que é? — perguntei.

Ele terminou de trancar a porta e se virou para me encarar.

— Você quer sair comigo um dia desses?

CAPÍTULO DEZ

BEM, AQUILO FOI REPENTINO.

Do jeito que algo que *já devia ter acontecido* pode ser repentino.

Quero dizer, claro, eu já havia decidido que estávamos destinados a ficar juntos. Mas, mesmo para o destino, aquilo foi bem rápido.

— Você *pode* sair com pacientes? — perguntei, em vez de gritar: *Sim! Vamos nos casar!*

— Bem, eu não posso sair com o *Amendoim* — ele disse. — Mas você não é minha paciente.

Ah.

— Boa observação.

— O que você acha? — perguntou ele.

O que eu achava? Olá! Eu estava pronta para planejar a lua de mel.

Dito isso... hesitei.

Uma coisa era, *na teoria*, querer ser ousada e avançar na direção do meu "felizes para sempre" com meu veterinário deslumbrante. Era completamente diferente tentar algo assim na realidade.

Em especial na minha realidade atual.

Quer dizer, fala sério. Minha vida estava uma bagunça. Eu tinha cicatrizes cirúrgicas na cabeça. Chorava sem motivo aparente em intervalos aleatórios. O mundo todo era um borrão sem rosto. E tudo o que importava na minha vida estava desmoronando ao meu redor. Esse homem perfeito, saído de um conto de fadas, ia querer sair com ou estar perto de um desastre total como eu?

Definitivamente não.

Quer dizer, nem *eu* queria sair comigo nos últimos tempos. Então como diabos eu poderia esperar que esse homem saído dos sonhos, perfeito, que salvava animais, fosse diferente? De *alguma forma* eu era alguém atraente ou interessante *com quem se divertir em um encontro* nesse momento?

Não. Não, nunca daria certo.

Será que eu poderia simplesmente ter sido honesta com ele? Poderia ter simplesmente contado o que estava acontecendo? Afinal, ele era um cientista. Talvez achasse fascinante do ponto de vista médico. Tenho certeza de que ele via coisas estranhas e loucas o tempo todo em sua profissão.

Mas… ele não *saía* com essas coisas estranhas e loucas.

O dr. Addison passou o peso do corpo de uma perna para a outra.

Minha decisão estava demorando muito.

Então dei a melhor resposta na qual consegui pensar:

— Eu *adoraria* sair com você — disse. E depois acrescentei: — Daqui a três semanas.

Senti que ele franziu o cenho.

— Daqui a três semanas?

Confirmei com a cabeça, como se fosse um pedido totalmente razoável.

— Eu sou retratista — expliquei para ele, escolhendo seletivamente fatos sobre minha vida para não entregar minha situação. — E sou uma das dez finalistas em uma competição de retratos muito prestigiada e com seleção rigorosa, que vai acontecer daqui a três semanas. Então estou realmente direcionando todo o meu tempo e a minha energia para concluir minha inscrição.

Como isso soou?

O dr. Addison me deu a resposta.

— Você é finalista em uma grande competição?

Balancei a cabeça, dizendo: *Sim*.

— Entre os dez melhores, de duas mil inscrições.

— Isso significa que você superou outras mil novecentas e noventa pessoas.

Eu disse que ele era perfeito.

— Foi exatamente o que minha melhor amiga disse.

— Legal — ele disse, e eu podia sentir que ele estava me admirando.

— Mas eu tenho que ganhar — falei. — Então não posso ter distrações no momento.

O dr. Addison assentiu como se isso fizesse um sentido perfeito e lógico.

Pensei que estivesse fora de perigo.

Mas então ele disse:

— Claro, se acontecer de apenas estarmos ao mesmo tempo em um café, isso não seria um encontro. Seríamos apenas nós dois nos autocafeinando bem próximos.

Ah. Ele não ia facilitar as coisas.

Quando hesitei, ele acrescentou:

— Só se você quiser, é claro.

Era um teste? Para avaliar se eu queria?

Eu não ia esperar para descobrir.

— Eu quero — falei.

Pude sentir um sorriso tomar conta do rosto dele.

Então acrescentei:

— Você precisa de cafeína, certo?

Era isso. Se eu tivesse que tomar café com o veterinário mais incrível do mundo, então eu simplesmente teria que ir.

...

Depois de ter cedido, planejei nosso casamento durante todo o caminho de volta para casa.

Agora tínhamos marcado de tomar café simultaneamente. E, de alguma forma, não chamar isso de encontro fez parecer ainda mais como um encontro. Isso significava que estávamos saindo?

Quase isso! Certo?

E, é claro, uma vez que você começa a sair com alguém, inevitavelmente se casa.

Então estávamos basicamente noivos.

Onde seria o casamento? Talvez nas rochas costeiras do Maine, perto de um farol? Ou na suave areia de uma praia havaiana? Ou... caramba, já que eu estava fantasiando, em alguma aldeia inglesa pitoresca e atemporal? Eu teria que pesquisar aldeias inglesas atemporais no Google. Talvez Cotswolds?

Isso era perfeito, certo? Perfeito.

Eu resolveria esse problema dos rostos, deixaria Amendoim saudável, ganharia essa competição, provaria alguma coisa para todos que já pensaram que eu não valia nada – e depois sairia com o *maravilhoso dr. Oliver Addison*. E começaria a viver a vida vitoriosa que sempre quis.

Era isso mesmo.

Por um instante, me senti tão otimista enquanto me deliciava com essa fantasia que decidi passar na cafeteria Bean Street para pegar um *latte* descafeinado antes de pegar o elevador. A vida estava boa. Boa o suficiente para um *latte* comemorativo.

Hazel Um estava trabalhando lá esta noite. A Bean Street era tão moderna que tinha duas baristas diferentes chamadas Hazel.

Fiz meu pedido e esperei ao lado do balcão de retirada, tão envolvida naquela fantasia que parecia estar flutuando em uma boia emocional.

Mas foi quando ouvi:

— Sadie Montgomery?

Isso – ser reconhecida – já tinha acontecido algumas vezes desde que eu tinha sido enganada pela minha meia-irmã malvada, e eu diria que, no geral, havia lidado bem. O grande objetivo era sempre identificar quem estava falando comigo, mas eu também ficaria feliz em ter uma interação agradável e não ser descoberta.

— Oi! — respondi, mais confiante com minha estratégia agora. *Não existem desconhecidos.* — Como vai você?

— Ótima! E você?

Pistas: cabelo loiro em um rabo de cavalo. Meio alta. Jeans azul. Pulseira barulhenta. Além disso: essa pessoa sabia o meu nome completo. O tom de voz parecia indicar que tinha ficado feliz em me ver. Estava na cafeteria do meu prédio a essa hora da noite, e segurava – acredite se quiser – um gato Sphynx, sem pelos, com uma coleira de strass. Quer dizer, ela podia fazer isso? Gatos eram permitidos em cafeterias? Ela era uma vizinha? Eu a conhecia do elevador? O sobrenome era uma variável confusa, porque, de novo, eu realmente não conhecia ninguém neste prédio o suficiente para ter dado o meu último nome.

Droga. Quem poderia ser?

— Adorei o seu vestido — disse ela então. — Me lembra um que você tinha no ensino médio.

Nós nos conhecíamos do *ensino médio*? Eu não mantinha contato com ninguém da escola.

— Não era amarelo? — disse ela, relembrando. — Aquele que você usou no piquenique do nono ano?

Certo, agora estava ficando assustador.

— E tenho quase certeza de que você o roubou de mim depois de ser expulsa e mandada para o colégio interno.

Merda.

Era Parker.

Como, como, *como* eu não tinha reconhecido a voz dela – de novo? A dra. Nicole tinha dito que nem todo mundo era bom com vozes, que poderia levar algum tempo para sintonizá-las melhor... mas *Parker*? Eu devia reconhecer aquela voz em qualquer lugar.

Era a voz da desgraça iminente.

E, sim. Eu *tinha* roubado aquele vestido amarelo dela.

Mas ela tinha roubado toda a minha família de mim, então basicamente estávamos quites.

— Você está me sacaneando? — perguntei.

— Como é? — disse Parker, adotando uma voz inocente e confusa.

— Por que está me zoando... e por que diabos você está aqui?

— Estou te zoando porque é *sempre divertido*, e estou aqui porque: Olá! Acabei de me mudar.

Aquilo não fez sentido.

— Se mudar para onde?

— Para o prédio.

— O prédio? *Este* prédio? — exigi saber, apontando para o chão. Depois apontei para mim mesma. — Meu prédio?

— Último andar, querida! — Ela levantou a mão para um "toca aqui".

Eu ignorei a mão.

— Você não pode se mudar para cá.

— Tenho quase certeza de que acabei de fazer isso. Um cara bonitinho me ajudou a carregar o arranhador do meu gato.

— Este é o *meu* prédio. *Eu* moro aqui.

— O prédio não é *só* seu — disse ela. — Muitas pessoas moram aqui. Incluindo eu. A partir de hoje. — Então ela acenou com a mão ainda erguida na minha frente. — Você consegue ver isso, certo? Toca aqui!

Dei um tapa na mão dela para afastá-la.

— Não me venha com essa de toque aqui, Parker. Vai embora. Você não é bem-vinda aqui.

— Acho que o cara que carregou o arranhador do meu gato talvez discorde. Definitivamente, senti um clima.

De todos os animais de estimação que eu poderia escolher para Parker, jamais teria sido um gato. Talvez uma tarântula. Um tanque de piranhas. Um enxame de vespas.

Nesse exato momento, Hazel Um chamou o meu nome. Meu *latte* estava pronto.

— Você se mudou para cá de propósito? — perguntei.

Agora Parker abaixou um pouco a voz.

— Você acha que estou perseguindo você, ou algo assim?

— O que mais poderia ser?

— Espera aí — disse ela então, a voz começando a transbordar de deleite. — Sinto que você ainda não superou o ensino médio?

Íamos falar sobre aquilo? Acho que íamos falar sobre aquilo.

— Essa é uma pergunta e tanto vindo de você — comentei. Como ela não me interrompeu, continuei: — Uma pergunta e tanto vindo da pessoa que me incriminou por roubar o exame de francês da Madame Stein. Da pessoa que começou o boato de que eu tinha dormido com o namorado da Kacy. Da pessoa que ateou fogo na casa de campo e depois colocou uma lata de fluido de isqueiro no meu armário. E não vamos nos esquecer da pessoa que atormentou Augusta Ross até a beira do suicídio e depois colocou toda a culpa em mim.

Ela franziu o nariz, em uma falsa simpatia.

— Então ainda não superou.

— Claro que não — falei. — Você desmantelou minha vida de forma metódica e cruel. Augusta Ross era minha melhor amiga desde a segunda série, mas seis meses depois de você aparecer, os pais dela a levaram para Seattle, de onde ela nunca mais voltou. Você me fez ser expulsa da escola. Virou meu próprio pai contra mim. E tudo por quê? Para ter o nosso quarto só para você?

Achei que talvez confrontar as ações dela dessa forma pudesse evocar alguma coisa. Remorso, talvez. Arrependimento?

Em vez disso, Parker apenas disse:

— Você se esqueceu de "roubou seu namorado". Era por isso que eu precisava do quarto só para mim.

Uau. Ela era pior do que eu me lembrava.

Mas Parker estava adorando tudo aquilo. Ela se inclinou na minha direção.

— Isso ainda assombra tanto você? Quer dizer, eu sabia que tinha ganhado. Mas não sabia que a vitória tinha sido tão grande assim. Querida, daqui a dois anos, vamos ter trinta anos! Deixe isso para lá.

— Não me chame de querida. — Foi tudo o que consegui dizer.

Lembra quando a dra. Nicole achou intrigante o fato de eu pensar que as pessoas gostavam de usar nossas fraquezas contra nós? Que havia uma razão convincente para esconder incessantemente nossas vulnerabilidades do mundo?

Bem, eis todo o motivo pelo qual eu acreditava nisso – bem aqui, em carne e osso. Segurando um gato em uma cafeteria.

Hazel Um chamou meu nome novamente.

Eu ignorei. Dane-se o *latte*.

— Você não pode morar aqui — falei.

— Não sou o proprietário — disse Parker —, mas acho que você não pode me impedir.

— Por quê? — perguntei então.

Ela fingiu que a pergunta não fazia sentido.

— Por que o quê?

Tentei dobrá-la à minha vontade com um tom de voz que dizia *Não mexa comigo*.

— Por que está fazendo isso, Parker?

Ela deu de ombros, e então não resistiu – e de repente percebi que ela queria que eu fizesse essa pergunta o tempo todo.

— Ouvi falar que você e minha mãe andaram passando um tempo juntas — ela disse, e então sua voz ficou teatralmente manhosa —, então pensei: *Elas estão se divertindo sem mim?*

— Não estávamos nos divertindo — garanti. — Eu não me "divirto" com Lucinda.

— Mas ela visitou você — Parker disse. — No seu cafofo no telhado.

Ei. Só eu podia chamar meu cafofo de cafofo.

— Agora todas nós podemos nos divertir juntas — continuou Parker, sua voz mudando para um tom ameaçadoramente animado.

— Eu não quero você aqui — falei, começando a sentir um pânico de impotência.

— Ah, eu sei — disse ela, agora colocando uma falsa simpatia na voz. — Eu meio que sou seu pior pesadelo, né?

Ela esperou, como se eu fosse confirmar.

Fiquei parada.

— Mas não se preocupe — Parker acrescentou então, levantando a mão para outra tentativa de "toca aqui". — Dada a sua situação de "dano cerebral"... você literalmente nunca vai saber que estou aqui.

CAPÍTULO ONZE

PERFEITO. ENTRE JOE, O DESAGRADÁVEL, E PARKER, EU PRATICAMENTE TINHA QUE TEMER CADA VEZ QUE precisava pegar o elevador.

Mais um motivo para nunca sair de casa.

Mas Parker não estava errada. Eu realmente nem percebia que ela estava lá. Fora o fato de que, de repente, o corredor no último andar começou a cheirar a xixi de gato, o que devia ser culpa daquele Sphynx assustador. Talvez Parker trabalhasse o tempo todo – que tipo de emprego terrível uma pessoa como ela poderia ter?

Ou talvez ela estivesse me rodeando o tempo todo, sem ser vista, como um fantasma.

De qualquer forma, ela era surpreendentemente esquecível.

O Desagradável, entretanto, era o oposto.

Aquela jaqueta de boliche vermelha e branca era tão difícil de passar despercebida quanto uma placa de pare. E ele a usava o tempo todo. Outras pessoas mudavam as roupas, os sapatos, o cabelo. Às vezes, usavam roupas de ginástica. Às vezes, um terno para o trabalho. Às vezes, jeans. Era um comportamento humano normal usar roupas diferentes para ocasiões diferentes, e eu aplaudia isso. É claro que isso tornava quase impossível para mim saber quem era quem, mas pelo menos o mundo ainda caminhava como sempre.

Não importava. Isso não se aplicava a esse cara.

Ele devia amar mesmo aquela jaqueta.

Eu o via quase todas as noites com ela. Pegando café na Bean Street com Hazel Um ou Dois. Trancando sua Vespa no suporte de bicicleta. Cruzando a mesma faixa de pedestres onde eu quase fui atropelada por um Volkswagen Beetle. Fazendo coisas normais, na maioria das vezes. Mas com um holofote sobre ele por causa daquela jaqueta.

Que sorte a minha.

Todo mundo parecia igual, exceto o último cara que eu queria ver.

Notá-lo daquela forma, no entanto, confirmou meu diagnóstico inicial: ele era definitivamente algum tipo de pegador épico.

Minha primeira confirmação veio quando o vi cambaleando bêbado pelo corredor com a mulher mais sexy do nosso prédio. Eu estava esperando para entrar no elevador quando eles saíram, de braços dados, depois do que claramente tinha sido uma noite selvagem de bebedeira. Ela parecia pior que ele, com certeza, e enquanto eles passavam cambaleando por mim, me perguntei se ela estaria em perigo.

Será que ele a dopara? Essa foi a primeira pergunta que me veio à mente. Quão terrível era esse cara? Ele era apenas um idiota ou era um monstro?

Eu queria perguntar a ela se estava tudo bem, mas não sabia o nome dela.

Sue e eu sempre a chamávamos de Peituda McGee. O que é algo terrível de se fazer, pensando bem. Mas, sendo sincera, a maioria das roupas dela era muito... generosa no decote. Não estávamos notando algo que ela não quisesse que notássemos. Na verdade, ela seria uma ótima amiga para mim agora, porque era altamente reconhecível, mesmo sem um rosto. Eu reconheceria aquele busto em qualquer lugar.

E eu admirava de verdade a confiança dela. Eu, que não comprava sutiãs novos fazia tanto tempo que nem consigo dizer quanto tempo fazia.

Mas olha, aquele busto era definitivamente a marca registrada dela. Se precisasse mencioná-la para alguém neste prédio, tudo o que você tinha que dizer era "a mulher dos peitos" e todo mundo já entendia.

Não que alguém fosse dizer isso. Mas seria uma *possibilidade*.

De toda forma, hesitei tentando lembrar o nome dela – e então me contentei com um "Ei".

— Ei! — chamei, alcançando-os. — Você está bem?

Apoiando-se no Desagradável, ela parou, se virou na minha direção e disse:

— Ele está comigo.

Com isso, Joe voltou a caminhar, e ambos seguiram em direção à porta do apartamento dela. Eu devia detê-los? Deveria chamar a polícia?

O que eu diria? Um idiota gordofóbico está levando minha vizinha muito atraente para o apartamento dela – e ele pode estar tramando algo ruim?

Aquilo não era um caso para a emergência. As pessoas tramavam coisas ruins o tempo todo.

No final, a única coisa que me veio à mente foi gritar para eles:

— Façam escolhas sábias!

Eles continuaram andando – como se não tivessem me escutado.

— Certifiquem-se de respeitar a humanidade um do outro!

Nem mesmo um olhar para trás.

Em seguida:

— Não me façam ouvir sobre isso no elevador pela manhã!

Isso enquanto eles desapareciam no apartamento dela e me deixavam ali parada. Depois disso, comecei a notar Joe saindo mais vezes do apartamento da srta. McGee. O que me fez pensar que eles tinham começado a namorar. Mas escute só: havia outras duas mulheres solteiras no nosso andar – sem contar Parker, que eu nunca contaria, por princípio –, e eu o via saindo dos apartamentos delas também, muitas vezes tarde da noite. Os óculos, o cabelo bagunçado – e sempre aquela jaqueta de boliche. Inconfundível.

O que ele estava fazendo nos apartamentos de todas essas mulheres?

Algo nessa história simplesmente me incomodava.

Ali estava eu, enfrentando virtuosamente todos os tipos de recuperação, obstáculos e pressões de tempo – e lá estava ele, conseguindo o que queria com todo o prédio.

Eu tentava reaprender a pintar desesperadamente. Ficava acordada até tarde e me levantava cedo para pintar de novo. Adormecia na minha própria bancada de trabalho, deixando tinta e pincéis secando e estragando.

Eu me esforçava como uma louca o tempo todo – e esse tal de Joe só ficava... se dando bem?

Eu não tinha tempo para ficar obcecada com o que esse cara estava fazendo. Mas era exatamente o que eu estava fazendo.

— Acho que ele é um gigolô — disse para Sue numa noite em que conversávamos pelo FaceTime enquanto lavávamos louça. — Eu o vejo entrando e saindo dos apartamentos das mulheres o tempo todo.

— De várias mulheres? — perguntou Sue.

— De várias mulheres — confirmei.

— Então ele não é um gigolô — declarou Sue. — Gigolôs normalmente são mantidos por uma mulher mais velha para servir de enfeite e fazer favores sexuais.

Fiz uma pausa, tipo: *Hum*.

— Como você sabe disso?

— Se forem várias mulheres — prosseguiu Sue, orgulhosa de estar ajudando —, é mais provável que ele seja um garoto de programa.

Pensei no que ela disse.

— Bem, ele deve ser muito bom. Os apartamentos no último andar deste prédio não são baratos.

— Talvez seja para isso que os vídeos servem. Talvez ele esteja extorquindo elas para poder viver no luxo.

Dei um suspiro. Talvez.

— Tudo é possível. As pessoas são tão terríveis.

— Mas é uma pena. Ele é tão bonitinho.

— Ele é bonitinho? — perguntei.

— Você não acha ele bonitinho?

— Sue, eu não consigo ver o rosto dele.

Sue deu um tapa na testa.

— Esqueci de novo.

— Por que você não consegue se lembrar disso?

— Deixe-me ser seus olhos. Ele é superbonito. Tem aquele cabelo bagunçado. Os óculos estilo hipster. Lábios carnudos. Mandíbula sensacional. E ele é muito simétrico.

Ela sabia que isso me convenceria. Eu sempre dava pontos extras por simetria. Muitos anos de aulas de arte.

— E — prosseguiu Sue — ele tem o tipo de dentes de que eu gosto. Perfeitos, mas não perfeitos.

— Tipo um coelho.

— Ele não parece um coelho. Estou dizendo, ele é atraente. E tem um tipo de energia meio *bad boy*. Sabe como é... ele anda de Vespa.

— Não tenho certeza se uma Vespa ajuda a criar energia de *bad boy*.

— Vespa... Harley-Davidson, tanto faz. O ponto é que ele é bonito.

— Eu acho que ele deve ser... se está prosperando como garoto de programa de alta classe.

— Mas ele também pode ser só um playboy — sugeriu Sue a seguir, pensando na situação.

Isso era um grande elogio vindo de Sue.

— Você acha que ele é um playboy?

— Quer dizer, quem sabe? Só estou dizendo que ele pode ser bonito como um hobby.

Isso era verdade.

— Joe, o garanhão — brinquei, testando a ideia.

— Não gosto dessa palavra — disse Sue, pegando o telefone para pausar nosso FaceTime e pesquisar. Ela adorava procurar coisas no meio da conversa. — Deve haver uma palavra melhor.

— Joe, o libertino? — sugeri.

Mas agora ela tinha encontrado um bom site.

— Que tal sedutor?

— Não é forte o suficiente.

— Galã?

— Muito elogioso.

— Se estivéssemos na Inglaterra, poderíamos chamá-lo de pilantra.

Pensei um pouco naquilo.

— Ah, aqui está uma palavra arcaica — disse Sue. — Devasso.

Mas balancei a cabeça com um arrepio.

— Essa é a pior até agora.

— Que tal ficar no simples e ir com um clássico? Mulherengo.

Concordei. Não era preciso pensar demais.

— Joe, o mulherengo.

— Eu gosto — disse Sue.

Com isso, ficou decidido. Joe da jaqueta de boliche estava se relacionando com metade das mulheres do meu prédio, zombando delas no elevador no dia seguinte, e possivelmente as extorquindo.

Que outra explicação poderia haver?

...

A dra. Nicole não concordou.

— Por favor, não chame a polícia para esse pobre homem — pediu ela depois que passei uma sessão inteira falando sobre essa situação.

— A evidência é bastante incriminadora — assegurei.

— Que evidência? Não há evidência. Você está falando de uma ligação telefônica que ouviu e algumas vezes que o viu no corredor... nas quais você basicamente se escondeu nas sombras para que ele não te visse observando.

Dei de ombros.

— Eu sei o que sei. Muitas coisas não se encaixam.

— Sim. Mas isso não é ele. Isso é você.

— Eu não sou a pessoa que filmou uma mulher dormindo na minha cama e depois zombou dela.

— Mas você é a pessoa que acabou de passar por uma cirurgia cerebral.

— Está dizendo que estou mentalmente defeituosa?

— Estou dizendo que você está em um período de ajuste.

— O que isso quer dizer?

— Vá com calma com o pobre Joe. E vá com calma consigo mesma. Você não pode confiar completamente em si mesma agora. Seus sentidos estão desequilibrados. Seu cérebro tem muito o que processar.

— Não vou discordar.

— Você vai cometer erros por um tempo até se ajustar.

— Que tipo de erros?

— Coisas como não reconhecer sua irmã...

— *Meia*-irmã — corrigi.

— E não reconhecer vozes familiares. E se apaixonar à primeira vista pelo seu veterinário.

— Não acho que podemos chamar o encontro com o amor da minha vida de erro, mas tudo bem.

Mas eu me questionava.

A dra. Nicole estava certa? Será que eu não podia confiar em mim mesma?

Era um pensamento estranho. Em quem diabos você poderia confiar se não em si mesmo?

— Seja paciente consigo mesma — ela continuava dizendo.

O que isso queria dizer?

Todo mundo continuava me dizendo para esperar, deixar o edema se resolver, descansar, ver o que acontecia. Mas eu não tinha esse tempo todo. Precisava pintar o retrato para a exposição. Não podia simplesmente assistir à minha vida inteira desmoronar e não tentar fazer algo a respeito.

Então a dra. Nicole olhou para o relógio e eu olhei para o meu celular. Tínhamos dois minutos restantes na sessão. Hora de encerrar.

— O ponto é — disse ela — que você ainda está se ajustando. Precisa perceber o viés de confirmação.

— O que é viés de confirmação?

A dra. Nicole pensou antes de dar uma definição.

— Significa que tendemos a pensar o que pensamos que vamos pensar.

Somei todas essas palavras.

— Então... se você espera achar que uma coisa é verdadeira, é mais provável que você a considere verdadeira?

— Exatamente — disse ela, parecendo satisfeita. — Basicamente, tendemos a decidir como o mundo é, quem as pessoas são e como as coisas são... e então procuramos evidências que apoiem o que já decidimos. E ignoramos tudo o que não se encaixa.

— Isso não parece algo que eu faça — comentei.

— Todo mundo faz isso — disse a dra. Nicole, dando de ombros. — É uma falha humana normal. Mas você está fazendo isso um pouco mais agora.

— Estou?

Ela assentiu.

— Porque seus sentidos estão desequilibrados. É mais difícil para você reunir informações sólidas sobre o mundo ao seu redor. E, como você passou por um trauma, está em alerta máximo para o perigo.

Não discuti.

— Sendo assim — falei —, se eu achar que tudo vai ser terrível, então tudo vai ser terrível?

Ela assentiu, como quem diz: *Exato*.

— Mas eu realmente acho que tudo é terrível.

— Na esteira de um momento difícil — a dra. Nicole disse então, soando mais do que nunca a voz calma da razão —, enquanto você tenta se readaptar a um novo normal...

— Eu não quero um novo normal! — interrompi. — Quero o *antigo* normal.

— O truque — a dra. Nicole continuou, não me deixando atrapalhá-la — é procurar as coisas boas.

— Tudo bem — falei, pensando sobre isso. — Vou tentar. — Depois acrescentei: — E não vou chamar a polícia para o Desagradável. Por enquanto.

— E talvez você pudesse parar de chamá-lo de Desagradável.

— Mas ele *é* um sujeito desagradável.

— Sem dúvida, você vai continuar pensando assim se continuar pensando assim.

Suspirei. Outro momento de percepção.

— Viés de confirmação? — perguntei, já sabendo a resposta.

— Essa é minha garota — disse ela.

≡ CAPÍTULO DOZE ≡

SERÁ QUE O MARAVILHOSO DR. OLIVER ADDISON, VETERINÁRIO E DEUS DO SEXO, CONSEGUIU REALIZAR UM MILAgre e restaurar meu melhor amigo canino, já geriátrico, à saúde perfeita?

Mais ou menos. Em grande parte.

Em sua defesa, ele me avisou que Amendoim ficaria "um pouco cansado" por uma ou duas semanas.

Dito e feito, no dia em que Amendoim voltou da clínica, tudo o que ele queria era se encolher embaixo da cama e cochilar.

Mas eu queria ficar com ele. Estava com saudades.

Aparentemente, tinha sentido tanta saudade que tudo o que eu queria era me deitar de bruços, meio debaixo da cama, vendo-o dormir e me certificando de que ele estava bem.

Procure coisas boas, tinha dito a dra. Nicole.

O fato de Amendoim estar em casa é definitivamente uma coisa boa, pensei enquanto o observava.

Mas havia outra coisa boa embaixo daquela cama – uma que eu tinha esquecido até empurrá-la para o lado para ter uma visão melhor de Amendoim.

Uma caixa que eu havia mantido por anos, com os patins de minha mãe dentro.

Havia tempos que eu não os via, mas decidi tirar a caixa de lá e abri-la.

Minha mãe adorava andar de patins. Nós costumávamos patinar para cima e para baixo no nosso quarteirão, ouvindo as músicas mais tocadas no rádio portátil dela, cantando junto e acenando para os vizinhos. Minha mãe sabia andar de costas, fazer o *moonwalk*, girar em um pé e fazer o *grapevine*, entre outras mil coisas. Ela costumava me puxar com uma corda e chamava isso de esqui aquático. Era a nossa atividade favorita nos fins de semana.

Ela tinha seus próprios patins – de couro branco com pompons rosa na ponta. E comprou um par igual para mim quando eu era pequena. Isso foi nos anos 1990, e a maioria do mundo tinha mudado para os patins *inline*. Mas não a minha mãe.

Depois que ela faleceu, eu herdei os patins dela.

Quando digo *herdei*, quero dizer que os peguei do armário dela antes que Lucinda doasse tudo para caridade.

Nunca os usei. Depois que perdi minha mãe, nunca mais andei de patins. E meus patins de criança se perderam em algum lugar pelo caminho, como geralmente acontece com essas coisas.

Aonde quer que eu fosse, no entanto, mantinha os patins da minha mãe por perto – naquela caixa debaixo da minha cama. Não para usá-los. Apenas para tê-los. Apenas porque mantê-los parecia manter um pedaço dela. Apenas porque, mesmo que eu nunca os olhasse, se eu pudesse salvar só uma coisa em um incêndio – além de Amendoim, é claro –, nem pensaria duas vezes.

Com certeza, seriam esses patins.

Fiquei pensando se eles serviriam em mim agora. Que tamanho minha mãe calçava? Me incomodou não saber isso.

E eu não tinha ninguém para quem perguntar. Quase podia ouvir meu pai dizendo: *Que tipo de pergunta é essa?*

Então, assim que esse pensamento surgiu na minha cabeça, resolvi que precisava descobrir.

Andar de patins estava na minha lista de atividades aprovadas após a cirurgia?

Definitivamente não.

Mas, para ser justa: também não estava na minha lista de atividades proibidas.

O mais importante: os patins serviam?

Serviam.

E agora eu sabia algo novo sobre ela. Ambas calçávamos o mesmo número.

Peguei um par de meias de cano alto – um presente de Sue no meu aniversário no ano anterior –, me sentei em uma cadeira da cozinha e deslizei o pé na bota de couro do patins com um som satisfatório quando meu calcanhar se encaixou no lugar. Um ajuste perfeito. Parecia um sinal. Me inclinei para a frente, apertei os cadarços e dei nós duplos. Então, com um otimismo teimoso que ainda me surpreende até hoje, pensei: *É perfeitamente seguro se eu for devagar*, e então me levantei e fiquei de pé.

Minha mãe adorava Diana Ross, Donna Summer e Gloria Gaynor. A adolescência dela fora no final dos anos 1970, e ela se identificava completamente com a música disco e todo o seu otimismo animado. Eu tinha uma playlist inteira de músicas disco que ouvia quando queria me sentir mais próxima dela: KC and the Sunshine Band, Bee Gees, ABBA. Peguei meus fones de ouvido e coloquei a playlist que tinha feito com as favoritas dela. Então fui em direção à porta, abri e senti a brisa do telhado passar pelo meu rosto como seda, bem quando "I Love the Nightlife" começou a tocar.

Eu estava um pouco instável no começo? Com certeza.

Mas há coisas que você conhece no seu corpo e simplesmente nunca esquece.

Aqui está uma ótima notícia: o telhado do prédio era de concreto liso. E, exceto por algumas emendas às quais era preciso prestar atenção, era um espaço perfeito para andar de patins – liso como manteiga, arejado e ensolarado. Juro, parecia o destino. Como se toda a minha vida tivesse sido conduzida até aquele glorioso momento no telhado arejado.

Eu ia incomodar os inquilinos abaixo? Não dava para saber. Talvez o telhado fosse espesso o suficiente para abafar o som. Ou talvez apenas o amplificasse. De qualquer forma, comecei – impulsionei com um pé e deslizei para a frente com o outro.

Por um tempo, apenas me movimentei de forma desajeitada, com os braços abertos como uma equilibrista, sentindo que tinha deixado minha juventude em algum lugar do passado.

Mas a vista do telhado era deslumbrante – e também algo que eu não apreciava com frequência suficiente. Para o leste, havia prédios históricos e armazéns de tijolos antigos. Para o oeste, estava a área verde de Buffalo Bayou – e suas trilhas para caminhada e caiaques.

Fiquei contente que ninguém pudesse me ver, rangendo como um Homem de Lata que precisava de óleo.

Por outro lado, eu podia sentir as coisas começando a se encaixar conforme a memória muscular entrava em ação. Quanto mais eu patinava, mais conseguia patinar.

Fiz grandes círculos, entrando no ritmo reconfortante de direita, esquerda, direita, esquerda. Então, sem pensar muito, girei em um círculo. O movimento desajeitado desapareceu. Encontrei um ritmo suave. O telhado era um espaço amplo e aberto sem nada em que esbarrar.

Minuto a minuto, meu conhecimento da infância voltava.

E então me lembrei do que eu já sabia: eu era capaz de fazer isso.

Eu me permiti relaxar. Então dei meia-volta e comecei a patinar para trás. Fiz um oito. Me agachei, estilo *roller derby*. Depois comecei a fazer a *grapevine* e girar, e simplesmente a me divertir como alguém que acabou de ser lembrado do que é se divertir.

O que pareceu muito certo.

Quanto tempo se passou? Não faço ideia. Eu estava completamente alheia – da melhor maneira possível. Era o exato oposto das horas exaustivas que eu havia passado tentando pintar. Aquilo tinha sido trabalho, e isso era apenas diversão. Quem precisava de arte quando se tinha patinação?

Isso me fez sentir falta da minha mãe?

Com certeza.

Mas a delícia de tudo aquilo – o prazer absoluto, bem-aventurado e incorporado – fez com que tudo ficasse bem de alguma forma. Senti aquela pontada familiar de saudade, mas agora misturada com algo novo. Alegria, talvez. O sol, a brisa, a música, o movimento e o ritmo. Uma consciência do glorioso e impossível milagre de estar viva.

Hum.

Tão estranho pensar que esse sentimento tinha estado ali o tempo todo – hibernando em uma caixa debaixo da minha cama, apenas esperando que eu o acordasse.

Talvez eu devesse ter experimentado esses patins antes.

Juro que, em determinado momento, decidi que poderia simplesmente continuar patinando ali, dando voltas e voltas, perdida na felicidade, o dia e a noite inteiros.

Mas é claro que não foi isso o que aconteceu.

Na verdade, não muito depois de ter esse pensamento, enquanto eu patinava para trás em zigue-zague, o som de alguém gritando meu nome atravessou minha playlist disco – e eu girei para dar de cara com Joe a poucos metros de distância, me chamando.

Ele não estava usando a jaqueta vintage hoje – apenas uma camiseta –, mas agora eu reconhecia aqueles óculos. E o cabelo bagunçado balançando ao vento do telhado. Além disso, processo de eliminação. Quem mais poderia ser?

Não era o sr. Kim, e essa era praticamente a única outra opção.

Reconhecê-lo foi surpreendente, mas vê-lo ali foi ainda mais surpreendente – em especial porque a porta da escada para o telhado se trancava automaticamente e ninguém tinha o código além de mim.

Encontrar de repente um homem não convidado parado no telhado assistindo à sua sessão de patinação pode ser uma grande surpresa – e acho que devo ter congelado por um segundo enquanto ainda deslizava sobre as rodas, porque, em seguida, acertei uma daquelas emendas no concreto do telhado que tinha evitado com tanto cuidado. Isso me lançou para a frente – e direto nos braços de Joe, que tentou me segurar, mesmo que eu tivesse muito impulso para que isso fosse possível. Ele acabou caindo de costas, comigo bem em cima dele... e saímos deslizando pelo concreto.

Depois que paramos, o tempo pareceu pausar.

Eu devia ter me esforçado para me levantar e continuar patinando. Mas meu cérebro levou um minuto para entender toda a situação. E enquanto esperávamos que aquele momento fizesse sentido, fiquei em uma espécie de animação suspensa, meu corpo completamente sobre o dele no chão, meu nariz quase tocando o dele, nossos olhares travados em incompreensão.

O que diabos tinha acabado de acontecer?

A primeira cabeça com a qual me preocupei foi a dele – porque vi que ele a havia batido no concreto.

— Ai, Deus — exclamei, falando alto por causa da música disco nos meus ouvidos antes de puxar os fones pelos fios. — Você está...

— Estou bem.

E então houve uma pausa, enquanto eu percebia que eu também acabara de cair – e a próxima cabeça com a qual eu tinha que me preocupar era a minha.

Eu tinha uma única tarefa nos dias atuais: não cair.

E aqui estava eu. Caída.

Ai, merda. Será que eu tinha acabado de danificar meu cérebro?

O pensamento me prendeu enquanto eu fazia uma rápida avaliação. *Eu tinha batido a cabeça?* Não. *Minha cabeça estava sangrando?* Não que eu pudesse perceber. *Minha cabeça doía?* Não. Nada doía além dos joelhos e das mãos raladas. Até que ponto o corpo de Joe amortecera meu impacto? O suficiente?

Fiz uma rápida varredura no telhado, meio que verificando se havia um possível pedaço de crânio em forma de rolha ainda deslizando pelo concreto, como um disco de hóquei.

Nada. Tudo tranquilo.

Até onde eu podia dizer, eu estava bem.

Mas foi então que percebi que estava deitada em cima de Joe – jogada sobre ele como um cobertor humano – por muito mais tempo do que era apropriado. Eu podia sentir minhas coxas espremidas contra as dele. Podia me sentir arfando sobre o peito dele, enquanto ambos tentávamos recuperar o fôlego. Podia sentir meu coração batendo – *ou seria o dele?* – contra minha caixa torácica.

Fiquei um pouco tonta por um segundo, mas se era por causa da queda, pelo meu cérebro enlouquecido ou apenas pelo fato de eu não ficar tão perto de um homem havia muito tempo... não dava para dizer.

Hora de me recompor.

Eu me afastei, me desprendendo dele, e me levantei lentamente. Assim que fiquei na vertical, fiquei um pouco irritada.

— O que está fazendo aqui? Você me assustou pra caramba! — falei. — Como você chegou aqui?

Joe não respondeu. Ainda deitado no concreto, ele se apoiou nos cotovelos, mas parou ali, me olhando de uma forma que parecia que estava me *observando*.

Talvez ele tivesse machucado a cabeça, afinal.

Cruzei os braços sobre o peito.

— Ninguém nunca vem aqui em cima. Ninguém tem o código da porta além de mim!

Joe balançou a cabeça um pouco, como se estivesse tentando recolocar os pensamentos no lugar.

— Este é um espaço privado! — afirmei. — Este telhado faz parte do meu... — Mas eu não sabia como descrever. — Da minha *área*. Você não pode simplesmente subir aqui!

Quando Joe finalmente se levantou e começou a arrumar a camiseta, sua voz estava um pouco rouca.

— A porta lá embaixo estava aberta.

— E você achou que era um convite para subir aqui?

— Acho que a fechadura está quebrada — Joe continuou. — O trinco está travado na posição aberta.

— Isso é um problema do sr. Kim — retruquei. — A menos que você seja chaveiro.

Ele colocou as mãos nos bolsos.

— Eu só fiquei preocupado com você.

Ficou? Hum.

— Bem, eu estava bem.

— Eu vi.

Ai, Deus. Ele me viu patinando. Escutando música disco no fone de ouvido.

— É claro que você viu.

— Você sabe patinar de verdade — comentou ele.

— Sei — falei, recusando o elogio. — Você veio até aqui e viu que eu estava bem. Por que não deu meia-volta e foi embora?

— Para ser honesto, eu fiquei meio que hipnotizado.

— Isso não é engraçado.

— Eu não estou brincando.

Hipnotizado? Hipnotizado com o quê? Minha habilidade na patinação? O ridículo do meu traje? A comédia que sempre acontece quando uma pessoa com fones de ouvido não consegue resistir a fazer movimentos de dança sem que ninguém mais veja, como um mímico? Decidi que não queria saber.

— Eu tenho permissão para fazer o que quiser no meu próprio terraço, Joe.

— Eu não estou dizendo que não tem.

— E você não tem permissão para subir aqui sorrateiramente e me observar.

— Eu não subi sorrateiramente. Achei que você devia saber.

— Saber o quê?

— Sobre a fechadura quebrada.

Ok, isso não era totalmente irracional.

— Assim que eu saí do transe, tentei falar com você. Para que você pudesse consertar. Mas quando chamei seu nome, você não me ouviu.

— Sim. Bem. Eu estava ouvindo música.

— O que você estava ouvindo?

Não é relevante!

— Por que você quer saber?

Joe deu de ombros.

— Você parecia feliz.

— Isso não é da sua conta.

— Entendido — disse ele, levantando as mãos em sinal de derrota.

Caso ainda não esteja claro, eu sentia uma raiva irracional dele. Não tenho certeza se poderia sequer apontar um motivo. Porque ele tinha subido sem pedir. Porque a fechadura estava quebrada. Porque ele tinha me interrompido. Porque, antes de vê-lo, eu estava absurda e genuinamente feliz, pela primeira vez em tanto tempo, e agora, graças a ele, eu tinha que estar... o que quer que fosse isso.

Irritada.

Ou talvez apenas constrangida. Porque literalmente não há como dançar sobre patins em silêncio sem parecer uma completa idiota.

— De qualquer forma — disse Joe, dando alguns passos para trás. — Desculpe pela interrupção. Mas não se esqueça de pedir para consertarem essa fechadura.

Então ele se virou e começou a caminhar de volta em direção à escada em espiral – e foi nesse momento que toda a raiva que eu estava sentindo simplesmente desapareceu. Porque a parte de trás da camiseta dele estava manchada de sangue.

— Espera aí! — chamei, patinando atrás dele. — Você está bem?

Ele se virou.

— Estou bem.

— Você está sangrando — falei, patinando ao redor dele para ter uma visão melhor.

— Estou? — perguntou ele, tentando espiar por cima do ombro.

— Não está doendo?

— Quer dizer, incomoda um pouco — confessou ele.

Patinei até ficar diante dele, e disse, toda prática, gesticulando para a camiseta.

— Tire isso.

Ele pensou por um segundo, então assentiu, cruzou os braços, puxou a barra da camiseta e a tirou.

Amigos, romanos, compatriotas – tudo bem que eu não era capaz de ver o rosto dele, mas deixem-me dizer uma coisa... não tive nenhuma dificuldade de ver aquele torso sem camisa. Quero dizer, eu tive uma reação física ao olhar para aquilo – e não foi porque ele tivesse um corpo esculpido, extraordinário ou fosse uma fantasia retocada que se vê nas revistas. Era apenas... forte, sólido e agradável. De alguma forma... *atraente*.

Parecia um corpo que seria bom de sentir nas mãos.

Afastei esse pensamento no instante em que o percebi.

Mas posso acrescentar uma informação? Ele tinha uma proporção ombro-quadril absolutamente estelar. Como artista profissional, dou um grande sinal de aprovação.

Qual era a palavra que ele acabara de usar? Hipnotizado?

De qualquer forma, não era para isso que estávamos ali. Deixei o pensamento de lado e patinei até as costas dele para conferir os danos.

— Ah, você se ralou de verdade — comentei.

— É — disse ele. — Nós derrapamos alguns metros.

— Eu sinto muito mesmo — falei, enquanto meu tom de voz "irritado" diminuía e o de "desculpas" aumentava.

Olhei para minhas mãos arranhadas. As costas dele as tornavam insignificantes.

— Vem — falei, pronta para remediar minha culpa com excelentes primeiros-socorros, começando a patinar em direção à minha porta. — Vamos limpar isso.

Mas, quando olhei para trás, ele não estava me seguindo.

Patinei de volta até ele.

— Vem.

— Está tudo bem — disse ele. — Eu dou conta.

— É nas suas costas — falei. — Como você vai alcançar?

— Eu me viro.

Foi culpa dele eu ter me assustado e tropeçado?

Com certeza. Até certo ponto.

Mas eu fui a pessoa que aterrissou nele e o arrastou pelo telhado?

Sim também.

— Me deixa ajudar — falei, minha voz muito mais suave agora. — Você não teria se machucado assim se eu não tivesse caído em cima de você.

— Você não teria caído em cima de mim se eu não tivesse subido aqui.

— Você não teria subido aqui se a fechadura estivesse funcionando corretamente.

Joe assentiu.

— Então isso é tudo culpa do sr. Kim.

— Cem por cento culpa do sr. Kim — concordei, pegando a mão de Joe e o puxando em direção à minha casa como se fosse um rebocador. — Mas agora você só tem a mim.

■■■

Quando entramos em casa, Joe não conseguia parar de olhar para todas as minhas pinturas, e eu não conseguia parar de olhar para Joe.

Ele estava observando meu material de pintura e minha decoração, minha casa em geral – mas a expressão dele era muito diferente da de Lucinda. Ela tinha me julgado, e ele também estava julgando, mas, pela linguagem corporal dele, estava me julgando *positivamente*.

Como se gostasse.

O que era um pouco hipnotizante.

Ou seria o torso? Escolha difícil.

Quer dizer... esse tempo todo eu desgostava dele, e Joe estava andando por aí com aquele peitoral irresistível sob a camiseta? Eu me perguntava se minha avaliação inicial teria sido diferente se eu soubesse.

Deus. Será que eu era tão superficial assim?

Uma hora antes, eu teria dito que não – mas agora não tinha tanta certeza.

Mas que escolha eu tinha como artista? Deixar uma situação visual como essa passar sem admiração? Era praticamente meu dever profissional.

Mesmo agora, pensar naquilo me faz querer soltar um assobio baixo. Quero dizer, aquele peitoral poderia até mesmo ser melhor que um rosto. Se eu tivesse que escolher.

Fiz Joe se inclinar sem camisa sobre a pia da minha cozinha enquanto despejava água oxigenada sobre os arranhões. Ele prendeu a respiração enquanto o líquido borbulhante e frio escorria pelo seu corpo.

— Cócegas? — perguntei, observando os músculos dele se contraírem.

Ele balançou a cabeça.

— Só atrás da orelha.

Sequei as partes não machucadas das costas dele com papel-toalha e então me ofereci para lavar a camisa para ele.

Ele balançou a cabeça.

— Eu resolvo isso. Vou para casa.

Mas, com essas palavras, de repente eu o imaginei andando pelo corredor do último andar, sem camisa, e dando de cara com outra pessoa – e senti a sensação mais estranha e indescritível.

Se eu não soubesse que era impossível, teria chamado de ciúme.

— Me deixe passar uma pomada em você — sugeri.

— Eu estou bem, mesmo.

— Aquele telhado — falei, olhando para ele com um olhar de confiança — é supersujo. Pássaros fazem cocô nele o tempo todo. Sem mencionar a chuva ácida, resíduos nucleares...

— Resíduos nucleares?

— O ponto é que você não quer ter uma infecção.

Joe pensou no assunto, então assentiu e se sentou de costas em uma das cadeiras da cozinha.

Puxei uma cadeira atrás dele e usei um cotonete para aplicar pomada. Os arranhões não eram profundos, mas cobriam uma grande área.

Com sorte, ficaríamos ali por um tempo.

Ele tinha uma cicatriz ainda bem rosada no ombro, que parecia ter levado pontos.

— Onde você conseguiu essa cicatriz? — perguntei. — Parece bem recente.

— Eu bati em um poste de luz — disse Joe, sem parecer muito interessado.

Ele tinha batido em um poste de luz? Era esse o estilo de vida que ele levava? Beber até cair?

Eram tantos sinais vermelhos em relação a esse cara.

Mas eu devia estar muito mais solitária do que percebia. Ali estava um homem do qual eu nem mesmo gostava, mas cuja proximidade do torso nu estava me colocando em algum tipo de transe. O que estava acontecendo comigo? Eu aplicava a pomada nos arranhões, mas ficava perdendo a concentração e aplicando nos lugares errados. Meus olhos continuavam a se desviar da tarefa, percorrendo sua espinha, seguindo pelo ombro, descendo pelos braços. A pele dele era meio dourada e ele tinha sardas nos ombros, como se trabalhasse muito ao ar livre sem camisa.

Eu o imaginei rastelando folhas sem camisa. Lavando o carro sem camisa. Talvez cuidando de uma horta sem camisa? Depois colhendo os vegetais e levando-os para preparar uma refeição caseira sem camisa?

Ei! De repente, pude ouvir minha própria voz em minha cabeça. *Se concentre! Pare de fantasiar com o Desagradável!*

Mas a acústica na minha cabeça não era muito boa. A voz soava fina e ecoante, como se eu estivesse no fundo de um poço. Enquanto a voz de Joe – e tudo o mais sobre ele – vinha clara e nítida.

Sinceramente, a dra. Nicole ficaria muito orgulhosa de mim agora.

— Sabe o que eu amo neste momento? — Joe perguntou, soando sonolento enquanto descansava a cabeça nos braços.

Eu me inclinei para a frente para tentar adivinhar.

— O fato de eu me sentir genuinamente arrependida por isso ter acontecido com você, mesmo que a culpa tenha sido toda sua?

— Eu definitivamente *gosto* disso. Mas estou falando de algo que *amo*.

Acidentalmente, naquele momento, percebi como seu lábio inferior carnudo pressionava o superior quando ele falava o M na palavra *amo*.

— O que você ama? — perguntei, agora subitamente consciente de que meu próprio lábio estava fazendo a mesma coisa.

Ele olhou para trás de um jeito que parecia realmente afetuoso. Então falou:

— Você ainda está usando os patins.

CAPÍTULO TREZE

A NOITE SEGUINTE ERA SEXTA-FEIRA. A NOITE EM QUE EU IA ME CAFEINAR DE MANEIRA SINCRONIZADA COM O dr. Addison.

Também conhecido como meu primeiro encontro com meu futuro marido.

Ele não estava chamando de encontro. Nem eu – não *em voz alta*.

Mas era só um jeito de dizer.

Ele estaria na cafeteria Bean Street – a uma curta caminhada do trabalho dele – às seis horas. E eu estaria lá também. Era uma má ideia, com certeza. Mas, mais importante: o que eu devia vestir? Jeans e blusinha? Tênis? Sandálias? Ou, Deus me livre, salto alto?

Experimentei várias opções de roupa e mostrei todas para Amendoim. Não precisamos ser matemáticos sobre isso. Vamos apenas dizer que fui muito minuciosa.

No final, escolhi um vestido preto com estampa de poá branca e uma barra com babados – com a ressalva mental de que se estivesse chique demais, sempre poderia voltar para casa e trocar de roupa.

Além da natureza histórica do Primeiro Encontro, havia outra coisa notável naquele dia. Mas eu não tinha certeza se ia compartilhar isso com o dr. Addison.

Hoje – quatro de março – era o aniversário da minha mãe.

E eu sempre comemorava o aniversário dela. Apenas nós duas. Eu colocava uma flor atrás da orelha, do jeito que ela costumava fazer, e assava um bolo do zero, comprava velas e cantava parabéns para ela. Depois eu conversava com minha mãe como se ela pudesse me ouvir. Em voz alta – sozinha no quarto. Como se os aniversários dos falecidos fossem o único dia do ano em que eles poderiam sintonizar nas vozes de seus entes queridos deixados para trás, como uma frequência de rádio.

Eu contava para ela sobre minha vida – a colocava a par de todas as bobagens e acontecimentos. Dava a ela as últimas notícias de Amendoim. Rememorava um pouco das coisas divertidas que tínhamos feito juntas quando ela estava viva. E então, sempre, sempre agradecia a ela por ser minha mãe e por ser uma fonte de amor e alegria a ponto de eu ainda sentir isso todos esses anos depois, muito tempo depois de ela ter partido.

Isso não era pouca coisa da parte dela.

Mas também era uma escolha minha.

Era tão tentador – mesmo agora – sentir amargura por tê-la perdido tão cedo. Eu tinha que fazer um esforço para olhar com outros olhos: para lembrar de sentir gratidão por tê-la tido.

Eu lhe agradecia, e então – sim – eu chorava... porque a felicidade e a tristeza sempre se enredam. Então eu colocava um filme com Cary Grant – e geralmente comia o bolo de aniversário, às vezes direto com um garfo, sem nem mesmo cortá-lo, até cochilar no sofá.

Era um ritual e tanto.

Eu começava tentando sentir alegria. Mas, no final, eu me contentava com a gratidão.

Se eu tivesse que escolher, talvez a gratidão fosse a melhor emoção.

De qualquer forma, as chances de eu contar tudo isso para Oliver Addison, médico veterinário, eram praticamente zero. Ele não precisava mergulhar de cabeça no meu passado triste logo no nosso primeiro encontro.

Eu seria animada, positiva, engraçada e encantadora – da melhor forma possível. Guardaria todas as minhas emoções agridoces sobre a minha mãe falecida em uma prateleira mental. E então encerraria a conversa antes de revelar, por acidente, qualquer imperfeição pessoal... e iria até o supermercado comprar os ingredientes para o bolo.

Massa de pão de ló com cobertura de chocolate. O favorito da minha mãe. E o meu também. Era um bom plano. Dava para fazer tudo.

Contanto que eu seguisse o cronograma.

...

Cheguei à Bean Street exatamente às seis horas da tarde. Encontrei uma mesa de frente para a porta que dava para a rua. Não resisti e retoquei o batom cuja cor se chamava Maracujá na parte mais carnuda do meu lábio inferior, falando para mim mesma sobre como é bom fazer coisas que podem parecer assustadoras. E esperei.

E esperei.

E então esperei um pouco mais.

Enquanto esperava, podia sentir a confiança se esvaindo como o ar de um pneu furado. Estava frio aqui? Talvez devesse ter trazido um casaco. Devo soltar o cabelo? Será que meu batom está alaranjado demais? E, entre todos os sutiãs que eu tinha, como fui pegar exatamente aquele que sempre escorregava pelo meu ombro?

Puxei a alça para cima do ombro e a prendi no lugar com firmeza, como se dissesse *Fica*.

Talvez tenha sido uma má ideia. Talvez eu não fosse capaz de fazer isso dar certo. Todo o futuro que eu acabara de traçar para mim mesma como esposa de Oliver Addison, médico veterinário, dependia de não estragar esse momento.

As palavras *não estrague o momento* ficavam circulando na minha cabeça como se estivessem em uma daquelas faixas puxadas por um avião. Era um ótimo conselho, mas o problema era que havia muitas maneiras de dar errado.

E se, só para pegar o exemplo mais assustador, eu não o reconhecesse?

E se – e essa possibilidade realmente me ocorria agora, sentada ali –, sem o jaleco e fora do contexto da clínica, eu realmente não conseguisse distingui-lo de qualquer outra pessoa? Era mais que possível.

Quão constrangedor seria isso?

Pensei na mulher no Facebook que tinha chamado sua prosopagnosia de "superpoder". O que ela faria nessa situação? Ela não ficaria sentada aqui, nervosa, rasgando um guardanapo de papel, com a barriga gelada de medo, questionando seu valor como ser humano. De jeito nenhum! Ela endireitaria os ombros, abraçaria a incerteza, surfaria naquele tsunami de autodúvida como alguém totalmente destemido e acharia um jeito de tornar isso divertido.

Pelo menos, ela não desistiria de si mesma antes mesmo de tentar.

Você consegue, eu incentivava a mim mesma enquanto começava a mutilar um novo guardanapo. *Você sabe o que fazer.*

E com isso, eu realmente soube o que fazer: simplesmente sorrir – e irradiar positividade e disponibilidade – para cada homem que entrasse pelas portas da Bean Street, como se fosse meu futuro marido.

Não era minha estratégia usual na vida.

Mas também não era tão difícil de fazer.

Quero dizer, o dr. Addison também tinha um papel a desempenhar, certo? Ele me reconheceria. Claro, eu estava um pouco diferente, com o cabelo preso e os lábios de maracujá. Mas podia confiar que ele me reconheceria quando me visse.

De qualquer forma, eu teria que confiar no destino.

O que estava escrito, estava escrito.

Exceto que talvez não estivesse escrito... porque uma hora – uma hora de verdade – se passou, e o dr. Addison não apareceu.

Há uma desilusão muito específica e lenta em levar um bolo, conforme a percepção se forma aos poucos: a pessoa não vem. Naquela hora interminável, erguendo os olhos cada vez que as portas do café se abriam e vendo todos passarem por mim como se fossem completos estranhos – o que deviam ser mesmo –, me senti murchar como uma versão em time-lapse de uma planta em um vaso esquecida em casa.

Era a combinação letal da esperança com a decepção, percebi.

Eu tinha chegado, toda fresca e resplandecente, com minhas folhas verdes erguidas em direção ao sol, e bastou uma hora para me deixar caída de lado, flácida e murcha sobre a borda do meu vaso.

Emocionalmente, quero dizer.

O ponto é que um número incontável de guardanapos inocentes perdeu a vida durante essa hora de espera. Tudo em vão.

Na marca da uma hora, sem nenhuma mensagem dele, eu desisti.

Já tinha dado para mim.

Eu me levantei, sentindo como se todas as pessoas na cafeteria me observassem e balançassem a cabeça, e comecei a recolher todos os pedacinhos de guardanapo da mesa – de um modo meticuloso e muito constrangido. Com cuidado para não estragar isso também.

Mas foi nesse momento que a porta se abriu novamente, e dessa vez uma brisa entrou com ela, e essa brisa mandou os pedaços de guardanapo voando da mesa para o chão – todos os meus esforços destruídos, como tantas vezes acontecia, por alguma força externa totalmente não relacionada. E, apesar de tudo, sorri como uma estrela de cinema para quem estava entrando, só por precaução.

A essa altura já era uma reação pavloviana.

Mas não era o dr. Addison entrando pela porta. Era uma mulher.

Então voltei minha atenção para o chão e para o confete trágico do desgosto que agora cobria parte dele, e me agachei para começar a recolher tudo de novo.

Foi quando um par de sapatos apareceu no meu campo de visão.

Pelos vapores do mal que irradiavam deles e pela súbita onda de Poison, da Dior, eu pude fazer uma boa suposição: Parker.

Eu me levantei.

— Você parece alguém que acabou de levar um bolo — disse ela.

Não foi a voz que eu reconheci. Foi a maldade.

Definitivamente, Parker.

Ninguém mais no mundo conseguia fazer com que eu me sentisse tão miserável com tanta rapidez:

— Olá, Parker.

— Como você soube que era eu? — perguntou ela, parecendo excessivamente encantada por ser reconhecida. Quase de um jeito sarcástico.

Suspirei.

— Pela crueldade. Tem uma frequência distinta.

— Vi você aqui há uma hora, quando estava saindo — disse Parker então, aproveitando a chance de saborear minha miséria. — Agora estou de volta, e aqui ainda está você... de batom e tudo... mas, ainda assim, completamente sozinha. É tão desolador. — Eu podia sentir o tom de diversão na voz dela. — É de partir o coração.

— O que você quer, Parker?

— Quero perguntar para você sobre aquele cara superfofo no nosso andar.

— Que cara no nosso andar?

— Aquele que fica encarando você no elevador.

Tinha um cara que me encarava no elevador?

— Aquele com a jaqueta de boliche — disse ela, como se quisesse me apressar.

— Joe? — eu perguntei. Joe me encarava no elevador? Algo nessa informação fez com que eu me sentisse realmente... bem.

Parker não tinha ideia de que acabara de me fazer me sentir bem. Ela estalou os dedos para mim.

— Eu preciso do telefone dele.

Tudo o que consegui pensar em dizer foi:

— Por quê?

— Porque decidi que ele é meu futuro marido.

Ei. Isso era coisa minha. *Eu* era a pessoa com um futuro marido.

— Futuro marido? — Meu corpo foi subitamente preenchido com fogos de artifício minúsculos: um lampejo de ciúme; um lampejo de proteção; e então um último lampejo que dizia: *De jeito nenhum*.

É verdade que eu não conhecia Joe tão bem assim. E é justo dizer que eu tinha muitos sentimentos conflitantes em relação a ele desde que aquela jaqueta de boliche vermelha e branca dele tinha entrado no meu radar. E meu veredicto ainda estava pendente sobre se ele era um cara legal ou o completo oposto.

Mas nunca, em um milhão de anos, eu indicaria Parker para ele.

Isso era apenas decência básica humana.

— Acho que ele está namorando — falei.

— E daí?

— E daí que ele está comprometido.

— E daí?

— E daí... — O fato de eu ter que explicar isso era exatamente a razão pela qual ela nunca teria acesso a informações sobre ele. — Seria moralmente errado da sua parte perseguir um homem que já está envolvido com outra pessoa.

Parker não levou minha obstrução numa boa.

— Você é a polícia da traição?

— Eu simplesmente não vou ajudar você com nada, Parker. Nunca. Por nenhum motivo.

Eu pude sentir, mais do que ver, Parker estreitando o olhar na minha direção, desconfiada.

— Você gosta dele, né?

O quê?

— Não.

— A forma como você diz não é claramente um sim.

— Estou protegendo aquele cara de você da mesma forma que protegeria qualquer estranho aleatório da rua.

— Qualquer estranho aleatório por quem você tivesse uma queda.

— Não.

— Meu Deus! — ela exclamou então, com um ar animado. — Foi ele quem te deu um bolo?

— Ninguém me deu um bolo — garanti.

— Você é uma péssima mentirosa.

Por que eu estava falando com ela? Eu devia ter ido embora no momento em que percebi quem era.

— Vai se ferrar, Parker. Tá bom? Você pode fazer isso?

— Só quando você me der o número dele.

E foi então que ambas ouvimos um *ping* vindo da pequena bolsa que estava pendurada em silêncio no meu ombro o tempo todo, com o zíper aberto e meu celular parcialmente exposto. E a tela agora se iluminava para que todos vissem.

Havia uma mensagem na tela: **AQUI É DA RECEPÇÃO DA CLÍNICA VETERINÁRIA PETOPIA.**

Depois outro *ping* rápido: **APARECEU UMA EMERGÊNCIA NO MOMENTO EM QUE O DR. ADDISON ESTAVA SAINDO.**

E então um último: **ELE PEDIU PARA TE AVISAR.**

Essa era a mensagem que eu tinha esperado durante a eternidade da última hora – mas nem tive tempo de responder antes que Parker se esticasse para tentar pegar meu celular. Como se pudesse ser uma mensagem de Joe.

Assim que percebi o que ela estava fazendo, me afastei.

Sem nem hesitar, como se talvez fosse uma pessoa que roubava celulares dos outros o tempo todo, Parker investiu novamente em um movimento rápido – dessa vez pelo meu outro lado, e com muito mais força.

Até que poderia ter funcionado – afinal, quão difícil é dominar alguém em uma cafeteria? –, mas, no final, não funcionou. Porque, bem naquele instante, uma mulher com um timing muito infeliz vinha em nossa direção, e quando Parker se lançou ao meu lado, trombou na mulher com força suficiente para derrubá-la no chão.

Eu me lembro da cena em câmera lenta. O *uuuff* que a mulher soltou quando o traseiro dela atingiu o chão. O som de sua bebida gelada se derramando. O tilintar dos cubos de gelo batendo no piso. Sua respiração chocada e superficial com o banho gelado – literalmente.

Na sequência, Parker e eu encaramos a mulher, seu vestido de linho branco agora saturado de marrom do café gelado, como um papel-toalha encharcado – e então Parker fez a coisa mais típica de Parker que uma pessoa poderia fazer.

— Ei! — exclamou ela, verificando a própria roupa em busca de respingos de café, como se tivesse sido a vítima o tempo todo. — Olha por onde anda!

E então, cansada de nós duas, foi embora.

Foi aí que a mulher do vestido de linho branco começou a chorar.

Eu me agachei ao lado dela.

— Ei. Você está bem? Aposto que isso aí estava gelado.

— Estou bem — disse ela.

— Sinto muito por isso — falei então, ajudando-a a se levantar. Olhei para a porta pela qual Parker acabara de passar. — Ela é o demônio em pessoa.

Assim que ficou em pé, a mulher olhou para baixo para avaliar o dano – e começou a chorar ainda mais.

— Posso subir e pegar uma calça de moletom ou algo assim pra você? — perguntei. — Eu moro aqui em cima.

Mas a mulher disse:

— Não dá tempo. Preciso ir para o aeroporto.

Balancei a cabeça.

— Você não pode ir assim.

Ambas encaramos a roupa dela, encharcada de café.

— Eu preciso ir — disse ela. — Estou atrasada para buscar meu namorado.

— Você também não pode buscar um namorado assim — comentei.

Ela começou a chorar ainda mais.

— Eu sei.

— Ok — falei. — Me dá dois minutos. Vamos resolver isso. — E a puxei pela mão em direção ao banheiro.

Lá, a enxuguei enquanto ela esperou parada como uma criança. E pensei – como frequentemente fazia – em como minha mãe teria lidado com essa situação.

— Vamos trocar de roupa — sugeri. — Somos praticamente do mesmo tamanho.

Ela hesitou, como se eu fosse maluca.

— Está tudo bem — garanti. — Eu moro aqui em cima. Subo rapidinho e troco de roupa.

Ela não estava muito segura, mas não havia tempo para discutir, e antes que percebesse, estávamos de lingerie em cabines lado a lado, jogando nossas roupas por cima da divisória.

— Tem certeza? — ela perguntou enquanto eu observava meu vestido escorregar para o outro lado e sumir.

— Tenho certeza — garanti, franzindo um pouco a testa e deslizando o braço pela manga de linho marrom fria do vestido dela. — E, de qualquer forma, não há tempo para discutir.

— Mas... você estava tão bonita com isso.

— Ah! — exclamei, como as mulheres fazem, como se ela não pudesse realmente estar falando sério, ao mesmo tempo em que o elogio dela se tornava o melhor momento de toda a minha noite. Então continuei, tentando enfatizar o quão totalmente aceitável era para ela sair do banheiro da Bean Street usando o meu vestido favorito. — Esse vestido custou vinte dólares na Target — falei. — Estava em promoção, com um superdesconto.

— Isso só o torna mais valioso — ela afirmou.

Uma boa observação, na verdade. Ela não estava errada.

Quando saímos, disfarcei o fato de me sentir molhada e com frio mostrando uma enorme empolgação diante dela com meu vestido.

— Você está fenomenal! — praticamente cantei. — Você nasceu para usar esse vestido!

— Vou devolver para você — disse ela. — Vou mandar para a lavanderia e trago de volta.

Mas agora eu estava arrebatada pela alegria advinda da generosidade – e pela sensação específica de canalizar a sabedoria e a bondade da minha mãe.

— Pode ficar com ele — garanti. — Ele realmente fica incrível em você.

Quer dizer, qualquer pessoa ficaria incrível no meu vestido favorito. Mas mesmo assim.

— Tem certeza?

— Absoluta — falei, já sentindo falta dele, mesmo enquanto assentia. Nós duas nos viramos para dar uma última olhada nela no espelho.

— Estou melhor do que antes — disse ela, olhando para si mesma. Então se virou para mim. — Obrigada.

— De nada — respondi.

— Nem foi você quem me derrubou — comentou ela.

Mas então algo me ocorreu.

— Está tudo bem mesmo — garanti. — É bom ter uma razão para fazer algo bom.

E falei realmente sério quando disse aquilo.

⋛ CAPÍTULO CATORZE ⋚

ENFIM, FOI ASSIM QUE ACABEI SAINDO DO BANHEIRO FEMININO DA CAFETERIA BEAN STREET COM UMA ROUPA molhada e manchada de café, grudando nos lugares errados – e dei de cara com Joe.

Só que, por um segundo, eu não tive certeza se era Joe.

Porque ele não estava usando a jaqueta de boliche.

Então tudo o que eu soube por um segundo foi que um homem – algum tipo de homem – veio até mim e disse:

— O que diabos aconteceu com você?

Eu sorri como se o conhecesse e disse:

— Foi uma cafetástrofe. — E então comecei a conversar com animação e entusiasmo enquanto deduzia silenciosamente quem ele era.

Não demorou muito. Só alguns segundos. A armação de óculos estilo hipster e o cabelo bagunçado foram meio que uma dica infalível assim que eu me orientei.

— Onde está sua jaqueta de boliche? — perguntei então como confirmação, ciente da chance de um por cento de que ele não teria ideia do que eu estava falando.

— Dei folga para ela esta noite — disse Joe.

— Como estão suas costas? — perguntei, para uma autenticação de dois fatores.

— Magicamente curadas.

Mistério resolvido. Oficialmente, era Joe.

— Vamos jantar? — convidou Joe em seguida.

Concordei. Parecia uma ideia perfeita. Levar um bolo podia realmente deixar uma pessoa com fome.

— Você quer se trocar antes? — Joe perguntou então.

Concordei novamente.

E de repente as coisas apenas pareceram... melhores.

Se você me perguntasse, no auge da minha miséria por ter levado um bolo, como eu imaginava que essa noite terminaria, eu teria respondido com uma versão repleta de palavrões de "não muito bem".

Mas fazer algo gentil por uma desconhecida fez com que eu me sentisse melhor. Encontrar Joe – e reconhecê-lo sem a jaqueta de boliche – fez com que eu me sentisse melhor. A perspectiva de comer um bom jantar fez com que eu me sentisse melhor. Até, francamente, a lembrança de ter mandado Parker se ferrar fez com que eu me sentisse melhor.

Hum. *Eu podia me sentir melhor*. Isso parecia surpreendente.

O tempo todo a dra. Nicole tinha insistido que isso poderia acontecer. Mas eu nunca acreditei nela.

Será que ela estava certa?

Talvez a vida fosse cheia de surpresas. Talvez as decepções pudessem acabar sendo bênçãos. Talvez essa noite acabasse sendo divertida, afinal de contas.

...

Ou talvez não.

Porque, quando chegamos ao último andar do prédio para eu me trocar, Sue, que era uma pessoa boa, mas parecia incapaz de compreender até o menor aspecto de como essa situação de cegueira facial era para mim... tinha preparado uma festa surpresa.

— Surpresa! — Sue gritou quando me viu subir as escadas em espiral com Joe. Então seus ombros caíram ao ver minha roupa encharcada de café, e ela perguntou, assim como Joe tinha perguntado: — O que diabos aconteceu com você?

Senti todo o meu corpo tenso. Havia pelo menos cinquenta pessoas no meu terraço. Lâmpadas decorativas. Música. Cerveja.

— O que está acontecendo?

— É uma festa — disse Sue. — Dã.

— Você está dando uma festa? Aqui?

— É a festa que nunca conseguimos fazer. Sabe, quando você teve seu probleminha no cérebro.

Olhei para Joe, que estava parado ao meu lado, atento. Eu não tinha contado a ele sobre o meu "probleminha no cérebro".

— Estamos *celebrando* — disse Sue, quando não consegui encontrar as palavras. — Você lembra o que é celebrar?

— Bom, é claro que *lembro* — falei. Do mesmo jeito que você se lembra da Idade da Pedra. Ou dos dinossauros. Que existiram. Certa vez. — Mas, quer dizer... — Tentei descobrir como protestar contra algo que claramente já estava acontecendo. — Uma festa surpresa?

— Não era exatamente para ser uma surpresa. Você simplesmente não estava aqui quando chegamos. Nem passou pela minha cabeça que você pudesse sair de casa.

— Eu saio de casa — repliquei.

— Não voluntariamente.

— Sue... — falei, surpresa com a distância do tamanho do Grand Canyon que existia entre como ela achava que eu me sentiria sobre essa festa forçada e como eu realmente me sentia.

— Falando nisso, onde você estava? — ela perguntou.

— Tive um encontro — falei, olhando para Joe. Mas uma dança havia começado no terraço, e ele estava observando uma amiga de Sue fazer o movimento da minhoca.

Foi quando Sue sussurrou no meu ouvido:

— Com o veterinário?

Eu assenti.

Então ela sussurrou:

— Como foi?

Balancei a cabeça. Depois respirei fundo. E então fiz um sinal de negativo com o polegar.

— Ok — disse Sue, virando para me guiar pelos ombros em direção às caixas de cerveja. — Vamos deixar isso de lado. Você tem um terraço cheio de pessoas aqui para celebrar com você.

— O que estamos celebrando mesmo? — perguntei.

— Oi? A North American Portrait Society? Seu lugar entre os dez finalistas? Você não esqueceu, né?

Eu não tinha esquecido. Claro que não. Mas de repente percebi o quão importante era o timing quando se tratava de comemorações. Sim, íamos celebrar a coisa de ser finalista mil anos atrás, antes de a minha vida desmoronar.

Mas então... minha vida desmoronou.

Era justo dizer que eu simplesmente não tinha muita vontade de comemorar qualquer coisa nos dias de hoje? Eu adorava Sue, minha amiga extrovertida. E adorava o fato de que ela estava tentando. Mas como diabos poderia parecer uma boa ideia trazer cinquenta convidados sem o consentimento de uma pessoa que, de repente, está com cegueira facial?

Sem mencionar o aniversário da minha mãe. Mas eu não tinha contado isso a Sue.

— Você gosta de festas! — disse Sue.

— Gosto de festas — corrigi — quando conheço as pessoas que estão nelas. Não gosto de festas cheias de estranhos.

— Literalmente ninguém aqui é um estranho — disse Sue. Então apontou para um grupo de caras sem rosto em volta das caixas de cerveja. — Ali está Stephan — disse ela, percorrendo a fila. — E ali está Colin. E aquele é Ryan. E ali estão Zach e André, e ah...

— Ah o quê?

— Ah — disse Sue. — Parece que Ezra também veio.

— Você convidou *Ezra*?

Sue tossiu de indignação.

— Claro que não. Alguém deve ter trazido ele.

Ótimo. Uma das pessoas era meu ex-namorado. Mas eu não tinha ideia de qual.

— Pelo menos você veio com um colírio para os olhos ao seu lado.

— Um colírio para os olhos? — perguntei. Será que Joe se qualificava como um colírio para os olhos?

— Você sabe — disse Sue, indicando Joe com a cabeça. — Seu garoto de programa.

Acho que sim.

— Talvez eu tenha me enganado sobre isso — falei.

Sue ficou olhando para ele.

— Talvez ele devesse ser — disse ela, com ar de apreciação. — Poderia fazer uma fortuna.

—Sue — falei. — Vamos manter o foco. Isso é um problema.

— O quê?

— A festa! As pessoas! Meu ex solto por aí!

— Por quê? — perguntou ela. — Todo mundo aqui adora você.

— Mas eu não consigo reconhecer ninguém.

— Eles não vão se importar.

— Eles *vão* se importar, Sue. Vão achar superestranho quando estiverem conversando comigo e eu não tiver ideia de quem são.

— Então vamos simplesmente contar a eles o que está acontecendo com você.

— NÃO! — Eu quase me engasguei.

— Você não quer contar?

Eu me inclinei para mais perto dela.

— Jamais. Nunca vou contar para ninguém.

— Por quê? — perguntou Sue.

— É humilhante.

— Por quê? Não é sua culpa.

— Acredite em mim. Ter o cérebro falhando é humilhante.

— Se você diz.

Mas agora Sue estava percebendo que não tinha pensado muito bem antes de dar a festa.

— Olha — comecei —, as únicas pessoas no mundo inteiro que sabem disso são você, meu pai, Lucinda... e Parker.

— *Parker* sabe?

— Lucinda contou para ela.

— Então não é mais segredo. Ela vai contar pra todo mundo.

— Ainda não. Acho que ela está se divertindo me torturando com isso.

— Mas ela vai contar.

—Talvez a situação se resolva antes disso.

Sue suspirou.

— Ok — disse ela então. — Eis o plano. Primeiro, você vai trocar essa roupa molhada.

— Nada contra isso.

— E depois fique perto de mim. Sempre que alguém abordar a gente, vou dizer o nome da pessoa imediatamente, para você saber quem é.

Não era uma má ideia.

— Pode ser que dê certo — comentei.

— Vai dar supercerto.

— Só me prometa — falei então, estendendo a mão para que pudéssemos selar o acordo — que não vai se afastar de mim.

— Prometo — disse Sue, aceitando o aperto de mão — que nunca, jamais, vou me afastar de você.

■■■

Adivinhe só.

Ela se afastou de mim.

Não foi de propósito. Ela simplesmente foi arrastada para longe.

Fui ao banheiro para trocar de roupa e nunca mais a vi.

Fiquei sozinha enquanto uma pessoa depois da outra, com rostos à la Picasso, vinha até mim e me forçava a desenvolver uma teoria depois da outra sobre com quem eu estava falando.

Em retrospecto, eu poderia simplesmente ter ido embora.

Poderia ter procurado o cabelo bagunçado e os óculos hipster de Joe e o obrigado a me alimentar, como ele havia prometido. Mas ele também estava perdido na multidão disforme, e todas as tentativas de procurá-lo foram interceptadas por pessoas sem rosto me abraçando, até eu acabar batendo um papo superamigável com meu ex-namorado por cinco minutos inteiros antes de perceber quem ele era.

Tudo isso para dizer que a situação foi se complicando.

Antes mesmo de perceber, eu estava tendo um ataque de pânico escondida na lavanderia.

Pelo menos eu acho que foi um ataque de pânico.

É um ataque de pânico quando seu corpo inteiro é completamente dominado pelo... pânico?

E você fica tonta? E sua pele transpira e se arrepia ao mesmo tempo? E seu coração dispara e seu peito dói e suas mãos ficam geladas? E você não consegue respirar? E sente como se estivesse morrendo? E cai de joelhos em um canto escuro e pressiona a testa contra o concreto para tentar fazer o mundo parar de girar?

Isso é um ataque de pânico?

Porque foi o que aconteceu comigo.

E com certeza eu não estava comemorando.

Não tenho a menor ideia de quanto tempo eu já tinha ficado ali, tentando não desmaiar, quando ouvi uma voz dizer:

— Você está tendo um ataque de pânico?

Então, é claro, eu respondi:

— Não.

— Você parece... não estar muito bem.

Não muito bem? Isso era simplesmente um insulto. *Estar bem* era minha especialidade.

— Eu sempre estou bem — garanti, para deixar claro. E então, quando a pessoa não aceitou e não foi embora, continuei. — Estou bem. — Em seguida, com a voz abafada contra o concreto, repeti: — Estou bem.

— Você não parece bem.

Por acaso não era Parker, era? Ela nunca perdia uma chance de me provocar. Mas não, claro que não. Era uma voz de homem. Uma voz que, como de costume, eu não conseguia reconhecer.

— Se identifique, por favor — eu disse, ainda com o rosto no concreto.

Um barulho de movimento ao meu lado, enquanto quem quer que fosse se sentava.

— Sou eu, seu amigo, Joe — disse a voz, mais perto e mais suave agora.

— Oi, Joe. — Por um segundo, saber que era ele me fez sentir muito melhor. Mas então me ocorreu pensar que ele poderia estar filmando esse momento para uma possível chantagem no futuro, e me senti pior novamente.

— Não sou psiquiatra — falou Joe —, mas já vi muitos ataques de pânico. E isso parece um pouco com um deles.

— Estou bem — insisti. Eu sempre estava bem, estivesse bem ou não.

— Tá bom — disse Joe. — Uma amiga minha, que claramente tinha um problema bem diferente do seu, costumava achar útil quando eu fazia carinho nas costas dela em momentos que não tinham nada a ver com esse.

— Eu não estou tendo um ataque de pânico — assegurei.

— Ótimo — disse Joe. — Nem eu.

— Então eu não preciso que você faça carinho nas minhas costas.

— Tudo bem. Você não precisa. — Uma longa pausa enquanto ele deixou aquilo se acomodar. — Mas podemos fazer isso só por diversão.

— Tudo bem — eu disse, ocupada demais em morrer para discutir.

Então ele realmente fez. Senti uma mão se acomodando entre meus ombros e depois deslizando pela minha coluna até chegar à minha cintura, depois se afastando e então aparecendo novamente na altura dos ombros.

Basicamente, ele estava fazendo carinho em mim como se eu fosse um cachorro.

Mas, *argh*. Ok. Aquilo era bom.

Se eu não estivesse me sentindo tão enjoada, talvez tivesse tido dificuldade de lidar com a dissonância cognitiva em relação a Joe. Minha primeira impressão fora incrivelmente ruim. Mas muitas das impressões que vieram depois foram boas. Será que a primeira impressão estava errada? Ou ele estava apenas escondendo todas as coisas ruins muito bem escondidas na minha frente?

Acho que o melhor era lidar com um ataque de pânico por vez.

— O fato de você não querer que eu ajude — disse Joe — realmente me faz querer ajudar você.

— Parece que esse é um problema seu.

— Totalmente. É a razão pela qual minha esposa me largou. — Então ele se corrigiu: — Uma delas.

Admito que aquilo me pegou de surpresa.

— Sua esposa te largou porque você era *prestativo* demais?

— Sim.

— Não sou esposa de ninguém, mas essa não parece ser uma reclamação normal das esposas.

— Aparentemente, eu sou excessivamente prestativo. Prestativo de uma forma problemática. Para resumir nossas muitas discussões: eu ajudo todo mundo o tempo todo, sem discernimento. Senhoras idosas. Escoteiros. Gatos sarnentos. Não tenho filtro para ajudar.

— Mas isso não é uma coisa boa?

— Ela também achava que eu era ruim em dar gorjetas.

— Por quê?

— Porque eu dava vinte dólares para todo mundo. Camareiras de hotel. Manobristas. Todo mundo.

— Ok, mão aberta. Concordo com sua esposa nessa.

— Ela achava que era uma compulsão. Ser excessivamente gentil.

Acho que ela nunca o ouviu dizer a palavra *gordura*.

— E isso afetou negativamente a qualidade de vida dela.

— Estou tentando imaginar o quão prestativo você teria que ser para uma mulher não insana se divorciar por isso.

— Houve algumas outras razões — concedeu Joe.

— Você é *patologicamente* prestativo? Você deu seu *carro* para alguém? Ou, tipo, um órgão vital?

— Ainda não — disse Joe.

— Meu último namorado era o oposto de prestativo — comentei. — O seu jeito é melhor.

— Isso é reconfortante.

— Provavelmente, posso ser uma boa amiga para você — falei. — Porque eu nunca preciso de ajuda.

— Isso é um alívio — disse Joe, continuando a acariciar minhas costas em um ritmo hipnotizante e educadamente me permitindo ignorar a ironia.

Eu admito: era relaxante.

Depois de um tempo, ele disse:

— Minha amiga que tinha um problema completamente diferente do seu costumava respirar fundo enquanto eu fazia isso, e era algo que a ajudava muito.

— Eu não preciso respirar fundo, obrigada — falei.
— Como quiser — disse Joe. Mas então acrescentou: — Respirações profundas são ótimas, mesmo se você estiver totalmente bem. Eu posso até fazer algumas. Só para melhorar minha saúde já estelar.

E com isso, Joe inspirou bem fundo, segurou o ar por cerca de três segundos e depois expirou.

— Tão renovador — disse ele. — Minha avó faz isso todos os dias e acabou de completar cem anos.

Ele continuou a respirar assim e... o que posso dizer? Pressão social. Eu me juntei a ele.

Fizemos cerca de dez rodadas e então, não vou mentir, me senti melhor.

Menos tonta. Menos enjoada. Menos suada.

— Minha amiga que tinha um problema completamente diferente costumava melhorar depois de cerca de vinte minutos — Joe disse então.

— Não acho que meu problema vá passar até o final da festa — falei.

— Ah — Joe disse. Então, um segundo depois, como se tivesse tido uma ideia, ele perguntou: — Você fica bem aqui sozinha por um minuto?

— Estou bem, e vou continuar sempre cem por cento bem — insisti, a testa ainda pressionada contra o concreto.

— Já volto — garantiu Joe.

Alguns minutos depois, ouvi um barulho – bem quando a música parou e, aparentemente, meu canto escuro ficou mais escuro. Depois ouvi o som ambiente de uma multidão confusa. Por fim, ouvi a voz de Joe.

— Queda de energia, pessoal. Parece que a festa acabou.

Ai, meu Deus, ele era o meu herói.

Só saber que as pessoas iam embora drenou o estresse do meu corpo.

Quando Joe voltou, eu estava sentada, apoiada na parede de tijolos, respirando. Como uma profissional.

— Você simplesmente desligou o disjuntor e fingiu que houve uma queda de energia? — perguntei.

— Sim — disse Joe.

— E todo mundo foi embora? — perguntei.

— Sim.

— E aí você voltou pra ver como eu estou?

Joe deu de ombros, como quem diz: *Obviamente*.

— Você não se preocupou que a escuridão pudesse me assustar um pouco? — perguntei.

— Não — disse Joe. — Temos a lua.

Olhei para cima e a vi pela primeira vez. Estava mais brilhante do que eu tinha percebido.

— Acho que temos.

Nesse momento, me ocorreu que eu poderia ter que começar a alterar algumas das minhas opiniões sobre Joe. Em seguida, perguntei:

— E assim que a barra estiver limpa, você vai me levar para o jantar que prometeu?

Mas Joe apenas balançou a cabeça.

— Não.

Senti uma onda de decepção.

— Não vai?

— Não — Joe confirmou e, em seguida, se virou para a lua. — Porque eu já pedi uma pizza.

CAPÍTULO QUINZE

COMEMOS A PIZZA NO TELHADO, DE PERNAS CRUZADAS, APROVEITANDO A VISTA DA CIDADE.
Não sei se foi a brisa balançando meu cabelo, ou a adrenalina diminuindo após o ataque de pânico, ou as camadas e camadas de compaixão que Joe me oferecera, mas me vi estranhamente relaxada. Devorando aquela pizza com entusiasmo, falando de boca cheia, dizendo coisas que eu nunca, jamais, diria normalmente.

Por exemplo: contei a ele que era aniversário da minha mãe.

Ele precisava saber dessa informação?

Absolutamente não.

Mas eu quis contar. Eu não poderia fazer minha programação costumeira – era tarde demais para comprar os ingredientes para assar um bolo agora, e, de toda forma, eu estava exausta demais –, mas acho que eu só queria marcar o momento de alguma forma, mesmo que de um jeito pequeno.

— Hoje é aniversário da minha mãe — falei.

— Vamos ligar para ela — disse Joe, olhando o celular para conferir a hora.

— Não dá — eu disse. — Ela faleceu.

Os ombros de Joe caíram um pouco quando ele ouviu isso, e a fatia de pizza ficou meio pendente em sua mão.

— Tudo bem — falei. — Foi há muito tempo.

— Mas você ainda sente saudade dela — comentou ele, lendo minha expressão.

— Sinto — confirmei.

Joe esperou para ver se eu diria mais alguma coisa. Mas o que mais havia para dizer?

Por fim, continuei:

— Todo ano, no aniversário dela, eu asso um bolo. E acendo velas. E assisto a filmes do Cary Grant. Digo a mim mesma que é o dia em que ela consegue me ouvir do céu... e não me importa se é ou não verdade. Eu converso com ela em voz alta, como se ela estivesse ali. É algo que me permito fazer. E me esforço de verdade para ficar feliz com o fato de tê-la tido em minha vida por um tempo.

Acontece que ele era um bom ouvinte. Aquilo me incentivou a prosseguir.

Ou talvez fosse só algo que eu realmente precisava dizer.

— Ela morreu de forma muito repentina — contei. — E quando tudo acabou, semanas depois, encontrei uma mensagem de voz que ela tinha me deixado no dia anterior à sua morte. Era a mensagem mais comum do mundo. Mas eu a ouvi e reouvi tantas vezes que memorizei. Memorizei as palavras, mas também as pausas, o ritmo e as notas musicais na voz dela. Até hoje, ainda consigo recitar. Quando eu me sentia muito, muito sozinha, no colégio interno, costumava fazer longas caminhadas e recitar a mensagem repetidas vezes, como um poema.

— Recite para mim — pediu Joe.

— O quê? Não. — Balancei a cabeça. — É chato.

Mas Joe insistiu:

— É o oposto de chato.

Hesitei.

— Só recite para mim. Eu adoraria ouvir.

Adoraria? Ele estava sendo sincero? De repente, me senti tímida.

— É muito comum — falei. — Ela estava só, tipo, falando sobre o que fazer para o jantar e coisas assim. E ela se chamava de Mamãe, mesmo que naquela época eu já a chamasse de Mãe.

Joe se inclinou um pouco mais para perto, esperando.

Eu nunca tinha recitado aquilo para ninguém antes. Meu pai nem sabia que a gravação existia. Respirei fundo. Depois, fixei os olhos em um ponto aleatório na minha frente.

Então simplesmente fui adiante:

— Oi, lindinha. É a Mamãe. Estou no mercado. Estou pensando em fazer espaguete para o jantar. Pode ser? Com torrada de alho e salada?

Me ligue se preferir fazer rabanadas... mas já estou quase no caixa, então você precisa ser rápida. Além disso, eles estão sem aquele xampu com cheiro de coco, por isso, vou levar o de limão. Seu pai vai ter que trabalhar até tarde hoje. Não sei como você está de dever de casa, mas estou livre para assistir a um filme se você também estiver. Ok, é isso. Chego em casa em vinte minutos. Amo você.

Joe ficou em silêncio depois que terminei.

— Você sabe realmente a fala toda. Até mesmo as pausas.

— Já ouvi mil vezes. No mínimo.

— É tão emocionante — disse Joe. — Mesmo que ela esteja apenas falando de espaguete.

— Porque ela morreu no dia seguinte — comentei. — É por isso.

— Então você sabe o dia em que ela morreu.

— Na verdade, não sei. Não consigo me lembrar que dia foi. Foi por volta dessa época. Em algum momento da primavera. Antes do aniversário dela. Mas o dia exato? Não tenho ideia. Engraçado, né? Aquele dia mudou minha vida mais do que qualquer outro. Mas é apenas um dia. Sabe? E não é exatamente um dia que você queira lembrar.

Joe assentiu. Pude sentir a reação dele. Eu temia que a banalidade de tudo aquilo pudesse ser decepcionante. Mas ele não estava decepcionado.

Ele parecia entender.

— De qualquer forma, é o que faço todo ano, mas este ano ficou um pouco estranho. Mas acho que não tem problema mudar de vez em quando.

— Ainda dá tempo — disse Joe. Ele olhou o relógio. — São só dez horas.

Franzi o nariz.

— Estou cansada demais para fazer um bolo agora.

— E se comprarmos um? — Joe sugeriu.

Franzi o cenho.

— Tem uma loja que vende bolos não muito longe daqui. Eu levo você.

...

Só percebi que ele pretendia me levar em uma Vespa depois que descemos todos os lances de escada. O que provavelmente era uma péssima ideia do ponto de vista médico.

— Meu pai é médico — falei, enquanto Joe abria o cadeado da Vespa.

— É mesmo? — disse ele, como se eu só estivesse jogando conversa fora.

— Ele sempre chamou motocicletas de "doadoras de órgãos" — comentei.

Joe ergueu a sobrancelha, como se eu tivesse errado um detalhe.

— Isso não é uma moto. É uma Vespa.

— Não é perigoso? — perguntei.

— Às dez da noite, quando o centro da cidade está deserto? — perguntou ele. —Não mais do que qualquer outra coisa.

Boa notícia: o capacete coube de um jeito que não encostava na minha cicatriz, que ainda estava sensível – emocionalmente, pelo menos.

Com isso, Joe se acomodou no assento e fez sinal para eu subir atrás dele. Em seguida, envolveu meus braços com firmeza em volta do tronco e disse:

— Apenas se incline na mesma direção que eu me inclinar.

Então ele ligou o motor, virou o guidão e nos colocou em movimento. Com confiança. Com facilidade. Como uma pessoa que sabia exatamente o que estava fazendo.

E lá fomos nós.

Quando dei por mim, estávamos atravessando as ruas desertas do centro da cidade à noite, meus braços apertados ao redor dele. Se você se mantiver exatamente a quarenta quilômetros por hora no centro da cidade, pode cronometrar para nunca pegar um sinal vermelho. E assim seguimos em frente, fazendo um pequeno zigue-zague em nossa faixa, o vento nos acariciando e o motor vibrando por baixo, sem ter que parar ou esperar, apenas sendo levados por uma corrente de movimento.

Foi altamente relaxante – para algo tão perigoso.

Não demorou muito para eu me deixar envolver pelo momento. Joe claramente conhecia a Vespa de cabo a rabo, e tudo o que ele fazia tinha a facilidade da memória muscular.

Não conversamos.

Apenas deixamos fluir. O verão no Texas é mortalmente quente, mas a primavera é fresca e agradável. O ar de março parecia água ondulante sobre minha pele. Pegamos uma estrada que seguia ao longo do rio e praticamente flutuamos por ela. Passamos por arte de rua, pela Fonte Dandelion e pelo Aquário do Centro, com sua roda-gigante iluminada. Foi um pouco como se estivéssemos vagando por um sonho.

Quanto tempo fazia desde que eu havia tido alguém em quem me segurar?

A loja de bolos estava aberta – cheia, na verdade, com pessoas se reunindo para algo doce e um café após as atividades noturnas, lotando mesas tanto dentro quanto fora, na calçada. Eu tinha passado por este lugar um milhão de vezes. Só nunca havia tido motivo para entrar.

Um lugar colorido, agitado e alegre. Parecia uma festa.

Pedimos nossas fatias de bolo – o meu, uma fatia de pão de ló com cobertura de chocolate; o dele, de chocolate amargo –, e então nos ajeitamos em uma pequena mesa no meio de todo mundo. Joe insistiu em pagar, e deve ter dito aos funcionários que estávamos celebrando um aniversário, porque quando as fatias chegaram à mesa, o garçom acendeu duas velas gigantes e faiscantes, enfiou-as nas fatias e exclamou:

— Todo mundo! Vamos cantar parabéns para...

E então ele olhou para mim.

— Nora! — gritei. E foi tão bom simplesmente gritar o nome da minha mãe.

E assim o salão inteiro começou a cantar. E juro que nunca pensei na música *Parabéns a você* como algo particularmente especial até aquele momento. Mas, sentada na frente daquelas velas faiscantes, enquanto todo mundo cantava, de repente me perguntei por que essa música não me fazia chorar toda vez. Talvez fosse o quão lotado o salão estava, ou a acústica, ou o som de todas aquelas pessoas oferecendo desejos calorosos à minha mãe que se fora havia muito tempo: *Parabéns a você, nesta data querida...*

Mas minha voz ficou trêmula demais para cantar.

Passei a segunda metade da música apenas absorvendo tudo.

Saboreando, do jeito que sei que ela faria.

Não tinha nada a ver com o que eu costumava fazer para comemorar o aniversário da minha mãe.

Mas talvez diferente não fosse tão ruim.

...

Houve muitos aspectos positivos naquela noite.

Foi surpreendentemente bom ajudar a garota na cafeteria, e foi surpreendentemente satisfatório colocar Parker no lugar dela. Sue, embora totalmente fora da caixinha, pelo menos estava tentando me animar. Joe acabou sendo ótimo em fazer massagens relaxantes para acalmar o pânico. E em inventar quedas de energia. E eu tinha comemorado o aniversário da minha mãe *não sozinha* pela primeira vez desde que ela morreu.

Mas o que, no final das contas, ficou marcado para mim?

Nenhum dos aspectos positivos. Apenas o lado negativo, decepcionante e avassalador: *eu levei um bolo.*

Essa foi a frase que ficou martelando na minha cabeça o dia seguinte inteiro.

Levei um bolo. Do meu futuro marido. No nosso primeiro encontro.

Como contaríamos *uma coisa dessas* para nossos netos?

Quer dizer, tudo bem. Ele teve uma emergência no trabalho. Eu entendia. Não gostaria que ele tivesse deixado um são-bernardo morrendo sozinho na clínica.

Ele estava ocupado fazendo algo nobre. Era uma desculpa válida.

Mas aqui está o problema. Já era o dia seguinte, e o admirável, impecável e perfeito dr. Oliver Addison, médico veterinário, *não havia ligado para se desculpar.*

Quer dizer, se você deixa uma dama esperando em uma cafeteria, mesmo que tenha um bom motivo, deve ligar no dia seguinte e pedir desculpas. Certo? Fazer algum contato pessoalmente? Destacar ao vivo o quanto está arrependido? Talvez demonstrar entusiasmo, marcando um novo encontro para tentar novamente?

Não tive nada disso do cara. Só o silêncio.

O que me fez pensar em algo horrível: talvez esse homem perfeito não fosse tão perfeito afinal.

Não era justo. Eu já não tinha decidido que ele deveria resolver todos os meus problemas?

O dr. Addison deveria tornar as coisas melhores, não piores. Deveria aliviar minhas preocupações, não criar mais. Deveria fazer com que eu me sentisse bem – e *não terrivelmente péssima*.

Talvez ele não tenha recebido o memorando.

Eu sabia, é claro, que as pessoas não eram perfeitas. A vida era difícil. Oliver nem sabia o quanto eu contava que ele fosse o homem dos sonhos que me mantivesse avançando pelo meu deserto emocional pessoal.

Eu não podia me ressentir de verdade dele.

Mas me ressentia mesmo assim. Mesmo sem motivo.

Ele era tão decepcionante.

Ao longo de todo o dia, enquanto continuava a me decepcionar, eu arrumava desculpas para ele – talvez tivesse passado a noite toda acordado e ainda estivesse dormindo de exaustão? – enquanto me ressentia do fato de ter que arranjar desculpas para ele.

E, enquanto esperava, minha mente se voltava mais e mais para Joe.

Porque, se o dr. Oliver Addison tinha sido uma decepção... Joe, falando francamente, fora o oposto.

Joe tinha sido surpreendente. Surpreendentemente gentil. Surpreendentemente atencioso. Surpreendentemente nada parecido com o que eu esperaria de uma pessoa que eu tinha apelidado de Desagradável.

CAPÍTULO DEZESSEIS

NAQUELA TARDE, ANTES DE SUE VIR PARA A NOSSA SEGUNDA – E ÚLTIMA – TENTATIVA DE FAZER SEU RETRATO, levei Amendoim para seu primeiro passeio longo desde que ele tinha ficado doente.

Já tínhamos permissão para passeios curtos quase desde o início. Mas antes que Amendoim pudesse fazer seu rotineiro passeio longo, vagaroso e farejando tudo ao redor, tínhamos que ter certeza de que sua força estava recuperada.

Eu não me importava. Isso me dava um tempo para pensar.

Eu esperava – torcia muito – para que o edema magicamente desaparecesse antes que eu realmente ficasse sem prazo para pintar o retrato para a exposição. Toda manhã, eu acordava e ia até o espelho do banheiro, fechando os olhos e fazendo uma oração silenciosa antes de finalmente espiar para descobrir o que eu conseguia ver.

E toda manhã, é claro, o meu próprio rosto era apenas um monte confuso de características desconexas.

Eu sentia falta. Sentia falta de ver o meu rosto.

Mas tinha sido instruída a não perder a esperança, e eu era obediente.

Tudo voltaria ao normal, eu continuava dizendo a mim mesma. Havia uma boa chance, pelo menos.

Mas agora eu estava no ponto-chave, com pouco mais de duas semanas antes do prazo para a entrega do retrato, em que tinha que seguir em frente – com ou sem o giro fusiforme facial. Quer dizer, mesmo se eu resolvesse magicamente minha cegueira facial no dia seguinte, ainda precisaria de tempo para pintar o quadro.

Era um momento de "fazer funcionar".

E então eu vinha pesquisando sobre o cérebro. Lendo sobre técnicas de pintura e neuroplasticidade, e como a criatividade funcionava.

Procurando diferentes estratégias para criar muitas formas de arte diferentes. Minha melhor ideia era tentar contornar completamente o giro fusiforme facial, se fosse possível. Usar outros sentidos em vez da visão. Tentar burlar minha própria suposição de que eu tinha que ver rostos da mesma maneira que sempre os vira antes de poder pintá-los.

Talvez houvesse outra maneira de ver.

Talvez, se Sue descrevesse o rosto dela para mim em palavras, as palavras poderiam criar um novo caminho para eu seguir. Talvez eu pudesse capturar o rosto dela antes do meu giro fusiforme facial perceber o que eu estava fazendo. Outra ideia era tentar virar o rosto de Sue de cabeça para baixo, ou talvez de lado, para que meu cérebro não percebesse que era um rosto. Talvez, se achássemos que estávamos fazendo formas e cores e linhas, o giro fusiforme facial não fosse ter motivo para causar problemas. E então, se nada disso funcionasse, eu recorreria à matemática. Minha opção menos atraente, já que eu tinha dificuldade com números. Mas o artista Chuck Close havia mapeado fotografias de rostos usando uma grade. Quem disse que eu não poderia fazer a mesma coisa com um rosto de verdade?

Na pior das hipóteses, eu poderia desenhar uma grade de verdade no rosto de Sue.

Claro que ela ainda não sabia disso.

Mas esses eram tempos desesperados.

■■■

E lá estavam elas. Incontáveis noites de pesquisa, destiladas nas minhas três melhores ideias. Ou, para ser mais precisa, nas minhas três últimas tentativas às escuras. Eu sabia que não podia pintar do jeito que sempre fizera. Minha única chance restante era tentar algo novo.

E se nenhuma delas funcionasse?

Bem, eu não ia pensar nisso.

Enfim, era o que eu estava planejando enquanto Amendoim fazia xixi em cada arbusto entre meu prédio e o rio: todas as novas e loucas técnicas de retrato que eu tentaria com Sue naquela noite. Eu tinha a tela pronta, uma fita métrica e um projetor com uma grade. Começaríamos com palavras e seguiríamos a partir daí. Talvez funcionasse melhor do que eu temia. Talvez meu giro fusiforme facial me surpreendesse.

Eu tentava animar a mim mesma quando uma gota gorda de chuva bateu no meu nariz.

Seguida de outra no meu braço.

E depois perdi a conta completamente, porque alguma represa tinha se rompido no céu, e Amendoim e eu tivemos que andar em ritmo acelerado os oitocentos metros de volta para casa, sob o que parecia uma cascata de chuva.

Quando chegamos ao saguão do prédio, parecia que eu tinha acabado de sair de uma piscina completamente vestida. Meu cabelo estava grudado no rosto e meus sapatos faziam um barulho esquisito, como se estivessem cheios de gelatina.

Amendoim e eu nos esgueiramos pela porta do elevador no momento em que ela estava prestes a fechar – só então ergui os olhos e vi duas pessoas já lá dentro. Joe, com sua jaqueta. E uma mulher sem rosto.

Parados lado a lado.

— Uau — disse Joe ao me ver.

— Sim — concordei.

Amendoim se sacudiu e molhou os dois com água da chuva, o que fez Joe rir e a mulher ao lado dele recuar.

E foi aí que senti o cheiro de Poison.

Argh. Que sorte a minha.

Joe deu um passo na minha direção.

— Posso ajudar de alguma forma?

Ele começou a abrir a jaqueta, como se fosse me dar, mas o zíper travou.

— Está tudo bem — falei enquanto ele destravava o zíper. — Já estou encharcada.

Mas Joe estava determinado e, como não conseguiu fazer o zíper ceder, ele puxou a jaqueta por cima da cabeça.

Já era tarde demais, mas eu não o impedi. Principalmente porque vê-lo se contorcendo era tão fascinante – à medida que sua camiseta subia, revelando as listras no cós da cueca boxer – que Parker e eu apenas ficamos ali aproveitando a visão.

Um momento raro de união.

Quando finalmente conseguiu tirá-la, ele me entregou a jaqueta. Eu a peguei, mas a enrolei em Amendoim.

— Ei — disse Joe. — Era para você.

— Ele está mais molhado — falei, enquanto minha roupa visivelmente pingava no chão do elevador.

Joe se posicionou ao meu lado. O movimento teve um ar definitivo, como se estivéssemos escolhendo times na aula de educação física... e ele tivesse acabado de escolher o meu.

Aquilo foi bom. Não vou mentir.

Mas não para Parker.

Agindo rapidamente, antes de chegarmos ao último andar, ela colocou a mão na testa e gemeu um pouco, recuando contra a parede do elevador.

Isso chamou a atenção de Joe.

— Ei, você está bem? — perguntou ele, se aproximando.

— Me senti tonta de repente — disse Parker.

E então, com uma técnica que não era nem sutil nem convincente, ela se inclinou na direção de Joe e "desmaiou" nos braços dele.

Ele a segurou, é claro. Joe não era o tipo de cara que deixaria uma desconhecida cair no chão sem tentar ajudar.

Já nos braços dele, Parker jogou a cabeça para trás dramaticamente e expôs todo o pescoço para ele – o que poderia ter sido tentador se ele fosse um vampiro.

Mas Joe apenas ergueu os olhos na minha direção, com minha malvada e inconsciente meia-irmã em seus braços, totalmente confuso com o que estava acontecendo.

Claro, ele não sabia que ela era minha malvada meia-irmã.

A porta do elevador soou e se abriu.

Último andar.

Eu saí e segurei a porta para Joe, enquanto ele carregava Parker em direção ao apartamento dela. Na porta, ele parou.

— Ei — disse ele, sacudindo-a um pouco. — Acorde.

Eu tinha parado no corredor, ainda pingando, para observar a situação e ver como tudo se desenrolava.

Joe se virou na minha direção.

— O que devemos fazer?

Mas eu apenas dei de ombros, como se dissesse: *Não faço ideia*.

Foi quando Parker acordou dramaticamente e disse:

— Estou tão tonta. Você poderia me ajudar a entrar no meu apartamento? — E então lhe deu o código de acesso.

Com isso, eles se foram – a porta de metal de Parker batendo com tanta força que deixou um eco metálico.

Olhei para Amendoim, envolto na jaqueta de Joe.

— Isso foi estranho.

Amendoim lambeu o bigode molhado, concordando comigo.

Fiquei tentada a bater na porta de Parker até Joe voltar, e depois arrastá-lo pelo colarinho para explicar que Parker Montgomery era uma destruidora de vidas sem nenhuma qualidade redentora – e que, da próxima vez que ela desmaiasse na frente dele, ele devia simplesmente deixá-la cair.

Mas eu estava gelada e molhada demais para ter essa conversa. Então Amendoim e eu seguimos pelo corredor em direção a nossa casa.

■■■

Mas foi aí que nos deparamos com um problema.

Lembra que o trinco estava quebrado outro dia, travado na posição aberta, então a porta não trancava?

Hoje, o trinco estava preso de novo, mas dentro da fechadura. Então não dava para *destrancar*.

Digitei minha senha várias vezes.

Quer dizer, sim, meus dedos estavam frios e tremendo, mas não tanto assim.

Amendoim, também gelado e tremendo, esperava pacientemente enquanto eu tentava várias e várias vezes.

Encontrei o número do sr. Kim e mandei uma mensagem para ele.

O sr. e a sra. Kim se saíram muito bem em Houston, investindo em todos os tipos de propriedades, graças ao senso de negócios dele e ao olhar dela para o design. Provavelmente poderiam morar em qualquer lugar, mas moravam aqui no prédio. Principalmente porque o sr. Kim era muito envolvido com a administração do imóvel.

Quando alguma coisa dava errado, mandávamos mensagem para ele.

O que funcionava bem – a menos que ele estivesse ocupado.

Pode ser que eu tenha sentido um momento de frustração ali molhada, com frio, preocupada com meu cachorro e desesperada para ir para casa. É possível que eu tenha tentado sacudir a porta com o trinco. Pode ser que tenha batido na maçaneta várias vezes com o meu sapato.

Não tive sorte.

Finalmente, não havia escolha a não ser esperar. Havia três degraus até a porta do terraço, então me sentei neles.

Uma humana molhada e tremendo ao lado de um cão molhado e tremendo.

É claro, nessa situação, não pude deixar de notar que Joe ainda não tinha saído do apartamento da Parker. *O que ele estava fazendo lá dentro? O que poderia demorar tanto? Ela estava tentando seduzi-lo? Pagando pelos serviços dele? Fazendo-o desentupir o ralo do chuveiro?*

Qualquer coisa era possível com ela.

Uma coisa era clara. Eu não gostava daquilo.

Pelo bem dele.

Nada com Parker acabava bem, nunca, jamais.

Eu não estava com ciúme, disse a mim mesma. Era apenas a mesma cortesia que eu estenderia a qualquer humano desafortunado prestes a cair vítima de algo venenoso.

Apenas uma gentileza humana comum.

Quando Joe finalmente saiu, me viu no final do corredor e veio na minha direção.

— O que você ficou *fazendo* lá dentro todo esse tempo? — eu quis saber.

— Ela não estava se sentindo bem, então fiquei um pouco com ela.

— Ela estava se sentindo bem — assegurei. — Ela estava fingindo.

Joe assentiu.

— Provavelmente, sim. Mas tive a sensação de que ela só precisava de alguém.

— Bem, ela não pode ter você — falei.

Joe inclinou a cabeça.

— Não pode?

— Confie em mim — pedi. — Aquela garota é problema.

— Você esperou aqui, encharcada, no corredor, só para me dizer isso? — perguntou Joe.

— Esperei aqui no corredor — respondi, contente por ter uma desculpa legítima —, porque a fechadura da porta está quebrada. De novo.

Joe franziu a testa e então se deu conta da cena toda – eu tremendo, Amendoim tremendo, a maçaneta da porta com as novas marcas de sapato.

— Ah, meu Deus, você está congelando — disse ele, estendendo a mão para tocar minha bochecha.

— Você só percebeu isso agora? Meus dentes não pararam de bater.

— Você ligou para o sr. Kim?

— Três mensagens na caixa postal. E três mensagens de texto.

— Tudo bem então — disse Joe, passando o braço ao redor dos meus ombros e me guiando em direção à sua porta. — Vem cá.

■■■

O apartamento de Joe era grande. E chique como um apartamento de cobertura. Tinha algo top de linha: um fogão Viking. Geladeira de vidro. Isso fazia meu cafofo parecer ainda mais precário.

Mas fora isso? O lugar estava completamente vazio.

Com *vazio*, quero dizer que não havia móveis. Nenhum.

Exceto por alguns bancos no balcão, um colchão no chão no quarto principal... e mais nada.

Notei isso quando Joe me levou para o banheiro para que eu pudesse tomar um banho quente.

— E o Amendoim? — perguntei.

Joe me entregou uma toalha.

— Eu seco ele com o secador.

— Cuidado — falei. — Ele não gosta de homens.

— Ele gosta de mim — disse Joe.

— Você não tem um sofá, mas tem um secador de cabelo? — perguntei. O cabelo bagunçado de Joe definitivamente não devia precisar de muito cuidado.

Mas ele já tinha se afastado.

Enquanto eu tomava banho – e posso dizer que o chuveiro dele era muito, muito melhor que o meu, então fiquei lá por tempo demais –, Joe fez muitas coisas. Deixou uma camiseta, uma calça de moletom cinza, um roupão xadrez grande e algumas meias largas que pareciam meias de Natal em uma pilha perto da porta para mim. Secou Amendoim, como prometido, e depois o convenceu a comer alguns pedaços de frango assado frio. Deixou um bilhete na porta do terraço, para o sr. Kim me ligar ou passar no apartamento de Joe com informações sobre a fechadura. E pediu comida em um restaurante italiano nas proximidades que, coincidentemente, eu adorava.

No geral, bem impressionante.

Quando finalmente saí, toda coberta, com o cabelo envolto em uma toalha branca fofa, estava me sentindo muito melhor.

A comida já havia chegado, e Joe estava tirando as coisas da sacola no balcão de sua cozinha vazia.

— Obrigada pela ajuda — agradeci ao me aproximar.

Joe ergueu os olhos ao ouvir minha voz e então ficou imóvel ao me ver.

Qualquer que fosse a expressão que ele estivesse fazendo, eu não podia ver e não consegui interpretar.

— Não ria — falei, apertando o roupão dele ao redor do meu corpo.

— Não estou rindo.

— Também não fique me encarando.

— Não estou encarando.

— Está, sim.

Joe baixou a cabeça para olhar para o delivery.

Não pude evitar me sentir irritada. Aposto que a última visão que ele tivera de Parker fora um conjunto de lingerie de renda.

— Isso é o melhor que consigo fazer no momento, está bem?

— Não — disse ele, como se eu estivesse entendendo errado. — Você parece...

— Eu pareço o quê?

— Você parece... aconchegada.

Senti uma pontada de decepção inesperada. Mas afinal, o que eu esperava, exatamente? "Encantadora"? "Deslumbrante em um roupão xadrez masculino"? "Muito melhor que sua meia-irmã"?

O homem estava me servindo linguine *fra diavolo* agora. Talvez eu pudesse dar um desconto para ele.

Optei pelo caminho emocionalmente elevado.

— Obrigada por me resgatar.

— Você ainda não está resgatada — comentou Joe.

Com isso, cheguei minhas mensagens para ver se havia algo do sr. Kim. Nada.

Tudo bem. Coma primeiro, preocupe-se depois.

Olhei para ver se devia fazer um prato de linguine para Amendoim, mas ele estava dormindo profundamente, um pequeno monte de pelo seco.

— Então — falei, me acomodando em um banco da cozinha e gesticulando ao redor do apartamento vazio como um galpão. — O que está rolando aqui?

— Como assim?

Olhei ao redor novamente.

— Você sabe que não tem nenhum móvel aqui, certo?

— Ah — disse Joe. — É verdade.

Não fazia sentido fingir.

— É o apartamento mais triste que já vi — comentei. — É pior que a minha casa, e eu moro em um cafofo.

— Um cafofo na cobertura — Joe lembrou.

— Um cafofo no *terraço* — eu corrigi.

— Mas é surpreendentemente agradável.

— É muito melhor que esse... — olhei ao redor — galpão vazio deprimente.

Então tive que perguntar.

— Há quanto tempo está assim?

— Um ano.

Quase me engasguei com o macarrão.

— *Um ano?*

Joe mastigou a salada e deu de ombros.

— Você... — Tentei imaginar qualquer motivo pelo qual um homem adulto viveria em um apartamento vazio por um ano inteiro. — Você... tem algo contra móveis?

— Não exatamente — disse Joe, como se isso fosse tudo o que ele ia dizer sobre o assunto. Depois acrescentou: — Eu doei tudo para caridade quando minha esposa me largou.

Ah.

Entendi.

Ele continuou:

— Eu queria queimar tudo em uma fogueira, com gasolina, mas é contra os regulamentos da cidade. Aparentemente.

Uau. Joe tinha um passado. E talvez alguns problemas com a raiva para lidar. Por que, de repente, isso o tornava mais atraente?

— Você verificou com a prefeitura antes de incendiar os móveis da sua ex-mulher?

Ele assentiu.

— Está tudo no site da prefeitura. — Então ele inclinou a cabeça, como se estivesse entendendo o meu ponto. — Eu sou muito cumpridor das leis.

— Entendi. Ela deve ter feito algo realmente horrível para você — comentei então, como quem não quer nada, esperando que ele contasse tudo.

— Foi.

— Para você querer queimar tudo.

— Aham.

— E então para você simplesmente... viver em um mausoléu.

Joe parou de mastigar e me avaliou. Então tomou uma decisão.

— Ela me traiu. Com um cara do trabalho. E depois me largou e foi morar com ele. E agora eles estão se casando.

Eu fiz uma careta, como se isso realmente doesse.

— Ai, Deus.

— É.

— Como você descobriu? — perguntei.

— Eu a surpreendi em uma viagem de trabalho e os encontrei juntos no hotel em que ela estava hospedada. Nus. Na banheira de hidromassagem do quarto dela.

— Ui.

— Ela voltou da viagem, fez as malas sem dizer uma palavra e foi para um hotel. Voltou alguns dias depois para pegar o resto das coisas e trouxe o cara com ela. *Ela trouxe o cara com ela.* Para o nosso apartamento. Ela ficava dizendo: *Pensei que você estivesse no trabalho*, como se isso tornasse as coisas melhores. E então, resumindo a história, eu acabei dando uma surra nele.

Ele fez uma pausa, como se eu pudesse achar que foi uma má ideia.

— Muito bem — falei, levantando a mão para um toca aqui.

— Sim, bom. Normalmente eu não sou violento. Só pra você saber.

Olhei para o garfo de linguine esquecido e morno na mão dele.

Por que eu tinha insistido em falar sobre isso? Coitado do Joe. Agora eu o fizera perder o apetite.

— Banheiras de hidromassagem — declarei, como se pudesse fazê-lo se sentir melhor — estão cheias de bactérias.

Ele continuou.

— É bem clichê, pensando bem — comentou ele. — Acontece todos os dias.

— Mas não com você.

— Não... — disse ele baixinho. — Foi novidade para mim.

De repente, fiquei com raiva por ele.

— Qual era o problema dela, afinal? No que ela estava pensando?

Com isso, eu sentia que estava me juntando ao Time de Joe. Se ele fosse a pessoa terrível que eu pensara inicialmente, estava escondendo muito, muito bem.

Talvez houvesse uma boa explicação.

O que quer que eu tivesse ouvido no elevador, simplesmente não podia ser o que tinha parecido.

— Você é muito bonito e legal! — declarei então, indo com tudo. — Ela devia agradecer aos céus!

— Você não precisa dizer isso — disse Joe.

Quer dizer, eu tinha certeza de que ele era bonito? Não. Mas quem se importava? Sue disse que ele era – e ela era exigente.

— É verdade — insisti. — Ela *desperdiçou* você.

— Eu vou me recuperar em algum momento — falou Joe. — Só... não encontrei um bom motivo para isso.

Apontei para ele.

— Ainda.

Ele suspirou.

— Vai. Repete comigo. Você não encontrou um bom motivo... *ainda*.

Seus ombros afundaram enquanto ele resistia – como se minha tentativa de otimismo fosse ofensiva.

— Ainda — disse ele finalmente. E então enfiou uma garfada inteira de linguine frio na boca, se obrigou a mastigar e engoliu.

Depois, como um homem que acabara de realizar algo, ele disse:

— E qual é a sua história?

— Minha história?

— Com aquela mulher — Joe disse, gesticulando com o garfo agora vazio. — Do outro lado do corredor.

Aquela mulher. Do outro lado do corredor. Na verdade, Parker poderia servir de distração. Sentei-me mais ereta, pronta para mudar o foco de sua miséria para a minha. A vida dele poderia começar a parecer melhor em comparação.

— Ela é minha meia-irmã malvada — contei.

Joe não era o único aqui com um passado.

— Uau — disse ele. — Ok. Essas coisas ainda existem?

Dei de ombros.

— Só não mais nos contos de fadas.

Então Joe perguntou:

— Você pode definir "malvada"?

Pensei por um segundo. Ser vaga era sempre uma opção em momentos como esse. Mas por que não dizer simplesmente a verdade? Se ela ia continuar *desmaiando nos braços dele*, ele deveria saber com o que estava lidando.

Respirei fundo.

— Depois que minha mãe morreu, meu pai se casou com a mãe dela. Tipo, seis meses depois, aliás. Parker se mudou para minha casa, começou a frequentar minha escola, me incriminou por um bullying brutal que ela mesma estava fazendo... e então me fez ser expulsa.

Joe absorveu aquilo.

— Expulsa da escola? Ou de casa?

— Dos dois.

— Uau.

Concordei com a cabeça.

— A menina com quem ela fazia bullying era uma doce garota chamada Augusta Ross. Éramos amigas desde pequenas. Ela costumava assar biscoitos de açúcar comigo e com a minha mãe. Parker deixava bilhetes digitados anônimos e ameaçadores no armário dela todas as manhãs. Montes deles. Dizia para Augusta que ela era feia, detalhando minuciosamente o que havia de errado com cada traço do rosto e cada parte do corpo dela. Inventava mentiras sobre quanto as pessoas a odiavam e fabricava coisas terríveis que supostamente haviam dito sobre ela. Ela era implacável. E aqui está o clímax: Parker disse para Augusta que, se ela contasse a alguém sobre os bilhetes, ela envenenaria o gato dela, Cupcake. E então imprimiu fotos de gatos e arrancou os olhos deles... e começou a deixar essas fotos no armário de Augusta também.

Bem. Certamente tínhamos mudado de assunto.

Joe parecia ter se esquecido completamente da ex-mulher.

Ele engoliu uma garfada de linguine.

Continuei.

— O bullying dela ficou tão intenso e tão implacável, por tanto tempo, que Augusta, numa noite, tentou engolir um frasco inteiro de Tylenol... o que realmente pode matar, aliás.

Joe assentiu.

— Danos no fígado.

— Por sorte, ela era péssima em tomar remédios. Quando os pais dela a encontraram na frente de um monte de comprimidos, toda a história veio à tona. A escola se envolveu. Uma investigação aconteceu. E Parker, que aparentemente estava digitando aqueles bilhetes em um arquivo escondido no *meu* notebook, foi até a administração e entregou tudo.

— Você levou a culpa — disse Joe, surpreso.

— Fui expulsa — contei. — Meu pai e minha madrasta me mandaram embora depois disso. Para uma coisa que chamaram de "colégio interno", mas que tinha uma *vibe* clara de "instituição correcional".

— Ninguém defendeu você? Ninguém ajudou você?

— Todo mundo ficou do lado da Parker. Incluindo meu próprio pai.

— Como ele fez isso?

Dei de ombros.

— Ele disse que a evidência era incontestável. — Tomei um gole de água. — Na verdade, foi assim que aprendi a palavra *incontestável*.

— Uau — exclamou Joe.

— É.

— Ela parece uma psicopata.

Concordei.

— Basicamente, ela roubou minha vida. No final do ensino médio, ela estava morando no meu quarto, usando minhas roupas, saindo com meus amigos e dormindo com o namorado que terminou comigo depois do escândalo.

Joe balançou a cabeça em protesto.

— Mas a pior parte — concluí — foi o Amendoim. Eu não podia levá-lo comigo. Ele teve que passar dois anos morando com aqueles monstros. No dia seguinte à minha formatura, fiz Lucinda trazê-lo até mim na calçada da frente e nunca mais olhei para trás.

Finalmente, Joe disse:

— Puta merda.

Assenti.

— Pois é.

— E agora ela se mudou para o nosso prédio?

— Isso.

— Não foi por acaso, imagino.

— Concordo.

— Mas por quê?

— Não sei ao certo — confessei. — Mas não foi porque de repente ela mudou completamente de personalidade, posso garantir.

— Você acha que ela está aqui para mexer com você?

— Garanto que sim.

— Mas... — Joe perguntou novamente, parecendo confuso. — Por quê?

Pensei por um segundo.

— Sabe aquelas crianças que tentam capturar esquilos para torturá-los?

— Acho que sim?

— A criança é ela. E eu sou o esquilo.

Joe absorveu aquilo.

— De qualquer forma — continuei —, agora ela está de olho em você, então fique avisado.

— O que faz você pensar isso?

Olhei para o rosto dele, com suas peças de quebra-cabeça.

— Ela me disse.

Joe parou, como se isso fosse completamente louco – o que, para ser justa, era.

— Por que ela diria isso pra você?

Eu sabia que isso ia acontecer. Eu poderia facilmente ter dado de ombros e dito que não sabia – e deixado por isso mesmo. Mas eu teria que ser sincera para que ele entendesse o que estava acontecendo. Era meu dever cívico informá-lo o que ele estava enfrentando.

Então falei:

— Porque ela acha que eu gosto de você.

Era uma coisa e tanto para simplesmente... *soltar assim*.

O que eu estava fazendo? O que eu estava pensando?

Claro, eu estava tentando ser precisa.

Mas calculei mal. Pensei que se eu revirasse um pouco os olhos enquanto dizia isso, ele desconsideraria a verdade subjacente, ao mesmo tempo que entenderia o essencial: que Parker estava atrás de mim – e que ele poderia se tornar um dano colateral.

Mas superestimei muito minhas habilidades de atuação.

Um revirar de olhos é uma coisa complexa de fabricar. Não são apenas os olhos. O revirar de olhos também requer um leve encolhimento de ombros, uma inclinação imperceptível da cabeça, uma retração microscópica do pescoço. Além de um timing impecável. Um revirar de olhos, quando você realmente pensa, exige um balé inteiro de coreografia muscular delicada e precisa cronometrada até o milissegundo. Não é para amadores.

Tudo isso para dizer: eu não fiz direito.

Pareci uma criança atuando em uma sitcom ruim.

E percebi que estava exagerando *enquanto exagerava* – então fiz uma careta involuntária e me entreguei completamente.

Mas – e sempre serei grata a ele por isso – Joe não me confrontou. Não me colocou em uma situação desconfortável. Ele não se inclinou, curioso, e perguntou: *Ela tem razão? Você gosta de mim?*

Ele apenas se concentrou na coisa em que eu claramente queria que nós nos concentrássemos: o quão incompreensivelmente terrível Parker era.

— Foi por isso que ela desmaiou no elevador?

— Fingiu desmaiar — corrigi.

— Ela estava... tentando alguma coisa?

— Estava.

— Desmaiando?

— Isso a colocou em seus braços, não foi? E colocou você no apartamento dela.

— Hum... claro. De um jeito *médico*.

— Um passo de cada vez — falei. — Dê tempo a ela.

Joe concordou, como se tudo isso fosse realmente fascinante.

— De qualquer forma, achei que você devia ser avisado.

— Obrigado pelo aviso. Embora eu não precisasse.

Muito convencido da parte dele.

— E por que não? — perguntei.

Joe se inclinou para a frente, pegou a torrada de alho do meu prato, deu de ombros com charme e então disse:
— Porque ela não é o meu tipo.

CAPÍTULO DEZESSETE

O SR. KIM RESPONDEU À MINHA MENSAGEM DEPOIS DE UM TEMPO, E EU ACABEI DE PÉ NO CORREDOR COM ELE, vestindo o roupão grande demais de Joe, enquanto ele consertava a fechadura.

— Por que a maçaneta está amassada? — perguntou o sr. Kim.

— Sem comentários — falei.

— Onde está o Prestativo? — perguntou o sr. Kim.

Franzi a testa.

— Onde está quem?

— O Prestativo — disse o sr. Kim, apontando com a cabeça em direção ao apartamento de Joe. — Ele não conseguiu consertar isso?

O sr. Kim dera para Joe o apelido de "Prestativo"? Ele dava apelidos para muitas pessoas no prédio – muitas vezes apenas os números de seus apartamentos. Mas, de repente, esse pareceu especialmente apropriado.

— Acho que ele não é muito habilidoso com coisas mecânicas — respondi.

Todas as outras fechaduras do último andar eram, é claro, daquelas modernas e chiques, que você pode operar com o celular. Esta fechadura, no entanto, era como uma coisa de 1980. Algo que um corretor de imóveis com ombreiras usaria.

— Esta é uma fechadura terrível — afirmei para o sr. Kim.

Ele não discordou. Apenas olhou na direção do telhado.

— Tecnicamente, nem tem ninguém lá em cima.

— Verdade — cedi.

O sr. Kim conseguia consertar qualquer coisa, e isso era motivo de orgulho para ele. Ele fez a fechadura funcionar novamente em tempo recorde – e eu não tive certeza se isso me deixou feliz ou desapontada.

Antes de ir embora, o sr. Kim se inclinou para me dizer algo.

— Quando Sue ligar com novidades, não se preocupe. Ele teve nossa permissão.

— Quem teve sua permissão? — eu perguntei.

Mas o sr. Kim balançou a cabeça e fez um pequeno gesto de fechar a boca com uma chave.

— Já falei demais. Mas confie em mim. Está tudo bem. Eles têm a nossa bênção.

— Quem tem bênção para quê?

Mas o sr. Kim apenas balançou a cabeça.

Então ele começou a descer pelo corredor, acenando um adeus, antes de lembrar:

— A sra. Kim fez kimchi caseiro para você! Eu trago amanhã.

— Eu posso descer e pegar! — ofereci.

Mas ele afastou a ideia com um gesto de desdém.

Assim que ele desapareceu no elevador, meu telefone tocou.

Era a filha dele.

— Oi, Sue — falei. — Seu pai acabou de sair daqui.

— Não diga a ele que sou eu! — pediu ela.

— Ele já foi — respondi. — Por que você está parecendo tão nervosa?

Sue se recompôs.

— Estou ligando com notícias.

— Espero que sejam notícias boas — comentei.

Sue não falou nada sobre isso.

— Eu sei que devia ir aí hoje à noite...

Olhei as horas. Tinha me esquecido completamente dela.

— Sim! E você está uma hora atrasada!

— Mas eu tenho um conflito — disse Sue.

— Você *não pode* ter um conflito — assegurei.

— Mas tenho — disse Sue, com um tom de voz que estava simplesmente implorando para que eu perguntasse que conflito era.

Suspirei.

— Qual é o conflito?

Então ela explodiu:

— Vou fugir para casar!

— Você vai...?

— Fugir para casar! — repetiu Sue, porque era algo divertido de dizer.

— Fugir para casar? — Não fazia sentido. — Com *Witt*?

— Adivinha o que ele conseguiu para nós?

Ela realmente queria que eu adivinhasse?

— Passagens de trem transcontinental! Pelo Canadá!

Parece que não.

— O que isso significa? — perguntei.

— Vamos viajar de um lado ao outro do Canadá!

— De trem? — perguntei. Isso ainda existia?

— De Vancouver a Halifax, meu bem! — ela disse, com uma voz como se estivéssemos prestes a fazer um toca aqui.

Mas eu me recusei a validar essa loucura.

— Não estou entendendo.

— Vamos fugir para casar. De trem. Witt comprou o pacote de luxo — disse Sue. — Ele usou as economias dele.

— Ok, isso é um sinal de alerta, aí mesmo.

— Para. É romântico.

— Eu não sei se você sabe — comentei —, mas o Canadá é bem grande.

— Sim! — exclamou Sue.

— Então não é tipo uma escapada de fim de semana ou algo assim. Vai levar pelo menos...

Parei para calcular.

— Catorze dias — completou Sue.

— Catorze dias! — repeti. Em seguida, para confirmar: — Isso são duas semanas! — E, só para parecer ainda mais ridículo: — Isso é uma *quinzena*!

— São dezesseis dias contando o tempo de viagem.

— E o trabalho? — perguntei, me agarrando a qualquer esperança. — Vocês não têm empregos?

— Nós resolvemos tudo. Não se preocupe.

— E seus pais? Eles não vão ficar irritados?

— Ele pediu a permissão deles antes. O que os fez amá-lo ainda mais.

Ela suspirou, como se a resistência na minha voz fosse excitação. Como se fôssemos comemorar juntas.

— É um trem noturno — ela sussurrou.

Por que ela estava sussurrando?

— As pessoas não são assassinadas nessas coisas?

Ela fez uma pausa.

— Espera aí. Você não está animada por mim?

Eu recuei. Que tipo de amiga não ficaria animada quando a melhor amiga foge para se casar com o ex-capitão do time de atletismo da faculdade?

— Estou *muito* animada por você — garanti, preocupada novamente com minha atuação.

— Que alívio — disse Sue.

— Quando vocês vão?

— Esse é o problema — disse Sue. — Estamos no aeroporto agora. Então, se você tiver algum problema, fale agora ou cale-se para sempre.

— Você está fugindo... agora? Neste exato momento?

— Foi uma surpresa — Sue contou timidamente.

— Mas... — comecei a falar.

Seria falta de apoio da minha parte apontar que ela estava me abandonando na semana – na única semana – em que eu mais precisava dela?

— Eu sei — ela interrompeu, sem me deixar completar. — Nós deveríamos fazer o retrato esta semana.

— Eu...

— Eu devia ter ligado antes... mas foi tudo tão dramático. Ele me *sequestrou*. Não é fofo?

Para mim, sequestro já era um pouco demais.

— Não exatamente.

— O ponto é que eu não fazia ideia.

— Espera aí... — falei então. — Você está me ligando do aeroporto *no Canadá*?

— Saudações de Vancouver.

Ai, meu Deus. Ela já tinha ido embora.

Eu estava feliz por ela. Eu estava, estava mesmo. Claro que estava.

Mas... só que... quem iria posar para mim agora?

Eu estava em uma posição terrível e única – porque eu tinha que fazer um conjunto bizarro de coisas com a pessoa que posaria para mim. Não podia simplesmente contratar um modelo aleatório. Eu mal me sentia confortável fazendo todas essas coisas com Sue. E nós já tínhamos visto uma à outra de maiô!

Senti uma vontade de chorar apertando minha garganta. Mas engoli a vontade – com força.

Eu não ia arruinar o sequestro-fuga para casar de Sue chorando. Eu simplesmente me recusava a ser essa pessoa.

Em vez disso, respirei fundo e forcei um grande e brilhante sorriso.

— Estou tão feliz por você — disse.

— Está?

— Claro! Ser sequestrada e levada para o Canadá é o sonho de toda garota.

— Mas e o seu retrato?

— Ahhmm — falei, fazendo o som mais desdenhoso no qual pude pensar. — A gente encontra modelos em todo lugar. Vou arrumar um substituto antes que você consiga comer um *beaver tail*.

— Boa referência ao Canadá.

— De nada.

Percebi que precisávamos encerrar a conversa antes que minha voz começasse a tremer.

— Você deve imaginar, é claro, que vou obrigar você a fazer um segundo casamento falso depois, para eu poder ser madrinha.

— Pode contar com isso — garantiu Sue.

Fiz ela prometer me mandar muitas fotos. E guardar o buquê. E beber uma garrafa inteira de xarope de bordo. E mandei beijos pelo telefone. E então desliguei...

E comecei a chorar.

Fechadura quebrada. Cachorro doente. Sem modelo. Meia-irmã malvada. Sem melhor amiga, sem dinheiro, sem emprego. Sem mencionar que, *de repente, eu estava com prosopagnosia no pior momento possível*. E prestes a estragar minha primeira – e agora provavelmente última – grande oportunidade.

O que diabos tinha acontecido com a minha vida?

Nunca tinha sido perfeita antes, de forma alguma – mas pelo menos tinha algum potencial.

Eu não conseguia me recompor, mas também não conseguia me forçar a voltar para o apartamento de Joe, então fiquei ali parada no corredor chorando. *Isso é bom,* eu me dizia. *Isso é emocionalmente saudável. Você tem que sentir seus sentimentos.*

E eu estava sentindo, com certeza.

Eu sentia e sentia – até finalmente olhar para cima e ver Joe saindo de seu apartamento com uma caixa de lenços.

— Eu ia deixar você chorar até o fim — disse ele, estendendo a caixa quando se aproximou de mim. — Mas então comecei a me preocupar que você fosse ficar desidratada. Medicamente falando.

— Eu não sou de chorar muito — falei, pegando um lenço para assoar o nariz.

— Se é o que você diz.

Enfiei o lenço no bolso e peguei a caixa.

— Sério.

— Eu ouvi sua conversa — Joe confessou. — Não de propósito, a princípio... mas depois fiquei intrigado.

— Está tudo bem. — Quem se importava, sinceramente? Ouvir atrás da porta estava bem lá no fim da minha lista de critérios.

— Parece que sua melhor amiga acabou de fugir com o noivo? Por duas semanas? Deixando você sem modelo para o seu projeto de retrato?

Eu assenti e comecei a chorar de novo.

Joe esperou até eu diminuir o ritmo e então pegou um lenço da caixa para mim.

— Eu posso ser o seu modelo.

Eu enxuguei o rosto.

— O quê?

Joe deu de ombros.

— Não deve ser tão difícil, né?

— Eu não posso pedir isso, Joe — falei.

Mas ele balançou a cabeça.

— A pessoa só precisa ficar sentada e parada, certo?

— É mais que isso — expliquei. — É meio que um projeto especial.

— Espera aí... — disse ele então. — É um retrato *pelado*? Tipo um negócio do Burt Reynolds num tapete de pele de urso? Vou precisar cultivar um pouco de pelo no peito.

Levei o comentário numa boa.

— As pessoas não ficam "peladas" na arte. Elas ficam "nuas".

Mas Joe sorria para mim, como se agora tivesse entendido tudo.

— Você vai me fazer tirar a roupa, não vai?

— Não! — garanti. — É um retrato completamente normal, não nu. Nenhuma roupa será removida.

— Então qual é o problema?

Olhei para baixo, tentando descobrir um jeito de explicar. Não fazia muito sentido se ele não soubesse sobre a prosopagnosia – e eu já estava decidida a nunca contar a ele sobre isso. Quanto mais atraente ele ficava, menos ele precisava saber o quanto minha vida estava bagunçada.

Mas como explicar sem realmente explicar?

— Sue e eu íamos tentar algumas técnicas não convencionais — falei.

— Tudo bem — ele respondeu.

— Tenho me esforçado para me desenvolver como artista — disse em seguida. Não era mentira. — E preciso experimentar algumas estratégias novas.

— É *você* que vai ficar pelada?

— Ninguém vai ficar pelado.

— Então eu não sei qual é o problema.

— É só que... — tentei de novo — eu teria que tocar em você.

— Me tocar?

— Eu teria que desenhar uma grade no seu rosto. Então haveria bastante toque. E olhar. E estudar. Por um longo tempo. Poderia ser muito... íntimo.

— Mas você não ia me *bater*, certo?

— Claro que não.

— Ainda estou tentando entender qual parte disso é ruim.

— Não é exatamente *ruim*. Pode ser apenas constrangedor.

— Eu aguento o constrangimento.

— Mas por que você gostaria de passar por isso?

Joe inclinou a cabeça, como se já fosse óbvio.

— Pra te ajudar.

Ao ouvir a palavra *ajuda*, senti minha resposta automática padrão surgindo: *Não, obrigada*.

Eu não queria a ajuda dele! Eu não *precisava*...

... Mas, na verdade, eu *precisava* da ajuda dele.

Eu não estaria ali no corredor, aos prantos, se tivesse outras opções.

Seria tão terrível assim apenas deixá-lo me ajudar?

Pensei no momento muito recente em que eu havia dado meu vestido favorito para uma desconhecida em um banheiro público. Às vezes, era bom ajudar outras pessoas.

Tudo bem, decidi, com um longo suspiro. Ele queria me ajudar? Eu o deixaria me ajudar.

Que outra escolha eu tinha?

Talvez isso fosse um momento de crescimento pessoal.

— Coisas que eu talvez precise fazer com você — expliquei — incluem, mas não se limitam a: encarar você por muito tempo, olhar bem de perto, estudar você, pedir para que você descreva seu rosto enquanto eu pinto, projetar uma grade sobre o seu rosto e mapeá-la matematicamente, medir suas características com uma fita métrica. E tocar seu rosto, seu pescoço e seus ombros. Alguma dessas coisas é problemática?

— Desde que você não me faça usar uma peruca à la Burt Reynolds.

— Mas o que você acha?

— Acho que não entendo por que ainda estamos falando disso.

Mas então eu tive que perguntar:

— Isso incomodaria sua namorada?

— Minha o quê?

Inclinei a cabeça para indicar o corredor.

— Você não está saindo com a Peituda McGee?

Ele olhou na direção do meu gesto.

— Você quer dizer Marie Michaux?

— Hum. Acho que ela tem um nome de verdade.

— Você sabe que ela é cientista, certo? Doutora Marie Michaux.

— Não — confessei. — Só sei que ela fica incrível de camiseta regata.

Joe balançou a cabeça.

— Ela é uma bióloga evolutiva e herpetologista pioneira.

— Herpetologista? Ela estuda herpes?

Joe suspirou.

— Herpetologistas estudam répteis. Ela, em particular, estuda os efeitos das mudanças climáticas na coloração das cobras.

Fiquei encarando a porta fechada do apartamento dela.

— Essa não é a profissão que eu teria imaginado.

— Ela acabou de ser destaque na revista *Science*. É brilhante.

— Então... — comecei, só para irritá-lo. — Você está saindo com uma brilhante herpesologista.

— Herpetologista — ele corrigiu, repetindo o som da sílaba "to" depois, para enfatizar o "T". — E nós não estamos saindo.

Isso me animou um pouco, embora eu jamais fosse admitir.

Na verdade, me animou tanto que não fiz mais perguntas – com medo de que ele pudesse completar o "não estamos saindo" com algo terrível, como "só estamos dormindo juntos".

Eu não pergunto, ele não conta. O que Joe fazia ou deixava de fazer com a cobra-tologista era problema dele.

— Eu não posso te pagar — falei por fim. — Pelo menos não com dinheiro.

Isso chamou a atenção dele.

— Com o que vai me pagar então?

— Bem — expliquei —, não posso te dar o retrato em si, porque eles vão leiloar todos.

— Tudo bem — Joe disse, com seu jeito sério. — Eu já tenho retratos demais de mim mesmo, de qualquer forma.

— Então — continuei, de forma pragmática — vamos dizer que você pode ter o que quiser.

— Qualquer coisa que eu quiser? — perguntou ele, como se fosse bom demais para ser verdade.

— Dentro do razoável — falei. — Se quiser que eu pinte algo para você, ou se quiser que eu convide você para jantar ou dar uma aula de arte, talvez. O que quer que você possa imaginar.

— Você está me dando uma carta branca? — perguntou ele.

— Não!

— Pois me parece uma carta branca.

— Estou dizendo que você e eu podemos encontrar uma forma de pagamento mutuamente acordada em algum momento.

— Então, em outras palavras — Joe disse, com o prazer de me provocar bem evidente na voz —, uma carta branca.

CAPÍTULO DEZOITO

A FUGA DE SUE ERA DECEPCIONANTE POR MUITAS RAZÕES.

Primeiro, eu não estaria presente no casamento da minha melhor amiga.

Segundo, tudo o que eu estava prestes a fazer com Joe me deixava nervosa, para dizer o mínimo. Ele não tinha ideia do que o esperava.

E terceiro, Sue havia prometido ser minha acompanhante na exposição de arte.

Isso era o pior de tudo.

Porque, quando você tem que fazer algo genuinamente assustador, é bom ter um amigo por perto.

Eu estaria completamente sozinha. Parada lá, tensa, com olhos esbugalhados e um sorriso trêmulo a noite toda enquanto esperava um monte de críticos de retrato com óculos de tartaruga julgarem o meu talento, o meu valor como ser humano e todo o meu futuro.

Mas, sim. Fugir para o Canadá era realmente mais importante que me impedir de morrer de miséria?

Eu conseguia ver os dois lados.

De qualquer forma, Sue estava totalmente disposta a me ajudar a sobreviver a tudo isso.

Até ser sequestrada, é claro.

Suponho que era possível eu surpreender a todos nós e ganhar essa exposição de arte.

Mas eu não gostava das minhas chances.

Dito isso, eu tinha apenas a esperança suficiente para continuar.

Essa é a face sombria da esperança da qual ninguém nunca fala. Como ela pode distorcer sua perspectiva. Como pode fazer você persistir muito além do momento em que qualquer pessoa razoável teria desistido. Como pode fazer você estar em seu próprio apartamento em uma terça-feira aleatória... anotando as dimensões do nariz até os lábios do seu vizinho do andar de baixo com uma fita métrica.

— Você não precisa prender a respiração — eu continuava dizendo para Joe.

— Certo. Entendi.

Ele estava mais nervoso do que esperava. Dava para perceber pela postura dele. E o quão cuidadosamente limpo ele estava — como se talvez tivesse tomado um banho e meio. Até mesmo pela maneira cautelosa como ele atravessara o terraço em direção à minha porta. Quase como se estivesse pronto para dar meia-volta.

— É mais difícil do que parece, né? — comentei.

— Trigonometria é difícil. Escalar o El Capitan é difícil. Invadir as praias da Normandia é difícil. Isso aqui é só... ficar sentado.

— Ficar sentado *enquanto uma total desconhecida mede cada centímetro quadrado do seu rosto.*

— Você não é uma total desconhecida.

— Você tem razão. Sou pior. Você me conhece só o suficiente para que isso seja superconstrangedor.

— Eu não estou constrangido — disse Joe.

— Sim, está.

Eu tinha feito um gráfico em uma tela e estava dividindo o rosto dele em seções de dois centímetros e meio, tentando tratar cada quadrado como uma paisagem diferente. Talvez, se meu cérebro não soubesse que era um rosto, não haveria problemas.

Eu avançava de cima para baixo. Até agora, tinha marcado o cabelo, a linha do cabelo, a testa e as sobrancelhas. Tinha ido tudo bem, mas agora estávamos chegando aos olhos, e por algum motivo que eu não entendia, desde o início da cegueira facial, os olhos eram a coisa mais difícil de olhar.

Mas esses não eram olhos, eu me dizia. Eram pontos e linhas e cor. Eu só precisava pensar assim e ficaria bem. Talvez fosse esse o truque. Abstrair. Fazer o rosto *não ser um rosto.*

Fácil.

Mas é claro que Joe não sabia que o rosto dele não era um rosto. Ele continuava esfregando os olhos, espirrando e olhando para mim. Toda vez que os olhos dele encontravam os meus, eu sentia uma espécie de choque físico, como se estivesse olhando para uma luz forte.

— Você pode abaixar o olhar — eu ficava pedindo.

— Desculpe — dizia ele.

Na maior parte do tempo, no entanto, ele ficava parado.

Na maior parte do tempo, o problema era eu.

Simplesmente não era como eu estava acostumada a trabalhar.

Eu pintava retratos desde o ensino médio. Havia incorporado minhas técnicas e métodos ao meu cérebro como sulcos profundos.

O que eu estava fazendo era como tentar ler um livro de cabeça para baixo. Em outro idioma.

Em nenhum momento eu simplesmente me deixava levar pelo fluxo, como sempre fazia antes quando pintava. Não havia fluxo. Não havia se perder no momento. A matemática, a luta e a presença chocantemente próxima do corpo humano real de Joe ali, a centímetros de distância de mim – respirando, gerando calor e se inclinando sempre que eu me aproximava – me mantinham ancorada à realidade.

Para mim, a culpa era de Joe.

E daquele torso dele.

E não vou nem começar a falar sobre os juízes imaginários que eu continuava ouvindo na minha cabeça:

— Ela usou uma *grade* para fazer isso? O que é isso, pintar por números?

Eu podia sentir que estava perdendo. Antecipadamente.

Tive um pressentimento ruim. Tirei uma foto do retrato até então e enviei para Sue para obter sua opinião profissional.

A resposta dela foi imediata: **NÃO. ARREPIANTE.**

RECUPERÁVEL?, perguntei.

SEM CHANCE.

— Não acho que a grade esteja funcionando — falei para Joe.

Ele deu de ombros.

— Ok. Qual é o próximo passo?

Consultei minha lista de ideias.

— Vamos virar você de cabeça para baixo.

Então essa foi nossa próxima tentativa. Joe se deitou no sofá, pendurando a cabeça para trás sobre o braço, e eu virei a tela de cabeça para baixo e tentei desenhá-lo desse jeito.

A resposta de Sue sobre essa técnica foi simplesmente: **RETRATO FALADO DA POLÍCIA**.

Então passamos para a próxima tentativa. Tentei fazê-lo descrever o próprio rosto para mim e pintar de costas para ele.

Talvez a terceira vez fosse a válida.

Mas não.

A resposta final de Sue foi a pior de todas: **ASSASSINO EM SÉRIE**.

Ok.

Era hora de parar.

Deixei meu pincel de lado e tirei um segundo para massagear as dores da minha mão. Alguma vez eu já tinha tido cãibra enquanto pintava?

Nunca.

De alguma forma, Joe também devia estar com cãibra. Porque ficou me observando trabalhar nas minhas mãos por um minuto, depois ergueu os olhos com ar decidido e disse:

— Acho que precisamos de um intervalo.

Estávamos naquilo desde as cinco, e agora eram dez.

— Ah — falei. — Claro. Claro.

Ele começou a andar em direção à porta, e como não o segui, ele se virou e acenou para que eu o acompanhasse.

Por *intervalo*, pensei que ele queria, sei lá, dar uma volta pela sala ou algo assim.

— A gente... vai a algum lugar?

— Precisamos tomar um pouco de ar.

...

Caminhamos lá fora por um tempo.

Então Joe perguntou:

— Com quem você tem trocado mensagens a noite toda?

Havia alguma chance no mundo de eu dizer a Joe que eu não tinha a capacidade de julgar se meus próprios retratos estavam bons?

Não.

— É sua amiga que fugiu para se casar?

— Só estou pedindo a opinião dela — falei. — Sobre os retratos.

— Você está mandando fotos pra ela?

— Sim.

— Posso ver?

— Ver o quê?

— Os retratos.

Franzi a testa para ele, como se ele estivesse maluco.

— Claro que não.

Nós já tínhamos concordado em relação a isso.

Nesse momento, chegou outra mensagem de Sue. Abaixei o olhar para conferir – exatamente quando Joe se inclinou para dar uma espiada.

— Ei! — protestei, escondendo o telefone atrás das costas.

Mas ele tentou alcançar meu braço, de maneira brincalhona.

— Não — falei, me afastando em passo acelerado. Ele *não* ia ver esses retratos.

Agora ele começava a me perseguir um pouco.

— Sua amiga pode vê-los, e ela trocou você pelo Canadá.

— Ela não me trocou, ela foi sequestrada — esclareci, seguindo na direção de uma área gramada.

O que estava acontecendo aqui? Vale dizer que Joe tentar roubar meu telefone era muito mais divertido do que Parker tentar roubar meu telefone.

Mas será que ele realmente se importava em ver os retratos? Ou só queria extravasar um pouco e brincar? Ele não parecia se importar antes, mas talvez estivesse apenas... procurando uma desculpa para me provocar? Flertar, até?

Joe tentou pegar meu celular outra vez, conseguindo me puxar para um meio abraço – e dessa vez, apanhou o aparelho.

Eu não estava liberada para correr, então sabia que não podia correr atrás dele.

Em vez disso, estendi o pé e o derrubei.

Ele caiu na grama com um "aff", e então, antes que pudesse se levantar e correr, eu me sentei sobre ele e comecei a fazer cócegas.

Funcionou. Joe, apesar de suas alegações, era altamente sensível a cócegas. Ele começou a rir tão alto que largou completamente o celular. E foi tão divertido ver a reação dele que, mesmo depois de eu ter recuperado o celular e guardado o aparelho no fundo do bolso, continuei com as cócegas.

Que coisa estranha de se fazer. Será que alguma vez fiz cócegas em alguém depois de adulta?

Definitivamente, nunca. Mas, de alguma forma, parecia a única coisa a fazer.

E acontece que foi divertido.

— Nós concordamos — falei, como se tivesse que puni-lo com cócegas porque ele havia quebrado as regras. — Você não ia olhar para os retratos até eu estar pronta. Certo? — Fiz mais cócegas. — Certo?

— Está bem — Joe finalmente disse, sem ar. — Certo. Eu desisto! Paz!

Eu me sentei, sem fôlego, e então ele ergueu o corpo, também sem fôlego.

Ficamos sentados lado a lado de maneira amigável por um minuto. Toda aquela coisa tinha sido muito mais brincalhona do que qualquer um de nós esperava.

E mais sugestiva.

Joe estava prestes a me ajudar a me levantar quando ouvimos a voz de uma mulher dizer:

— Você sempre foi sensível a cócegas.

Ao ouvir a voz, Joe ficou tenso como um arame esticado. Então se virou para encarar a mulher com a intensidade de um cão de caça apontando para a presa.

Ela estava a poucos metros de nós, com um homem segurando a mão dela.

Quem eram? Eram pessoas que eu conhecia? Procurei pistas. Ela usava um vestido preto reto e sandálias, e ele vestia calça cáqui e camisa xadrez.

Poderiam ser pessoas quaisquer.

Mas não para Joe.

Joe sabia exatamente quem eles eram, e seu corpo ficou tão tenso que pareceu influenciar o ar ao seu redor. Além disso, ele tinha grama no cabelo. Então eu estendi a mão para tirar.

Ele nem percebeu.

— O que você está fazendo aqui, Skylar? — Joe perguntou, sua voz tão amigável quanto uma faca.

Ai, meu Deus. Era a ex-mulher.

A dica foi a voz de Joe. Especificamente: os vapores de aversão que subiam dela.

Sim. Definitivamente a ex.

Skylar se virou para o homem que estava com ela, que deu um pequeno aceno para Joe como se o conhecesse.

E este deve ser o homem por quem ela deixou Joe. O Cara da Banheira de Hidromassagem.

— Estávamos só tomando um café — Skylar respondeu para Joe, fazendo um gesto na direção da Bean Street e ajustando a voz para um tom de quem diz "amenidades".

— Este não é mais o seu café — disse Joe.

Skylar deu de ombros, como se pedisse desculpas, mas sem realmente se desculpar.

— Ainda é o melhor da cidade.

Joe não se dignou a dar uma resposta.

Então Skylar se virou para mim.

— E quem é essa?

É verdade, eu não conseguia entender o rosto dela. Mas todo o resto fazia sentido. Era elegante. E bem-arrumada. Sabia andar de salto alto. Parecia exatamente, de um jeito genérico, uma mulher com quem caras legais poderiam querer se casar e passar suas vidas legais.

Mas também era uma traidora.

Tinha se casado com Joe, prometido amar, respeitar e ser fiel a ele... e então tinha entrado sem roupa de banho em uma banheira de hidromassagem de hotel com – olhei para o Cara da Banheira de Hidromassagem ao lado dela – *esse cara*.

Nojento. Eu conseguia ver isso na minha mente quase como se estivesse lá.

É verdade, minha primeira impressão de Joe tinha sido... bem negativa.

Se eu não tivesse mudado de ideia, bem que poderia tomar o partido da ex-mulher dele agora.

Mas cada interação que eu tivera com Joe depois daquele primeiro dia tinha sido positiva. Muito positiva. Pensei na dra. Nicole dizendo que eu não podia confiar em mim mesma, depois pensei em Joe me dando sua jaqueta quando eu estava com frio. E me alimentando com comida italiana. E secando Amendoim. E se oferecendo para ser meu modelo.

Talvez o problema fosse eu.

Talvez eu devesse dar o benefício da dúvida a esse pobre coitado.

Naquele segundo, eu podia sentir todas as emoções miseráveis, conflitantes, rejeitadas, raivosas, de mágoa e abandono que Joe devia estar sentindo.

E naquela onda de empatia, eu só... queria ajudá-lo.

Talvez fosse o fato de ele ter me ajudado naquela noite sem hesitar. Ou talvez fosse todo o tempo que eu acabara de passar medindo o rosto dele. Ou as cócegas um minuto antes na grama. Mas senti uma forte vontade de ajudá-lo naquele momento.

E simplesmente não pensei muito.

Ali, sob os olhares curiosos da ex-mulher de Joe e do Cara da Banheira de Hidromassagem, com um "Quem é essa?" ainda pairando no ar, eu me aproximei de Joe, enganchei meu braço em torno da cintura dele e tentei criar o abraço lateral mais sugestivo da história.

Senti Skylar absorver: a maneira como meu quadril roçava contra o dele, a forma como meu braço se apertava ao redor de seu tronco, o impacto da minha têmpora quando pousou na curva do seu ombro.

Era tudo de que ela precisava.

— Ah.

Acho que funcionou.

Devia ter sido suficiente. Realmente, era o bastante. Eu tinha demonstrado meu ponto, não é?

Joe me resgatara tantas vezes – e agora eu o resgatara também.

Mas foi melhor do que eu esperava. Tanto o abraço em si – tocá-lo, chegar perto e pressionar o corpo contra o dele em tantos lugares assim, provocando faíscas emocionais que eu não previa – quanto o resgate.

Sabe o sistema cerebral que lê as pessoas? Ele disparou naquele momento. Eu podia sentir o alívio de Joe pelo que eu estava fazendo. Podia sentir o quanto ele estava grato. Era palpável. A tensão dele diminuiu. A respiração ficou mais lenta. Até a sensação do braço dele se movendo ao meu redor em resposta foi como um carinho agradecido.

De repente, éramos uma equipe trabalhando em conjunto para concretizar aquele momento. Os dois contra o mundo. Ou, mais precisamente, contra a ex-mulher de Joe.

O ponto é que eu não parei no abraço lateral.

Enquanto Skylar e o Cara da Banheira de Hidromassagem ainda nos observavam como um casal, eu podia *sentir* o cérebro de Joe revivendo a traição mais uma vez – quase como se eu estivesse sentindo isso com ele. E simplesmente não resisti ao desafio de tentar tirar aquela dor.

Eu não pensei a respeito, com certeza.

Não pensei de jeito nenhum.

Joe não era a única pessoa por aqui que podia ser patologicamente prestativa.

E, com isso, estendi a mão, agarrei a gola da camisa de Joe, o puxei em minha direção e o beijei.

A propósito, os lábios dele? Naquele momento? Enquanto eu me aproximava para o beijo? Eu conseguia vê-los muito bem. Focar nos lábios era mais fácil, na verdade, do que tentar absorver um rosto inteiro. Era um alívio.

Era para ser um selinho, mas no momento do impacto, ouvi Skylar soltar uma pequena exclamação assombrada.

E isso me estimulou a continuar.

A me aproximar mais, na verdade. E me entregar.

A ir mais fundo. E mais suavemente.

Levei minha mão para a nuca de Joe para segurá-lo no lugar – não sabendo como ele reagiria ao choque de tudo aquilo. As probabilidades eram de cinquenta-cinquenta de que ele se afastasse, tipo: *Mas que diabos?*

Mas ele não se afastou.

Pelo contrário, na verdade.

Numa notável demonstração de capacidade de improviso, assim que percebeu o que eu estava fazendo, ele embarcou com tudo. Levou a mão para as minhas costas, me puxou mais para perto, suavizou a boca e retribuiu o beijo.

Assim, passou de falso para… outra coisa.

Nem precisamos de uma banheira de hidromassagem.

Não sei quanto tempo durou aquele pequeno beijo. Três segundos? Cinco? Cem? Tudo o que sei é que, quando começou, ambos estávamos completamente focados no casal parado diante de nós… e quando terminou, esse foco havia mudado.

Skylar e o Cara da Banheira de Hidromassagem tinham sido esquecidos.

Isso é, até Skylar tossir e dizer:

— Ok. Bem. Foi bom ver vocês.

Isso interrompeu o beijo, mas nada mais. Joe nem olhou para o lado, nem afrouxou o braço ao meu redor, nem se despediu. Apenas encarou meus olhos até que eles se foram. E eu estava tão atordoada que nem me importei.

Então, em uníssono, saímos do transe. Quebramos o contato visual e recuamos.

Depois disso, é claro, foi constrangedor.

Joe tossiu. Eu arrumei meu cabelo atrás da orelha. Joe olhou para o relógio. Eu olhei para os meus sapatos. Por fim – que escolha eu tinha? –, dei um tapa no ombro dele e disse:

— Pare de tentar espiar o retrato.

E, para minha grande alegria, isso fez Joe dar uma gargalhada. E foi melhor do que nada.

Olhei na direção que eles tinham acabado de seguir.

— Sua ex-mulher, certo? — perguntei, meus olhos nela.

Joe assentiu.

— Acertou em cheio.

— E o Cara da Banheira de Hidromassagem?

Joe assentiu novamente.

— Teague Phillips.

— Esse é o nome dele? Teague?

— Sim. Orador da turma do ensino médio. — Então Joe acrescentou: — É estranho que eu saiba disso.

— Ele parece muito sem graça — comentei, maximizando meu julgamento por lealdade.

— Obrigado — Joe disse então. — Meu plano era nunca, jamais trombar acidentalmente com eles.

— Como eles se atrevem a vir ao nosso café? — reclamei. — Amantes de banheira de hidromassagem não são permitidos.

— O que você acabou de fazer foi... — Joe começou.

O quê? Foi o quê?

— Muito gentil — completou.

Humm. Não tenho certeza sobre *gentil*. Impulsivo, talvez. Irresponsável. Corajoso.

— Você realmente me salvou — disse Joe.

Levantei o punho para tocar no dele, tentando restabelecer o equilíbrio.

— Você já me salvou algumas vezes.

— Não como dessa vez.

Ele não estava errado.

— Aquilo — ele continuou — foi um ato heroico.

— Você acha que deu certo?

— Ah, deu certo — disse Joe, como se aquilo pudesse ser verdade de mais de uma maneira.

— Fico contente em poder ajudar — comentei.

Mais tarde, me ocorreu que eu devia me preocupar com o dr. Addison. Claro que eu estava ciente de que não estávamos realmente noivos ou mesmo namorando – ainda. Mas tínhamos a intenção de começar a namorar. Quais eram as regras em relação a beijar alguém quando você planejava começar a namorar outra pessoa?

Tecnicamente, eu não tinha traído ninguém. Isso parecia claro.

Mas o que o dr. Addison pensaria sobre aquele momento, se soubesse?

Tentei revisar a memória para que fosse um simples ato de altruísmo. Joe estava sofrendo, e eu tinha visto uma maneira de aliviar essa dor. Sem nenhum interesse.

Sem motivos pessoalmente gratificantes para mim.

De certa forma, isso quase me tornava uma pessoa *melhor*.

Além do mais. Deixa pra lá. Se o dr. Oliver Addison, médico veterinário, não queria que eu oferecesse beijos de compaixão a vizinhos hipsters emboscados por suas ex-mulheres, ele devia ter arranjado um jeito de comparecer ao nosso encontro.

CAPÍTULO DEZENOVE

SABE AQUELES DIAS EM QUE PARECE QUE O UNIVERSO ESTÁ CONTRA VOCÊ? E MESMO QUE VOCÊ SAIBA racionalmente que o universo está ocupado demais para ficar planejando sua destruição pessoal, mesmo assim, é o que parece estar acontecendo?

O dia seguinte foi um desses.

Menos de uma hora depois de acordar, eu já tinha batido o dedo do pé, queimado minha torrada e testemunhado Amendoim vomitar no meu tapete de sisal. O que acontecia às vezes. Não significava necessariamente que ele estivesse mal, mas, mesmo assim, liguei para a clínica veterinária. Eles disseram que não era nada para eu me preocupar, mas marcamos uma consulta para um check-up na quinta-feira, só por garantia. Eu deveria observá-lo até lá e ligar se ele parecesse piorar.

Uma consulta com o dr. Addison deveria ter sido um ponto ensolarado no horizonte.

Mas ele ainda não tinha ligado para se desculpar depois de me dar um bolo, então eu realmente não tinha ideia de como ele se sentia em relação a mim.

Eu também não tinha certeza de como me sentia em relação a ele.

Porque aquele beijo "falso, não falso" com Joe continuava aparecendo em flashes na minha cabeça: a tensão de sua surpresa e como ele rapidamente se entregou ao momento. A textura do cabelo dele enquanto eu segurava sua nuca com a mão. O braço dele ao meu redor, me apertando, me puxando para mais perto. A suavidade aveludada da pele dos lábios dele.

Se alguém tivesse me perguntado qualquer coisa sobre isso – incluindo o próprio Joe –, eu teria jurado de pé junto que era cem por cento platônico.

Mas esses flashes de memória eram experiências que envolviam todos os meus sentidos. E quando apareciam na minha mente, eu tinha que respirar fundo, me levantar e dar uma volta por um minuto.

O dr. Addison precisava acelerar o passo. Eu podia sentir Joe ganhando terreno.

Mas então lembrei que fui eu que quis levar as coisas devagar desde o início. O que eu estava fazendo? Eu não deveria estar pensando em nada agora, exceto em terminar aquele retrato – ou me matar tentando. Eu não devia sair *beijando as pessoas*! Nem mesmo por motivos humanitários.

Dane-se a humanidade! Eu tinha um trabalho a fazer!

Mas primeiro – hoje –, eu tinha uma longa lista de afazeres. Nenhum deles divertido. Começando com uma ressonância magnética com o dr. Estrera. O que significava que eu tinha que atravessar o corredor de Joe e passar pelo apartamento dele para chegar ao elevador. O que, por si só, era uma experiência que envolvia todos os sentidos.

Aquele era o andar dele.
Aquele era o local onde ele tinha me entregado uma caixa de lenços.
Aquela era a porta do apartamento dele.
E lá estava o homem em si, de pijama...
... saindo...
... do apartamento da Parker.

Espera aí... o quê?

Corri até as escadas, antes que ele me visse, e prendi a respiração.

Eu realmente tinha acabado de ver aquilo?

Eram oito da manhã. Por que diabos Joe estaria saindo do apartamento da Parker logo de manhã?

Além do óbvio.

Tentei juntar as peças. Joe. Pijama. Apartamento da Parker. Oito da manhã.

Não podia ser o que parecia, certo?

Quero dizer, era difícil ignorar a probabilidade de que, de alguma forma, apenas algumas horas depois de me dar um beijo falso, ele tivesse adicionado Parker ao seu cardápio de mulheres. Que ele realmente fosse um mulherengo, ou seja lá qual fosse o insulto antiquado.

Eu queria tanto que houvesse alguma outra explicação.

Mas... o que mais poderia ser?

Minha mente percorria freneticamente as possibilidades. Ela tinha fingido desmaiar de novo? Tinha implorado para ele ir matar uma barata? Talvez o vaso sanitário dela estivesse entupido e ele estivesse desentupindo para ela, como um cavalheiro?

Argh. Ridículo.

Eu não conseguia convencer nem a mim mesma.

Enquanto esperava que algo fizesse sentido, o gato sem pelos da Parker, entre todas as coisas, entrou na escada, como se animais de estimação fossem autorizados a circular pelos corredores à vontade. Ele me avaliou com ar petulante por um minuto e depois se aproximou de mim, virando-se para levantar o rabo. Pulei para longe segundos antes de ele fazer xixi em mim.

Como as coisas tinham chegado a esse ponto?

Uma coisa era certa: sabe a agradável vibração cheia de Joe que eu estava sentindo pela manhã? Parou de vibrar.

...

Por mais incrível que pareça, a partir daí, o dia foi ladeira abaixo.

Quero dizer, no final, esse dia fez as torradas queimadas parecerem adoráveis.

Ter que me esconder na escadaria me atrasou, então eu ainda estava atravessando a rua quando o sinal de pedestres fechou. Atravessei mesmo assim, mas um cara a quem causei um inconveniente por três segundos decidiu abrir a janela do carro, me mostrar o dedo do meio e gritar:

— Vai se foder! — E então acelerou e saiu cantando pneu.

Fiquei olhando para ele, como se dissesse: *Sério, senhor? Não foi um pouco demais?*

Ele estava claramente destinado a uma vida de raiva e decepção.

Mesmo assim, doeu um pouco, admito.

Em seguida, entrei no Uber que estava me esperando e, tentando fazer várias coisas ao mesmo tempo, verifiquei os comentários na minha loja no Etsy durante o percurso, apenas para dar de cara com a crítica mais maldosa ao meu trabalho que já tinha visto.

Fiz uma captura de tela para a posteridade:

ESSES RETRATOS SÃO UM INSULTO AO MUNDO DA ARTE. BANAIS, CLICHÊS E BREGAS AO MÁXIMO, ISSO É "ARTE" QUE NÃO CONSIGO DESVER. SÉRIO. MEUS OLHOS ESTÃO QUEIMANDO. LIXO COMO ESSE É A RAZÃO PELA QUAL A HUMANIDADE ESTÁ CONDENADA AO INFERNO.

Ok. Uau.

Não dá para agradar todo mundo. Eu entendo isso. Mas "condenada ao inferno"?

Quero dizer, o usuário ArtWeenie911 claramente tinha alguns problemas. O nível de maldade dele ou dela em relação a retratos agradáveis, sorridentes e bastante fotorrealistas de pessoas de todas as posições sociais não era... um pouco extremo?

Tentei não deixar que aquilo me afetasse. Podia ser que ArtWeenie911 fosse um *troll bot* qualquer. Enviado para semear discórdia em... *em quê?* Na comunidade online de pintura de retratos que mal consegue sobreviver?

Talvez não.

Estava dois a zero para os atos aleatórios de grosseria hoje.

Sem contar o incidente Joe-de-pijama. De longe o mais grosseiro de todos.

Na sequência disso, depois de passar várias horas geladas em uma roupa de hospital em salas de espera e vários scanners de imagem, recebi um relatório totalmente inútil que mostrava que não havia nenhuma redução no edema – e então me disseram novamente para "apenas ter paciência".

O que, é claro, eu teria. Porque que escolha eu tinha?

Mas quanto tempo e dinheiro eu tinha desperdiçado apenas para que me instruíssem a continuar fazendo o que eu já estava fazendo? Não havia "mudança" na minha situação? Eu mesma poderia ter dito isso.

Contra todas as probabilidades, eu esperava um desaparecimento repentino do inchaço. Uma vida inteira de filmes com heróis subestimados tinha me preparado para esperar que eu encontrasse uma maneira de triunfar no último minuto.

Mas isso não estava acontecendo.

Sem mencionar que, o dia inteiro, Lucinda estava me perseguindo, insistindo que precisava falar comigo "urgentemente" sobre "um assunto de grande preocupação".

Mensagens de texto e chamadas telefônicas que eu ignorei, é claro.

Dica de ouro para lidar com Lucinda: se ela disser que algo é urgente, apenas corra e se esconda.

Adicione à minha lista de queixas: sandálias de tiras que estavam me dando bolhas. Um celular com três por cento de bateria. O momento em que esqueci minha bolsa em uma sala de espera e tive que correr de volta para encontrá-la. Sem mencionar que a loja de suprimentos artísticos ainda estava sem guache verde-limão, e o supermercado estava sem a única ração recomendada pelo veterinário que Amendoim aceitava comer.

Quando cheguei em casa mancando, o sol estava se pondo, meu tendão de Aquiles estava latejando, e eu sentia que o dia estava conseguindo *me intimidar*. Em algum momento do caminho, comecei a fazer uma contagem mental dos insultos e danos, quase como se pudesse enviar a lista e exigir um reembolso.

Até a perspectiva de ver Joe naquela noite parecia uma ameaça. Ou ele não me contaria sobre Parker – o que seria ruim. Ou ele *me contaria* – o que seria pior.

Uma coisa eu sabia: eu não queria saber.

Mas não havia como fugir de nada disso. A única maneira de sair desse dia era o enfrentando. Então, enquanto me preparava para a reta final, parei na Bean Street para um *latte* meio cafeinado, tanto pelo conforto quanto pela cafeína.

E foi quando Parker veio até mim, assim que Hazel Um me entregou o café.

— Lucinda está tentando falar com você o dia todo — disse Parker.

Parker. Claro. Quem mais cheiraria a Poison e falaria sobre Lucinda?

— Sim. Bem. Eu estava meio ocupada.

— Aposto que estava.

Ela queria que eu perguntasse o que aquilo queria dizer. Então não perguntei.

Ela continuou.

— Vi você beijando o cara da Vespa ontem à noite. O que, é claro, me obrigou a retaliar.

Retaliar? O que isso queria dizer? Isso explicava a caminhada da vergonha matinal dele? Ela tinha aparecido na porta dele à meia-noite usando espartilho e cinta-liga? Eu me senti desleal a mim mesma admitindo isso, mas Parker era, tecnicamente, uma pessoa atraente. Ela tinha o suficiente com o que trabalhar no departamento aparência para realizar uma manobra dessas.

Ela queria que eu reagisse a isso. Então não reagi.

E então tive um pensamento libertador. *Eu não precisava ficar ali.*

Eu podia simplesmente... ir embora.

Eu não precisava ficar. Não precisava deixá-la me provocar. Não queria que isso escalasse. Só queria ir embora. Eu podia ver a luz do sol do lado de fora das janelas.

Comecei a andar em direção à saída. Mas Parker me seguiu. Eu tinha acabado de chegar à porta quando ela me alcançou.

— Você não me deixou contar a novidade — disse ela. — Eu vou à sua exposição.

E ali estava. Faltava tão pouco para eu ir embora. Ela me pegou. Eu me virei.

— Minha o quê?

— Seu negocinho de arte.

A exposição de retratos? O momento mais importante e significativo de toda a minha carreira? Ela estaria presente?

— Você não pode ir — falei. — Não foi convidada.

Mas ela balançou a cabeça e deu de ombros.

— É aberto ao público. Está no site.

— Você *não* foi convidada — falei novamente.

— Claro que fui.

— Você não pode ir. — Então, em pânico, procurando por uma palavra forte o suficiente: — Eu proíbo.

Ela me olhou como se eu fosse ridiculamente engraçada.

— Lucinda, papai e eu vamos todos.

Parker acabara de chamar meu pai de *papai*? Ninguém chamava meu pai de "papai". Nem mesmo eu.

— Vamos aproveitar para passar a noite juntos — ela continuou.

— Não — falei.

Ela prosseguiu:

— Talvez a gente vá jantar em uma churrascaria brasileira. Pena que você não pode ir com a gente.

— Não — repeti.

Ela adorava o fato de estar me deixando furiosa.

— Não o quê? — perguntou ela, sabendo perfeitamente bem qual era a resposta.

— Não. Isso é algo meu. E eu não quero você lá.

— Isso é tão engraçado — disse ela. — Porque, como sempre, não acho que você possa me impedir. — Então ela acenou para mim, toda fofa, como se estivesse se despedindo, antes de parecer se lembrar de mais uma coisa. — Ah! Você viu meu comentário?

Eu balancei a cabeça. Curiosa, mesmo contra minha própria vontade.

— Aquele que eu deixei na sua loja do Etsy hoje. — Em seguida, deu de ombros, com ar travesso e se virou para ir embora.

Mas acho que foi nesse momento que o tsunâmi começou a atingir a costa.

— Por quê? — perguntei, chamando-a.

Parker se virou.

— Por quê? — perguntei novamente, e toda a pressão em meu corpo fez o som sair apertado e agudo. — Por quê, por quê, por quê, por quê, *por que* você não pode simplesmente me deixar em paz?

E ali estava. Ela conseguiu me pegar, no fim das contas. Como sempre. E agora o trabalho dela estava feito.

— Não sei — disse ela com um encolher de ombros alegre, antes de se virar para ir embora. — É que é tão divertido ver você desmoronar.

Hesitei, olhando para ela por um segundo, e então me virei para sair da cafeteria e fugir para o sol. Mas, ao fazer isso, toda aquela raiva acumulada de repente disparou pelo meu braço como um raio – e eu, acidentalmente de propósito, bati a porta com força atrás de mim.

A porta *de vidro* da cafeteria.

Que, aparentemente – eu estava prestes a descobrir – estava com a dobradiça de fechamento suave quebrada.

Sabe quando eu bati a porta? Ela *bateu*. Com força.

Foi satisfatório por um segundo, admito. Mas então, como se estivesse em câmera lenta, todo o vidro estourou, se quebrou e se espalhou pelo chão.

Eu me virei com o barulho e olhei para a violência do que eu tinha feito. O buraco vazio da estrutura da porta. Vidro por toda parte. Pessoas olhando. Todo movimento e conversa parados. Um adolescente começou a filmar com o celular.

Levei a mão à boca. Ergui os olhos e vi Hazel Um perto do balcão de café. Ela foi a primeira a agir, pegou uma vassoura e uma pá e veio na minha direção.

— Me desculpa — pedi quando ela se aproximou. — Eu não queria fazer isso. — E então, é claro: — Eu pago por isso. Eu conserto. — Eu daria um jeito.

— Não se preocupe — disse Hazel Um gentilmente. — A dobradiça está quebrada. Acontece o tempo todo.

Definitivamente, não acontecia o tempo todo.

Mas eu estava envergonhada demais para discutir.

Então, a coisa mais louca, viajada, mais surreal que eu já vi na vida aconteceu bem diante dos meus olhos. Hazel Um apoiou a vassoura no batente da porta por um segundo, se preparando para começar a varrer a bagunça, e tirou um elástico do bolso do avental, levantou as mãos atrás da cabeça para prender o cabelo e, quando soltou as mãos novamente... ela era Hazel Dois.

O que estou dizendo é o seguinte: Hazel Um sempre usava o cabelo castanho solto, e Hazel Dois sempre usava o cabelo castanho em um rabo de cavalo – e era assim que eu conseguia diferenciá-las. E nesse momento impossível, eu vi Hazel Um se transformar em Hazel Dois diante dos meus olhos.

Como em um filme de terror.

Soltei uma exclamação ao ver aquilo.

— Espera aí... — falei, dando um passo para trás. — O que acabou de acontecer?

— Quando? — Hazel Dois perguntou, começando a varrer.

— Você é a Hazel Um ou a Hazel Dois?

Agora ela ergueu os olhos. Eu podia sentir a confusão em sua expressão.

— Hein?

— Das duas Hazels que trabalham aqui — expliquei, sentindo que essa pergunta já estava condenada —, qual é você?

Uma pausa. Depois, ela balançou a cabeça.

— Eu sou a única Hazel que trabalha aqui.

— Desde sempre? — perguntei. — Já houve outra Hazel trabalhando aqui?

— Não — disse Hazel, voltando a varrer. — Só eu.

Meu Deus. Só havia uma Hazel que trabalhava ali. A garota com o corte bob e a garota com o rabo de cavalo eram *a mesma pessoa*.

CAPÍTULO VINTE

EU SABIA, É CLARO, QUE NÃO PODIA CONFIAR NAS MINHAS PERCEPÇÕES.

Eu sabia que meu cérebro estava passando por um mês difícil.

Mas era tão estranho testemunhá-lo se corrigindo.

Eu realmente não estava bem. Ainda não.

A única Hazel estava gesticulando para eu sair do caminho, para que ela pudesse varrer. Comecei a andar na ponta dos pés sobre os cacos de vidro com as minhas sandálias de tiras idiotas... quando senti um braço ao redor da minha cintura que me ajudou a me guiar.

Joe.

Eu soube antes de ver. Eu o senti em um instante.

Então um olhar de soslaio trouxe a confirmação: sim. A jaqueta de boliche.

— Vamos fazer você se sentar — disse Joe, começando a me levar em direção a um banco. Mas, quando chegamos de volta à segurança da calçada livre de cacos de vidro, escapei do abraço.

Joe. Pijama. Parker. Não.

Ele não precisava me resgatar. Não hoje. Não depois do que ele tinha feito com a pessoa que mais estragou a minha vida. Eu podia salvar a mim mesma, obrigada.

Principalmente, eu estava irritada com Parker. Estava irritada com o homem que tinha me mostrado o dedo do meio. Estava irritada com a técnica de imagem que não tinha encontrado nenhuma redução no edema. Estava irritada com a bolha no meu pé, com o supermercado mal abastecido e com meu celular sem bateria. E comigo mesma pela minha incapacidade de conduzir minha própria vida – e pela maneira como eu havia acabado de brutalizar aquela porta de vidro inocente.

Mas, naquele momento, toda essa raiva se cristalizou em Joe.

Como ele *se atrevia* a se divertir com minha meia-irmã malvada dessa forma, e depois aparecer agindo como uma boa pessoa?

Não eram apenas escolhas ruins. Era uma traição profunda. E o fato de ele não saber disso?

Só piorava as coisas.

Uma imagem de Joe saindo pela porta de Parker, de pijama, se acendeu na minha cabeça como um letreiro em néon. Quem ele pensava que era?

— Eu me viro — falei, minha voz distante.

Joe hesitou.

— Posso...

— Não, obrigada.

— Você está... — ele tentou novamente.

— Estou bem.

Não havia como eu me recuperar. Não dava para redimir aquele momento. Ou aquele dia.

Comecei a andar em direção às portas do nosso saguão. De jeito nenhum eu pegaria o atalho por dentro da Bean Street. Eu nunca mais poderia tomar café lá.

Conforme a raiva se dissipava na minha consciência, a humilhação tomava seu lugar. Acelerei o passo, tentando escapar o mais rápido possível.

Mas foi aí que Joe me chamou.

— Você está bem?

Continuei andando.

Joe me chamou novamente.

— Você está brava comigo?

Sem resposta ali também.

Uma última pergunta de Joe.

— Ainda precisamos terminar o retrato?

Aquela eu precisava responder. Parei e me virei.

— O retrato — respondi, olhando para um ponto perto dele, mas não para ele — está cancelado.

■■■

Cancelado.

A palavra ecoou na minha cabeça enquanto eu subia de elevador, depois as escadas até o telhado, servia um prato de pedacinhos de croissant para Amendoim e depois me jogava na minha cama.

Cancelado.

Aquilo pareceu surpreendentemente bom.

Eu não precisava fazer nada daquilo.

A ideia me encheu de alívio. Eu não tinha mais que sofrer incessantemente.

Eu podia simplesmente... desistir.

Isso era uma vitória. Mais ou menos. Não era?

Um ato de autorrespeito: não me forçar a suportar uma competição que eu sabia que não poderia vencer. Não sofrer por uma exposição de arte interminável à qual eu não pertencia. Não pintar o retrato de um homem decepcionante.

Eu poderia me tornar terapeuta de família. Ou instrutora de mergulho. Ou chef. Ou designer de bolsas. Havia alguma regra em algum lugar que dizia que o sonho que você escolheu na faculdade tinha que ser o sonho que você manteria para sempre?

Amendoim terminou sua refeição e se juntou a mim na cama, e nós dois ficamos lá por um tempo, nos sentindo vitoriosos.

A alegria de desistir. Quem diria?

Eu podia simplesmente parar de tentar. Podia nunca mais pintar. Eu podia ser livre.

O poder total de dizer "não" era tão bom que ficamos assim – aproveitando nossa mudança de perspectiva – até ambos adormecermos sem querer e entrarmos em um daqueles cochilos profundos e pacíficos, como se estivéssemos debaixo d'água.

...

Quando acordei, Sue tinha me mandado uma mensagem.

Ela tinha encontrado um artigo sobre uma artista que sofria de uma forma grave de prosopagnosia, cuja linha de trabalho consistia inteiramente em desenhos que ela fazia do próprio rosto – usando o tato. Milhares e milhares de retratos do próprio rosto – feitos de olhos fechados, enquanto ela movia a mão livre pelo rosto e absorvia informações visuais usando o toque.

OLHA!, Sue gritou – tudo em maiúsculas – na mensagem. **ESSES AUTORRETRATOS SÃO INCRÍVEIS!**

AUTORRETRATOS NÃO SÃO PERMITIDOS, respondi.

SÓ LÊ O ARTIGO, escreveu Sue.

Li o artigo. Era longo. Contava a história da vida dessa artista – de como sua grave prosopagnosia, não diagnosticada ao longo da vida, levou seus pais, professores e colegas de escola a pensarem todas as coisas ruins possíveis sobre ela. Chamada de estúpida, incapaz de cooperar e obstinada, ela foi incompreendida e culpada durante toda a vida, como se sofresse de um problema de comportamento. Ou de personalidade. Todos a culpavam e não gostavam dela – e ela se culpava e não gostava de si mesma... até que descobriu a prática de desenhar pelo tato.

Ela não compreendia o próprio rosto, então o processo de desenhar autorretratos se tornou uma forma de se encontrar. Ela tinha milhares deles agora – todos etéreos, poéticos e misteriosos, como se estivesse vislumbrando a si mesma através de um denso nevoeiro. Eu também não conseguia ver os rostos quando olhava as imagens do artigo, mas conseguia ver os traços esfumaçados do lápis, conseguia sentir a sensação de mistério e conseguia ler os detalhes requintados.

E percebi, olhando para as imagens, que as via de uma maneira especial. A maioria das pessoas, percebi, via o rosto da própria artista – e suas tentativas de representá-lo. Mas eu não conseguia ver o rosto. Tudo o que conseguia ver era a emoção. A arte. O desejo.

Era como ter uma visão de dentro.

Quando terminei de ler, minha perspectiva tinha mudado. A artista descrevia seus autorretratos como "curativos", e essa era a única palavra que eu precisava ouvir.

Peguei papel e lápis de carvão, sentei ereta e comecei a trabalhar em um autorretrato pelo tato.

Dois segundos depois, duas horas haviam se passado.

Levantei os olhos do desenho acabado e vi o céu escurecendo.

Então me voltei para o autorretrato que acabara de desenhar – aquele emaranhado de características que eu não conseguia ver – e simplesmente soube que estava bom.

Enviei uma foto para Sue e escrevi: **ISSO ESTÁ BOM, NÃO ESTÁ?**

Ela respondeu: **MEU DEUS, ESTÁ INCRÍVEL!**

Eu mal havia "curtido" quando chegou outra mensagem dela.

FAZ ISSO COM O JOE!!! E em seguida: **TALVEZ SEJA O TRUQUE CEREBRAL QUE VOCÊ ESTAVA PROCURANDO!!!**

MAS, respondi, **EU DECIDI DESISTIR DA COMPETIÇÃO.**

QUE PENA, escreveu Sue. **DESISTA DE DESISTIR.**

...

Não desistir significava que eu tinha que me desculpar. Com Joe.

Fui até o apartamento dele e bati à porta.

— Desculpe se me comportei de um jeito estranho — falei quando ele abriu. — Eu tive um dia terrível... e você só estava no lugar errado na hora errada.

— Sério? — Joe perguntou.

Ele não acreditava em mim?

— Sério — confirmei. — Não foi pessoal.

— Me pareceu meio pessoal.

— Eu tinha acabado de quebrar uma porta de vidro — expliquei. — Estava num momento difícil.

— Mas o jeito como você me olhou feio...

Eu tinha olhado feio para ele?

— Eu fui embora me perguntando o que eu tinha feito.

— Você não fez nada. — Não era verdade, mas eu não queria entrar nesse assunto. Não queria ouvir confissões ou desculpas sobre Parker. Porque eu jamais seria capaz de ficar perto dele, tolerá-lo ou colocar minhas mãos nele da maneira que eu estava prestes a pedir se ele me dissesse que estava saindo com ela.

Nesse caso, eu realmente precisaria de um novo modelo.

O ponto era que eu não queria saber. Precisava manter tudo profissional. Sem confissões. Sem verdades. Apenas um pedido de desculpas agradável e uma última tentativa de pintar um retrato antes de desistir de todos os meus sonhos.

Joe prosseguiu:

— Então eu pensei sobre isso. Basicamente o dia todo. O que eu tinha feito para irritar você? E aí eu entendi.

— Você entendeu?

Joe assentiu. Ali estava. A hora da confissão.

— A gente não precisa... — comecei.

Mas então Joe disse:

— O beijo.

O beijo?

— Certo? — ele continuou. — Deve ter sido o beijo. Você estava só tentando me ajudar, e eu transformei aquilo em algo completamente diferente. Eu não tenho desculpa para isso. Eu só... acho que foi a surpresa. E eu não beijava ninguém fazia muito tempo. E certamente tinha um pouco de vingança doce misturada. Mas é só que foi... tão incrivelmente agradável.

Sério? Era por isso que ele achava que eu estava chateada? Por causa de um beijo romântico?

Quem fica chateado com um beijo romântico?

Naquele segundo, meus objetivos mudaram. Ele queria ter essa conversa? Tudo bem. Teríamos essa conversa.

Poderia arruinar tudo. Mas acho que é isso que a raiva faz. De repente, eu não me importava.

— Não foi o beijo — falei.

— Não foi o beijo?

— Com o que mais eu poderia estar chateada?

Joe hesitou.

Agora eu ia obrigá-lo a dizer. Ele começou, e eu ia terminar.

— Revire seu cérebro — falei.

Mas Joe apenas balançou a cabeça.

E isso só me deixou mais brava.

— Com o que eu estou chateada? Com o que eu estou chateada? Não é com o beijo acidental, muito agradável, da doce vingança. — Parei por um segundo para balançar a cabeça, incrédula. — Foi com sua "caminhada da vergonha".

— Minha o quê?

— Quando você saiu do apartamento da Parker. Hoje de manhã. Bem cedo.

Joe pensou por um momento. Então se lembrou. E então protestou.

— Mas não foi...

— Você está dizendo que não saiu sorrateiramente da casa de Parker hoje de manhã?

— Ah, eu saí. Mas não fui *sorrateiro*.

Estreitei os olhos para encará-lo.

— É isso que você está pensando? Que eu aprontei alguma coisa com sua meia-irmã malvada?

— Me prove o contrário.

Mas Joe estava apenas balançando a cabeça.

— Como você pensou isso? Quão burro você acha que eu sou?

— Todos os homens são burros quando se trata de Parker.

Mas Joe ainda estava indignado.

— Eu não estava aprontando nada com a meia-irmã que arruinou sua vida — disse ele. — Eu estava alimentando o gato dela.

Confirmação.

— Você estava alimentando o gato malvado da Parker? Aquele que continua fazendo xixi no nosso corredor?

Joe assentiu.

— É. O nome dela é Elvira.

Absorvi a informação.

— Mas você estava de pijama.

— Exatamente! — Joe disse. — As pessoas não fazem caminhadas da vergonha de pijama.

Ele tinha um ponto.

— Parker nem estava lá! Ela saiu às três da manhã para pegar um voo para Amsterdã! — ele me contou. E agora era a vez dele de ficar bravo.

— Você achou que eu tinha beijado você na noite passada e depois dado meia-volta para vir ter um caso ilícito com a sua pior inimiga?

Meio que eu achei, sim.

Coisas piores aconteciam o tempo todo com Parker. Mas a indignação dele fez com que eu me sentisse mal.

— Não foi um beijo real — confessei, por fim.

— Foi real o suficiente.

Dei de ombros, ainda meio convencida de que estava certa.

— Como você pensou isso? — perguntou Joe.

— Não sei. As pessoas são horríveis.

— As pessoas podem ser horríveis — disse Joe. — Mas eu não sou.

Ele estava realmente meio magoado.

Talvez fosse a hora de eu ser mais honesta com ele.

— Desculpe — pedi, por fim —, estou tendo um mês muito estranho.

— Ok — disse Joe, ouvindo o que eu tinha para dizer.

Mas quanto eu deveria contar, parada aqui na porta do apartamento vazio dele? Talvez só o básico.

Respirei fundo e fui em frente.

— Há cerca de um mês — falei —, tive o que chamam de uma crise não convulsiva quando estava atravessando na faixa de pedestres em frente ao nosso prédio. E, aparentemente, um Bom Samaritano me empurrou e impediu que eu fosse atropelada por um Volkswagen Beetle. No hospital, fizeram uma tomografia cerebral para descobrir a causa da crise e encontraram um pequeno vaso sanguíneo malformado. Disseram que eu precisava de cirurgia para corrigir, então eu fiz a cirurgia.

Joe balançou a cabeça, como se dissesse: *O quê?*

— Você fez uma cirurgia no cérebro?

— Sim — respondi.

— Há um mês?

Assenti para confirmar. Então, como uma criança mostrando um machucado, me inclinei para a frente e afastei o cabelo, para que ele pudesse ver a cicatriz atrás da minha orelha.

Ele olhou para ela.

— Uau.

Eu não tinha mostrado minha cicatriz para ninguém ainda. Nem mesmo para Sue.

— Sim — confirmei. — E tem sido — aqui, um tremor encontrou o caminho até minha voz — um mês estranhamente difícil. Nada está totalmente no lugar. Coisas que costumavam ser fáceis agora… *não são*. Especialmente pintar.

Joe assentiu.

— No dia da crise, eu tinha acabado de ter minha primeira grande oportunidade na carreira. E estava pronta para ganhar. — Olhei para minhas mãos. — Mas estou tendo dificuldade para pintar agora.

— É por isso que você está tentando novas técnicas.

Assenti. Eu não ia, de jeito nenhum, contar a ele sobre a cegueira facial. Mas talvez pudesse contar a ele como era.

— A minha vida toda, meu cérebro sempre foi tão… confiável. Mas agora, não é tanto. Eu fico errando as coisas. Não posso confiar em mim mesma. O mundo todo parece diferente. Então a versão de mim que você está vendo agora está… meio bagunçada. Muito mais bagunçada que a normal.

Se Joe tinha alguma noção de como era importante para mim admitir para qualquer pessoa que eu não estava superbem, não demonstrou.

— Você não está tão bagunçada assim — disse Joe, com a voz mais suave.

— Eu *quebrei uma porta de vidro hoje*.

— Aquilo foi uma bagunça — Joe concedeu.

— Enfim, eu sinto muito — falei. — Ficar superbrava com as pessoas por suposições erradas normalmente não é o meu estilo.

— Tudo bem. Você pode me compensar.

— Como?

Joe deu de ombros.

— Apenas descancele o retrato.

— Engraçado você pedir isso — eu disse. — Foi exatamente para isso que eu vim aqui.

CAPÍTULO VINTE E UM

QUANDO JOE CHEGOU NA MINHA CASA PARA A ÚLTIMA TENTATIVA DE RETRATO, ERA MATAR OU MORRER.

O mais provável era morrer.

Porque esse retrato ia perder. Feio.

Podia se transformar em uma obra de arte realmente cativante. Podia se tornar um estudo de personagem fascinante. Podia acabar ficando bonito, hipnotizante ou poderoso.

Caramba, podia até ser vendável.

Mas não seria o tipo de retrato que a North American Portrait Society procurava. Não seria o tipo de pintura que me permitira vencer outros mil novecentos e noventa concorrentes. E não se pareceria com o trabalho de um Norman Rockwell do século vinte e um – isso eu podia garantir.

O que, de certa forma, era libertador.

Saber que eu ia perder?

Significava que eu poderia perder com estilo.

Depois que Joe concordou com a última tentativa, Sue me fez um discurso motivacional.

— Você acha que eu consigo fazer isso? — eu tinha perguntado para ela.

— O que você quer dizer com "fazer isso"?

— Ganhar. Você acha que eu consigo ganhar?

— De jeito nenhum — garantiu Sue.

— Ei! — reclamei. — Você deveria me encorajar.

— Eu não acho que você consegue ganhar — Sue continuou —, mas acho que pode criar algo interessante. Acho mesmo que você tem habilidades artísticas incríveis e um cérebro incrivelmente criativo. Acho que você entende de cor e luz melhor do que qualquer um que já conheci. E também acho, só pelas vibrações que estou sentindo através das fronteiras internacionais, que você pode estar perdidamente apaixonada pelo seu objeto de retrato.

Para que ela pudesse chegar ao ponto, escolhi não discutir.

— Talvez você precise abrir mão de vencer. Talvez haja várias maneiras de vencer. Talvez seja uma chance para você criar suas próprias regras.

— Você está dizendo que eu deveria desistir?

— Não desistir. Apenas buscar uma vitória diferente.

— Não dá para simplesmente não vencer e fingir que venceu.

— Olha — disse Sue. — Talvez você não possa fazer a mesma coisa de sempre agora. E se você fizer algo louco e diferente? E se, em vez de tentar fazer algo que você não consegue fazer, você tentar outra coisa?

— Como o quê?

— Como tentar contar a história desse momento da sua vida. Tentar capturar o seu mundo agora, aberto, exatamente como está. Capturar o caos, a incerteza e o desejo. E não esqueça de capturar o que está acontecendo entre você e aquele cara… porque tem algum tipo de fogo nisso.

Pensei naquilo.

— Normalmente eu não tento contar uma história sobre minha vida com retratos.

— Mas — retrucou Sue — é isso que você vem fazendo o tempo todo. Contando a história de uma garota tentando pintar exatamente como a mãe que se foi. E talvez agora, na história, a garota não tenha escolha a não ser pintar como ela mesma.

— Mas essa *não sou* eu.

— Agora é.

Pensei a respeito.

— E se você apenas capturar sua história, agora, como ela é? Eu daria qualquer coisa para ver isso.

— Vou tentar — cedi. Porque que outra escolha eu tinha?

— Depois me mande uma foto.

— Tá bom — falei. — Mas se você responder com palavras como "assassino em série", vamos ter um problema.

■■■

Ok. Sue não estava errada.

Antes, eu estava tentando pintar um retrato. Um tipo muito específico de retrato.

Mas saber que eu não podia fazer isso era uma espécie de liberdade.

Agora, tudo o que eu tinha que fazer era pintar algo interessante. Algo cativante. Algo que prendesse a atenção. Algo verdadeiro sobre a minha vida.

Eu ia pintar o momento. Minha experiência com Joe naquele momento.

O que quer isso fosse.

O que eu, obviamente, não tinha a meu favor era o rosto.

Mas o que eu *tinha*?

O torso requintado de Joe, por exemplo. Certo? Eu sabia com certeza que conseguia ver isso. Agora que estava pensando no assunto, parecia um crime deixar uma festa visual como essa toda coberta.

Eu também tinha a meu favor: forma, cor, mistério, composição, contraste. E atitude. Eu não ia me jogar nessa pintura de forma tímida. Eu mergulharia de um jeito ousado – de cabeça e nua.

Metaforicamente nua.

O que me deixava sentindo todas as coisas que alguém sente quando está prestes a ficar nu. Nervosa. Desperta. Agitada de antecipação. Hiperconsciente de estar viva.

Quando Joe chegou, parecia que talvez ele estivesse sentindo algumas dessas coisas também.

— Você não precisa fazer isso — comentei ao abrir a porta do meu cafofo.

— Claro que preciso. Eu disse que faria.

— Sim, mas estou te dando uma chance de cair fora.

— Eu não preciso de uma chance de cair fora.

— Você não sabe o que estou prestes a fazer com você.

— Você pode fazer o que quiser comigo.

— Eu vou tocar em você — avisei. — Tudo bem?

— Acho que sim?

— O que eu quero dizer é que acabei de ler um artigo sobre uma artista que faz autorretratos pelo tato, com os olhos fechados. Então ela pinta o que está sentindo, mais do que o que está vendo. E eu gostaria de fazer isso com você.

Joe deu de ombros.

— Tudo bem.

Era bravata? Ou ele realmente não achava que eu colocar minhas mãos nele seria um grande problema? Ou talvez ainda não estivesse totalmente ciente *de quanto* eu ia colocar minhas mãos nele.

Eu tive que avisá-lo.

— Lembra quando eu jurei que não haveria nudez?

— Sim?

—Talvez eu tenha que pedir um tiquinho de nudez.

Pude sentir o sorriso que tomou conta do rosto dele.

— Vamos fazer ao estilo Burt Reynolds?

— Não — respondi com firmeza, como se isso fosse a resposta completa. Então corrigi, enrugando o rosto em um pedido de desculpas. — Mas preciso que você tire a camisa.

Joe deu de ombros.

— Tudo bem.

Não era à toa que o sr. Kim o chamava de Prestativo. Eu não conseguia obter um não desse cara.

O que significava: pronto ou não, íamos fazer aquilo.

Eu o conduzi em direção ao meu cavalete, onde eu tinha colocado um banquinho para ele, bem pertinho. Tudo tinha que estar ao alcance das mãos – o banquinho, a tela, as tintas. Quando terminei de arrumar tudo, os joelhos dele estavam um de cada lado da minha coxa – perto o suficiente para que ficássemos esfregando e esbarrando um no outro, repetidas vezes…

De uma maneira que eu me esforcei muito para não parecer sensual.

Joe esperava as instruções.

Mas de repente eu me senti tímida para dá-las.

— Então agora… se você não se importar… preciso que você tire o casaco e a camisa, se estiver tudo bem. Porque não sei se você sabe disso sobre si mesmo, mas seu torso é realmente cativante. E sinto que seria um desperdício trágico deixá-lo de fora do retrato.

— Você acha meu torso cativante? — Joe perguntou, tirando o casaco e jogando-o no meu sofá. Eu podia sentir que ele estava sorrindo.

— Sim — respondi, tentando deixar claro, através do tom de voz, que minhas intenções eram tão honrosas que eram quase científicas. — Artisticamente. Visualmente. Até matematicamente. É cativante. De se olhar. Por todos os padrões objetivos. Então, se eu puder capturar isso na pintura, o retrato também será cativante.

Joe tirou a camiseta e meus olhos absorveram a visão sem pedir permissão.

— Tem certeza de que você está bem com isso? — perguntei.

— Você está muito mais nervosa do que eu.

— Só quero ter certeza de que tenho o seu consentimento.

— Você tem cem por cento de consentimento.

Ao longo dos anos, eu pintara muitos modelos, e nunca tinha ficado tão nervosa quanto agora. Mas aquilo era diferente. Em geral, os modelos ficavam do outro lado da sala, não bem ao meu lado. E eu nunca os tocava – apenas olhava. E não eram pessoas que eu tinha beijado. Nem com as quais eu tinha gritado. Ou com quem tinha comido linguine. Ou andado de Vespa. Ou falado sobre minha mãe. Ou na frente de quem tinha chorado.

Sempre eram estranhos.

Foi aí que percebi que Joe não era um estranho.

Eu não sabia exatamente o que ele era para mim, mas não era um estranho.

Todo o toque que eu estava prestes a dar nele... não podia ser apenas um projeto de arte. Não podia ser apenas sobre formas e texturas e tons. Havia emoções envolvidas.

Eu não sabia como me livrar delas.

E não queria me livrar delas.

E eu suspeitava, honestamente, que elas tornariam a pintura melhor. Se eu conseguisse manter a compostura.

Levantei as mãos para que Joe visse.

— Então — comecei, tentando fazer tudo parecer racional —, vou tocar em tudo que estará no retrato com essas aqui. — Eu balancei as mãos para ele.

Joe assentiu, como se dissesse: *Bacana*.

— Primeiro, vou meio que mapear você com as mãos. E depois que eu tiver uma imagem mental realmente tridimensional, vou começar a esboçar.

Joe assentiu novamente, como se dissesse: *Vamos lá*.

Mas eu ainda hesitava.

— Vou enquadrar o retrato mais ou menos da cintura para cima. Então eu realmente vou ter que tocar em você em todos os lugares.

— Entendi — disse Joe.

— E quero que você saiba — continuei — que o que estou prestes a fazer com você eu também já fiz em mim mesma.

Isso saiu inesperadamente sugestivo.

Eu estava tentando fingir com tanta força que era apenas mais um dia de trabalho qualquer. Como se eu fizesse esse tipo de coisa o tempo todo – nada de mais. Mas minhas mãos estavam estranhamente frias. E eu estava estranhamente ciente do sangue percorrendo meu corpo. E então, ao estender a mão para tocá-lo, um pouco antes de fazer contato, minha mão vacilou.

Ela simplesmente... parou. Como se houvesse um campo de força invisível.

Mas foi aí que Joe levantou o braço, segurou minha mão e a guiou até o peito dele. Senti o impacto antes de perceber o que ele estava fazendo: a dureza semelhante a pedra da clavícula dele sob as pontas dos meus dedos, a firmeza macia dos músculos peitorais logo embaixo, o calor da pele dele.

Eu podia sentir que ele estava me olhando. Podia senti-lo me encorajando. E algo mais, também. Algo que parecia ser desejo.

Seria dele ou meu?

Por um segundo, o ar nos meus pulmões pareceu ficar preso.

— Não fique tímida — disse Joe. — Estou bem. Faça o que precisa fazer.

— Não estou tímida — garanti. Mas nenhum de nós acreditou em mim.

De qualquer forma, isso quebrou o gelo. Na sequência, fechei os olhos e guiei minha mão ao redor dos ombros dele, do pescoço e do peito, antes de subir além do pomo de adão e atravessar a linha da mandíbula até o rosto.

Estava funcionando? Eu não tinha certeza.

Mas eu tinha decidido que não precisava decidir.

Eu só ia fazer. Não ia pensar demais, avaliar ou julgar.

Ia só capturar o momento. Para o bem e para o mal.

Essa era de longe a situação mais constrangedora que eu já tinha encarado perto de um modelo. *Se recomponha*, falei para mim mesma. *Médicos tocam nas pessoas o tempo todo.*

Mas eu não era médica.

Além disso, imagino que médicos em geral não passem toneladas de tempo com pacientes fora do consultório. Ou tenham memórias recentes de beijá-los altruisticamente na frente de suas ex-esposas. Ou tenham quedas por eles, ainda que estivessem em negação.

A verdade é que foi intenso.

Para começar, estávamos muito próximos um do outro. Você nunca fica apenas a centímetros de distância de pessoas por longos períodos assim. Eu estava perto o suficiente para ouvir a respiração dele e até sentir as expirações à medida que o ar roçava no meu braço. Eu podia sentir o cheiro da loção pós-barba, que concluí que tinha aroma de cedro e zimbro.

Além disso, eu realmente estava tocando em Joe. Eu estava indo fundo – usando as pontas dos meus dedos em cada centímetro do rosto dele, desde a linha do cabelo até a mandíbula, explorando a pele e os músculos por baixo, e a estrutura óssea ainda mais profunda.

Quero dizer, não era a primeira vez que eu tocava outra pessoa. Eu já tinha namorado outros caras. Flertado. Beijado. Ido para a cama. Eu tinha morado com Ezra por *dois anos*. Mas mesmo com as pessoas que eu tocava o tempo todo... eu não as tocava assim.

O fato de eu estar explorando Joe *pelo bem da arte* não parecia muito relevante naquele momento. O "o que" era muito mais forte do que o "por quê".

E o "o que" era pele contra pele. Respiração envolvendo respiração. Os olhos fechados.

Para ser honesta, meu coração estava batendo tão forte que eu me perguntava se ele conseguia ver. Como se o tecido da minha camisa realmente pudesse estar tremendo, como um eco.

Tentei manter isso profissional, realmente tentei.

Abri caminho pela paisagem do rosto dele, como já tinha feito com o meu. Comecei com a estrutura óssea, para me orientar. A solidez das maças do rosto dele e o ângulo da mandíbula.

Então as pontas dos meus dedos foram em busca de detalhes. O arco das sobrancelhas. A profundidade e o número de linhas de expressão ao redor dos olhos. O comprimento dos cílios. Os ângulos do nariz. Passei muito tempo tateando ao redor da borda da boca, tentando acertar as linhas e os ângulos dos lábios.

Eu senti tudo. O calor da pele dele sob meus dedos. O toque suave do cabelo. O zumbido imperceptível e a vibração de *estar vivo*.

Era artisticamente erótico também. É estranho dizer isso?

O que quero dizer é que toda a experiência foi uma imersão total de prazer – tanto fisicamente quanto criativamente. Cintilando de possibilidades. Rica e untuosa de tanta satisfação. Acendendo minha atenção de uma maneira muito especial. Me levando através do momento com um crescente senso de desejo.

Cada coisa que eu fazia, cada movimento, me fazia querer mais daquilo, o que quer que fosse.

Quando me senti pronta para começar a pintar, segui meus instintos.

Esbocei o tronco de Joe – sua silhueta surgindo na moldura com aquela energia amigável de labrador retriever que ele tinha. Eu me vi tão imersa em representar seu corpo – os ombros, o peitoral e os antebraços, os ângulos definidos dos dedos, descansando sobre a calça jeans – que não me esforcei muito no rosto. Não estava evitando, exatamente. Apenas seguia as partes que me chamavam a atenção. O pescoço, os lóbulos das orelhas, o caimento do cabelo.

Tudo que eu tinha tentado fazer desde a cirurgia era chegar ao *produto final*. Mas agora eu me acomodava no *processo*. Simplesmente pintava. Mantinha os olhos fechados para "ver" Joe, mas os abria diante da tela. Queria ver as cores. Queria assistir às pinceladas acontecerem. Queria ver a pintura aparecer diante dos meus olhos.

Não importava o que mais pudesse acontecer com esse quadro: o processo de criá-lo foi uma felicidade.

Isso contava para alguma coisa.

Finalmente, quando tive coragem de esboçar o rosto, não tentei fazer com que fizesse sentido.

Não estava pensando: *O que Norman Rockwell faria?*

Estava pensando no que eu faria. No que eu precisava fazer – com cada marca e cada linha – para representar minha experiência do rosto de Joe.

Estava seguindo minha própria bússola. Para onde quer que ela me levasse.

E acontece que Sue estava certa. Isso era uma vitória por si só.

...

Eu pintei – e toquei, e pintei e toquei – Joe por duas horas inteiras naquela noite.

Ele foi de uma paciência infinita. Não olhou o celular, não pegou no sono ou nem sequer pediu um copo d'água. Apenas ficou comigo o tempo todo, absorvendo tudo.

Quando terminei tudo o que podia fazer naquela noite e tinha um esboço inicial bem completo e dinâmico, eu agradeci, como se dissesse que ele já podia ir embora.

— Enfim — falei, lavando as mãos na pia. — Eu aprecio de verdade você ter feito isso por mim. Parabéns. Você está quase livre.

— Livre de quê? — perguntou Joe.

— De mim. Assim que a exposição de arte acabar, não precisaremos mais nos ver.

— Por que não nos veríamos mais?

— Só estou comentando. Tomei muito do seu tempo.

— Eu esperava que você me desse aulas de patinação.

— Mas o que a dra. Michaux acharia disso?

Joe franziu a testa.

— Por que a dra. Michaux acharia alguma coisa disso?

— Ela não é... *sabe*?

— O quê? — Joe tomou um gole d'água. — Nós já não conversamos sobre isso?

— Você disse que vocês não estavam namorando. Mas eu pensei que vocês estivessem tendo um caso.

Joe se engasgou.

— O quê?

— Você sempre... sai do apartamento dela — comentei. *E de vários outros.*

— Sim. E daí?

— Então vocês não estão... juntos?

— Espera aí... você achou que nós fôssemos... o quê?

Meus dedos ainda formigavam de tê-lo tocado. Dei de ombros.

Joe começou a rir, mas eu não achei graça. Ele inclinou a cabeça para trás e soltou um suspiro.

— Eu não estou saindo com a dra. Michaux. Eu cuido das cobras dela.

Agora foi minha vez de ficar confusa.

— Você está cuidando do quê dela?

— Das cobras — confirmou Joe. — Lembra? Herpetologista? Ela tem um monte de cobras em casa. Até uma cobra voadora da Indonésia. É bem complicado mantê-las saudáveis.

Ok. Eu poderia surtar mais tarde com a ideia de *um apartamento cheio de cobras voadoras.*

Primeiro o mais importante.

Eu precisava deixar as coisas claras:

— Você é um... cuidador de cobras?

— Cuidador de animais de estimação — corrigiu Joe. — Por que você acha que eu estava alimentando o gato de Parker?

— Esse é o seu trabalho?

Eu podia sentir Joe franzindo a testa, como se essa pergunta fosse realmente estranha.

— É um deles — disse ele.

— Todo esse tempo... você estava entrando lá para alimentar cobras?

Joe assentiu.

— Sim.

— E as sacolas marrons estavam cheias de...?

— Camundongos vivos — confirmou Joe.

— Meu Deus.

Joe deu de ombros.

— É a cadeia alimentar.

— Mas — perguntei enquanto tentava encaixar as peças — e aquela vez que vi você entrando no apartamento da dra. Michaux, cambaleando como se vocês estivessem bêbados?

— Você quer dizer quando ela estava com uma virose estomacal? E eu a estava ajudando a seguir pelo corredor do elevador?

— Vocês não estavam na farra juntos?

Joe negou com a cabeça.

— Você estava só *ajudando*? Só bancando o escoteiro? Tipo quando Parker fingiu desmaiar?

— Eu não banco o escoteiro — disse Joe. — Mas sim, eu estava ajudando.

Eu ainda estava tentando entender.

— É isso que você vem fazendo? Todo esse tempo?

— Sim — disse Joe. — Eu cuido basicamente de gatos neste andar. E um coelho. Espera aí. Você achava que eu estava *dormindo* com todas essas pessoas?

— Bom, eu esperava que fosse outra coisa. Mas não conseguia imaginar o que poderia ser.

— Você tem uma imaginação muito limitada.

— Bem, eu definitivamente não imaginaria cobras voadoras.

— Não sei se devo ficar lisonjeado por você pensar que todas essas pessoas iriam querer dormir comigo ou ofendido por você pensar que sou um garoto de programa.

— Sue e eu preferimos o termo arcaico *mulherengo*.

Joe apenas me encarou.

— O quê? — falei. — Você tem que admitir que é um comportamento suspeito.

— Para constar, eu nunca dormi com ninguém neste prédio. Exceto minha esposa. Na época em que ela costumava morar aqui... e costumava ser minha esposa.

Mas aquilo não fazia sentido.

— Espera — falei, apontando para ele. — E a mulher com quem você foi gordofóbico no elevador?

Joe balançou a cabeça como se talvez não tivesse me ouvido direito.

— Como é que é?

— Definitivamente, eu ouvi você falando no elevador sobre uma aventura de uma noite. Uma mulher com muita gordura na barriga que rasgou seus lençóis e era bem ofegante.

Eu realmente podia sentir como Joe estava me encarando. Como se não pudesse, em nenhum universo, imaginar do que eu estava falando.

— Aquela que se esfregou em você no estacionamento? — insisti. — E vomitou na entrada do seu apartamento?

Mas Joe apenas esperou.

— Ela dormiu na sua cama — continuei — e você quase sufocou sob uma "montanha de gordura".

Foi quando Joe levantou a cabeça. Um sinal de reconhecimento.

— Agora você lembra — comentei.

Joe colocou as mãos no rosto.

— Lembro — disse ele. — Mas aquilo não era uma mulher.

Sério? Íamos partir para a semântica agora?

— Definitivamente, eu ouvi você...

— Aquilo — continuou Joe, baixando as mãos para enfatizar seu ponto — era uma buldogue.

Franzi a testa, como se ele tivesse dito algo impossível.

— Uma *buldogue*?

— Uma buldogue resgatada — confirmou Joe. — Chamada Florzinha.

— Você teve uma aventura de uma noite com uma buldogue?

Joe assentiu.

— Sim. Uma buldogue que foi abandonada depois de comer um galho de árvore do tamanho dela, e seus donos decidiram que ela dava muito trabalho. Eu a acolhi por uma noite... na verdade, no final foram três... antes de levá-la para um grupo de resgate.

— Então — falei, diminuindo o tom de voz enquanto deixava essa única informação dar todo um significado novo para minha bisbilhotice — quando você a chamou de cadela, você literalmente quis dizer... uma *cadela*?

Agora ele ficou ofendido.

— Não posso acreditar que você achou que eu estivesse falando de uma pessoa.

De repente, eu também não conseguia acreditar.

Joe continuava balançando a cabeça.

— Você achou que eu estivesse falando de um caso de uma noite? — perguntou ele. — Com uma mulher humana?

— De que outro tipo seria?

Ele balançou a cabeça incrédulo.

Então acrescentei:

— Você *chamou* de um caso de uma noite.

— Mas eu estava brincando.

— Eu não sabia.

— Eu não estava falando com você.

Agora todas as peças estavam se encaixando.

— Foi por isso que você postou fotos dela na internet?

Joe assentiu.

— Petfinder.com.

— E foi por isso que você se sentiu tão à vontade para zombar livremente da aparência dela, como se ela não tivesse dignidade humana?

— Ela *não tem* dignidade humana — disse Joe. — É um cachorro.

— Você disse coisas duras — comentei. — Mesmo para um cachorro.

Joe baixou os ombros, como se dissesse: *Fala sério*.

— Entendi — falei.

Joe respirou fundo agora, à medida que a compreensão completa da situação o atingia.

— Você pensou — disse ele — que eu tinha tido um caso de uma noite com uma mulher humana babona, barulhenta, que tinha rasgado lençóis de verdade, e depois zombado do corpo dela no dia seguinte ao telefone em um elevador público antes de postar fotos dela dormindo na internet?

Meu tom de voz era contrito.

— Mais ou menos?

— Não é de admirar que você tenha sido tão má comigo.

— Eu fui?

— Sim! E eu mereci!

— É mesmo? — falei, tentando estabelecer uma aliança hesitante.

Joe suspirou. E então suspirou novamente. E por fim disse:

— Para constar, eu não dormi com absolutamente ninguém desde que peguei minha esposa na banheira de hidromassagem nua com Teague Phillips, o maior chato do planeta.

Mas agora tínhamos um tópico completamente novo.

— Nossa — comentei. — É muito tempo.

— Estou ciente.

— Um tempo realmente longo.

— Obrigado.

Balancei a cabeça.

— Eu pensei... que você fosse um verdadeiro mulherengo.

— Você pensou que eu fosse um verdadeiro *babaca*.

Encolhi os ombros.

— Desculpa?

— Eu não sou mulherengo, Sadie. Eu sou um maldito monge.

Percebi de repente que esse era outro dos problemas de Joe que eu tinha o poder de resolver.

Joe suspirou.

— Olha. Eis a verdade. Existe exatamente uma única pessoa neste prédio com quem eu tenho algum interesse em dormir. E eu nem acho que ela gosta muito de mim.

Por favor, que não seja Parker. Por favor, que não seja a Parker.

Meu coração se apertou.

— Quem é?

Mas Joe não respondeu.

Em meu pânico, comecei a tagarelar:

— Qualquer pessoa, menos Parker, ok? Eu apoio totalmente todas as escapadas sexuais com literalmente qualquer morador deste prédio... até a mulher das cobras... só não Parker... ok?... porque ela realmente...

Mas Joe não queria falar sobre Parker.

Naquele momento, ele alcançou meu avental de pintura, enfiou os dedos no laço e me puxou para mais perto de si. Dei um passo na direção de Joe, me posicionando entre suas coxas, e então senti a palma das mãos dele se acomodar na minha cintura.

Senti aquele cheiro de cedro e zimbro outra vez.

— Não é sua meia-irmã malvada — garantiu Joe.

Balancei a cabeça, como se perguntasse: *Não*?

Ele me puxou um pouco mais para perto.

— E também não é a mulher das cobras.

Eu não tinha realmente pensado que fosse. Mas senti um frisson de alívio mesmo assim.

Joe se inclinou um pouco mais. Sentado no banquinho, ele tinha exatamente a mesma altura que eu. Nossos rostos estavam a apenas centímetros um do outro.

— Você quer que eu diga quem é? — perguntou ele.

Eu assenti, observando a boca dele como se estivesse em transe. Finalmente, ele disse:

— É você.

Eu esperava que ele dissesse isso.

Mas só para ter certeza:

— Eu?

O mundo tinha se tornado tão difícil de ler ultimamente. De alguma forma, parecia igualmente possível que ele dissesse que era a Hazel da cafeteria.

Mas era eu.

Então, quando ele assentiu, eu apenas disse:

— É você também.

É verdade que eu não conseguia ver o rosto dele naquele momento. Não da maneira tradicional. Não da maneira que eu estava acostumada.

Mas, ao olhar para as partes dele – o contorno dos lábios, a covinha no queixo, a barba áspera ao longo da mandíbula –, era quase como se eu pudesse vê-lo melhor do que teria sido possível de outra forma. Como se não ver o quadro completo me permitisse perceber os detalhes mais claramente. Não era como olhar para o vazio. Era como olhar com uma lupa. Como estar mais perto que perto.

Aquela boca, por exemplo, eu definitivamente conseguia ver. Cheia e firme, praticamente exigindo ser beijada. Mas dessa vez, de verdade.

A única coisa que eu precisava fazer agora era me inclinar para a frente. Seria tão fácil unir minha boca à dele. Reivindicá-lo para mim dessa forma.

Afinal, não era para isso que os beijos serviam? Para acender uma pequena faísca em outra pessoa? Uma faísca que queimaria por você?

Eu queria que alguma parte de Joe queimasse por mim.

E acho que ele queria também.

Eu avancei.

Mas então, mais uma vez, esbarrei na barreira da hesitação. Pausei ali, com minha boca a apenas um centímetro da dele.

E então, mais uma vez, Joe me ajudou.

Seu braço deslizou pelas minhas costas, sua mão encontrou o caminho até o meu cabelo, e então ele segurou a parte de trás do meu pescoço e me puxou para ele – quebrando aquela barreira como uma porta de vidro em uma cafeteria.

Assim que minha boca tocou a dele, ele apertou o outro braço ao meu redor, e eu deixei meus braços se enrolarem em volta do pescoço dele.

Por um minuto, o calor e a felicidade chocante disso foram o suficiente.

A maciez elétrica de sua boca. O conforto de estar pressionada contra ele. O alívio de ceder a todo aquele desejo. A loucura da alegria de finalmente estar conectada dessa forma. De desejar alguém tão intensamente – e ser desejada de volta. De tocar. De me sentir bem, feliz e conectada, e como se houvesse tanto a esperar.

Esse não foi como o beijo falso anterior. Essa não era uma atuação para algum observador. Esse beijo era apenas para nós dois. Porque as palavras que ele dissera tornavam tudo real. Cada sentimento, cada lampejo, cada faísca – o verdadeiro sistema climático de emoções que estava se formando ao meu redor desde que Joe me irritara pela primeira vez no elevador... assim que ele disse *É você*, tudo se tornou palpável.

Antes que eu percebesse, eu estava subindo no banquinho, me equilibrando nas coxas dele, segurando-o com mais força e de forma mais enlouquecida, beijando-o de uma maneira que fazia com que eu me sentisse derreter até outra realidade.

Ele recuou por um segundo para me olhar. Eu me forcei a olhar de volta. Não importava o que eu podia ou não ver, eu queria dar a ele a resposta profunda da alma que estamos sempre buscando quando olhamos nos olhos de alguém.

Aquilo estava acontecendo? Estávamos fazendo aquilo? Deveríamos continuar?

Sim. Sim para todas as perguntas.

Mas talvez já tivéssemos nossas respostas.

Joe se inclinou novamente e capturou minha boca com a dele, e foi como uma onda de êxtase se chocando sobre mim e me desequilibrando – toda suavidade, seda, ritmo e toque.

Ele se levantou e me carregou em direção à cama, minhas pernas em volta da cintura dele, nossas bocas nunca se separando, e me deitou sobre o cobertor, pressionando o corpo sobre mim enquanto afundávamos mais e mais no momento e na sensação de estar enroscados um no outro e perdidos juntos.

Como se ficar assim pudesse fazer todo o resto das pessoas do mundo desaparecer.

Até que, quase como se o universo quisesse provar que estávamos errados – em um momento nada oportuno digno do Guinness –, ouvimos uma batida na minha porta.

≡ CAPÍTULO VINTE E DOIS ≡

ALERTA DE SPOILER: ERA LUCINDA.

Um banho frio em forma de gente como nunca se viu.

Congelamos ao ouvir o som. Apertei os olhos, mas Joe se inclinou para dar uma espiada na porta.

— É uma senhora de meia-idade — sussurrou ele. — Dá pra ver através do vidro.

— Ela se parece com a Martha Stewart? — sussurrei de volta.

— Sim — sussurrou Joe.

— Com uma expressão meio amarrada?

— Sim — confirmou Joe.

— E uma *vibe* de quem talvez sugue a diversão de tudo ao redor?

— Não tenho certeza, mas talvez?

— É minha madrasta — confirmei. — Apenas a ignore.

Puxei a boca dele de volta para a minha. Mas, nesse momento, Lucinda começou a bater novamente.

— Isso vai ser desafiador — disse Joe.

Lucinda falou através do vidro na porta, sua voz abafada entrando na sala.

— Preciso falar com você — disse ela. — Pare de me ignorar. Dá para saber que você está aí dentro.

Ela certamente era boa em quebrar o clima, isso eu tinha que admitir.

Suspirei. Eu estava realmente prestes a interromper o melhor beijo da minha vida por causa de *Lucinda*?

A batida continuou. E continuou.

Parecia que sim.

— Me prometa — falei então, olhando nos olhos de Joe — que não terminamos aqui.

— Não chegamos nem perto de terminar — garantiu Joe. — Eu prometo.

E assim paramos tudo.

Joe encontrou a camisa e o casaco. Eu endireitei o avental que nem tivemos tempo de tirar. Recuperamos o fôlego. Mudamos de marcha.

E então, com apreensão, abri a porta.

— Como você subiu até aqui? — perguntei quando Lucinda entrou.

— O sr. Kim me deu o seu novo código de acesso. Porque era uma emergência.

O bondoso sr. Kim. Teríamos que conversar sobre Lucinda.

— Que emergência pode existir entre nós duas? — perguntei.

Mas Lucinda estava avaliando Joe.

— Este é o homem que você roubou da Parker? — perguntou ela então.

Roubei? Da Parker?

— Eu nunca roubei nada da Parker — garanti.

— Não foi o que eu ouvi — disse Lucinda.

— Nunca é o que você ouve — retruquei.

Joe pigarreou.

— Desculpe, senhora, mas Sadie está certa. Eu não fui roubado.

— Olha — eu disse para Lucinda. — Estamos meio ocupados aqui.

— Dá para ver — respondeu Lucinda.

— Por favor, não venha aqui para espiar pela janela, Lucinda — pedi com um tom de voz como se já tivéssemos passado por isso um milhão de vezes.

— Eu não estava espiando. Estava batendo. Eu só conseguia ver pés de qualquer maneira.

— Lucinda — falei —, eu estou ocupada.

Mas Lucinda permaneceu firme em suas escolhas.

— Você não me deixou outra opção! Você não atendia minhas ligações. Não respondia às minhas mensagens. Acha que eu queria aparecer no seu cafofo no meio da noite? Não queria. Mas preciso falar com você!

— Então fale — concedi.

Lucinda olhou Joe de cima a baixo.

— Em particular.

— Vamos deixar uma coisa clara — falei, fazendo um gesto para Joe. — *Ele* é meu convidado. *Você* é uma intrometida.

— Você não pode me ignorar para sempre.

— Sim, posso. Cem por cento de certeza que posso. Por que eu faria qualquer outra coisa?

Mas agora Lucinda tinha decidido começar a parecer digna de pena. Eu nem precisava ver para conhecer a coreografia: o lábio inferior tremendo, os olhos úmidos, a queda das sobrancelhas. Uma técnica característica para conseguir o que queria. Que funcionava surpreendentemente com várias pessoas. Mas não comigo.

Infelizmente, Joe não tinha desenvolvido uma imunidade a isso.

Ele só conseguiu resistir por algum tempo antes de ceder.

— Sabe de uma coisa? — disse Joe. — Eu realmente tenho algumas coisas para fazer.

Argh! Maldita compaixão humana!

— Não, não tem — afirmei.

— Sim. — Ele acenou para mim, como quem diz: *Isso precisa acontecer*. — Tenho.

Mas eu estava balançando a cabeça. Eu não podia, *de jeito nenhum*, trocar Joe por Lucinda.

— Não vá. — Eu o segui até a porta. — Isso não é uma emergência de verdade. Ela só quer atenção!

Mas Joe deu de ombros, como se não soubesse o que fazer para ficar.

Eu não podia culpá-lo. Desenvolver uma armadura emocional para alguém como Lucinda leva anos. Você precisa de, tipo, *um diploma de pós-graduação* em manipulação emocional.

— Ligo para você amanhã — disse Joe ao sair pela porta.

Amanhã? Isso era uma *eternidade*.

Assim que ele se foi, me virei para Lucinda.

— O que é essa "emergência"? — exigi saber.

Lucinda respirou fundo e cruzou os braços.

— Seu pai — disse ela — sofreu um acidente.

Ok. Admito. Ela me pegou.

— *O quê?*

Ela assentiu, como se meu pânico fosse legítimo.

— E eu tenho tentado entrar em contato com você.

— O que aconteceu? Onde ele está?

E então, se inclinando, ela declarou sem meias-palavras:

— Ele prendeu a mão na porta da garagem.

Fiquei imóvel.

— Ele o quê?

— Está muito inchada e machucada. Ele fraturou o quinto metacarpo.

— O mindinho? — perguntei. — Você veio até aqui como se fosse a portadora da má notícia de todas as más notícias para me dizer que meu pai fraturou o *mindinho*?

— Isso é muito importante para um cirurgião.

— Tenho certeza de que é — concordei. — Mas *não é* — e fiz questão de enfatizar o "não" — uma emergência.

— Foi muito assustador na hora.

— Lucinda — falei —, de verdade, por que você está aqui?

Lucinda suspirou.

— O ponto é que — disse ela —, por causa da mão, seu pai não fará a viagem para Viena na semana que vem. Então eu o convidei para sua exposição.

Eu balancei a cabeça.

— Por quê?

— Porque sim! Somos família.

— Você já viu uma família? — Eu quis saber. — Nós não somos nada parecido.

De onde vinha essa nova determinação para se aproximar de mim?

Mais importante: a exposição já era *na semana que vem*?

Uau, o tempo realmente voava após uma cirurgia no cérebro.

Depois de um segundo, perguntei:

— Ele não vai, né?

— Claro que ele vai — garantiu Lucinda orgulhosamente. — Vamos todos nós. Eu, seu pai e Parker.

— Não — falei.

Os ombros de Lucinda caíram, e sua decepção quase pareceu genuína.

— Vocês não vão — falei. — Nem ele. Nem você. E, com certeza, nem Parker.

— Mas ele fez a secretária adicionar à agenda dele.

— Faça ela desmarcar.

— Mas eu já comprei uma roupa.

— Sinto que você não está ouvindo. Vocês não estão convidados. Se aparecerem, vou chamar a segurança e fazer com que sejam tirados à força.

— Você não faria isso — disse Lucinda.

E então, antes que eu tivesse a chance de dizer *Espere para ver*, ela levantou uma sacola de compras que eu não tinha notado em sua mão e a estendeu para mim.

— O que é isso?

— Abra.

Olhei de Lucinda para a sacola. Finalmente, a curiosidade venceu a hesitação. Caminhei até minha mesa de arte e coloquei a sacola lá para que eu pudesse ver o que havia dentro.

E o que eu tirei me fez ofegar.

Era um tecido rosa com flores aplicadas.

Prendi a respiração por alguns segundos, com medo até de ter esperança...

— Esse é... — falei, apenas segurando a peça e encarando-a.

Lucinda esperou que eu terminasse a pergunta. Mas eu comecei de novo.

— Esse é...?

Afrouxei meu aperto para poder desdobrar, e então tive minha resposta.

Era.

— É o vestido! — exclamei. Era tão impossível que me virei para Lucinda. — É o vestido? Da noite do hospital?

— É — disse Lucinda.

— Mas como? — perguntei, ainda olhando para ele incrédula. — Pensei que tivesse sido destruído.

— Depois que saí do seu quarto, fui procurá-lo. — Ela fez uma pausa, então disse: — Qual é a expressão? Dei uma de louca naquele hospital. Exigi até ver o gerente.

— Não acho que "dar uma de louca" seja uma coisa boa — comentei.

— Mas funcionou, não foi?

Eu olhava maravilhada para o vestido.

— Pensei que tivesse sido incinerado.

— Mais cinco minutos e teria sido.

Fui até o espelho na porta do armário para segurá-lo diante do corpo.

— Não é mais o mesmo — disse Lucinda em seguida. — Há algumas manchas escuras onde as manchas de vinho não saíram. Conseguimos recuperar parte do tecido rasgado, mas não todo... então talvez ele esteja mais apertado.

Eu nunca tinha ficado tão surpresa.

— Você fez isso?

— Meu Deus, não. Eu levei a uma costureira.

— Mas... — Eu não entendia completamente o que estava acontecendo. — Você o salvou.

— Sim — disse Lucinda, com a voz mais suave.

— Por quê? — perguntei.

— Porque era da sua mãe.

Meus olhos se encheram de lágrimas com essas palavras.

— Eu nunca te contei isso.

— Não precisava.

Ela deixou a suavidade pairar por um segundo e depois voltou ao foco.

— De qualquer forma, *essa* é a emergência. Precisamos garantir que o vestido sirva em você. Agora. Hoje à noite. Caso contrário, não será possível reajustá-lo a tempo.

— A tempo para o quê?

Mas a resposta de Lucinda foi quase tão incrédula quanto minha pergunta.

— Para você usá-lo na exposição.

E, enquanto eu experimentava o vestido para que ela pudesse verificar o ajuste, e enquanto ela se preocupava e cuidava de mim como mães de verdade às vezes fazem com suas filhas de verdade, uma coisa ficou bastante clara.

Lucinda estaria na exposição.

E talvez isso não fosse uma coisa tão ruim.

CAPÍTULO VINTE E TRÊS

É JUSTO DIZER QUE ESSE ERA UM MOMENTO NA MINHA VIDA EM QUE QUASE NADA FAZIA SENTIDO.

Mas, depois daquela noite, uma coisa na minha vida estava mais do que clara.

Eu teria que cancelar meu noivado com o dr. Addison.

Era isso. Joe era o único.

O único que eu escolheria. O único com quem eu queria sair. O único com quem eu poderia conversar e brincar. O único em quem eu não conseguia parar de pensar. O único que eu ansiava tocar por todo o corpo. De novo. E mais uma vez. O único que eu desejava que ainda estivesse na minha cama neste exato momento.

Não era sequer uma competição.

O dr. Addison sempre foi apenas um devaneio romântico – e é claro que eu sabia disso desde o momento em que me fixara nele pela primeira vez. Ele era a ideia de um amor correspondido. Era a sugestão de felicidade futura. Era pura fantasia.

Joe, por outro lado, era a realidade. Ele era cicatrizes, clavículas e cheiro de zimbro. Ele me viu ter um ataque de pânico, me resgatou quando fiquei trancada fora de casa e me trouxe lenços quando eu estava chorando.

Agora que toda a situação com a buldogue estava esclarecida, não restava nada a fazer além de desistir, me render e gostar muito dele.

Eu gostava dele. Isso não foi uma revelação chocante. Mas foi bom colocar isso por escrito na minha cabeça. Ele não era um namorado de mentira que eu invocava para me ajudar em um momento difícil. Era uma pessoa real, com um apartamento vazio e um coração ferido.

Eu não queria estragar isso.

Não queria que houvesse qualquer confusão.

Eu queria honrar minha incrível sorte em encontrar alguém como Joe encerrando as coisas de maneira clara e limpa com o dr. Addison.

Mesmo que, é claro, parecesse loucura encerrar algo que nunca tinha começado. Nós nem mesmo tínhamos tido um encontro ainda. Mas eu só queria esclarecer com ele em uma conversa direta. Não tínhamos começado nada, e nunca íamos começar.

Seria aceitável fazer isso durante o check-up de Amendoim, durante o horário de trabalho do dr. Addison?

Provavelmente não.

Mas tínhamos uma consulta marcada naquele dia. E parecia que quanto mais cedo, melhor. Eu não conseguia imaginar que o dr. Addison fosse se importar muito, de qualquer maneira, dada toda a situação de me dar o bolo e depois nunca mais me ligar.

Eu poderia resolver as coisas enquanto ele examinava meu cachorro.

Quanto ele poderia se importar, afinal?

...

Foi estranho ver o dr. Addison novamente na consulta. Eu quase tinha me esquecido dele. Não tinha passado tanto tempo assim, mas acho que ficar encantada por outra pessoa fez parecer mais tempo.

Enquanto o dr. Addison se dirigia até mim na sala de espera com seu impecável jaleco branco e gravata, o cabelo penteado no estilo Ivy League, não pude deixar de notar como aquele visual de GQ já não me atraía mais. Como cabelo bagunçado e óculos hipster haviam se tornado nada eróticos para mim agora.

Validação.

O dr. Addison, minha antiga obsessão de noivo imaginário, tinha se tornado apenas mais um cara aleatório.

O check-up de Amendoim foi bom. A playlist naquele dia não parava de tocar Louis Armstrong, e notei que a técnica veterinária estava certa. Amendoim realmente gostava dele.

Naquele dia, o dr. Addison estava acompanhado por uma estudante de veterinária e deixou que ela fizesse a maior parte do exame. No final da consulta, a estudante e o dr. Addison concordaram: Amendoim era simplesmente o cachorro mais saudável da terceira idade que ambos já tinham visto.

— Deve ser todo aquele *pad thai* — disse o dr. Addison, com um pequeno subtom flertante que a estudante de veterinária não percebeu.

— Obrigada — falei, apertando a mão do médico de forma platônica e balançando-a para cima e para baixo. — Você realmente o salvou.

— Foi um esforço em equipe — disse o dr. Addison.

Uma lembrança de Joe sem camisa me jogando na cama e beijando meu pescoço passou pela minha cabeça. De alguma forma, eu simplesmente não conseguia imaginar esse cara – com sua postura rígida, sua gravata e a caneta de clique no bolso de sua camisa Oxford – derretendo positivamente uma mulher daquela maneira.

Caso encerrado. Eu tinha feito uma boa escolha.

Hora de acabar com tudo.

— Com licença — falei para ele então. — Você tem um minuto para conversar em particular?

O dr. Addison olhou para o relógio.

— Tenho sete — disse ele.

Depois, quando viu que franzi o cenho, sem entender:

— Minutos — esclareceu. — Até minha próxima consulta.

— Ah — falei. — Ótimo.

Ele nos levou para um pequeno jardim gramado, nos fundos da clínica, para os animais.

Soltei a guia de Amendoim e ele saiu trotando para cheirar coisas. E então era hora de tratar dos assuntos sérios.

Eu me sentia estranhamente nervosa. Nunca tinha terminado com alguém antes. Geralmente, era eu quem levava o fora.

Embora... é *possível* terminar com alguém com quem nem mesmo se está saindo?

— Eu aprecio muito o tempo que passamos juntos — comecei, dando início ao monólogo que tinha praticado na frente do espelho, mas saindo do roteiro antes do final da primeira frase. — E eu só queria esclarecer um pouco o que está acontecendo ou pode acontecer entre nós...

Uau. Eu era péssima nisso.

O dr. Addison deu um passo na minha direção. Em seguida, estendeu a mão e pegou uma das minhas – silenciosamente, mas como forma de incentivo.

Eu continuei.

— Eu sei que estávamos nos aproximando ultimamente, no sentido de passar mais tempo juntos. — Meu coração me surpreendeu ao bater forte contra o interior do meu peito. — Mas só quero dizer que, a partir de agora, acho que é provavelmente melhor nós mantermos nosso relacionamento profissional.

Aquilo o surpreendeu.

O dr. Addison soltou minha mão e deu um passo para trás.

Eu não pude ver a expressão de seu rosto mudar, mas definitivamente pude sentir.

— Profissional? — ele perguntou, depois de uma pausa, soando realmente como se não estivesse esperando por isso.

— Sim — confirmei, tentando manter a situação leve. — Você sabe. Permanecer apenas na categoria de veterinário e cliente.

Outra pausa. O dr. Addison pôs a mão atrás da cabeça.

— Você está dizendo que só quer que tenhamos um relacionamento veterinário-cliente?

Eu assenti.

— Isso mesmo.

— Nada mais?

Assenti novamente.

Uma longa pausa. Então uma pergunta tensa:

— Posso perguntar por quê?

— Claro — falei, tentando manter as coisas superamigáveis. — Bem, tem sido um período meio louco para mim. E eu realmente, hum, sabe, não intencionalmente, mas meio que sem querer... acho que eu poderia dizer que desenvolvi uma coisa por outra pessoa.

O dr. Addison ficou ali por um segundo. Então disse:

— Uma coisa? Você desenvolveu "uma coisa" por outra pessoa?

Não tinha sido isso que eu acabara de dizer?

— Sim. Você sabe. Então...

— Quando? — ele perguntou.

— Hum — falei, minha voz ficando anormalmente alta. — Recentemente?

— Quem é? — ele perguntou a seguir, parecendo chateado.

— Ah, só um cara. Sabe como é. Um cara com quem precisei passar um tempo ultimamente.

O dr. Addison começou a andar de um lado para o outro. Isso eu podia ver.

— Desculpa — falei. — Aconteceu meio que naturalmente. Eu nem estava muito certa de que você estava interessado, de todo modo.

— Você não estava certa de que eu estava interessado?

— Quer dizer... você estava?

— Sim — ele disse, com a voz amarga. — Eu estava interessado.

Uau. Essa não era a reação que eu esperava de um cara que tinha me dado um bolo e nunca mais me ligado.

O dr. Addison arrumou a gravata.

— Então... você vai namorar essa outra pessoa?

— Acho que sim — respondi.

— E... — começou ele, estudando o chão como se estivesse tentando resolver um problema — se eu dissesse que gosto muito de você, faria diferença?

Eu não sabia o que dizer.

— Se eu dissesse — ele continuou — que não me lembro da última vez que conheci alguém que me despertasse como você faz... Que tem alguma coisa em você que não consigo tirar da cabeça... Que continuo pensando em você e me perguntando se poderíamos ser... realmente certos um para o outro... — Ele olhou para cima. — O que você diria?

Eu diria: "Não me dê um bolo da próxima vez?", pensei comigo mesma.

Mas para o dr. Addison, eu apenas disse:

— Sinto muito. Acho que é tarde demais. — E então, talvez por educação, ou talvez apenas porque não é todo dia que alguém vê algo tão valioso em mim, acrescentei: — Mas obrigada. Por sentir essas coisas.

Em seguida, a porta da clínica se abriu com força e um técnico veterinário disse:

— Desculpe, dr. A. Temos um dogue alemão com uma torção.

O dr. Addison deu um aceno de cabeça conciso. Depois que o técnico saiu, ele soltou um suspiro profundo e disse:

— Eu tenho alguma chance de mudar sua opinião?

Neguei com a cabeça.

— Desculpa — falei, achando que ser honesta era provavelmente melhor para ambos a longo prazo. — Acho que eu simplesmente... sem querer... me apaixonei loucamente.

Ele absorveu isso.

— Não posso discutir com isso. Acho que não.

Ele olhou para o céu, suspirou fundo e foi em direção à porta da clínica. Mas, antes de entrar, ele parou e se virou.

— Eu desejo o melhor para você, Sadie — disse ele. — Desejo de verdade. — Então, como se realmente quisesse dizer isso, ele acrescentou: — Seja feliz, ok? E cuide bem de si mesma.

— Vou tentar — respondi.

Então ele, sua gravata e seu jaleco branco sumiram.

Olhei para Amendoim, que estava para lá e para cá, coçando freneticamente o bumbum na grama.

Amendoim parou para olhar para o meu rosto, e eu parei para olhar para o dele, e nós dois concordamos silenciosamente: eu definitivamente precisaria encontrar um novo veterinário.

CAPÍTULO VINTE E QUATRO

FUI PARA CASA NAQUELA TARDE E PINTEI FEITO LOUCA.

Eu tinha *dois dias* até a data de entrega do retrato para a galeria antes da exposição.

Nunca tinha tentado completar uma pintura em um prazo tão curto. Meu método antigo poderia levar semanas. Mas eu não tinha semanas. Eu tinha dois dias.

Eu faria o que pudesse e deixaria o resto para lá.

Vou ser honesta e dizer: eu gostei dessa pintura. Eu não podia garantir totalmente o rosto, mas tudo o mais era um trabalho forte e cativante. A curva do ombro. A inclinação da clavícula. A sombra ao redor da maçã do rosto. Além disso, as cores, que eram a combinação certa entre vivas e suaves — felizes e tristes. A coisa toda tinha uma energia — um agitar de emoções — que era simplesmente... atraente.

Não ganharia, é claro. Um retrato sem rosto era a última coisa que esses jurados estavam procurando.

Mas seria algo verdadeiro. Algo do qual eu poderia me orgulhar.

Quando mandei uma foto para Sue — agora uma mulher casada em Edmonton, Alberta —, ela respondeu: **UAU!**

VOCÊ GOSTOU?, perguntei.

ESTÁ FENOMENAL!!!, ela respondeu. **ESSE TORSO!!** Depois de uma pausa, ela acrescentou: **TALVEZ SEJA A MELHOR COISA QUE VOCÊ JÁ FEZ.**

Isso me fez beijar o telefone. **VOCÊ ACHA QUE VAI GANHAR?**, mandei de volta.

SEM CHANCE, respondeu Sue. Então acrescentou: **MAS SE ALGUÉM PODE VENCER ENQUANTO PERDE, ESSE ALGUÉM É VOCÊ.**

...

Terminei a pintura um dia antes do prazo, saindo de um estado de êxtase de fluxo, e mandei uma mensagem para Joe: **SEU RETRATO ESTÁ PRONTO**.

Como não tive resposta, decidi ser mais explícita. **QUER VIR VER?**

Ainda sem resposta.

Talvez ele estivesse ocupado? Essa seria a alta temporada dos cuidadores de animais? Algumas das cobras da dra. Michaux teriam escapado das gaiolas? Estava tudo bem com a avó centenária de Joe?

Eu disse a mim mesma para não mandar essas perguntas para Joe, mas então acabei mandando todas.

Além de algumas outras.

Onde diabos ele estava?

Eu exigi que Sue me ligasse do Canadá e então contei:

— Acho que acabei de dispensar meu noivo imaginário por um cara no meu prédio que agora está me ignorando.

— Tenho certeza de que ele não está te ignorando — disse Sue.

— Eu mandei sete mensagens pra ele nas últimas vinte e quatro horas e ele não respondeu nenhuma.

— Pelo amor de Deus, para de mandar mensagem pra ele! Tenha um pouco de autorrespeito!

— Só quero que ele me responda.

— Ele claramente não está disponível.

— Quero mostrar o retrato pra ele antes de levá-lo para a galeria.

— Você não pode sempre ter o que quer.

— Mas por que ele não está respondendo?

— Dê ao pobre homem o benefício da dúvida. Talvez a avó dele esteja doente.

— Você acha que não tem sinal de celular onde a avó dele mora?

—Talvez não! Você não sabe! Talvez ela seja uma senhora siciliana antiga em uma ilha remota onde não há telefones. Ele pode estar pisoteando uvas agora, tentando manter a vinha da família enquanto ela luta pela vida em uma encantadora UTI italiana.

— Por que isso não parece provável?

— Se está tão preocupada, vá bater à porta dele.

Bater à porta dele?

Eu não tinha pensado nisso.

Corta para mim, sessenta segundos depois, batendo à porta dele.

Sem resposta.

Será que ele estava pisoteando uvas na Sicília?

Quer dizer, não era impossível.

Mas, à medida que o silêncio se prolongava, até a otimista Sue teve que admitir que as perspectivas não eram boas.

— Estou perdendo as esperanças na avó italiana — disse ela, durante mais uma sessão de análise da situação.

— Não é? — falei. — Isso não é uma simples falta de comunicação. Além disso, eu sei que ele está na cidade porque o vi no elevador, e ele me viu indo na direção dele e *não segurou a porta*.

— Talvez ele não tenha te visto?

— Tenho certeza de que ele me viu.

— Parece que é hora da interpretação B — disse Sue.

— Que é?

— Ele te odeia.

— Mas por quê?

— Talvez ele tenha ouvido você dizer algo ruim sobre ele?

— Eu não digo nada de ruim sobre ele há semanas.

— Não segurar a porta do elevador é definitivamente uma atitude de máxima hostilidade.

— Talvez ele tenha dilatado os olhos no médico e não conseguiu me reconhecer.

— Isso só funciona para objetos próximos.

— Ah.

— Não tem como saber se ele não falar com você — disse Sue.

— É exatamente o meu ponto.

— Mas se eu tivesse que adivinhar? Ele é um babaca. E foi atrás de você pela emoção da caça. Mas então conseguiu o que queria e perdeu o interesse.

Eu não queria que fosse assim.

Mas, de todas as opções, essa parecia de longe a mais provável. Certamente mais plausível do que a avó doente. Mas aqui estão os fatos:

1. Ele ainda está no prédio. 2. Ele não está respondendo a nenhuma das minhas tentativas de contato. 3. Ele não segurou as portas do elevador.

Além disso, vasculhar minha mente não resultou em nada – absolutamente nada – que eu pudesse ter feito para afastá-lo. Eu estava preocupada que ver o retrato final pudesse fazê-lo sair correndo, em pânico – mas Joe nem mesmo viu ainda. Além disso, eu não tinha gritado com ele, mentido para ele, ou – Deus me livre – pedido ajuda a ele.

Espera aí... eu não me permiti precisar dele, permiti?

Eu me permiti *querê-lo*, mas isso não é a mesma coisa.

A menos que pedir para ele posar para o retrato conte.

Mas, espera... eu não pedi a ele para fazer isso! Ele se *ofereceu*!

Não são coisas diferentes?

Será que eu jamais devia ter aceitado?

Eu poderia fazer essas perguntas a noite toda.

Mas Sue precisava desligar. Ela e Witt iam para o vagão-restaurante, para um concerto de jazz.

— Adivinha qual é o coquetel canadense perfeito para o dia de hoje?

— Qual? — perguntei melancolicamente.

— O Canadense Zangado.

— Para de me zoar — falei, de maneira inexpressiva. — Não existe isso.

— Foi o que eu disse! — respondeu Sue, talvez esperando que pudéssemos falar sobre qualquer outra coisa que não fosse aquilo.

Mas ela não deu sorte.

Por fim, como conclusão, Sue disse:

— Talvez tenhamos sorte. Talvez ele tenha uma doença terminal.

■■■

Eu sabia que era melhor não esperar por uma doença terminal.

E eu simplesmente também não conseguia acreditar que ele fosse uma pessoa má.

Devia ter sido algo comigo.

O desespero com a exposição de arte tinha me deixado carente. Eu devia ter mantido distância. Ficado longe. Dito não quando ele se ofereceu para ser meu modelo. No que eu estava pensando? Claro que ele deu uma olhada na minha vida e fugiu. Quem gostaria de se aproximar dela?

No final, levei o retrato para a galeria sem mostrá-lo a Joe – ou vê-lo de alguma forma. E então passei os dois dias seguintes sendo ignorada e obcecada sobre o motivo por que isso estava acontecendo.

Nesse meio tempo, rearrumei minhas tintas. Organizei minhas telas. Reorganizei os pratos nos armários. Pintei as unhas de Amendoim com esmalte de glitter. Assisti a um tutorial sobre como transformar uma camiseta grande em doze roupas diferentes.

E fiquei em banho-maria. Emocionalmente.

Ah, e pesquisei no Google: "Por que homens não respondem mensagem".

Mas não foi muito útil.

Também fiz outra ressonância magnética para verificar meu edema. E isso tampouco foi útil.

O dr. Estrera relatou que, surpreendentemente, de acordo com a ressonância magnética, o edema já estava em grande parte resolvido. Ele comparou a ressonância magnética da semana anterior com a dessa semana – ambas pareciam bastante semelhantes para mim.

— Estamos vendo uma redução de oitenta e um por cento no inchaço na área — disse o dr. Estrera com orgulho.

Ótima notícia, acho – mas não me servia de muita coisa se mais nada tivesse mudado.

E mais nada tinha mudado.

Após a ressonância, a dra. Nicole me deu uma bateria de testes de reconhecimento facial para comparar com os resultados iniciais. E eu estava exatamente igual aos testes que havia feito um mês antes. Uma pontuação numérica idêntica.

Bati a cabeça na mesa ao ver os resultados.

— Por favor, não faça isso — pediu a dra. Nicole.

— Como posso estar exatamente igual? — resmunguei.

— Esses resultados são para ajudar você, não para fazer você bater a cabeça na mesa.

— Bem, eles não parecem muito úteis.

— Agora que o edema está se resolvendo, você deve começar a notar algumas mudanças nas suas percepções faciais — disse ela, como se isso pudesse me animar. E então acrescentou: — Mas não é garantido.

Mas eu não estava no clima para me deixar animar. Me joguei no sofá dela em desespero.

— Nada está dando certo.

— Talvez você precise expandir sua definição de certo.

— Não venha com esse otimismo bobo pra cima de mim. Minha vida está um desastre.

Aquele parecia ser o meu pior momento até agora. Eu pensava que estava melhorando, não piorando. Pelo menos aprendendo a lidar com a situação. O que diabos estava acontecendo?

— Me diga o que está deixando você pra baixo — perguntou a dra. Nicole.

— Tudo? — respondi. Tipo, será que ela realmente achava que poderia lidar com isso?

— Claro. Tudo.

Ok. Ela pediu.

— Eu ainda não consigo ver rostos. Enviei um retrato para essa competição que eu deveria vencer, facilmente, mas está garantido que vou ficar em último lugar. Estou sendo ameaçada pela minha meia-irmã malvada. Tenho vergonha de voltar ao meu café favorito. Minha melhor amiga fugiu para o Canadá para se casar e me deixou sem acompanhante para o que com certeza será o evento mais humilhante da minha vida. Minha madrasta quer construir um relacionamento comigo e vai à exposição, apesar das minhas veementes objeções. Meu cachorro tem mil anos de idade. Terminei meu noivado imaginário. E o cara muito fofo do meu prédio, por quem eu poderia estar apaixonada de verdade, me beijou loucamente na outra noite e depois simplesmente desapareceu.

— Ah — disse a dra. Nicole.

— É só isso? Ah?

— Entre todas essas — ela perguntou em seguida —, qual é a pior?

— Todas elas — respondi. Então tive uma ideia. — Alguma chance de você ser minha acompanhante na exposição de arte? Assim eu não vou sozinha?

Era um tiro no escuro, é claro.

Mas ela não se deixou atingir.

— Eu acho que nosso trabalho funciona melhor aqui — disse ela — quando não nos vemos lá fora.

...

Até o sábado da exposição de arte, haviam se passado quatro dias, catorze horas e vinte minutos desde que eu havia tido algum contato com Joe.

A essa altura, parecia bastante claro que ele tinha seguido em frente. Embora eu continuasse a nutrir esperanças pelo cenário da avó siciliana criado por Sue. Ou talvez um acidente de carro inesperado, como em *Tarde demais para esquecer*. Ou talvez algum tipo de amnésia causada por lesão na cabeça?

Ainda havia algumas explicações possíveis que eram perdoáveis.

Até certo ponto.

Ah, bem.

Ele estava fora da minha vida agora, o que provavelmente era uma coisa boa, eu continuava dizendo a mim mesma.

Mas eu sentia falta dele mesmo assim, é o que quero dizer. Apesar de tudo. Confesso: tive momentos em que me senti tentada a não ir à exposição.

Quero dizer, como ir a uma exposição de arte que você tem toda a certeza de que vai perder, sem nenhuma esperança de outro resultado?

Por outro lado, como eu poderia *não* ir?

Uma coisa é os sonhos mudarem lentamente – você evoluir e desejar coisas diferentes. Outra coisa é abandonar seu sonho por despeito.

Pensei na minha mãe. Minha mãe corajosa e bondosa. Ela daria qualquer coisa para ir a essa mesma exposição catorze anos atrás. Ela daria qualquer coisa para estar aqui agora, totalmente viva, enfrentando o que quer que a vida jogasse em sua direção e simplesmente apreciando tudo.

Talvez a melhor maneira de mantê-la comigo não fosse ficar obcecada por suas pinturas, usar seus patins, ouvir suas músicas, copiar seu estilo ou me preocupar com o que aconteceria quando eu finalmente perdesse Amendoim. Talvez a melhor maneira de tê-la comigo fosse abraçar seu espírito. Emular sua coragem. Levar ao mundo o calor e o amor que ela sempre teve, de forma destemida.

Minha mãe nos amou sem reservas. Ela nos adorou intensamente. E riu. E dançou. E absorveu tudo – cada átomo de sua vida –, cada momento do seu tempo.

Ela sentiu tudo. Viveu tudo.

Era isso o que eu amava nela. Não apenas o fato de ser uma ótima mãe, esposa ou salvadora de cães. Ela era uma ótima pessoa. Ela conhecia algum segredo divino sobre como se abrir para a vida que o restante de nós continuava teimosamente ignorando.

Ela queria que eu soubesse disso também. Queria que eu dissesse sim para tudo. Que eu me jogasse de cabeça.

Mas, quando ela morreu, eu fui para o outro lado.

Não estou me julgando. Eu era criança. Não sabia como lidar com a perda dela – ou com qualquer uma das dificuldades que se seguiram. Mas acho que isso é o incrível da vida – ela dá chance após chance de você repensar tudo. Quem você quer ser. Como você quer viver. O que realmente importa.

Eu queria ir para a exposição de arte. Tinha conquistado o direito de estar lá. Claro, eu não queria ser humilhada. Mas parecia que eu não poderia ter um sem o outro. E eu simplesmente não ia mais deixar que as coisas das quais eu tinha medo me segurassem.

Eu não tinha ideia de como essa decisão se desdobraria, mas sabia uma coisa com certeza:

Minha mãe aprovaria.

Conforme o horário se aproximava, coloquei o vestido rosa – muito mais apertado e sensual agora. Sue me presenteou com uma maquiagem feita por sua prima que trabalhava na Macy's e um penteado feito pela colega de quarto da prima.

Eu me produzi toda.

Se tinha que ir a essa exposição de arte completamente sozinha, faria de tudo para parecer bem.

Ainda havia, é claro, a chance de que Joe pudesse aparecer em uma reviravolta surpreendente e me levar como Cinderela. Mas enquanto eu descia as escadas metálicas do terraço em um par de saltos lindos, mas realmente dolorosos, o tempo dele rapidamente se esgotava.

Caminhei pelo nosso longo corredor, esperando vê-lo.

Desci de elevador, esperando vê-lo.

Saí para a rua em frente ao nosso prédio para encontrar meu Uber, ainda esperando vê-lo.

Parada ali, na luz do final da tarde – com o cabelo feito, uma margarida atrás da orelha como uma homenagem à minha mãe, e com tanto rímel nos olhos que eu conseguia enxergar meus próprios cílios –, decidi tentar mandar *uma última mensagem* para ele.

Essa seria a última tentativa.

E então, caso ele não respondesse, eu declararia: *Hora da morte para o que tive com Joe. Sábado, 19h.*

Então eu seguiria em frente e me permitiria lamentar.

Mas depois da exposição de arte.

E então, ali perto do poste de luz na faixa de pedestres, como se a decisão de desistir tivesse convocado algum tipo de magia do universo, eu o vi.

Joe. De jaqueta de boliche e óculos. Saindo do nosso prédio. Com uma mala.

— Ei! — gritei, meu corpo caminhando na direção dele sem a permissão do meu cérebro.

Meu Uber chegou enquanto eu me afastava.

— Ei! — chamei de novo.

Joe ergueu os olhos, me observou no traje mais chique que qualquer um de nós já tinha visto e ficou muito parado.

Se eu quisesse que ele assobiasse, ficasse embasbacado ao me ver ou dissesse que eu estava ótima – ou mesmo desejasse contra todas as expectativas algum tipo de mudança na postura dele pelo prazer de me ver –, eu teria ficado muito decepcionada.

O homem era uma completa estátua.

Felizmente, eu não queria nada disso. Só queria confrontá-lo.

Eu vinha tendo confrontos imaginários com ele havia dias, é claro. Onde ele estava? O que estava acontecendo? Quem ele pensava que era?

Mas na hora em que estava realmente acontecendo? Entrei em pânico.

Por um segundo, não saiu nenhuma palavra. Finalmente, consegui:

— Eu tenho mandado mensagens para você.

Inútil. A linguagem corporal de Joe permaneceu neutra.

— E te ligado — acrescentei. Deus, agora eu parecia Lucinda.

Joe simplesmente continuou parado ali.

Finalmente, formulei uma pergunta:

— Você esteve doente?

E finalmente, uma resposta:

— Não.

— Você esteve... fora da cidade?

— Não. Mas estou indo embora agora.

— Você está saindo da cidade? Agora? — Olhei para a mala dele. — Neste instante?

— Sim.

Eu me recompus.

— Você por acaso lembra — senti um aperto na garganta — que ia ser meu acompanhante na minha exposição de arte hoje à noite?

Joe olhou para longe, como se não suportasse olhar para mim. O rosto podia ser indecifrável, mas a linguagem corporal era inconfundível.

O que diabos eu tinha feito para ele?

Ou talvez eu não tivesse feito nada.

Às vezes, quando estou assistindo a um filme e há um simples grande mal-entendido entre duas pessoas – ele pensa que ela é um alienígena ou algo assim –, eu quero gritar: "Apenas conversem!".

Mas, claro, nada na vida real é tão simples assim.

Cada interação humana real é composta por um milhão de peças móveis. Não uma única situação de uma nota: uma sinfonia de sinais para ler, decifrar, avaliar e prestar atenção.

É um milagre que consigamos entender alguma coisa.

E, claro, para mim, durante a maior parte da vida, a principal ferramenta para decifrar qualquer interação humana havia sido a expressão facial.

Que eu nem conseguia ver.

Portanto, essa conversa estava destinada a fracassar desde o início.

Mas eu ainda tinha que tentar.

Dei um passo na direção dele, querendo ser totalmente clara.

— Acho que o encontro não vai acontecer mais, então?

Joe olhava para algum ponto distante no horizonte.

— É isso mesmo, certo? Você não vai comigo nessa coisa? Mesmo que você tenha dito que iria?

Nada de Joe.

— Acho que estou realmente nervosa por ir sozinha — continuei, sentindo minha voz vacilar um pouco. — Eu não quero ir de jeito nenhum. Mas eu tenho que ir, sabe? Minha pintura. Meus objetivos de vida. E mesmo que o retrato não seja o que eles querem, com certeza... então eu tenho cem por cento de certeza de que vou ficar em último lugar... eu suspeito que pode ser realmente bom. De um jeito meio patinho feio. Além disso, tem uma boa chance de a minha família horrível aparecer e piorar as coisas cem vezes. E eu vou ter que fazer tudo isso genuína e totalmente sozinha.

Prendi a respiração por um segundo, tentando me firmar.

Eu nunca, jamais pedia ajuda. E se o comportamento de Joe nos últimos quatro dias havia deixado algo claro, era que ele não estava com disposição para oferecer ajuda.

Mas eu não estava pedindo para ele, percebi.

Não se tratava da resposta dele. Tratava-se da minha pergunta. E de reunir a coragem para fazê-la.

— A questão é — falei então, minha voz parecendo um balão do qual eu poderia perder o controle. — A questão é... estou com medo de ir sozinha. E eu não sei por que, mas parece que você é a única pessoa para quem posso dizer isso. Você é a única pessoa para quem eu *quero* dizer isso. Eu só quero muito ter alguém comigo. Qualquer pessoa. E então eu só preciso perguntar se você pode ficar hoje à noite. Apesar de tudo. — Eu dei um passo para mais perto, como se isso pudesse selar o acordo. — Você pode adiar seus planos — perguntei — e ir comigo?

Se houvesse alguma esperança para nós, ele sentiria meu desespero – o quanto eu precisava dele de verdade – e me resgataria uma última vez.

Mas ele não fez isso.

Ele manteve o rosto virado para o horizonte.

— Você está me pedindo para ser sua "qualquer pessoa"?

— Acho que essa é uma maneira de colocar.

Agora, finalmente, ele se virou para mim.

— Eu não vou ser qualquer pessoa para você, Sadie. E não quero ver o retrato. E não sei por que você acha que eu me importaria com nada disso.

Mas eu balancei a cabeça.

— Eu não estou entendendo o que aconteceu.

Pude sentir um lampejo de raiva na expressão dele, como fogo.

— *Sério?* — disse ele. — Eu também não entendi, para ser honesto. Mas aqui estamos.

Eu respirei fundo.

— Seja lá o que eu tenha feito, eu sinto muito.

Mas Joe balançou a cabeça como se *sinto muito* fosse a expressão mais inútil do mundo.

Pior que inútil, até. Insultante.

Ele se virou para ir embora. Mas parou e meio que se virou na minha direção.

— Aliás, estou me mudando — disse ele então. — Então pare de ir até o meu apartamento. E pare de me ligar. E, pelo amor de Deus… pare de me mandar mensagem.

CAPÍTULO VINTE E CINCO

O PRIMEIRO INSULTO DA EXPOSIÇÃO DE ARTE – ANTES DE TODOS OS DANOS – FOI O LOCAL.
Cheguei à galeria e encontrei meu retrato pendurado no pior lugar concebível: meio debaixo de uma escada, totalmente nos fundos, bem perto dos banheiros, sob um respiro de ar-condicionado exposto que pingava literalmente em um balde. Havia um cheiro de mofo na área, sem mencionar um toque de desinfetante.

Você pensaria que uma galeria de arte arejada, recém-reformada, não teria um canto úmido – mas estaria errado.

E foi lá que me colocaram.

Na versão da galeria de arte de uma mesa ruim de restaurante.

Pior de tudo, o local era difícil de acessar, mas, por causa do layout em forma de U da galeria, era fácil de ver. Todos que entravam no prédio podiam ter uma visão completa da minha situação trágica de um jeito indefensável.

Então toda e qualquer humilhação que estivesse por vir estaria à vista de todos.

E havia muitas humilhações por vir.

Começando pelo fato de que não tinha ninguém lá.

Ah, tinha muita gente lá – *na exposição*. A exposição em si estava lotada. Só que... ninguém ia para o meu canto sombrio, úmido e esquecido.

Fiquei corajosamente ao lado do meu retrato, sob o ar frio e úmido que soprava daquele respiro gotejante, me sentindo tão exposta quanto um caranguejo eremita fora da concha – enquanto observava a galeria inteira repleta de ávidos compradores de arte.

Em todos os lugares – exceto onde eu estava.

Ninguém veio até mim e disse olá. Ninguém falou comigo. Apenas algumas pessoas excêntricas deram uma olhada no meu retrato, que claramente, sem dúvida, era o grande perdedor da noite desde o início. Vasculhei roupas, cabelo e passos dos presentes em busca de pistas identificadoras, mas não reconheci uma pessoa sequer.

O artista mais próximo de mim, em termos de layout, era um cara chamado Bradley Winterbottom, que havia feito um retrato de uma criança na praia. Ele tinha pelo menos vinte pessoas reunidas em sua área – conversando amigavelmente sobre a composição, se deliciando com a maneira como ele havia capturado aquela luz do final da tarde, desmaiando com a doçura do rosto da criança.

Quer dizer, nada contra Bradley Winterbottom, mas eu realmente odiava aquele cara naquele momento.

Ele tinha mais admiradores do que merecia.

Eu, em contraste, não tinha nenhum.

Eu nem precisava de admiradores. Teria ficado feliz por ter alguém com quem conversar. Uma pessoa que precisasse de alguma informação, por exemplo. Um visitante perdido.

Mas não tive essa sorte. Era só eu. Sozinha.

Nada a fazer além de entrar em pânico com decisões que mudariam a vida, como onde colocar as mãos. Estavam muito posadas e desajeitadas ao lado do meu corpo? Mas pareceriam hostis se eu as cruzasse sobre o peito, ou me deixariam parecendo uma mãe julgando os demais se eu as apoiasse na cintura? Eu continuava sem saber o que fazer com elas. Será que atrás das costas era muito bobo? Era muito tímido cruzá-las na altura da cintura? Deixá-las cerradas em punhos, expressando minha miséria, era... honesto demais?

Nada funcionava. A cada poucos segundos, eu tentava uma nova pose. Como um espantalho animatrônico.

Sem sucesso.

Eu também não tinha ideia de para onde olhar. Olhar para o chão me faria parecer envergonhada. Olhar para outras pessoas me faria parecer necessitada. Olhar para meu próprio retrato na parede me faria parecer que eu estava desistindo completamente dos meus sonhos em tempo real.

Que era o que eu estava fazendo, aliás.

Não há nada, absolutamente nada, mais socialmente constrangedor do que ficar sozinha em uma multidão, esperando que alguém, qualquer pessoa, venha se juntar a você.

Amaldiçoei Sue por ter sido sequestrada. E por ter fugido para casar. E por cada Canadense Zangado que ela tinha tomado.

Então me senti culpada e retirei o que tinha pensado.

Amaldiçoei Joe em vez disso. Por tudo.

Então me senti culpada por isso também.

Depois, brinquei com a ideia de amaldiçoar a mim mesma... antes de decidir que já estava amaldiçoada o suficiente.

■■■

A experiência inteira foi um sofrimento de cabo a rabo. Não havia dúvida.

Finalmente, ajustei o timer do meu telefone para as onze da noite – o momento em que a exposição tecnicamente terminava, de acordo com o convite – para poder sair, ou possivelmente correr, no exato segundo em que acabasse.

Apenas duas horas e quarenta e cinco minutos restantes para suportar.

Para a parte do leilão da exposição, cada artista tinha uma mesa elegante, estilo Jetsons, ao lado de seu retrato, com uma prancheta para os clientes escreverem seus lances.

Bradley Winterbottom teve que pedir uma folha de lance extra depois que a dele encheu – frente e verso –, mas eu realmente preciso dizer quantos lances foram parar na minha prancheta durante todo o tempo em que fiquei ali?

Zero. Isso mesmo.

Mas foi essa a pior e mais insultante parte da noite?

Uau. Essa é uma pergunta difícil.

Vamos analisar as opções:

Houve todos os olhares chocados que as pessoas deram ao meu retrato do outro lado da sala – mãos sobre a boca, olhos grandes de piedade –, da mesma forma que alguém olha ao passar por um acidente de carro.

Houve o momento em que, acidentalmente, derrubei o balde que coletava os pingos que caíam do ar-condicionado e depois limpei tudo com papel-toalha do banheiro, usando um punhado de papel de cada vez, enquanto outros artistas e patronos lançavam olhares irritados como se eu realmente estivesse deprimindo todos.

Houve os intermináveis dez minutos em que outro finalista, que usava um pequeno chapéu porkpie e atendia pelo pseudônimo de Lysander, aparentemente possuía um sistema digestivo nervoso e teve que resolver alguns problemas digestivos brutais no banheiro masculino, os quais, é claro, pude ouvir em detalhes do meu excelente lugar perto das portas dos sanitários – gemidos, respingos e tudo o mais.

Ah, e teve o momento em que fiz uma pausa para fazer xixi e ouvi alguns juízes que aproveitaram a ocasião para ir correndo até minha obra e rir dela. Sim, era assim tão próximo dos banheiros que meu retrato tinha sido colocado. Eu podia literalmente ouvir essas pessoas conversando *da cabine*.

— O que está acontecendo aqui? — perguntou o Juiz 1, em um sussurro horrorizado.

— Eu *sei* — disse o Juiz 2.

— A artista... foi embora?

— Você não teria ido?

— Eu nem teria aparecido.

— Ela deve ter fugido.

— Verdade. Resolveu não pedir demissão *do emprego regular*.

— Ou foi se jogar de uma ponte.

Eles riram disso.

— É tão bizarro — continuou um deles pensativo. — O corpo e o fundo são tão requintados...

— Mas aí você chega ao rosto.

— Eu continuo pensando que é o Carl Sagan.

— Eu continuo vendo o Steve Buscemi.

— Parece um rosto de lobo, de alguma forma.

— Impossível. Animais estão fora das regras.

— Verdade. Não é retrato *veterinário*.

— Seja o que for, parece que o rosto derreteu.
— Ou levou uma torta na cara bem na hora da sessão.
— Ou caiu de cara na lama.
— Ou fez uma cirurgia plástica malsucedida.
— Eu simplesmente não entendo como este quadro está aqui.
— Talvez tenham notificado o artista errado?
— É simplesmente insultante, mais do que qualquer outra coisa.
— Ele meio que me deixa irritado.
— Que desperdício de uma posição no Top Dez.
— Pena que não podemos dar pontos negativos.
— Não é mesmo?

Nesse ponto, eu já havia aguentado o bastante. Pressionei a descarga do vaso sanitário com meu sapato e o mantive lá.

Felizmente, o jato da descarga industrial foi alto o suficiente para assustá-los e afastá-los.

No silêncio que se seguiu, lavei as mãos, arrumei o cabelo no espelho, sorri encorajadoramente para meu rosto ininteligível, fiquei ereta como imaginava que uma pessoa com algum resquício de dignidade humana faria e voltei para o meu posto.

Apenas duas horas sugadoras de alma para aguentar...

Estava tudo certo. Estava tudo bem. O que Joe tinha dito sobre posar para o retrato? *"Trigonometria é difícil. Escalar o El Capitan é difícil. Invandir as praias da Normandia é difícil."* Tudo o que eu tinha que fazer era ficar aqui – e continuar aqui – até que meu alarme soasse.

E então eu poderia ir para casa. E criar um novo sonho de vida.

Essa era a grande oportunidade pela qual eu vinha trabalhando havia mais de uma década. Era o momento que eu esperava... com o qual sonhava. Era a vida que eu tinha escolhido. Esse era um concurso no qual eu estaria arrasando se as últimas cinco semanas não tivessem acontecido. Era um momento de destaque para a coisa em que eu era melhor em toda a minha vida... Só que não mais.

Eu gostaria de ter pelo menos uma pessoa lá comigo naquele momento?

Sim.

E teria me importado se fosse Lucinda?

De jeito nenhum.

Mas fui completamente deixada de lado. Por todos. Mesmo que a secretária do meu pai tivesse colocado na agenda dele e Lucinda tivesse interrompido minha última – única – noite com Joe para me dar a notícia. Mesmo que eu estivesse temendo a presença deles desde que havia descoberto. Mesmo que fossem as últimas pessoas que eu teria escolhido.

Eu não tinha mais opções.

À medida que o tempo passava e o sorriso que eu tinha forçado no rosto tremia cada vez mais, me vi esperando que alguém, qualquer um, aparecesse – e, para ser sincera, imaginando o quão ótimo seria se esse alguém pudesse ser Joe.

Não era impossível, certo?

Coisas mais loucas já tinham acontecido, não é?

Pelo menos, imaginar isso me proporcionava uma boa distração. Joe: tendo uma epifania na fila do aeroporto, abandonando a mala, chamando um táxi, mas pegando muito trânsito, correndo os últimos quarteirões para finalmente irromper pelas portas e passar pelos críticos de arte idosos até meu canto escuro, como se fosse o único lugar onde ele sempre quisera estar e, em seguida, pedindo perdão sem fôlego enquanto declarava seu amor eterno – validando assim toda a minha existência para todos aqui, inclusive para mim mesma.

Talvez eu devesse sair para comprar um aromatizador de ar.

Muito obrigada, Lysander.

De qualquer forma, eu sabia que era impossível. Joe já tinha se recusado a ser meu "qualquer um".

Mas cuidado com o que você deseja.

Eu consegui meu "qualquer um", finalmente, duas horas depois...

Mas era Parker.

Confirmado: a esperança é a pior coisa.

■■■

Sabe aquela frase que diz que as pessoas se parecem com seus animais de estimação? Parker se aproximou de mim como um gato Sphynx humano, e eu juro que as pupilas dela eram fendas verticais.

— Ahhh — ela disse, com uma falsa simpatia encantada. — Papai e Lucinda te deram um bolo?

— Eles não foram convidados — falei. — E você também não foi.

Parker olhou para o meu vestido e disse:

— Você vai para o baile de formatura?

Essa era a melhor ofensa dela? Foi quase decepcionante.

— Talvez — respondi.

Então ela fingiu sussurrar:

— Você está totalmente sozinha aqui?

— Não — respondi. Claramente estava.

Então ela olhou ao redor teatralmente.

— Parece que colocaram você no canto dos trouxas.

— É iluminação de ambiente — falei.

— Por que fede a diarreia? — Parker perguntou em seguida.

Olhei para Lysander, agora de volta ao seu lugar. Mas disse para Parker:

— Deve ser o seu perfume.

Com isso, Parker voltou sua atenção para o retrato e o estudou por um bom tempo.

— Quem é pra ser? — perguntou ela por fim. — O cara do *Hobbit*? — Ela mudou de posição. — Espera aí... é o John Denver? — Então ela deu um passo para trás. Como se tivesse finalmente acertado: — Já sei! *Danny DeVito*.

— Você não tem *nada* melhor para fazer? — perguntei.

— Não tem nada melhor do que isso.

— Sabe o que o fato de você estar aqui agora me diz?

— Que eu sempre vou vencer?

Eu fiz uma pausa.

— Que você ainda não tem nenhum amigo.

— Eu não preciso de amigos. Eu roubei os seus.

— Sim, você roubou. Mas não conseguiu o que queria.

— Nem você.

Ela não estava errada.

Parker olhou ao redor da sala.

— Isso é tão brutal — disse ela então. — Sua pintura é horrível, seu vestido é péssimo, tenho certeza de que você está sendo evitada pelo mundo da arte, e sua inimiga está bem aqui, se vangloriando.

— Parker? — eu disse. — Sai daqui.

— Não.

— Sai daqui antes que eu chame a segurança.

Mas Parker apenas sorriu.

— Você não vai fazer isso. Você já está na humilhação máxima.

— Aí é que você se engana. Eu não *tenho* humilhação máxima.

Mas será que o universo me ouviu naquele momento e pensou: *Desafio aceito?* Porque estávamos prestes a redefinir a humilhação máxima.

— Parker — repeti —, só vai embora.

— De jeito nenhum. Quero saborear cada minuto.

— Por que você é a pior pessoa do mundo? — perguntei, como se ela fosse tentar responder.

— Ah, meu Deus. Você sempre é a vítima, não é?

— Bem, de quem é a culpa?

— Você tem mesmo que me culpar por tudo.

— Eu não culpo você por tudo. Você realmente *faz* tudo.

Mas ela se aproximou.

— Seu complexo de perseguição é irreal.

— Eu não tenho complexo de perseguição! — afirmei. — Eu literalmente estou sendo perseguida.

— Não é minha culpa que sua mãe tenha morrido — disse Parker então. — Não é minha culpa que seu pai tenha se casado com a minha mãe. Não é minha culpa que tenhamos vendido a casa, e eu tenha perdido meu quarto, e tenhamos sido obrigadas a ficar juntas a cada minuto de cada dia. Eu não pedi isso, e certamente não pedi você. Eu não fui consultada... a respeito de nada disso! E sim, eu fiz todas aquelas coisas terríveis! Eu incriminei você, menti sobre você e convenci os dois a afastarem você. Mas seu pai não amar você? Isso não é minha culpa. Ele parou de amar você muito antes de a gente se conhecer. Você o perdeu por conta própria. E quer saber como fez isso? Porque você — e aqui ela parecia se elevar em suas pernas de dragão — é a razão pela qual sua mãe morreu.

Acho que nossas vozes acidentalmente tinham ficado altas.

Quando ela parou de falar, não havia um som na galeria.

Eu podia ouvir o gotejamento do ar-condicionado no meu balde.

Podia ouvir a descarga de um vaso sanitário.

E podia ouvir todas aquelas pessoas que tinham me ignorado antes, de repente, mostrando um novo tipo de interesse.

Baixei a voz em uma tentativa cômica de privacidade.

— Do que você está falando agora?

— Eu ouvi eles conversando uma noite... papai e Lucinda. Ele contou para ela o que aconteceu. Que sua mãe tinha um vaso sanguíneo com problemas no cérebro. Que ele implorou para ela fazer uma cirurgia para consertar. Mas ela recusou. Adiou até o verão. Vocês duas tinham planejado uma viagem de férias na primavera, para visitar o museu de algum artista, e ela não queria decepcionar você. Seu pai disse a ela para cancelar a viagem. *Implorou*. Mas ela não ouviu. Ela foi mesmo assim. E então, uma semana depois, ela desmaiou.

O que ela estava dizendo?

Senti uma dor estranha no peito, como se a casca do meu coração estivesse se partindo.

— Foi isso que ele disse naquela noite — prosseguiu Parker. — Que era culpa sua. Que, por mais que ele tentasse, não conseguia deixar de culpar você. Ouvi ele dizer essas palavras em voz alta. Então você pode parar de pensar que arruinei seu relacionamento com seu pai. Não é culpa minha ele não te amar. Não é culpa minha você ter perdido sua família. Você fez tudo isso sozinha.

Alguma coisa estava acontecendo com o chão? Parecia que a sala estava tremendo.

Foi para isso que fiquei até o final.

Procurei uma rota de fuga, olhando para cima, e foi então que vi meu pai. Eu o reconheci de relance por aquela gravata-borboleta azul-marinho que ele usava em eventos chiques desde que eu era pequena. E eu conhecia a postura dele – sem mencionar seu contorno – em qualquer lugar. E lá estava ele, um buquê esquecido de flores de supermercado na mão não enfaixada – nos observando, sua imobilidade pura demonstrando que ele acabara de testemunhar tudo.

E que era verdade.

Eu nem sequer me dei ao trabalho de chegar mais perto. Não havia segredos para essa multidão agora.

— Ela está mentindo? — perguntei para o meu pai. — Ou é verdade?

Meu pai deu meio passo à frente, depois parou.

Fiquei mais ereta.

— Diga que ela está mentindo — pedi. Então, gritando: — *Diga que ela está mentindo!*

Onde diabos estava Joe quando eu precisava que ele desligasse o disjuntor e me salvasse?

Ah, bem.

Acho que eu teria que salvar a mim mesma.

CAPÍTULO VINTE E SEIS

AQUELE MOMENTO DEVE TER SIDO TÃO DIVERTIDO PARA PARKER.

Ela acabou comigo. Acabou de verdade.

Todo o esforço que eu tinha feito para ficar lá, suportar tudo e ficar até o final?

Aniquilado.

Passei pelo meu pai ainda imóvel, pela multidão ainda boquiaberta, e abri caminho em direção à saída, sentindo estranhamente como se estivesse debaixo d'água e esperando desesperadamente que pudesse haver mais ar do lado de fora do que lá dentro.

Mas não.

Lá fora estava igualmente sem ar.

Eu me senti tonta. Parei logo após a entrada e pressionei minhas mãos e minha testa contra a parede de tijolos, tentando me recompor.

Mais fácil imaginar do que fazer.

Antes de me estabilizar, ouvi uma voz. E claro, eu não era boa com vozes, mas não levei muito tempo para descobrir de quem era essa.

— Aí está você! Não acabou ainda, acabou? Eu estava estacionando, mas seu pai já deve estar lá dentro. Ele encontrou você? Fico tão feliz de ter verificado depois que recebi o e-mail de Parker — ela disse. — Quase perdemos toda a exposição!

Afastei a cabeça da parede de tijolos e me virei.

Olhei diretamente para o rosto confuso de Lucinda, ainda respirando pesadamente.

— O que você verificou? — perguntei.

Lucinda deu um passo para mais perto de mim.

— A exposição desta noite — disse ela. — Parker achou que tinha sido cancelada.

Nesse momento, meu pai apareceu atrás de Lucinda. E Parker atrás dele.

Absorvi a cena. Lucinda, lenta demais para perceber o que estava acontecendo; meu pai, parecendo arrasado, o buquê de cabeça para baixo ainda esquecido em sua mão boa; e Parker, parada atrás deles dois, seu rosto a definição perfeita de satisfação.

— Parker mandou um e-mail para você — falei com calma — dizendo que a exposição de arte tinha sido cancelada?

Lucinda assentiu.

— Nós quase não viemos. Que bom que eu...

— A exposição nunca foi cancelada — interrompi.

— Agora sabemos — disse Lucinda. — Graças a Deus que pensei em ligar para a galeria.

Mas ela não estava entendendo o meu ponto.

— Parker mentiu para você.

— Não, não — disse Lucinda. — Tenho certeza de que ela...

— Ela mentiu para você — afirmei — porque queria que vocês me dessem um bolo.

A incapacidade de Lucinda de compreender essa ideia fez com que eu quisesse colocar fogo em mim mesma. Ela balançou a cabeça.

— Acho que ela só...

Mas eu não suportei ouvi-la tentar explicar.

Então a interrompi.

— Ela mentiu para você porque ela sempre mente. Ela mentiu para você porque quer que a gente se odeie. Ela mentiu para você porque é divertido para ela! Porque ela adora mexer com as pessoas! Porque você *permite*! Você nunca a questiona. Nunca a desafia. Nunca usa nenhum tipo de pensamento crítico. Mesmo quando os fatos dela não se encaixam! Mesmo quando nada faz sentido! Ela está inventando uma história sobre essa família... e nem é uma história boa! Mas você apenas acredita... toda santa vez.

— Eu sei que você está chateada — disse Lucinda. — Mas não vamos difamar Parker. Ela realmente achou que estivesse cancelado. Se eu não tivesse mandado uma mensagem para esclarecer as coisas, ela teria perdido também.

— Você sempre acredita nela... sem fazer perguntas! E você nunca, nunca acredita em mim. Mesmo quando, como *sempre*, estou falando a verdade para você.

Lucinda e meu pai se olharam, como quem diz: *Lá vamos nós de novo.*

Claro. Eu já tinha dito isso a eles mil vezes? Sim.

Eu tinha gritado isso para eles quando era uma adolescente irritada. Tinha soluçado isso para eles no estacionamento da escola. Tinha escrito isso para eles em inúmeras cartas cuidadosas, lógicas, que imploravam que eles acreditassem em mim.

Alguma vez tinha funcionado?

Nunca. Nem uma vez.

Isso é que é viés de confirmação! Eles decidiram décadas atrás quem eu e Parker éramos – e essa decisão já tinha se solidificado em pedra agora. Mas eu não me importava.

Lá fomos nós de novo.

— Parker disse que eu tinha roubado o broche de rubi da sua avó do seu porta-joias e você acreditou nela. Mesmo que tenha sido Parker quem roubou, levou para uma casa de penhores no centro e usou o dinheiro para comprar ingressos para um show ao qual nem podia ir! Ela teve que sair escondida! Mas ela disse que tinha sido eu, então fui eu. Fiquei de castigo por roubo e ela levou meu namorado para ver um show!

Lucinda tentou deixar a voz suave, como se estivesse falando com um cachorro.

— Querida, isso foi tudo há muito tempo...

— Foi? É? Ainda está acontecendo! Agora mesmo! Como quando Parker disse que eu bati o seu carro... e você acreditou nela. Quando Parker disse que as respostas roubadas do exame de matemática no nosso quarto eram minhas... e você acreditou nela. Quando Parker, intimidando terrivelmente a pobre e bondosa Augusta Ross de maneira tão cruel e tóxica que a garota engoliu *um frasco inteiro de Tylenol*, contou para os diretores da escola que tinha sido eu... e vocês, todos vocês, acreditaram nela!

Eu podia ouvir minha voz ficar descontrolada. Começando a parecer com Janis Joplin. Mais alta e estridente – como se volume, desespero ou histeria pudessem fazê-los entender.

Embora certamente nunca tivesse funcionado antes.

Uma multidão de pessoas começava a se reunir ao nosso redor. Lucinda olhou em volta, desconfortável. Ela baixou a voz.

— Sadie, vamos todos tentar seguir em frente.

Isso me fez querer bater a cabeça contra aquela parede de tijolos.

O que qualquer um deles achava que eu estava tentando fazer?

— Quando você mandou a mensagem para ela? — perguntei para Lucinda.

— O quê?

— Quando você mandou a mensagem para Parker para avisar que a exposição estava acontecendo?

Lucinda olhou para Parker, como se Parker pudesse dar uma dica de como responder.

— Quando?! — gritei.

— Há uns dez minutos — disse Lucinda.

Assenti.

— Sabe que horas Parker chegou? Uma hora atrás. Ela ficou me provocando na minha própria exposição de arte *por mais de uma hora*. E adivinha o que ela disse assim que entrou? Ela disse: "Acho que te deram um bolo".

Lucinda me encarou, processando aquilo.

— Ela *planejou* isso. Ela criou isso. Ela viu você tentando ser legal comigo e interferiu. De novo.

Mas Lucinda balançava a cabeça.

— Querida, eu...

— Você nunca acredita em mim — afirmei. — Mas é a verdade.

Assim que eu disse isso, uma mulher saiu da multidão e se aproximou de todos nós, parando ali.

— Olá — disse ela, com uma voz animada.

Foi tão estranho que ela se aproximasse de nós naquele momento, no meio de uma briga. Quero dizer, *Pelo amor de Deus, mulher. Leia a situação*.

Mas ela claramente não estava incomodada com a discussão familiar.

Simplesmente continuou em frente.

Ela estendeu a mão para cumprimentar Lucinda e depois fez o mesmo com o meu pai, e então disse:

— Sr. e sra. Montgomery, vocês provavelmente não se lembram de mim...

Meu pai e Lucinda balançaram a cabeça para confirmar.

— Mas meu nome — a mulher continuou — é Augusta Ross.

Ok, pode ser que não nos lembrássemos da pessoa – mas absolutamente ninguém na nossa família *jamais* poderia esquecer aquele nome.

Lucinda deixou a bolsa cair ao ouvir aquilo, e Augusta a pegou educadamente para ela.

— Augusta Ross? — Lucinda confirmou.

— É uma sorte tão grande que eu tenha encontrado vocês — Augusta continuou, com animação determinada. — Eu estava querendo entrar em contato.

— Por que você queria fazer isso? — perguntou Lucinda.

— E é uma sorte que eu tenha chegado bem na hora certa, não é mesmo? Aqui estava eu, vindo ver a exposição de arte da minha querida amiga Sadie, e o que eu ouço enquanto me aproximo do prédio? A própria Sadie, gritando meu nome.

Ninguém sabia o que responder a isso. Nem mesmo eu.

Eu ainda estava processando. Augusta Ross estava aqui? *A* Augusta Ross?

— Só para atualizar vocês — disse Augusta, sua voz ainda agressivamente animada. — Depois da minha tentativa de suicídio todos aqueles anos atrás, meus pais se mudaram para o outro lado do país. Como vocês podem imaginar, eles cortaram todo o contato com as pessoas que conhecíamos aqui. A vida foi difícil por um tempo, e eu simplesmente fiz o meu melhor para deixar tudo para trás. Blá-blá-blá... cresci, fui para Stanford estudar história da arte, recebi uma oferta de emprego fantástica da Universidade Rice e acabei voltando para cá no verão passado. Apesar das objeções dos meus pais, é claro.

É seguro dizer que ninguém na minha triste e pequena família tinha ideia de para onde tudo isso estava indo.

— De qualquer forma — continuou Augusta, toda falante —, depois que eu voltei, comecei a esbarrar em antigos colegas e ouvir as histórias mais loucas sobre toda aquela situação em que sofri bullying até o ponto de quase chegar ao suicídio. A mais louca de todas era, e eu simplesmente continuo sentindo que isso não pode ser verdade, que Sadie tinha sido considerada culpada pelo bullying. Isso não está certo, está?

Olhei para Parker. A autoconfiança dela definitivamente tinha desaparecido.

— Bem... — Lucinda disse, olhando para o meu pai. — A escola adota uma postura de tolerância zero em relação ao bullying...

— Como devia — disse Augusta. — Mas a *Sadie*, como eu acredito que ela estava acabando de contar, não era a pessoa que fazia bullying comigo.

Todos nós apenas encaramos Augusta em um espanto mudo.

— A pessoa que fazia bullying comigo — Augusta continuou — era Parker.

— Parker! — exclamou Lucinda, como se Augusta tivesse acabado de dizer "Taylor Swift".

— Ah, sim — Augusta continuou. — Durante todo aquele ano. Ela deixava bilhetes no meu armário. Zombava das minhas roupas. Dizia que eu era feia, que ninguém jamais me amaria e que eu devia desistir. Diariamente. Às vezes, de hora em hora. *Caraaaaamba*, ela era cruel.

Lucinda deu um passo para trás, atônita.

— Sadie sempre foi superlegal — disse Augusta, acenando para mim com ar de aprovação. — Na verdade, ela ainda é legal.

Então Augusta se aproximou de mim e me entregou um pequeno pacote.

— Aqui está o seu vestido de volta — disse ela.

Olhei para baixo.

— Meu vestido?

— Seu vestido de babado — ela disse, enquanto eu via o tecido de poá. Juntei as peças.

— A garota do café? Era você?

— Você não me reconheceu naquele dia — Augusta disse. — Eu mudei muito.

Não mudamos todos nós?

— Mas *eu* reconheci *você* — prosseguiu ela. — Eu estava prestes a ir até você para dizer oi quando Parker me derrubou. E então você me ajudou a levantar e me deu seu vestido. Tão doce, como sempre. Eu pensei em dizer algo na hora, mas estava tão atrasada. Eu pesquisei você no Google depois, pra achar um jeito de devolver o vestido, e vi a notícia sobre a exposição de arte.

— Você conseguiu chegar ao aeroporto? — perguntei.

Augusta assentiu com a cabeça e mostrou um anel de noivado brilhante.

— Consegui. — Em seguida, ela se virou para meu pai e Lucinda. — Eu ia escrever uma carta para esclarecer as coisas. E eu realmente vim aqui hoje à noite para dizer oi para a Sadie e apoiar a exposição dela. Mas acabei ouvindo sem querer... e não resisti em me intrometer.

Augusta se virou para mim.

— Parker incriminou você, então?

Eu assenti.

— Me expulsaram da escola.

— Sinto muito — disse Augusta. — Eu não fazia ideia. Depois que saímos, meus pais me protegeram de tudo relacionado a este lugar.

— Compreensível — assegurei.

— De qualquer forma — disse Augusta, voltando-se com falsa animação para meu pai e Lucinda, ambos boquiabertos. — Não pude deixar de ouvir Sadie dizendo que vocês nunca acreditam nela. Mas aqui está uma dica de alguém que conhece bem suas duas filhas. Se tiverem que escolher entre Parker e Sadie? Escolham Sadie... todas as vezes.

CAPÍTULO VINTE E SETE

FOI UM GRANDE MOMENTO CATÁRTICO QUANDO MINHA FAMÍLIA PERCEBEU QUE ESTIVERA ERRADA O TEMPO todo e começou a chorar de arrependimento, implorando pelo meu perdão?

Uh, não.

Nem sequer conseguimos ver a reação de Parker porque, quando olhamos para o lado, ela já tinha ido embora – dado um jeito de escapar, carregando sua culpa e desgraça consigo, antes de ter que assumir qualquer responsabilidade.

Então Lucinda prontamente teve um colapso nervoso e pediu ao meu pai que a levasse para casa. Eu acabei ficando do lado de fora da minha própria exposição de arte, segurando a quase desmaiada Lucinda enquanto esperávamos meu pai trazer o carro.

Não houve desculpas. Não houve coral grego de remorso.

Mas foi bom ter meu nome finalmente limpo?

Foi. Mais tarde do que nunca, mas, ainda assim, foi bom. Além disso, recuperei meu vestido de poá favorito.

E na verdade, Augusta mal tinha se afastado para entrar na exposição quando o sr. e a sra. Kim apareceram com a maior e mais elegante orquídea fúcsia que eu já tinha visto. A sra. Kim queria me entregar, mas meus braços estavam ocupados segurando minha madrasta má, então ela acabou colocando a flor com carinho aos meus pés.

— O que há de errado com a Martha Stewart? — perguntou o sr. Kim.

— É uma longa história.

— Você não devia estar lá dentro? — perguntou a sra. Kim.

— Essa é uma história ainda mais longa.

— Você trabalhou muito — disse a sra. Kim.

— Estamos muito orgulhosos de você — disse o sr. Kim.

— Vocês não precisam entrar — falei para eles. — Só passar por aqui já é mais que suficiente.

Mas o sr. Kim balançou a cabeça.

— Queremos que você vença.

— Não tenho esperanças de vencer — confessei.

— Veremos — disse o sr. Kim, e eles entraram mesmo assim.

Meu pai apareceu com o carro então, e eu pensei que seria isso: portas de carro batendo, lanternas traseiras vermelhas na distância repentina, eu ficando em pé na calçada sozinha. Mas, para o crédito do meu pai, depois de ajudar Lucinda a se acomodar no banco do passageiro, ele voltou até onde eu estava e ficou por um minuto, oferecendo um pequeno momento de encerramento.

— É verdade? Sobre você me culpar? — perguntei. — Ou Parker estava mentindo?

Meu pai olhou para a calçada enquanto dizia:

— Não acho que ela estava mentindo.

— Você não *acha*?

— Eu disse todas aquelas coisas uma vez — disse ele. — Para a Lucinda. Tarde da noite. Fiquei horrorizado ao ouvir as palavras saindo da minha boca. Acho que esperava que dizê-las pudesse me fazer me livrar delas. Mas acho que só deu a elas uma vida diferente.

— Acho que deu — concordei.

— Eu me lembro de me preocupar depois que você pudesse ter ouvido a gente — meu pai disse. — Então fui verificar o seu quarto. Mas você estava dormindo profundamente. Eu não pensei em verificar Parker.

— Por que você não me contou sobre a mamãe?

— Não queria que você se culpasse.

— Mas você me culpou.

— Esse foi o meu problema. Eu sabia que estava errado. Sabia que não era justo. Foi por isso que me casei com Lucinda tão rápido. Eu sabia que estava decepcionando você. Odiava o quão silenciosa a casa estava. Eu queria, sinceramente, por mais estranho que pareça... encontrar outra mãe para você. Eu pensei: *Vamos apressar a cura e voltar ao normal*.

— Você não pode substituir mães como eletrodomésticos.

— Eu não estava pensando muito claramente.

— E agora você está preso a Lucinda.

— Eu gosto de Lucinda de verdade.

— Eu meio que gosto também. Às vezes.

Então eu me forcei a perguntar:

— Você *ainda* me culpa?

Meu pai pousou as mãos nos meus ombros.

— Querida... claro que não.

A voz dele soou consternada com o fato de eu ter que perguntar. Mas como eu poderia *não* perguntar?

— Você já me culpou.

— Eu já culpei você — ele confirmou —, sim, mas eu estava... — ele procurou palavras para descrever e finalmente se decidiu por: — louco de dor.

Eu abaixei o olhar.

— Eu nem conseguia enxergar direito — lembrou ele. — Eu culpava todo mundo. Você, sim. Mas também sua mãe, por ser tão teimosa. E o médico, por explicar a situação dela tão casualmente a ponto de ela pensar que adiar a cirurgia era uma opção. Eu até culpava o Museu Norman Rockwell. Eu sonhava em dirigir até Massachusetts e colocar fogo no lugar. Eu culpava os amigos dela, a agência de viagens e, mais do que todos vocês juntos, eu me culpava. Como eu não tinha insistido? Como tinha deixado que ela simplesmente ignorasse isso? Sabendo o que eu sabia? Tendo o trabalho que eu tenho? Eu poderia tê-la impedido. Ela ainda poderia estar aqui hoje. Nossas vidas poderiam ter sido tão diferentes. Teria sido tão fácil fazer com que tudo ficasse bem.

Assenti.

— Mas, realmente, ela não era alguém que costumava obedecer a ordens.

Meu pai riu um pouco.

Eu continuei.

— Você faz parecer fácil quando diz que devia tê-la impedido. Mas como você teria feito isso?

Ele balançou a cabeça.

— Roubar as chaves dela? Amarrá-la a um poste? Sequestrá-la para a cirurgia?

— Ela não teria aceitado nada disso muito bem — comentei.

— E então a perdemos — disse ele, sua voz ficando áspera. — E eu não sabia como seguir em frente. — Ele pegou minha mão. — Isso não é desculpa, mas é verdade. Eu não conseguia olhar para você sem vê-la também… sem ter flashes de vocês duas dançando músicas antigas, ou espirrando água em mim com a mangueira enquanto lavavam o carro, ou patinando ao som de música disco. Eu não sei como descrever, mas meu peito se apertava tanto que eu pensava que poderia sufocar. Doía tanto, me assustava… e eu tinha medo de sentir essa dor. Então eu me afastei.

— Eu me lembro disso — falei. — Você desviando o olhar sempre que precisava falar comigo.

Meu pai assentiu.

— Eu estava envergonhado.

Então eu acrescentei:

— Você ainda faz isso. Até hoje.

Estávamos falando como se tudo isso fosse passado distante. Mas muita coisa ainda estava acontecendo.

— Quero me desculpar com você — meu pai disse então.

— Pelo quê?

— Por muitas coisas. Mas, neste momento, pela forma como eu desapareci depois que sua mãe morreu.

Ah. Isso.

— Eu não estava… bem.

— Nem eu.

— Eu estava bebendo muito. Todas as noites no meu quarto.

— Eu lembro — falei. — Você trancava a porta.

— E você ficava do lado de fora, no corredor.

Eu assenti.

— E chorava.

Meu pai apertou minhas mãos, mas manteve a cabeça baixa.

— Ainda posso ouvir o som do seu choro. Na minha cabeça. Posso ouvir você me chamando, me suplicando para sair.

— Mas você nunca saía.

Meu pai balançou a cabeça.

— Um amigo médico me deu alguns comprimidos para dormir. Eu os tomava e desmaiava. Era o melhor que eu podia fazer. Não é desculpa. Não espero que você me perdoe. Deixei você sozinha quando você precisou de mim. Se eu pudesse voltar no tempo, eu voltaria. Abriria aquela porta, pegaria você nos braços e diria tudo o que você precisava ouvir: *Você não está sozinha. Vamos ficar bem. Amo você.*

Então meu pai me abraçou, e eu pude sentir que ele estava chorando.

— Desculpe, Sadie — disse ele. — Sua mãe me odiaria muito pelo modo como eu falhei com você.

Meu impulso imediato foi dizer: *Você não falhou comigo.*

Mas é claro que ele tinha falhado. Não apenas naquele momento, mas depois – várias e várias vezes. Então, em vez disso, eu disse:

— Mas você está aqui agora. E trouxe as flores favoritas dela.

A voz dele era quase um sussurro.

— É claro.

E então, com a mão enfaixada, ele arrancou uma das calêndulas do meu buquê e a colocou atrás da minha orelha com a margarida.

Esse único momento tornou magicamente tudo melhor?

Não.

Mas tampouco piorou as coisas.

Tenho que reconhecer.

E agora, sempre que vejo uma calêndula, penso na minha mãe, é claro, como sempre, mas penso no meu pai também. Pedindo desculpas.

•••

Depois que ele foi embora com Lucinda, peguei a orquídea que tinha ganhado da sra. Kim e olhei para a entrada da galeria.

Ainda faltavam quarenta e cinco minutos.

Uma pessoa corajosa voltaria e ficaria até o final. Mas eu não tinha certeza de quão corajosa era. Uma coisa era não sair do meu posto, outra era estar fora e depois me forçar a voltar.

Não sei se eu tinha coragem suficiente para fazer isso.

Mas mal tinha tido tempo de considerar isso quando, em rápida sucessão, tive aquela sensação visceral de que alguém estava me observando, me virei para descobrir quem era e vi Parker de relance, dobrando a esquina, sumindo de vista.

Ela ainda estava aqui.

Permanecendo na cena de um de seus muitos crimes.

Dei alguns passos naquela direção, pensando que ela estivesse fugindo e que eu poderia persegui-la. Mas então vi a sombra dela na calçada. Ela não tinha fugido. Estava apenas se escondendo.

Se escondendo.

Eu esperaria que ela estivesse lá se regozijando. Rindo. Saboreando a miséria que causara.

O fato de ela estar se *escondendo* me fez pensar. Ela estava com vergonha de si mesma? Será que era capaz de sentir vergonha? Será que sentia culpa? Remorso? Até mesmo – e balancei a cabeça, mesmo enquanto pensava nisso – *arrependimento*?

Eu tinha ouvido algumas coisas sobre a vida de Parker também, durante os anos em que todos vivíamos juntos na mesma casa. Uma vez ouvi Lucinda no telefone contando a uma amiga toda a história sobre como o pai de Parker saíra de maneira dramática uma noite – com sua amante esperando no carro. Parker tinha tentado segurar a perna dele para impedi-lo de ir embora, mas ele a sacudira como se estivesse sacudindo um cachorrinho – e a chutara com tanta força que Parker bateu a cabeça contra o batente de metal e teve que ir para a emergência.

Em meus momentos mais generosos, eu às vezes me perguntava se o fato de o pai dela ter ido embora assim a assombrava. Se ela ainda estava lidando com esse momento de alguma forma. Se ela preferia fazer coisas ruins e se tornar uma pessoa má a ter que enfrentar a ideia de que talvez fosse alguém que jamais seria amada.

Ou talvez ela fosse apenas uma psicopata.

Ou mesmo uma sociopata.

E sim, eu tinha feito pesquisas suficientes sobre Parker ao longo dos anos para conhecer a diferença entre os dois. Até imprimi um fluxograma certa vez. Acho que a conhecia havia tempo demais e bem demais para ter esperanças de que ela pudesse mudar.

Dito isso, aquele momento parecia uma oportunidade. Todas as nossas histórias normais sobre nós mesmas e nossa família meio que passaram por uma trituradora de papel naquela noite. Naquele momento, com tudo em frangalhos, parecia que eu poderia dizer algo verdadeiro. E independentemente de ela ouvir, entender ou usar contra mim, decidi naquele momento seguir em frente e dizer.

Para o meu bem, se não para o dela.

— Parker — eu a chamei, observando sua sombra para ver se ela fugiria com o som da minha voz. — Eu sei que você está aí.

A sombra não se moveu.

Continuei.

— Não sei o que leva você a me perseguir assim. Uma vez li que pessoas que machucam os outros pensam que só têm duas escolhas no mundo: machucar ou ser machucadas. E assim elas machucam os outros para se sentir seguras. Como se, ao serem as valentonas, não pudessem ser intimidadas. Se forem as agressoras, não podem ser as vítimas. Como se qualquer coisa na vida pudesse ser tão simples. Mas talvez seja assim para você. Talvez seja uma lógica falha. Talvez seja algo que você vai repensar no futuro e de que vai se arrepender. Ou talvez haja, não sei, alguma coisa errada com o seu cérebro, e vai ser assim para sempre. Eu sempre representada como o esquilo, e você sempre representada como a piromaníaca do bairro que encharca o esquilo de fluido de isqueiro...

Parei então, caso ela tivesse algo a dizer.

Ela não tinha.

Então continuei.

— A ironia disso é... eu sempre quis uma irmã.

Este momento estava quase acabando – eu podia sentir isso. E a sombra ainda estava ouvindo.

Então algo ficou muito claro para mim: por pior que Parker tornasse minha vida, ela tornava a própria vida ainda pior. Nada que ela pudesse fazer comigo era tão avassalador quanto o que fazia consigo mesma. Ao se afastar da bondade, ela escolhia uma vida de tormento.

Talvez eu não precisasse puni-la.

Talvez ela já estivesse punindo a si mesma.

Alerta de spoiler: eu descobriria no dia seguinte que meu retrato tinha ficado em último lugar no concurso. Que eu tinha recebido um total de zero votos dos jurados. Mas eu realmente sairia com uma compreensão totalmente nova do que significava vencer. E, parada naquela rua escura, sozinha, falando com a sombra de Parker, eu já começava a ter uma ideia do que isso significaria.

— Só quero que você saiba — eu disse então — que não precisa ser assim. Não precisamos ser inimigas. Eu acredito que você pode mudar, e sei que não sou vingativa. Se algum dia você decidir que quer parar de agir assim... vou tentar te perdoar de verdade.

CAPÍTULO VINTE E OITO

NESSA NOITE, NO MEIO DE TUDO ISSO, DEIXEI A MENSAGEM DE VOZ MAIS MALUCA DE TODA A MINHA VIDA.

Sabe o pedido de desculpas que recebi do meu pai? Não consertou magicamente tudo sobre minha infância, é claro. Não podemos voltar no tempo.

Mas fez com que eu pensasse um pouco diferente.

Tipo, ouvir o lado dele da história mudou minha compreensão de tudo o que tinha acontecido.

Ouvi-lo se desculpar pela maneira como tinha me deixado no corredor todas aquelas noites? Nunca tinha me ocorrido que o que acontecera naquela época tinha sido algo que não minha culpa.

Eu sempre achei que minha carência desesperada todas aquelas noites o afastara.

Minha interpretação, aos catorze anos, foi presumir que eu causara o desenrolar daqueles fatos. Que eu tinha afastado meu pai com minha carência. E eu emergi daquele período de nossas vidas com uma lição errada sobre como o mundo funciona, pensando que, se eu quisesse ser amada – e quem não quer? –, precisava ter certeza de nunca precisar de ninguém. Nunca.

Ah, que comédia.

Todo esse tempo, eu estava insistindo na coisa errada. Eu pensava que a única maneira de estar próxima era ficando longe.

Exceto com Joe, é claro. Que não aceitaria um "longe" como resposta.

Uma montagem de memórias começou na minha cabeça. Joe subindo até o telhado para me dizer que minha fechadura estava quebrada. Joe se oferecendo para ser meu modelo. Joe me levando para dar um passeio de Vespa. Joe me ajudando durante um ataque de pânico e depois pedindo uma pizza para nós. Joe tão paciente enquanto eu passava as mãos por todo o corpo dele.

E por aí vai.

Se havia alguém neste mundo que não era afetado pela carência, era Joe. Ele tinha um superpoder para me ver no meu pior – e não virar o rosto.

Não era de admirar que eu tivesse me apaixonado por ele.

Ele tinha ignorado todas as minhas regras usuais.

Claro... então ele desapareceu. Sumiço total – com um toque de hostilidade.

Por que ele tinha feito isso mesmo?

Ainda não estava totalmente claro para mim.

Mas eu pensava na dra. Nicole dizendo que meu cérebro era um ecossistema instável ultimamente. E pensava em como eu tinha tentado desesperadamente esconder isso de todos que me conheciam com medo de parecer patética. Ou ridícula. Ou – Deus me livre – carente.

Quanto mais eu gostava de Joe, menos queria que ele soubesse o que estava acontecendo comigo.

Mas se aquela montagem mental acabara de deixar algo claro, era que Joe não se afastava quando eu precisava dele. Ele se aproximava.

Antes que eu percebesse, estava pegando meu celular para ligar para ele e deixar a mensagem de voz mais longa da história das mensagens de voz.

■■■

Eu me sentei lá fora, no telhado, olhando para as estrelas, e decidi ser honesta sobre minha vida finalmente.

Aqui está a transcrição completa e não editada:

"Oi, Joe. Aqui é a Sadie. Estou deixando uma última mensagem pra você. Não desliga! É uma mensagem legal. Você me disse para não entrar em contato com você nunca mais... e eu não vou, juro. Mas eu realmente preciso dizer uma última coisa, e é: *Obrigada*. Estou ligando para agradecer. Sinceramente. Eu não sei... o que exatamente aconteceu entre nós. Mas eu sei disso. A exposição aconteceu esta noite, e nosso retrato não ganhou. O que não é surpresa. Não recebeu nenhum voto dos jurados... mas eles também não colocaram fogo nele, então já é alguma coisa. Eu gosto, pessoalmente. Acho que você também vai gostar, se algum dia o vir."

Suspirei.

"Por que estou ligando pra você? Por que de verdade estou ligando pra você? Algumas loucuras aconteceram hoje na exposição, e agora estou aqui no telhado pensando no que realmente importa na vida, e em quem eu quero ser, e em como quero viver. E decidi compartilhar a notícia fascinante com você... sobre mim... que parte da razão pela qual tenho desmoronado tanto ultimamente... parte da razão pela qual você me pega chorando nos cantos e corredores... é que...". Tossi um pouco e continuei: "Nossa, é tão estranho dizer em voz alta... mas a, pequena, hum, cirurgia cerebral que fiz não faz muito tempo... ela me deixou com uma condição chamada prosopagnosia adquirida. Muitas sílabas, né? Basicamente significa cegueira facial. Significa que eu não consigo mais ver rostos. Eu consigo ver outras coisas. Todas as outras coisas, na verdade... só não rostos. Desde a cirurgia. Que agora faz seis semanas. Os médicos realmente esperavam que se resolvesse em algum momento, mas ainda não se resolveu, e pode nunca se resolver, eles disseram. Ou pode. Talvez eu devesse ter contado isso pra você antes. Mas eu... não quis, sabe? Eu não queria dizer em voz alta. Eu não queria que fosse verdade. Eu não queria que as pessoas sentissem pena de mim... nem ficar quebrada, ou mudada, ou diferente. Eu não queria não estar bem. Eu pensei que se apenas fingisse estar bem e não precisasse de ninguém nem de nada, seria o suficiente. É assim que tenho me virado desde o dia em que minha mãe morreu. Mas eu não estou bem, Joe. Essa é a verdade. Eu estou absoluta e surpreendentemente... nada bem agora. E às vezes nem sei o que é estar bem. Mas minha neuropsicóloga diz que você pode fingir estar bem ou pode realmente estar bem, mas não pode fazer as duas coisas ao mesmo tempo. Então acho que este é o meu primeiro passo. Parar de fingir. Começar a ser honesta sobre a minha vida da maneira mais corajosa e ousada possível: em uma mensagem de voz que ninguém nunca vai ouvir."

Eu parei por um segundo. Então continuei.

"Sinto muito por ter sido um verdadeiro desastre. Essas últimas semanas têm sido tão estranhas e difíceis, mas quero que você saiba que, para mim, você foi a melhor parte delas. Todas as vezes que você me salvou, todas as vezes que cuidou de mim. Você foi uma verdadeira força positiva na minha vida. Sou grata. Sempre vou ser... não importa o que tenha acontecido, onde você está ou como terminou. Então. Obrigada. Obrigada por ser um amigo quando eu realmente, realmente precisava de um. E obrigada pelo beijo mais fenomenal na história de todos os tempos. A propósito, acho que estou apaixonada por você... ou pelo menos estava. Antes de você sumir. Mas não se preocupe. Vou superar."

Espera aí...

Eu acabei de dizer "apaixonada por você"? Em voz alta?

Comecei a tentar apertar o botão de encerrar, mas meu dedo estava tão nervoso que continuava batendo inutilmente no telefone.

— Merda! Merda! Merda! — falei, ainda gravando, sem conseguir desligar.

Finalmente, no meio do desespero, acrescentei:

— Ok, então. Tudo de bom!

E com isso – na tentativa número quatro mil – finalmente pousei a ponta do meu dedo no botão de desligar. E acabou.

O silêncio que se seguiu foi brutal, enquanto os últimos segundos daquela mensagem ecoavam na minha cabeça: "A propósito, acho que estou apaixonada por você". Então uma exclamação e "Merda! Merda! Merda!". Depois, entre todas as coisas possíveis: "Tudo de bom!".

Tudo de bom? *Tudo de bom?*

Foi assim que terminei a mensagem de voz mais humilhante da história humana? *Tudo de bom?* Mesmo?

Mas então eu tive um pensamento reconfortante:

Estava tudo bem. De verdade.

Ele jamais ia ouvir mesmo.

CAPÍTULO VINTE E NOVE

FUI PARA A CAMA NAQUELA NOITE ME SENTINDO EM PAZ COM MINHAS ESCOLHAS.

Mas acordei no dia seguinte me sentindo bem irritada.

Eu realmente tinha ligado para o cara que sumiu e *agradecido* a ele? Agradecido?

Onde exatamente estava meu respeito por mim mesma?

Não se agradece às pessoas que colocam seu coração em um moedor de carne. Não se agradece às pessoas que abandonam você. Não se agradece às pessoas que encaram você friamente e depois viram as costas quando você implora por ajuda.

Era esse o meu plano? Absolvê-lo de toda a responsabilidade e seguir em frente como se nada tivesse acontecido?

Ele tinha terminado comigo e saído da cidade sem motivo aparente, sem nem uma explicação – e agido como se eu fosse o problema.

Não tinha sido nada legal.

E eu achava uma boa ideia deixar para ele uma mensagem de agradecimento *por isso*?

Sim. Aparentemente, achava.

O que me deixou ainda mais irritada. Com nós dois.

Porque como eu poderia superar se ainda estivesse consumida pela raiva?

Ou talvez ficar consumida pela raiva fosse parte do processo de superação...

Tudo bem, então. Sem mais lamentos, sem mais choro, sem mais saudade do futuro cujo controle eu havia perdido.

Era hora de ficar bem. De verdade.

A raiva era muito curativa – ardendo dentro de mim com um fogo purificador.

Sue concordava.

Quando ela voltou de seu sequestro/fuga para casar, alguns dias depois, dedicamos uma última, longa e animada noite a processar o incidente com Joe, decidimos que tinha sido por pouco que eu não tinha entrado numa enrascada, fizemos uma lista de caras que Witt poderia me apresentar e passamos o resto da noite pensando no que diabos, agora, eu deveria fazer com a minha carreira.

Sue sugeriu "designer têxtil" porque achava que eu tinha um jeito com cores. Mas também consideramos designer de interiores, proprietária de uma loja de tricô e dona de um hotel boutique nos Alpes suíços.

A outra grande novidade era que os pais de Sue estavam organizando uma festa de casamento para ela.

— Eles não estão chateados por você ter se casado sem eles?

— Não — disse Sue, como se essa pergunta fosse maluca. — Eles adoram Witt. Minha mãe tricotou um suéter para ele com um coração.

Aparentemente, a mãe de Sue achava que o sequestro para casar era muito romântico. E achava que Witt era um rapaz doce e um bom provedor. E ela era uma grande fã do Canadá.

Acontece que a sra. Kim e Sue estavam planejando uma pequena celebração de casamento desde o início da viagem de trem transcontinental de Sue – trocando fotos de arranjos de flores e configurações de mesa por mensagens de texto –, e a mãe dela já tinha tudo planejado para a sexta-feira depois que os recém-casados voltassem.

— Uau! — exclamei. — Entre mim e sua mãe, mal sobrou tempo para você aproveitar seu sequestro.

— Eu dei um jeito — garantiu Sue.

— Witt tem sorte de conseguir qualquer tempo com você — afirmei.

Sue concordou.

— Aliás — disse ela. — Minha mãe quer saber você pode nos emprestar o seu terraço.

— Não é meu terraço — falei. — É o terraço dela.

— Então tudo bem?

— Claro que sim.

— Ótimo — disse Sue. — Porque já está tudo organizado.

Na sexta-feira da festa dos Kim, três coisas surpreendentes aconteceram de uma vez.

Um: recebi uma carta da North American Portrait Society informando que, ainda que meu retrato não tivesse ganhado a competição na noite da exposição, ele havia alcançado o lance mais alto na noite do leilão – arrecadando mais de mil dólares para o programa de bolsas de estudos deles.

O e-mail listava o licitante vencedor como um tal de sr. Young Kim.

Que coincidentemente estava no meu terraço enquanto eu lia o e-mail, ajudando a esposa a organizar mesas para a festa.

Saí para confrontá-lo, com Amendoim na minha cola.

— Sr. Kim — chamei, minha voz cheia tanto de repreensão quanto de afeto. — O que passou pela sua cabeça para dar um lance no meu retrato?

Ele e a sra. Kim estavam desdobrando uma toalha de mesa juntos, e ela tremulou na brisa antes que eles a alisassem e se virassem para mim.

Ambos fizeram expressões inocentes.

— Nós gostamos — disse o sr. Kim.

Aparentemente, o sr. e a sra. Kim tinham pegado cada um uma placa de leilão quando entraram, com um plano premeditado de aumentar mutuamente os lances durante toda a noite. Mas aí outra senhora entrou na disputa e começou a aumentar os lances deles. E depois outra.

— Foi sangrento — disse o sr. Kim. — Mas nós vencemos no final.

(Mais tarde, num acesso de curiosidade, liguei para a galeria para pedir os nomes das outras pessoas que tinham dado lances. A recepcionista olhou desinteressada e relatou de volta: "Parece que foi uma cliente de sobrenome Thomas-Ramparsad e outra de sobrenome Ross". No final, foi vendido pelo dobro do preço de qualquer outro retrato na sala.)

— No que vocês estavam pensando? — Eu quis saber.

O sr. Kim deu de ombros.

— Nós adoramos. Vamos pendurá-lo no saguão.

— No saguão? — perguntei. — Deste prédio?

O sr. Kim assentiu.

— A sra. Kim diz que se parece um pouco com o astro coreano Gong Yoo.

Será que se parecia? Hum. Cara, eu queria poder ver essa pintura.

O sr. Kim deu de ombros.

— E você sabe o quanto ela ama o Gong Yoo.

— Mas, sr. Kim — insisti, ainda lutando, minha cabeça balançando por conta própria. — Todo esse dinheiro...

— Não se preocupe com isso — disse ele.

— Eu vou me esforçar muito para ficar famosa algum dia, para que a pintura valha algo no final.

O sr. Kim me dispensou com um gesto.

— Já vale o suficiente. — Então ele me deu um sorriso triunfante. — Além disso, foi por caridade.

— Eu sinto muito — falei —, mas a North American Portrait Society não é exatamente uma instituição de caridade.

Mas o sr. Kim deu um sorriso tolerante e balançou a cabeça, como se eu não estivesse entendendo o ponto aonde ele queria chegar.

— Não eles — falou. Então apontou para mim. — Você.

— Eu? — perguntei.

Então ele me deu uma piscadinha.

— Nós só queríamos muito que você vencesse.

Com isso, o sr. Kim começou a se afastar – mas então se lembrou de algo e se virou novamente.

— Sue nos disse que a 515 está incomodando você.

Senti meus ombros se contraírem. Ele estava falando de Parker.

— Sim — falei. — Muito.

— Boas notícias — disse ele sobre isso. — O contrato de locação dela foi cancelado.

— Cancelado? Por quê?

Ele deu de ombros.

— Ela violou os termos.

Não resisti a perguntar.

— Quais termos ela violou?

O sr. Kim olhou diretamente para Amendoim. Depois sorriu para mim. Então deu de ombros.

— Sem animais de estimação — disse ele.

— Sem animais de estimação? — repeti. Era uma regra? Fiquei imóvel, como alguém pego no flagra.

— Está bem ali no contrato — disse o sr. Kim, balançando a cabeça, como se dissesse: *Ah, bem.* — Animais de estimação proibidos são motivo para rescisão.

Decidi apenas fingir que Amendoim não existia e assentir como se estivesse mantendo uma conversa, tipo: *Interessante.*

Então o sr. Kim disse:

— Ainda bem que nunca vi nenhum outro animal de estimação neste prédio. E você?

O sr. e a sra. Kim tinham um bichon-havanês chamado Cosmo.

— Nunca — garanti.

— É isso aí — disse o sr. Kim, concordando. — E vamos manter assim.

...

A segunda coisa louca que aconteceu foi que um pacote misterioso chegou para mim. Era um grande tubo cilíndrico com uma carta dentro que caiu quando eu abri uma das extremidades.

Reconheci a caligrafia em meio segundo.

Era do meu pai, no papel timbrado do hospital:

Querida Sadie,

Levei isso comigo na noite da exposição para dar para você, mas, com toda a confusão, esqueci. Eu sei que você vai saber o que é assim que vir, mas se tiver alguma dúvida ou só quiser conversar, estou aqui.

Sinto que nossa visita na outra noite foi boa, e espero que você também tenha achado.

Orgulhoso de você, querida.

Com amor,
Papai

Bem, aquilo era intrigante.

Levei um minuto para retirar o conteúdo – uma tela enrolada – do tubo. Mas, assim que a abri sobre uma mesa, vi que ele estava certo.

Essa tela não precisava de apresentações.

Era o retrato que minha mãe estava pintando – de mim – quando morreu. O retrato que ela planejava apresentar em sua própria exposição de arte.

Eu nunca tinha visto.

Prendi a respiração ao ver.

Era eu. Aos catorze anos. Olhando para a frente, inclinada sobre uma mesa de piquenique, o queixo apoiado nas mãos. Todo o retrato parecia estar iluminado de dentro. A luz solar se infiltrando na imagem. O brilho dos olhos. O resplendor da pele. Eu era tão desajeitada aos catorze anos – e minha mãe não ocultou isso, não tirou meu aparelho nem tentou me transformar em algo diferente. Ela simplesmente me pintou exatamente como eu era. Mas radiante. Como eu realmente era – só que banhada em luz solar, calor e travessura adorável.

Tão adorável essa garota na tela.

Era como dar uma olhada no passado através dos olhos dela.

Será que era assim que ela me via?, eu me questionei. *Assim como eu realmente era – mas melhor?*

Olhei para o meu rosto de catorze anos, tão claro e brilhante. Lembrei-me de posar para aquele retrato – de como eu não queria ficar parada. Como íamos todas as manhãs para o parque perto da nossa casa. E este era o resultado: ela de alguma forma tinha capturado toda a luz solar, todas as brisas da primavera, toda a minha exuberância e travessura, e todo o seu amor caloroso e tolerante por mim bem aqui nesta única tela.

Olhando para isso, perdi completamente a noção do tempo. Havia tanta vida naquele retrato – tanto da minha mãe nele – que, por apenas um minuto, parecia que ela devia estar ali comigo. E eu me ouvi falar com ela enquanto estava perdida na contemplação:

— Você não devia ter esperado. Não devia ter adiado as coisas. Eu não precisava de férias. Eu só precisava de você. E eu queria tanto, tanto, tanto poder ver você de novo.

Havia lágrimas por todo o meu rosto muito antes de eu voltar à realidade.

E, assim que notei as lágrimas, percebi mais uma coisa.

A terceira coisa louca.

Eu tinha acabado de passar um tempo indeterminado encarando um retrato do meu rosto.

E *eu conseguia ver o rosto.*

Conseguia ver tudo. A boca, o aparelho, as íris dos olhos. Todas as peças estavam lá e na ordem certa – todas encaixadas exatamente onde deviam estar.

Então, antes que eu pudesse mudar de ideia, eu me esgueirei até o espelho do banheiro para dar uma olhada... mas fechei os olhos no último momento e depois me vi parada diante do espelho, com medo de abri-los.

A dra. Nicole havia me alertado que, caso os rostos voltassem, eu não necessariamente captaria todos eles, ou não todos de uma vez. No espectro da prosopagnosia, rostos mais familiares eram mais fáceis de ver. A teoria era que, quanto mais impressões visuais o cérebro tinha de um rosto, mais provável seria conseguir juntar as peças.

— Está tudo bem — disse a mim mesma.

Nenhum futuro era certo. Nenhum de nós sabia o que poderia acontecer a seguir. Eu não precisava saber quantos outros rostos poderia ver nem calcular quando, exatamente, meu giro fusiforme facial se estabilizaria no espectro da cegueira facial em "super-reconhecedora".

Seria o que fosse para ser.

Eu apenas seguiria em frente, passo a passo, com gratidão.

Cobri o rosto com as mãos e depois abri os olhos para espiar por entre os dedos. Lentamente, afastei as mãos.

E lá estava eu.

Meu rosto. Direto no espelho. Não como peças separadas, mas como um todo. Não como olhos, lábios e narinas desconectados, mas como *eu*.

— Olá, estranha — falei em voz alta.

E lá estava eu. Eu. Olhando curiosamente para o espelho.

Tudo recomposto como se eu nunca tivesse estado desmontada.

CAPÍTULO TRINTA

A FESTA DE CASAMENTO FOI BEM DIFERENTE DA ÚLTIMA – E ÚNICA – FESTA QUE EU HAVIA FREQUENTADO naquele terraço.

No espaço de um único dia, a sra. Kim supervisionou uma transformação total no espaço. Trouxe uma banda, montou uma pista de dança, pendurou mil lâmpadas e colocou mesas elegantes ao longo do lado oeste do terraço, com vista para o rio, para que pudéssemos jantar enquanto assistíamos ao pôr do sol.

Quando digo *mesas elegantes*, quero dizer toalhas de mesa de linho, cristais, talheres de hotel, velas em candelabros de latão desbotado, arranjos copiosos de flores de magnólia e eucalipto...

Pense na mesa ao ar livre mais linda que você já viu em uma revista de decoração – agora triplique isso.

A sra. Kim tinha estilo. E Sue era sua única filha.

Ela transformou o terraço do meu cafofo no lugar mais elegante da terra.

Então... era bem diferente da última festa que eu havia frequentado ali. Onde as pessoas dançavam fazendo o movimento da minhoca.

Outra diferença: eu soube com antecedência que a festa ia acontecer.

Não cheguei vestindo roupas de outra pessoa, sujas de café.

Na verdade, Sue até me emprestou um dos meus vestidos favoritos dela para usar. Um vestido maxi azul-claro, cortado em viés, com camadas de babados na bainha. Azul porque era a cor favorita de Sue. Babados porque eles pareciam estar ansiosos por um motivo para subir até o topo de um prédio e se entregar ao vento.

Milagre dos milagres: ele serviu. Algo na forma como ele abraçava minhas costelas e depois se ajustava sob o meu traseiro fazia com que eu me sentisse esbelta. Da melhor maneira possível.

Nada de Pijamudo hoje à noite.

Era tudo para Sue, é claro – para celebrar o início de sua vida casada com Witt. Mas eu decidi que também poderia comemorar silenciosamente um novo começo para mim.

Quer dizer, tinha sido uma primavera e tanto.

Eu tinha encarado algumas verdades difíceis sobre a vida, sobre mim mesma e sobre minha família. Tinha falhado miseravelmente na única carreira na qual sempre quis ter sucesso. Tinha me apaixonado loucamente por duas pessoas e depois perdido ambas. Eu tinha perdido tudo, de certa forma.

Mas depois encontrei outras coisas. De outras maneiras.

O ponto é que eu estava pronta.

Pronta para encarar a festa. E o resto da minha vida. E todos os rostos impossíveis.

Embora eu não soubesse exatamente quantos deles eu seria capaz de ver.

...

À medida que os convidados subiam as escadas em espiral e ocupavam o terraço, eu estimava que minha taxa de reconhecimento facial estava em cinquenta por cento. Não posso afirmar com certeza, mas o padrão parecia estar relacionado à familiaridade — talvez ao número de impressões que meu cérebro já havia armazenado.

Se eu conhecesse a pessoa que se juntava a nós no terraço, as características se encaixavam perfeitamente – rápido e fácil, como sempre. Quando vi Sue e a sra. Kim – parecendo verdadeiramente etéreas em seus vestidos hanbok tradicionais –, vi seus rostos adoráveis imediatamente. Consegui também ver Witt e o sr. Kim muito bem em seus ternos – seus rostos descansando sensatamente em suas cabeças como se nunca tivessem ido embora.

Se eu não conhecesse a pessoa de jeito nenhum, no entanto – como a avó de Witt, por exemplo –, o rosto permanecia desconexo. Se eu conhecesse a pessoa um pouco – um conhecido, digamos –, o rosto podia começar indecifrável, mas se encaixava um pouco depois, como se resistisse por um minuto e depois finalmente cedesse.

Era incrivelmente alucinante.

Mas também era progresso.

Confesso que eu esperava colocar aquele vestido, sair no terraço e ver cada rosto com total facilidade, em um triunfo avassalador – exatamente como nos velhos tempos.

Mas não era exatamente como nos velhos tempos.

De certa maneira, era melhor. Porque ver rostos familiares novamente era uma alegria. E não ver rostos desconhecidos?

Não tinha problema.

Era administrável.

Da última vez que eu tinha estado naquele terraço em uma festa, estava realmente enjoada de medo.

Mas esta noite? Eu estava bem.

Se eu reconhecesse uma pessoa, ótimo. Se não, também estava tudo bem.

Isso era triunfante de sua própria maneira tranquila.

Antes da festa, eu tinha preparado uma frase de enfrentamento no caso de começar a entrar em pânico, e era assim: "Me ajuda aqui. Eu tenho um problema de reconhecimento facial. A gente já se conheceu?".

Quer saber qual foi a parte mais difícil dessa frase? A palavra *ajuda*.

Que, como sabemos, nunca foi meu estilo.

Mas eu não estava pedindo algo difícil para ninguém, disse a mim mesma. Não estava pedindo ajuda com trigonometria, para subir o El Capitan, ou para invadir as praias da Normandia. Tudo o que alguém tinha que fazer era responder a uma pequena pergunta fácil.

Isso, lembrei a mim mesma, como todas as coisas difíceis na vida, era uma oportunidade.

Uma chance para eu praticar pedir ajuda.

E: *A gente já se conheceu?* Não existia uma frase inicial melhor para isso. Uma pessoa poderia atender a esse pedido com *uma sílaba*.

Foi isso que eu disse a mim mesma. Nada demais.

Pratiquei várias vezes enquanto me vestia, depois caminhei pelo telhado – tão preparada quanto possível –, enquanto argumentava com o nervosismo no meu peito de uma maneira que deixaria a dra. Nicole muito orgulhosa. Era algo possível de ser feito. Nada de vomitar escondida na sala de máquinas.

Eu podia simplesmente... respirar.

E admirar as mesas dignas de revista da sra. Kim. E sentir os raios do sol aquecendo minha pele. E curtir os babados da minha saia se movendo ao redor das minhas panturrilhas. E balançar um pouco ao som da música da banda.

Se isso não é um triunfo, eu não sei o que é.

...

Em um nível científico, era totalmente fascinante observar o giro fusiforme facial em algum lugar entre funcionar e não funcionar – vendo-o fazer seu trabalho em tempo real. Isso me fazia pensar em tudo o que meu corpo miraculoso fazia o tempo todo sem nunca precisar de ajuda ou reconhecimento.

O que me fazia sentir grata. Cientificamente e de outras formas.

Mas havia uma variável confusa na coleta de dados. Um rosto totalmente desconhecido que devia – por todos os padrões estabelecidos – ser incompreensível... apareceu no telhado totalmente intacto.

Eu podia vê-lo claramente.

Um cara de terno azul-escuro chegou talvez meia hora depois... e eu o reconheci imediatamente, embora nunca o tivesse visto antes.

Eu me aproximei de Sue e a cutuquei até chamar a atenção dela.

— O que foi? — perguntou ela.

— Me diga quem é aquele — pedi, inclinando a cabeça na direção do cara de terno azul.

Sue espiou.

— Ah, meu Deus, desculpa! — disse ela. — Meu pai convidou ele.

— Me diga que não é...

— É o Joe — Sue confirmou, com um aceno de cabeça indicando que não havia sentido lutar contra isso.

— Não, não, não — falei. E eu tinha *acabado* de me gabar de como eu estava bem.

— Aparentemente, meu pai o adora — disse Sue. — Ele o ajudou a mover móveis tantas vezes que meu pai o apelidou de Prestativo. Você sabia disso?

— Sabia — respondi.

— Meu pai o convidou para que ele pudesse ter um encontro! Com você! Eu esclareci tudo e expliquei que estar disposto a ajudar a mover móveis não torna ninguém definitivamente uma boa pessoa, e que um encontro seria inútil porque ele já tinha terminado com você e partido seu coração. Mas, naquele momento, já era tarde demais.

Ele já tinha terminado comigo e partido meu coração.

Uau. Com certeza.

Enquanto Joe cumprimentava os Kim, aqui em cima, na brisa, contra um pôr do sol rosa-choque, eu me permiti observá-lo.

Ver o retrato da minha mãe tinha sido uma felicidade agridoce. Ver meu próprio rosto no espelho tinha sido um alívio. Ver Sue, os Kim e vários amigos da faculdade de arte tinha sido divertido em diversos níveis.

Isso era algo diferente.

Primeiro, eu não estava vendo Joe *novamente*.

Eu nem consigo capturar como é alucinante ver alguém pela primeira vez – e reconhecer a pessoa.

Quer dizer, eu tinha *beijado* esse cara! Duas vezes!

Mas nunca o vira antes.

Uma lembrança do torso nu de Joe enquanto ele me jogava na cama ressoou em minha memória como um trovão.

Deixei aquilo de lado. Tudo bem, tudo bem – eu o tinha visto, mas não tinha visto. Era um erro cerebral. Não era novidade. Está tudo bem.

Mas aqui está o mais chocante: como ele era terrivelmente bonito. Ele não tinha apenas um rosto. Ele tinha um rosto muito, muito bonito.

Traços fortes e retos. Ângulos e bordas. Um queixo! Um pomo de adão! Além de um nariz, dois olhos e – aqui, uma lembrança em close apareceu em minha mente – aquela boca.

Espantoso.

E de sonhar. E de partir o coração.

E... o oposto de divertido. Dado que *ele já tinha terminado comigo e partido meu coração.*

Estar consciente de como ele era atraente – e dos fogos de artifício de desejo que isso estava provocando no meu corpo – entrou em foco e permeou tudo o que eu via antes de ter tempo para dizer ao meu giro fusiforme facial que *não.* Quero dizer, o homem tinha um lenço de seda no bolso! E ele sabia dar um nó de Windsor duplo! E aquele terno azul! Ele ficava tão bem que me deixou com raiva. Ninguém devia ter permissão para ficar tão bem em um terno. *Quem tinha costurado aquela roupa?*

Agonia.

O sr. Kim deve ter dito algo engraçado naquele momento, porque Joe sorriu e baixou o olhar. Fiquei hipnotizada com a barba no pescoço dele enquanto ele se inclinava para a frente e concordava. Ele apertou as mãos dos Kim mais uma vez e depois se virou para se juntar à festa, andando alguns passos antes de eu desviar o olhar.

Mas ver alguns passos de Joe foi suficiente.

Confirmado: definitivamente Joe. Com aquele jeito de andar de partir o coração.

Não era de admirar que eu tivesse me apaixonado tão perdidamente por ele.

— Apenas o ignore — disse Sue, me vendo observá-lo, como se dissesse: *Você consegue.* — E fique perto de mim.

Ignore-o. Ignore-o.

Sue pegou minha mão e me levou até seu primo muito elegante, Daniel. Fez gestos para nos apresentar:

— Daniel? Sadie. Sadie? Daniel.

Daniel não tinha rosto, mas tinha um cabelo ótimo.

Sue continuou.

— Sadie é minha melhor amiga, e ela está numa situação delicada esta noite, então estou incumbindo você de flertar com ela durante o resto da festa.

E Daniel, abençoado seja, deu um aceno, indicando que não tinha problema, e disse:

— Entendido.

Sue era, é claro, a estrela da noite – então ficar perto dela era mais fácil de falar do que fazer. Felizmente, Daniel ficou feliz em me adotar e me levou por todos os lugares, me apresentando a seus primos e amigos. Então passei a parte da noite em que os aperitivos eram servidos saboreando uma taça de champanhe e me esforçando para fazer aquela coisa em que você nunca, jamais olha para a única pessoa para quem quer olhar.

Aquela coisa em que você finge nem estar ciente da única pessoa de quem está ciente.

Aquela coisa em que você faz uma performance digna de Oscar para mostrar que está total, absoluta e completamente feliz e bem porque a pessoa que está observando você do outro lado da festa nunca a beijou loucamente e depois partiu seu coração.

Isso realmente aconteceu? Porque você, com certeza, não se lembra.

Você é simplesmente fabulosa demais para se lembrar. Você e seu vestido cheio de babados e seu novo companheiro de terraço são muito, muito incríveis para algo como ser dispensada – e depois ignorada e depois tratada com desdém – sequer importar.

Daniel acabou sendo muito habilidoso em flertar – e então não demorou muito para que seu rosto me encantasse ao entrar em foco.

— Ah, olá — falei, com um frisson de deleite quando isso aconteceu. — Aí está você.

— Aqui estou eu — concordou Daniel de bom grado, sem ter ideia do que eu queria dizer.

— Você é mais bonito do que Sue tinha dito — comentei.

Com isso, Daniel riu e me deu um aperto de lado, e foi quando ergui os olhos e vi Joe nos observando.

— Diga algo engraçado — pedi para Daniel rapidamente.

— Tipo o quê? — perguntou Daniel.

E então eu comecei a rir como se isso fosse o bastante. Depois, Daniel riu porque eu estava rindo.

Quando nos acalmamos, Daniel disse:

— Então. Aquele cara que fica observando você o tempo todo? Você está tentando deixá-lo com ciúmes?

Joe tinha estado me observando o tempo todo? Aquilo parecia uma vitória pequena e triste.

— Sim, por favor — pedi.

— Vamos dançar, então — disse Daniel, indicando a pista vazia.

— Acho que ainda não é hora para isso — falei, olhando para a sra. Kim, não querendo atrapalhar o cronograma dela.

— Ah, com certeza não é — disse Daniel. Então ele me deu um aceno de cabeça. — Melhor ainda.

E foi assim que acabei dançando lentamente com o primo fofo de Sue, acrescentando mais um tipo de triunfo à noite, até que os garçons começaram a servir o jantar. Então fui em direção às mesas para encontrar meu lugar e descobri que a sra. Kim não recebeu o memorando sobre Joe – e nos colocou sentados bem ao lado um do outro.

Os cartões indicando os lugares estavam em coreano e inglês. O inglês no meu dizia *Sadie*. E o que estava diante da cadeira vazia ao meu lado dizia *Prestativo*.

Sr. Kim, seu adorável encrenqueiro.

Joe se aproximou de mim, leu o próprio cartão e percebeu a mesma coisa.

Nos viramos e nossos olhares se encontraram.

Eu disse que ele era um arraso de longe? De perto, era pior.

Aqueles lábios. Aquela mandíbula. Aqueles olhos. Eu vira tudo aquilo antes, em pedaços. E aqui estavam eles, milagrosamente juntos, somando muito mais que a soma de suas partes.

— Sadie — disse Joe, me cumprimentando com um aceno.

— Joe — eu o cumprimentei de volta, observando o quão estranho era ter certeza de que era ele.

E então ali estava ele. O homem que me encantara implacavelmente com sua doçura, consideração e habilidade incrível de me resgatar. O homem que aparecera quando eu estava no momento mais perdido da minha vida e me convencera a me apaixonar por ele de uma maneira que eu não fazia havia anos. Ou nunca.

E então mudou de ideia.

Diante de um jantar inteiro ao lado dele, eu queria me encolher na cadeira.

Mas não fiz isso.

Eu fiquei mais *alta*, caramba.

Me sentei mais ereta.

Invoquei toda a dignidade que pude, me sentei, me virei para a avó de Witt do outro lado e então tive o melhor, mais cintilante, mais incansável bate-papo temático de octogenária de toda a minha vida.

■■■

No fim das contas, eu sou muito boa em ignorar as pessoas.

Quem diria? Mais uma habilidade não comercializável.

Ignorei Joe com entusiasmo durante a salada. E então durante o prato principal, com determinação. E depois por toda a sobremesa, com uma espécie miserável de alegria. Se eu tinha que passar para ele uma cesta de pães, nem sequer virava o tronco. Se ele se atrevia a me pedir o açúcar, eu o empurrava em sua direção com o lado da mão e depois me inclinava de volta para a vovó Kellner e pedia:

— Me fale tudo sobre o seu jardim.

— Tudo?

— *Tudo*.

Espero que a vovó Kellner tenha aproveitado a atenção.

Eu a tratei como uma estrela de cinema na noite do Oscar.

Eu estava morrendo por dentro?

Cem por cento.

Ver Joe era como ser atingida por um raio emocional.

Mas podemos também apreciar como eu estava *acumulando* triunfos? Eu não estava chorando. Nem hiperventilando. Nem vomitando.

Eu estava me controlando. Tinha postura. Fui graciosa. E ignorei meu coração sangrando, como uma campeã.

Tudo o que eu tinha que fazer era chegar ao final do jantar – quando, com sorte, Joe perceberia de repente que, mesmo que tivesse sido convidado, ele não era realmente bem-vindo.

Com sorte, ele estaria tão ansioso para ir embora quanto eu estava para vê-lo partir.

Então eu poderia relaxar.

Então eu poderia dançar a noite toda com Daniel e seus amigos adoráveis.

Então eu poderia finalmente deixar para trás todo esse capítulo estranho da minha vida e seguir em frente.

CAPÍTULO TRINTA E UM

MAS JOE NÃO FOI EMBORA. ELE FICOU.

Ele permaneceu na festa muito depois do jantar e também na hora da dança, me observando com tanta determinação enquanto eu dançava desafiadoramente com Sue, Daniel e todos os primos que parecia um predador perseguindo sua presa.

Eu não me importava que ele estivesse ali.

Eu não me importava que ele estivesse ali, droga.

Ele não podia simplesmente *me encarar* até eu desistir de toda a minha alegria.

Eu tinha seguido em frente. E me recuperado. E, se ele não entendia o que tinha perdido, então eu ficaria melhor sozinha.

Eu estava bem, eu estava bem, eu estava bem.

Mas não dá para dançar loucamente, com uma energia ousada, histérica e intocável, por muito tempo.

Em algum momento você tem que dar uma pausa.

Assim que saí da pista de dança, Joe se aproximou para o ataque.

Eu não queria falar com ele. Isso devia ter ficado perfeitamente claro. Que outra mensagem poderia transmitir o fato de eu tê-lo ignorado a noite toda? No entanto, lá estava ele, assim que me afastei do grupo, vindo em minha direção – com propósito.

Mas eu não precisava ficar ali parada como uma gazela e deixar que ele atacasse. Eu não era um animal indefeso. Assim que o vi se dirigindo até mim, comecei a seguir para... *para onde?* Estávamos em um telhado. Não era como se eu pudesse pegar um ônibus e desaparecer na noite.

Mas eu tinha que tentar, de qualquer forma.

Segui em direção ao canto mais distante, como se talvez eu pudesse dar uma volta atrás da sala de máquinas e impedir a linha de visão dele, e talvez ele me perdesse de vista.

Conforme eu acelerava, ele acelerava.

Eu tinha ficado muito boa em andar rápido nessas semanas pós-cirurgia, então, por um momento, eu realmente estava começando a deixá-lo para trás... até que ele começou a correr.

— Sadie! — Joe me chamou, como se isso pudesse me fazer diminuir a velocidade.

Errado. Isso me fez acelerar.

— Sadie! Espera! — me chamou novamente quando dobrei a esquina.

Dobrar a esquina ajudou – por cerca de um segundo.

Até que, assim que cheguei lá, percebi que era um beco sem saída. Um beco escuro – na verdade –, com uma vista fabulosa do horizonte do centro da cidade.

Eu não ia para aquele lado com muita frequência.

Desacelerei, derrotada, e então fui até a borda do telhado, me apoiando na grade como se admirar a vista tivesse sido meu propósito urgente o tempo todo.

Sem escapatória agora, pensei quando ouvi os passos apressados de Joe atrás de mim.

Inspirei profundamente, por fim, senti o ar encher meus pulmões e implorei para que me desse paz.

E então... Joe apareceu ao meu lado na grade.

Eu o senti chegar antes de me virar.

— Oi — disse ele, um pouco sem fôlego.

Fingi que não ouvi. Como se aquele horizonte cintilante tivesse me encantado tanto que coisas comuns, como interação humana, nem sequer fossem percebidas.

Mas ele não foi dissuadido.

— Posso falar com você um minuto? — ele perguntou, ficando tão perto e olhando para mim com tanta intensidade que não tive escolha a não ser responder.

Ele queria *falar comigo*? Esta noite não tinha sido agonizante o suficiente?

— Você precisa mesmo? — perguntei.

Ele franziu a testa como se não soubesse como responder.

— Por que você está aqui? — perguntei. — Sue não é sua amiga.

— O sr. Kim me convidou.

— Foi sem querer.

— Ok — disse Joe, não muito interessado no sr. Kim. — Mas também estou aqui porque ouvi sua mensagem de voz.

Eu fiquei parada. A mensagem em que eu desejava *tudo de bom*.

Joe esperou por uma resposta enquanto eu mantinha os olhos fixos na cidade.

— Você ouviu? — finalmente perguntei.

— Sim.

— Toda ela? — perguntei.

— Sim.

Por que ele estava trazendo isso à tona?

— E?

— E… eu não percebi que você estava passando por um momento tão difícil. Sinto muito.

Nossa. Tão pouco e tão tarde. Mantive minha voz neutra.

— Tudo bem.

— Obrigado por me contar.

— Eu tinha certeza de que você ia ignorar a mensagem. Como ignorou todas as minhas outras mensagens de voz.

Joe deixou essa provocação passar enquanto se aproximava de mim.

Então eu me virei para ele. Ele queria fazer isso? Tudo bem. Podíamos fazer isso. Mas, uma vez que estávamos de frente um para o outro, percebi que havia muito mais naquele verbo do que eu tinha notado antes.

— Então… — disse ele. — Você não consegue me ver agora?

— Eu consigo *ver* você — falei, talvez um pouco mais irritada do que precisava. — Você está bem aí.

— Meu rosto, quero dizer.

Suspirei.

— Eu consigo ver seu rosto hoje à noite. Pela primeira vez.

Joe franziu a testa.

— Pela primeira vez?

Pensei que talvez Joe estivesse com dificuldade de entender que eu tinha olhado diretamente para ele todas aquelas semanas, tocado nele, conversado com ele, até o beijado, e nunca tivesse visto seu rosto. Era uma coisa complicada de compreender, para ser justa. Eu estava prestes a entrar em uma explicação neurológica de como a cegueira facial adquirida funcionava quando ele me interrompeu.

— Você nunca tinha me visto antes da cirurgia? — perguntou ele.

Pensei um pouco.

— Teve aquela vez. No elevador. Quando eu te ouvi falando sobre a sua noite de aventuras com a buldogue.

Joe balançou a cabeça.

— Mas eu moro neste prédio há dois anos.

— Ok. Mas eu me mudei não muito antes da cirurgia. Então eu era moradora nova.

— Mas você tem usado o espaço no telhado como estúdio há um ano.

Franzi a testa.

— É estranho que você saiba disso.

— Eu sei disso — Joe explicou — porque te ajudei a subir seu material de arte quando você se mudou.

Pensei um pouco.

— Você fez isso?

— Esse tempo todo, você não sabia que era eu?

Balancei a cabeça.

— *Aquele* era você?

— Você tem certeza de que não tinha cegueira facial o tempo todo?

Olhei para ele como se dissesse: *Muito engraçado*. Mas então pensei no assunto.

— Eu me lembro do cara daquele dia. Mas ele tinha uma barba enorme e desgrenhada.

— Sim. Era eu.

— Uma barba e tanto, cara. Dava para estacionar sua Vespa nela.

— Minha esposa tinha acabado de me deixar. Eu tinha abandonado toda a higiene.

— Daí o boné de beisebol.

— Exatamente.

Mas eu não ia deixar aquilo passar:

— Acho que você não tem moral para zombar de mim por não te reconhecer daquele dia. Você era basicamente noventa e oito por cento barba. — Então me lembrei de continuar amarga. Não éramos amigos.

— Só estou surpreso que você não soubesse quem eu era — disse ele. — Todo esse tempo.

Eu cedi.

— Eu não sabia que você era o Cara dos Materiais de Arte.

— Eu até falava oi para você às vezes, mas nada.

— Você falava?

— Só estou pensando em como apenas depois que você ficou com cegueira facial foi que começou a me reconhecer.

— Eu reconheci a jaqueta de boliche — corrigi. — Não você.

— Como você está agora? — ele perguntou. Como se ele realmente quisesse saber.

Como eu *estava* agora?

— Melhor, talvez? — falei. — Eu tinha um inchaço no cérebro bem perto da área que reconhece rostos. Os médicos continuavam dizendo que eu poderia recuperar a habilidade de vê-los assim que o inchaço diminuísse… mas o inchaço continuava não diminuindo. Até recentemente.

— E você recuperou a habilidade?

— Mais ou menos — comentei. — Em parte. Eu consigo ver alguns rostos, mas não outros.

— Mas você consegue ver o meu.

— Estranhamente, sim. Mesmo que eu nunca tenha te visto antes.

— Mas, como acabamos de estabelecer, você já me viu várias vezes.

— Parece que sim.

— Acho que seu cérebro se lembra de mim, mesmo que você não lembre.

— Acho que deve ser.

— Bem — Joe disse então, como se estivesse encerrando o assunto —, eu realmente sinto muito. Eu teria sido mais legal com você se soubesse.

— E então, como um pensamento tardio, ele disse a coisa mais errada que eu já ouvi alguém dizer: — Mesmo depois de você me dispensar.

Mesmo depois de eu... *o quê?* O que ele estava dizendo?

— Eu não dispensei você, cara. *Você* me dispensou.

Joe olhou para mim como se eu estivesse louca.

— Eu não dispensei você.

— Dispensou, sim — afirmei. — Você sumiu do mapa.

— Eu sumi do mapa — admitiu Joe —, mas só depois de *você* me dispensar.

Espera aí.

Calma.

—Joe — eu disse. — Eu não dispensei você. Estou loucamente apaixonada por você. Então, A, eu nunca faria isso. E B, eu definitivamente me lembraria.

Mas Joe se aproximou, olhando nos meus olhos, maravilhado.

— Você está loucamente apaixonada por mim?

Desviei o olhar.

— *Estava* — corrigi. — Tempo passado. Estava.

— Por que você terminou comigo se estava loucamente apaixonada por mim?

— Eu não terminei com você!

— Você me disse que gostava de outra pessoa.

Outra pessoa? Tudo bem. Ok. Hora da confissão completa:

— Eu gostei de outra pessoa, por um breve período. E quando digo "gostei", quero dizer que por um tempo decidi que tinha uma paixão desesperada e obsessiva pelo meu veterinário. E ok, *tudo bem*, eu posso ter passado algum tempo procurando locais nórdicos para o nosso casamento e fantasiando sobre adotar o sobrenome dele. Mas eu realmente acho que era mais sobre tentar sonhar com algo diferente do meu momento mais baixo de algumas semanas muito loucas. Nunca foi real, sabe? Era só uma fantasia.

Mas Joe estava balançando a cabeça.

— Seu veterinário?

— Sim, ok? Meu veterinário deslumbrante.

— Quem?

— *Quem?* Você vai encrencar com ele ou algo assim? Não importa...

— *Quem?* — Joe exigiu saber.

Hesitei por um segundo.

— Ele salvou o Amendoim, ok? Trouxe ele de volta das portas da morte. O nome dele é...

E então, em uníssono, ambos dissemos:

— Oliver Addison.

Franzi a testa.

— Você o conhece?

Mas Joe já tinha dado um tapa na testa e se virado para começar a andar de um lado para o outro no telhado.

— Oliver Addison? — disse ele, quase mais para si mesmo do que para mim. — Você terminou comigo pelo seu veterinário, *Oliver Addison*?

Minha voz ficou mais baixa.

— Parece que você o conhece.

Quero dizer, obviamente ele conhecia. O que exatamente eu tinha feito? Era o cara que atormentava Joe no ensino médio? Ou seu melhor amigo da faculdade? Ou talvez seu irmão gêmeo secreto?

Era claramente alguém importante. Joe ainda estava andando de um lado para o outro.

— O que está acontecendo? — perguntei.

Joe estava respirando fundo agora. Então veio até mim e colocou as mãos nos meus ombros.

— Você terminou com Oliver Addison...

Assenti.

— Na clínica veterinária dele... durante o expediente... no quintal lateral...

Assenti novamente. Como ele sabia disso? Eles eram amigos?

— E você disse para ele que gostava de outra pessoa.

Outro aceno de cabeça da minha parte.

— Essa outra pessoa de quem você gostava — mesmo enquanto dizia isso, ele balançava a cabeça — era *eu*?

Suspirei. Ele realmente ia me fazer dizer isso? Encontrei os olhos de Joe.

— Sim. Obviamente. Claro que era você.

Joe soltou meus ombros e abaixou a cabeça em um gesto que dizia: *Inacreditável*.

Então levou a mão à nuca e esfregou distraído, enquanto olhava ao redor do telhado como se nada fizesse sentido.

Um gesto que parecia estranhamente familiar.

Eu me senti compelida a explicar.

— *Terminar* é uma palavra forte demais! — falei. — Eu nem estava namorando o dr. Addison! Sinceramente! Nós só tínhamos um plano para sair juntos. Na verdade, nunca saímos. Ele me deu um bolo. Foi naquele dia em que a gente se esbarrou na Bean Street e eu estava coberta de café derramado... lembra? E ele nunca me ligou depois disso nem pediu desculpas, então tecnicamente eu não poderia ter terminado com ele porque nem estávamos namorando. Mas depois... você sabe... depois daquele beijo épico que mudou minha vida... eu só queria deixar as coisas bem claras com ele... que nada ia acontecer... porque eu realmente gostava muito de você e queria deixar todos os limites totalmente claros. — Eu podia sentir meu peito se enchendo, mas continuei. — Eu sentia como se... — Respirei fundo. — Eu sentia como se, com você, eu tivesse encontrado algo genuinamente especial... e eu só queria proteger isso. Entende?

Terminei o discurso antes de perceber o quanto eu tinha confessado acidentalmente.

Droga.

Joe deu um passo na minha direção.

— Sadie — ele disse, encontrando meus olhos —, a pessoa com quem você terminou... era eu.

Já não tínhamos passado por isso?

— Estou dizendo, eu não terminei com você!

— Sadie — Joe disse de novo, esperando dessa vez até ter minha total atenção. — Eu *sou* o dr. Oliver Addison.

Mas aquilo não fazia sentido.

— Hum — eu disse, como se o corrigisse de maneira desajeitada.

— Você é o *Joe*.

— Eu não sou o Joe — disse Joe. — Você tem me chamado de Joe há semanas, mas esse não é realmente o meu nome. Meu nome — ele disse novamente para a posteridade — é Oliver Addison.

Ele teria que me dar um minuto para o meu cérebro explodir.

— Desculpa. Espera aí. Você é Joe... ou o dr. Addison?

— Eu sou os dois — disse Joe. — Essas duas pessoas são o mesmo cara.

Agora foi a minha vez de andar em círculos, como se nada fizesse sentido.

— Espera aí — falei. — Você está dizendo... você está dizendo que o cara que mora no andar de baixo... o cara que me alimentou quando eu fiquei trancada do lado de fora, e me acalmou durante um ataque de pânico durante uma festa, e me beijou até me fazer esquecer do mundo não faz muito tempo... esse cara é a mesma pessoa que salvou o Amendoim na clínica?

Joe assentiu.

— O mesmo cara.

— Você — repeti, apontando para ele — é tanto Joe *quanto* o dr. Addison?

Joe assentiu novamente.

— Como é possível que vocês sejam apenas uma pessoa?

— Como é possível que você tenha achado que eu fosse duas pessoas?

Franzi a testa. Boa pergunta.

Joe me deu um minuto para tentar entender.

— Não é a primeira vez que isso acontece — falei, lembrando das Hazels Um e Dois. — Aparentemente, o cérebro é um ecossistema. Se uma parte não está fazendo seu trabalho, pode desregular outras coisas também.

Mas tanto assim? Sério?

Tentamos absorver a impossibilidade de tudo aquilo.

— Mas Joe usa óculos e tem o cabelo de lado. — Imitei com a mão a forma como o cabelo de Joe caía sobre a testa, mesmo percebendo, de repente, que o Joe com quem eu estava falando não estava usando óculos e não tinha cabelo caído. Na verdade, ele tinha... o cabelo do dr. Addison.

— E o dr. Addison tem — estendi o braço para tocar nele — este cabelo.

Muito gentilmente, ao meu toque, Joe assentiu mais um pouco.

— Não uso óculos no trabalho. Só lentes de contato. Mas elas cansam a vista, então eu tiro antes de ir pra casa.

Eu estava me esforçando para que aquilo tudo fizesse sentido.

— E você penteia o cabelo para trás para trabalhar, mas não se preocupa com isso em casa?

— Não fica arrumado por muito tempo — explicou Joe.

Eu oscilava entre luta e aceitação.

— Mas você não é... — e senti o quão bobas eram as palavras, mesmo enquanto as dizia — um cuidador de cobras freelance?

— Você acha que eu sou um cuidador de cobras, e é só isso que eu faço?

Tentei imaginar Joe com um jaleco branco de veterinário.

— Então você é um veterinário que... é cuidador de cobras como uma atividade secundária e também... resgata buldogues sem lar?

— Em termos gerais, sim, podemos dizer isso.

— Mas você não parece um veterinário.

— Escuto muito isso. Daí o jaleco.

Balancei a cabeça, como se dissesse: *O que isso quer dizer?*.

— A maioria dos veterinários usa apenas pijama cirúrgico. Mas, quando comecei, ninguém nunca achava que eu era o veterinário. Então decidi cultivar uma aparência mais profissional. Comecei a usar o jaleco. E as lentes de contato. E o cabelo.

— E deu certo.

— Tem um componente psicológico nos cuidados de saúde. As pessoas precisam sentir que você é qualificado antes de fazerem o que você manda. As pessoas precisam de muito mais ordens do que você pode imaginar.

— Então... — falei. — Eu só vi o dr. Addison usando jaleco, e só vi Joe usando a jaqueta de boliche.

— Eu usava outras jaquetas às vezes — comentou Joe.

Mas eu neguei com a cabeça.

— Quase nunca. Era assim que eu reconhecia você.

— Era por isso que você me chamava de Joe? — perguntou Joe.

— Por que mais eu chamaria você de Joe?

— Pensei que você estivesse brincando. Que estivesse zombando da jaqueta.

— Eu *estava* zombando da jaqueta. Mas também pensei que você era um cara chamado Joe. Que gostava muito, mas muito mesmo, de boliche. O suficiente para comprar uma jaqueta de boliche vintage e bordar seu nome nela.

— Ok — disse Joe, como se agora tivéssemos ido muito longe —, já é ginástica mental demais.

Não havia muito a dizer sobre aquilo.

Joe e eu ficamos nos encarando por um minuto, incrédulos.

Como isso estava acontecendo?

— Você nunca terminou comigo — disse Joe, surpreso ao perceber o que tinha acontecido. Em seguida, corrigindo: — Quero dizer, você terminou comigo. Mas você terminou comigo... por minha causa.

— E você nunca sumiu sem dar notícias. Ou, quer dizer, sumiu, mas só depois de eu ter terminado com você sem perceber que era você.

Joe assentiu.

— É como um desenho de M. C. Escher.

Eu também assenti.

— É como um cubo mágico. — Depois de uma pausa, acrescentei: — Você deve ter achado que eu era louca por continuar ligando e mandando mensagens desse jeito.

— Eu queria muito, mas muito mesmo, responder — disse Joe, sua voz mais carinhosa agora. — Tive que deixar meu celular do lado de fora, na varanda.

— Acho que tenho que chamar você de Oliver agora — comentei, olhando para o rosto dele e experimentando o nome de verdade.

— Posso ser o Joe pra você, se quiser.

Então não pude resistir. Estendi a mão para tocar naquele rosto que tinha causado todos aqueles problemas, e envolvi sua mandíbula. Em seguida, passei a ponta dos dedos para tocar todas as partes dele – as maçãs do rosto, a ponte do nariz, as sobrancelhas – tão bem ajustadas agora, satisfatórias como um quebra-cabeça terminado.

Ele prendeu a respiração ao meu toque.

Eu podia sentir a barba dele por fazer contra a minha pele como uma lixa. Passei a mão pelo pescoço dele e a deixei repousar sobre sua clavícula.

— Então... eu pensei que você estivesse partindo meu coração, mas eu também estava partindo o seu.

Ele diminuiu a distância entre nós enquanto assentia.

— E o cara de quem você gostava... aquele pelo qual você me deixou. Aquele de quem eu sentia um ciúme tão amargo que não conseguia dormir...

— Ele era você.

— Ele era eu.

— Eu gostava muito de vocês dois — comentei. — Se é que serve de consolo.

— *Tudo* serve de consolo — disse ele, seus olhos percorrendo todo o meu rosto, como se ainda não conseguisse absorver tudo.

Então ele voltou a encarar meus olhos – e continuou assim. E não era desconfortável olhar nos olhos dele. Era bom. E assim ficamos nos encarando enquanto esperávamos que tudo fizesse sentido.

Era loucura. Era impossível.

E ainda assim, ali estávamos nós. Parados à beira dessa compreensão como se fosse o Grand Canyon – surpresos, sem fôlego e maravilhados. Eu podia vê-lo respirando fundo, então percebi que eu estava fazendo o mesmo. Tínhamos entendido a história toda errada. E poderia levar algum tempo para consertá-la.

Uma coisa estava clara: ele estava aqui agora, e eu também.

E ambos estávamos muito felizes por estarmos errados.

Ele estava se inclinando mais na minha direção ou eu estava me inclinando na dele? De alguma forma, nossos rostos estavam a poucos centímetros de distância um do outro. Minha mão deslizou até descansar sobre o peito dele.

— Sadie — Joe disse então —, eu reparei em você desde o início. Desde aquele dia em que subi todos aqueles quadros até o terraço para você.

— Obrigada por isso, aliás.

— Mas ficou realmente sério — Joe continuou, sua boca tão perto da minha que quase já não havia mais distância entre nós — quando vi sua imitação de Smokey Robinson no supermercado.

Isso quebrou o transe. *Espera aí*.

— Quê?

Joe assentiu.

— Aquele era você? Você comprou aquele vinho barato pra mim?

— Você me deve dezoito dólares. Mais impostos.

— Por que você não me disse?

— Por que me ocorreria contar isso pra você?

— Mas na noite em que eu falei sobre o Bom Samaritano. Você deve ter percebido que eu não me lembrava de você. Mas não disse nada.

— Naquele ponto, era constrangedor. Além disso, você estava tendo um momento.

— Você... — Tudo estava se encaixando agora. — Foi você quem me empurrou da faixa de pedestres?

Joe assentiu.

— Claro.

Tudo o que eu pude fazer foi repetir.

— Claro?

— Você estava indo embora quando aconteceu.

— E o que você estava fazendo?

— Eu? Estava observando você.

Tinha sido Joe? Na faixa de pedestres, naquela noite?

— Você me viu congelar, e então correu para a rua para me salvar?

— Bem, sim. Você estava prestes a ser atropelada.

— Mas *você* podia ter sido atropelado!

— Eu não ponderei realmente os prós e os contras.

— Você me salvou?

— No último segundo. Estávamos indo tão rápido que tropeçamos em um pedaço de asfalto na calçada. Mas eu amorteci sua queda.

— Foi assim que você bateu no poste de luz? — Eu toquei meu próprio ombro. — Sua cicatriz?

Joe estendeu a mão para esfregar a cicatriz no ombro como se tivesse esquecido.

— Sim. Machuquei em um parafuso. Dez pontos.

— Então você também foi para o hospital?

Joe assentiu.

— Mais tarde, naquela noite. E então eu vaguei pelos corredores para tentar encontrar você e ter certeza de que estava bem.

Joe não tinha me resgatado, simplesmente. Ele tinha salvado a minha vida.

Por um minuto, tudo o que pude fazer foi balançar a cabeça.

Então finalmente eu disse:

— Você era também o Bom Samaritano. — Não era de admirar que ele não parecesse um estranho.

Joe assentiu.

— Como é possível — falei, olhando para ele maravilhada — que você estivesse em todos os lugares? O tempo todo?

Joe deu de ombros.

— Você não consegue ver quando não está prestando atenção, acho. — Em seguida, ele me olhou com ainda mais intensidade. — De qualquer forma, era você quem estava em todos os lugares.

Era absurdo, mas eu sabia exatamente o que ele queria dizer.

Com isso, agarrei sua gravata, o puxei para perto de mim e pressionei a boca contra a dele.

No momento em que nos tocamos, seus braços se enrolaram ao redor da minha caixa torácica e me apertaram, e os meus subiram ao redor do pescoço dele e fizeram o mesmo. Eu acariciava a parte de trás da cabeça dele com as mãos enquanto ele corria as mãos pelo meu corpo – costas, ombros, pescoço, cabelo. Tudo eram braços, mãos, exploração e conexão.

Ambos completamente embriagados pela felicidade de finalmente estarmos nos braços um do outro.

Depois de alguns minutos, ele fez uma pausa, sem fôlego, para encontrar meus olhos.

— Eu preciso realmente agradecer você por deixar aquela mensagem de voz.

Devolvi o olhar.

— Eu preciso realmente agradecer você por salvar a minha vida.

...

Quando finalmente voltamos para a festa, ela estava acabando.

Daniel ainda estava lá, e quando nos avistou, desgrenhados, com os cabelos ao vento, claramente juntos, secretamente de mãos dadas... ele me deu um aceno de aprovação, como se dissesse: *Missão cumprida*.

O sr. e a sra. Kim nos acenaram da mesa deles, como se já tivessem entendido tudo o que havia acontecido e nos dessem sua aprovação completa.

Mas Sue queria detalhes. Ela veio até nós e pôs as mãos na cintura.

— Onde vocês dois estavam?

— Ah — respondi, acenando vagamente para o nosso canto pessoal —, por ali.

Ela estreitou os olhos.

— Você parece suspeitamente feliz.

Joe tossiu. Eu sorri e abaixei o olhar.

— O que está acontecendo aí? — perguntou ela, apontando para nossas mãos entrelaçadas.

Nós as soltamos, como se tivéssemos sido pegos.

— O que acabou de acontecer? — Sue perguntou. — Vocês dois...? Vocês dois...? Ei, eu sei que está tudo muito bonito e romântico por aqui, mas...

— É uma história engraçada — antecipei antes que ela ficasse muito indignada com a ideia de eu simplesmente *ceder* a um homem que tinha me dado um fora de maneira cruel. — E isso vai soar tão louco...

— Nada pode ser mais louco do que o que está passando pela minha cabeça agora — disse Sue.

— Quer apostar? — brincou Joe.

— Lembra que eu estava completamente apaixonada pelo meu veterinário, mas então ele me deu um bolo no nosso primeiro encontro e acabei... como posso dizer... transferindo meu afeto para Joe, do prédio?

— Sim — disse Sue, querendo dizer: *Ande logo e chegue ao ponto*.

— Acontece que — continuei —, por mais impossível que possa parecer...

Sue colocou a mão na cintura, como se dissesse: *Vai logo com isso*.

— Eles são o mesmo cara.

Sue congelou. Então balançou a cabeça.

Então acenei com a minha, tentando ajudá-la a entender.

— O veterinário elegante, cujo rosto eu não conseguia ver... e o cara idiota do prédio...

— Ei! — protestou Joe.

— Cujo rosto eu também não conseguia ver...

Deixei Sue ligar os pontos.

— Eram o mesmo cara? — ela concluiu por mim.

Joe e eu assentimos para ela. Então ele aproveitou o momento para segurar minha mão novamente.

— Como isso é possível? — Sue perguntou, ainda balançando a cabeça.

— Minha cabeça está um pouco confusa ultimamente — comentei, com um encolher de ombros.

— Isso não é *confusão*. — falou Sue. — É...

Mas então ela não sabia o que era.

— A dra. Nicole ficava me alertando sobre coisas assim — expliquei. — Sobre como os cinco sentidos realmente trabalham juntos e, se um deles for alterado repentinamente, pode bagunçar todo o seu jogo de percepção por um tempo, especialmente se adicionarmos o nosso caso de amor humano com o viés de confirmação.

Eu já estava me preparando para fazer uma apresentação digna de um TED Talk, mas Sue pegou o celular.

— Qual é o nome do veterinário? — ela exigiu saber, enquanto começava a pesquisar no Google.

— Dr. Oliver Addison — forneceu o dr. Oliver Addison.

— Você está procurando informações sobre ele no *Google*? — perguntei.

— O que é mais provável? — disse Sue, rolando a tela. — Que você tenha achado que uma pessoa era duas completamente diferentes, ou que esse cara — ela fez um gesto com o celular — seja algum tipo de golpista tentando atrair você para seu calabouço sexual?

— Mais provável? — me surpreendi.

Mas antes que eu pudesse guiá-la de volta para as intricadas operações do ecossistema do cérebro, Sue disse:

— Ah. — E levantou o telefone para nós vermos.

E lá estava o dr. Oliver Addison. Em uma foto na página "Conheça a equipe" no site da clínica veterinária. Naquele jaleco branco de veterinário e gravata, com o cabelo penteado ao estilo Ivy League. Parecendo completamente elegante, digno de uma paixão legítima e exatamente igual ao cara ao meu lado.

A ficha estava caindo para Sue agora.

— Você é o Joe do prédio? — ela perguntou a ele.

Joe assentiu.

— E você também é esse cara?

Joe assentiu.

Sue se virou para mim.

— Você achou que esse *único cara* fosse duas pessoas diferentes?

Eu assenti.

— Eu também fiz isso com uma barista na cafeteria.

Sue estava processando tudo.

— Então, na noite em que o veterinário deu o bolo em você...

Olhei para Joe.

— Eu não dei um bolo — disse ele. — Só me atrasei.

— Então — perguntei —, quando eu saí do banheiro e esbarrei em você, não estávamos apenas esbarrando um no outro? Você estava lá para o nosso encontro?

Joe assentiu.

— E foi por isso que você nunca mandou mensagem nem ligou para pedir desculpas por me deixar esperando?

— Exatamente — disse Joe. — Porque eu não deixei você esperando. Tivemos um primeiro encontro épico, se você se lembra. Com direito a ataque de pânico e tudo o mais.

Pensei em Joe acariciando as minhas costas e então disse:

— Espera aí um segundo. Quando você estava me ajudando durante aquele ataque de pânico, você estava me acariciando como a um cachorro?

Sem hesitação:

— Sim.

— Então isso significa que sua "amiga" com ataques de pânico é...

Joe assentiu.

— Uma setter irlandesa. Com medo irracional de fogos de artifício.

Afundei a cabeça nas mãos.

Sue estava adorando tudo aquilo.

— Então, o tempo todo que vocês estavam tendo um encontro, você achou que estava levando um bolo dele?

— Sim. E eu estava muito brava — respondi. Olhei para Joe. — Mesmo naquele dia em que terminei com ele... quero dizer, com você... e ele... você... pareceu estranhamente chateado, e eu pensei: *Não sei por que esse cara que me deu um bolo e nem se desculpou se importa tanto*.

— Mas como você não juntou as peças? — Sue quis saber. — Não houve nenhuma pista ao longo do caminho?

Tudo o que a dra. Nicole explicou sobre o viés de confirmação voltou – sobre como pensamos o que pensamos que vamos pensar.

— Havia toneladas de pistas — respondi. — Eu simplesmente não percebi.

Joe olhava para mim como se também estivesse curioso sobre isso.

— Havia um veterinário na clínica e um cara no meu prédio. Por que eles seriam a mesma pessoa? Eles tinham roupas diferentes e cabelos diferentes, e um usava óculos, enquanto o outro não. Eu os via em lugares diferentes por razões diferentes. Eu não tinha aquela grande coisa na qual todos confiamos, o rosto, para colocá-los na categoria de "mesma pessoa", e os fatores em que eu estava me baseando eram todos diferentes. Então presumi que fossem pessoas diferentes. E, uma vez que fiz essa suposição, uma vez que eu tinha decidido que eram pessoas diferentes... qualquer evidência do contrário simplesmente não era registrada.

— Mas e a voz? — Sue perguntou, ainda com dificuldade de compreender. — Você não reconheceu que era a mesma?

— Eu sou ruim com vozes — falei.

— Mas também — Joe ofereceu de forma útil —, quando você me via na clínica, eu estava usando um tom de voz mais profissional.

Pensei na voz de médico do meu pai – como ele a deixava um pouco mais profunda e um pouco mais alta quando falava com os pacientes para poder assumir o papel de sábio transmissor de conhecimento. Talvez isso fizesse parte da persona médica profissional: parecer que você está no comando.

— Você muda sua voz quando está no trabalho? — Sue perguntou, como se ele fosse um suspeito de estelionatário afinal.

— Eu não mudo, exatamente — Joe disse. — Eu só... — Ele fez uma pausa como se nunca tivesse tentado articular isso antes. — Eu só me apoio nas partes que soam mais competentes e no comando. Então é talvez um tom mais profundo, ou mais alto. Com certeza não falo palavrão na frente dos pacientes. Nem ajo de forma boba ou rindo. Sabe como é. Ajo de forma profissional.

— Além disso — acrescentei de forma útil —, sua clínica toca músicas antigas no sistema de som vinte e quatro horas por dia.

— Isso é verdade — disse Joe. — Eu tenho que projetar um pouco a voz sobre Sinatra.

— Mesmo quando ela terminou com você no trabalho? — Sue desafiou. — Você continuou usando uma voz profissional naquele momento?

— Não — disse Joe, e seus ombros se afundaram um pouco com a lembrança. — Aquela era definitivamente a minha voz real.

— Mas nada disso importava — falei. — É esse o ponto. Eu já tinha decidido quem ele era. Você nunca estaria apenas curtindo com alguém e pensaria consigo mesmo: *Ei, talvez essa pessoa também seja aquela outra pessoa*. Essa ideia nunca ocorreria a você. E claro que não! Porque é impossível! A menos que seu cérebro esteja um pouco desarranjado.

Sue assentiu, como se estivesse desistindo da briga.

— Então quando você terminou com o veterinário por causa de Joe...

Eu assenti.

— Eu estava terminando com ele *por causa dele*.

— Mas eu não sabia disso — Joe disse para Sue.

— Claro que não — confirmei, em apoio.

— Então, depois que ela terminou comigo, eu queria ficar o mais longe possível dela... ir embora e lamber minhas feridas. Mas ela continuava aparecendo na minha casa, me mandando mensagem e querendo sair comigo.

— Isso é terrível em termos de etiqueta de término de relacionamento — concordou Sue.

— Não é? — disse Joe. — Quem termina devia dar um pouco de espaço para quem foi largado.

Fiz uma careta.

— Em vez disso, eu exigi que você fosse como meu acompanhante para a minha exposição de arte.

Joe olhou para mim com afeto.

— Eu pensei que você fosse tão má.

— Foi malvado da minha parte! — concordei. — Por qualquer padrão normal, foi objetivamente muito malvado!

Joe deu de ombros.

— Exceto que deixamos os padrões normais para trás há muito tempo.
— Exatamente.

Sue nos observou encarando um ao outro.

— Então ok. Vocês esclareceram tudo isso. E agora?

Joe e eu nos viramos de frente um para o outro. E, de repente, me senti tão inundada de gratidão por esse momento – por tudo pelo que passamos. Pelo fato de eu ter ligado para Joe e deixado aquela mensagem de voz. E pelo fato de o sr. Kim decidir nos unir. E pelo fato de Joe me perseguir pelo telhado para tentar esclarecer a história. Poderíamos ter deixado tudo isso para trás muito antes. Poderíamos ter tentado menos. Poderíamos ter desistido diante de todos os nossos mal-entendidos.

Mas não fizemos isso.

É preciso um certo tipo de audácia para ser corajoso no amor. Uma audácia que só se pode aprimorar com a prática.

Ali, parados naquele telhado, com o vento balançando minha saia e o céu acima de nós, eu estava tão grata a Joe por me dar uma razão para tentar.

— É isso então? — perguntou Sue, absorvendo tudo.

— Sim — confirmei, meus olhos ainda fixos nos de Joe. — É isso.

— Acho que vocês não querem ficar e ajudar na limpeza, né?

— Não exatamente — falei. — Não.

— Está bem então — concordou Sue. — Estão dispensados.

EPÍLOGO

UM ANO DEPOIS DAQUELA FESTA, O SR. E A SRA. KIM ME EXPULSARAM DO MEU CAFOFO. ELES ESTAVAM FAZENDO um jardim no telhado e precisavam do espaço para um galpão de jardinagem.

— Vocês estão me expulsando? — perguntei.

Mas o sr. Kim não quis nem saber.

— Vá se casar com o Prestativo. De toda forma, vocês já estão praticamente casados.

— Talvez eu vá — falei, e então mostrei o anel de noivado no meu dedo.

Naquela época, eu não estava passando muito tempo em casa mesmo – agora que tinha ajudado Joe a mobiliar seu apartamento.

Quero dizer, aquele fogão Viking dele era um atrativo significativo.

E, é claro, Joe em si também era.

Ah, e você ouviu direito. Ainda chamo Oliver de "Joe".

Para mim, ele simplesmente parece Joe.

E nós realmente vamos nos casar.

Eu admito: a ideia de Joe querer *formar uma família comigo* tirou a pressão de Amendoim de desafiar todas as leis da natureza e viver por mais vinte anos.

Também tirou a pressão de Lucinda de ser qualquer coisa além de um ser limitado. Ela ainda defende Parker. Mas às vezes consigo ver o lado dela. Que mãe poderia possivelmente ir contra a própria filha?

Parker foi transferida para Amsterdã por dois anos, de qualquer forma. Então, por enquanto, tenho meu pai e Lucinda só para mim, e jantamos juntos de vez em quando.

Acontece que é mais fácil ficar menos irritada com as pessoas quando outras partes da sua vida estão felizes.

Às vezes, Joe e eu tentamos fazer apostas sobre o destino de Parker. Ela vai ser sempre má ou vai superar isso? Ele é um pouco mais otimista que eu, mas aceita minha experiência.

Mas ela pode superar. Quem sabe?

As pessoas podem definitivamente mudar. Eu com certeza mudei.

E, se Parker mudar, vou torcer por ela.

Vou também perder cem dólares naquela aposta. Mas vou perder feliz.

■■■

É tão estranho para mim agora, olhando para aquela época da minha vida em que tudo estava de cabeça para baixo, ver quantas coisas boas surgiram dali. Se você tivesse me perguntado na época, eu teria dito que tudo estava arruinado para sempre.

Mas é claro que o fato de tudo ter sido tão difícil é parte do que fez as coisas melhorarem.

Me forçou a fazer terapia por um tempo, por exemplo.

Me forçou a repensar o que fazer arte significava na minha vida.

Me forçou a reavaliar algumas ideias que eu nunca tinha questionado, a respeito de quem todos nós somos e o que tudo isso significa. Porque as coisas estavam tão difíceis de suportar que eu não tive escolha a não ser aceitar alguma ajuda. E então descobri que deixar as pessoas ajudarem não é tão ruim.

Definitivamente é algo com que podemos nos acostumar.

Quero dizer, uma mulher que não acreditava em ajuda de alguma forma acabou loucamente apaixonada por alguém com compulsão por ajudar.

Não é uma sorte quando somos atraídos por pessoas que podem nos ensinar coisas que precisamos aprender?

Como deixar outras pessoas prepararem o chá para nós, por exemplo. Ou dar um pulo na loja de conveniência quando está tarde. Ou passear com o cachorro em uma noite chuvosa.

Às vezes, agora, eu me deito no sofá de Joe e digo:

— Você pode me ajudar, por favor, e trazer aqueles biscoitos? E o cobertor felpudo? E uma xícara grande de leite? E meu livro?

E ele faz uma cara de incomodado, como se eu fosse irritante, mas adorável, e eu digo:

— Ei. Todo mundo sai ganhando com isso.

Amendoim também está aprendendo coisas com Joe. Porque Joe está tentando acabar com a dependência de crepes parisienses para manter Amendoim em plena forma geriátrica. E está disposto a alimentar Amendoim com pedaços de contrafilé na mão para conseguir isso.

Está funcionando, também. Amendoim faz três passeios por dia e tem a pelagem felpuda de um adolescente. Ele vai viver mais que todos nós.

Agora, acho engraçado que eu tenha encontrado Joe tantas vezes antes de realmente vê-lo. Às vezes, eu estudo o rosto dele enquanto ele está dormindo e me pergunto por que cada encontro que eu tivera com ele não acionava alarmes, luzes piscando e chuva de confetes.

Como eu pude ter passado direto por ele?

A dra. Nicole estava totalmente certa, é claro. Vemos o que estamos procurando. Saber o quanto eu costumava deixar passar me ensinou a prestar mais atenção. A fazer uma pausa na correria com mais frequência e apenas absorver tudo.

Claro, não estou correndo tanto agora como costumava correr porque não estou mais tão falida.

Sabe aquela noite do concurso? Quando minha pintura não recebeu nenhum voto dos juízes? Foi realmente uma história do patinho feio. Uma representante de uma galeria de arte chamada Ellery Smith estava lá naquela noite, e ela adorou minha pintura. Na verdade, a coisa de que os juízes, os outros artistas e os clientes todos não gostaram – ou seja, o rosto – foi do que ela mais gostou.

Ela gostou do mistério. De como era difícil de ler. De quanta emoção havia lá. Ela disse que isso a deixou fascinada. Que nunca se cansaria de olhar para o quadro. Que a pintura levantava mais perguntas do que respostas.

Ela entrou em contato uma semana depois para ver se poderia me representar, e seis meses depois eu estava fazendo uma exposição na galeria dela com dez retratos semelhantes. Todos foram vendidos por três mil dólares cada.

Sério. O sr. e a sra. Kim fizeram um ótimo negócio.

Eles penduraram a pintura no saguão, aliás. E quando eu a vi pendurada lá pela primeira vez, decidi que não parecia Gong Yoo, John Denver ou Danny DeVito.

A pintura também não parecia exatamente Joe, para ser honesta.

Mas dava para *sentir* que era ele. Era minha experiência de tentar vê-lo. Dava para sentir todos os mistérios e emoções que cercavam o homem por quem me apaixonei – antes de eu ter qualquer ideia de quem ele era.

Artisticamente, era bom.

E me fez pensar se talvez esses fossem os tipos de pintura que eu devia ter feito desde o início. Se eu não tinha tentado tanto ser exatamente como minha mãe que não deixei espaço para explorar, brincar ou ser um pouco mais eu mesma.

A experiência de pintar os retratos é diferente agora, é claro. Porque não demora tanto até que os rostos de pessoas desconhecidas se tornem visíveis. Tenho apenas cerca de três impressões antes de vê-los como todo mundo vê.

Eu desenho o rosto primeiro e tento capturar todo esse mistério. E vejo esse momento inicial como uma oportunidade de ver o mundo como nenhum outro artista que conheço faz.

Sabe a mulher do superpoder? Aquela do Facebook?

Agora eu sei exatamente o que ela quer dizer.

Ver o mundo de forma diferente ajuda você a perceber não apenas coisas que outras pessoas não podem – mas coisas que você mesmo nunca conseguiria ver se não fosse tão sortudo. Isso permite que você crie suas próprias regras. Que pinte fora de suas próprias linhas. Que se permita outra maneira de ver.

Na maioria das vezes agora, se vejo alguém que conheço, o rosto se forma bastante rápido. Mas nem sempre. Se já faz um tempo que não vejo a pessoa. Ou se estou cansada ou distraída. Já me aproximei de Joe na mercearia da Marie mais de uma vez e coloquei os braços ao redor dele – e só então percebi que tinha assustado um completo estranho.

Acontece.

Mas acho que o antídoto para isso é manter o senso de humor. E permanecer humilde. E rir muito. E insistir no sorriso. Todos estamos apenas nos virando como dá, no final das contas. Estamos todos fazendo o melhor possível. Estamos todos lidando com nossas dificuldades. Ninguém tem todas as respostas. E todos, no fundo, estão um pouco perdidos.

Saber que não tenho tudo planejado – e enfrentar isso de alguma forma todos os dias – me obriga a ter compaixão por mim mesma. Isso me tornou tão boa em compaixão que consigo distribuí-la para outras pessoas como se estivesse distribuindo champanhe em uma festa. Quando alguém me dá o troco errado. Ou erra meu pedido. Ou me xinga no trânsito.

Eu vejo você, humanidade, penso.

Todos nós somos tão limitados, decepcionantes e tão, tão errados. Grande parte do tempo. Talvez até a maior parte do tempo. Estamos todos tão imersos em nossos próprios vieses de confirmação. Estamos todos tão ocupados vendo o que esperamos ver.

Mas também temos nossos momentos.

Momentos em que vemos um pneu furado e paramos para ajudar. Momentos em que pagamos a conta da pessoa atrás de nós no drive-thru. Ou cedemos nosso lugar a um estranho. Ou elogiamos os brincos de alguém. Ou percebemos que estávamos errados. Ou pedimos desculpas.

Às vezes, realmente somos as melhores versões de nós mesmos. Eu vejo isso em nós. E estou determinada a continuar vendo isso. Porque essa realmente pode ser a coisa mais verdadeira que jamais vou saber:

Quanto mais coisas boas você procura, mais você encontra.

NOTA SOBRE A PROSOPAGNOSIA

Existem dois tipos diferentes de cegueira facial, ou prosopagnosia.

O tipo que Sadie tem nesta história é chamado de adquirido. Resulta de algum tipo de dano ao giro fusiforme facial – causado em uma cirurgia, por exemplo, ou por uma lesão, ou por um traumatismo craniano – e causa uma mudança na capacidade de perceber rostos.

O outro tipo de prosopagnosia é o desenvolvimental, e é tipicamente uma condição que as pessoas têm durante toda a vida. É mais comumente associado à memória do que à percepção. Pessoas com prosopagnosia desenvolvimental geralmente conseguem ver rostos no momento – apenas têm dificuldade para se lembrar deles depois. Esse tipo é de longe o mais comum – uma a cada cinquenta pessoas tem isso –, mas muitas pessoas nem percebem que têm essa condição. Como não há uma mudança perceptível de antes para depois, muitas pessoas que têm esse tipo presumem que é assim com todo mundo.

Se você estiver interessado em aprender mais sobre cegueira facial, um bom lugar para começar é o FaceBlind.org, um site mantido pelo Centro de Pesquisa de Prosopagnosia de Dartmouth, Harvard, em parceria com a Universidade de Londres. Lá é possível ler mais sobre o assunto, acessar testes online para medir sua própria capacidade de perceber e se lembrar de rostos e até se voluntariar para participar de pesquisas.

NOTA DA AUTORA

Houve um ano, no meu aniversário, em que ganhei um romance romântico histórico de presente.

Mesmo depois de anos estudando escrita criativa e ficção séria na escola, eu nunca tinha realmente lido um romance assim. Mas ignorei a capa decididamente não literária e abri o livro no primeiro capítulo para "dar uma olhada".

Três horas depois, eu estava no carro – dirigindo até a livraria para pegar outro.

Eu me senti como uma pessoa que tinha passado a vida toda comendo peito de frango sem osso e sem pele... e tinha acabado de descobrir bolo de chocolate.

Aquele livro era *delicioso*. Era *feliz*. Era *transformador*.

Redefiniu a leitura para mim. E a diversão.

Foi a maior epifania de escrita da minha vida.

Quero dizer, eu sabia que amava histórias de amor. Afinal, tinha sido criada com Nora Ephron. Mas eram *filmes*. Filmes eram entretenimento. Livros, pelo menos na minha cabeça, eram trabalho – não diversão.

Após aquele primeiro romance, passei os próximos anos lendo romances históricos em uma névoa de felicidade.

Eu disse "lendo"? Desculpe, quis dizer "devorando".

Eu colava fita adesiva sobre os homens lindos, com peitorais nus, nas capas – mas continuei lendo. Na banheira de espuma. Nos semáforos. Enquanto mexia o molho do espaguete no fogão.

É isto: *eu me apaixonei por romances românticos*.

Por muito tempo, se me perguntassem por quê, eu teria encolhido os ombros e dito: "Porque são divertidos?". Mas agora, depois de muita reflexão, descobri – pelo menos em parte – *por que* são divertidos.

É porque histórias de amor realmente são diferentes de qualquer outro tipo de história.

Todas as histórias têm um motor emocional que as impulsiona. Mistérios funcionam com curiosidade. Suspenses funcionam com adrenalina acelerada. Histórias de horror funcionam com medo.

E o combustível para esses motores emocionais é a antecipação. Juntamos as pistas e prevemos o que vai acontecer, e sentimos emoções – às vezes muito fortes – a respeito do que estamos prevendo.

Histórias usam cenários diferentes de maneiras diferentes para criar essa antecipação, mas a maioria dos romances usa um pouco do que é chamado de antecipação com carga emocional negativa. Um sentimento de preocupação. Uma preocupação de que as coisas possam piorar. Sabe como é: você está lendo, pegando as migalhas de prenúncio que o escritor deixou para você, e pensa: "Ai, meu Deus. Aquele garoto vai ser preso". Ou: "Ai. Aquele homem vai ter um ataque cardíaco". Ou: "Aposto mil dólares que ele está traindo a esposa".

Mas adivinhe que tipo de antecipação os romances românticos usam?

Com carga emocional *positiva*.

Romances, comédias românticas, histórias de amor não trágicas – todos funcionam com uma sensação alegre de que estamos nos movendo em direção a algo melhor. Percentualmente, a maioria das pistas que os escritores deixam nos romances não dão coisas para temer. Elas dão coisas para aguardar com expectativa.

Esse, aqui e agora – mais do que qualquer outra coisa – é o motivo pelo qual as pessoas amam histórias de amor. A conversa, o beijo, os clichês, até as partes *apimentadas*... tudo isso é apenas extra.

É a estrutura – aquela estrutura "previsível" – que faz isso. Antecipar que você está indo em direção a um final feliz permite que você relaxe e aguarde coisas melhores à frente. E há um nome para o que você está sentindo quando faz isso.

Esperança.

Às vezes vejo pessoas buscando uma palavra melhor do que *previsível* para descrever um romance romântico. Elas dizem: "Foi previsível, mas de uma maneira boa".

Eu entendo o que elas querem dizer. Mas não tenho certeza se é necessário apontar que ao longo de uma história de amor, as pessoas se apaixonaram. Quero dizer: é claro que sim! Não acho possível escrever uma história de amor na qual seja uma surpresa o fato de o casal ficar junto no final. E mesmo que fosse, por que você iria querer? A antecipação – a sensação de alegria, deliciosa, carregada de ocitocina, impregnada de anseio, construindo uma sensação de antecipação – é o ponto. É o coquetel de emoções que todos nós viemos para sentir.

Proponho que paremos de usar a palavra negativa *previsível* para falar sobre histórias de amor e comecemos a usar *antecipação*.

Como em: "Essa história de amor realmente criou uma sensação fantástica de antecipação".

Estruturalmente, tematicamente, psicologicamente – histórias de amor criam esperança e depois a usam como combustível. Duas pessoas se encontram – e então, ao longo de trezentas páginas, elas passam de sozinhas para juntas. De fechadas para abertas. De julgadoras para compreensivas. De cruéis para compassivas. De carentes para realizadas. De ignoradas para vistas. De incompreendidas para apreciadas. De perdidas para encontradas. De maneira previsível.

Isso não é um erro. É uma garantia do gênero: as coisas vão melhorar. E você, o leitor, terá a oportunidade de estar lá para ver.

É um presente que a história de amor lhe dá.

Mas nenhum tipo de história recebe mais reviradas de olhos que as histórias de amor. "São tão irreais", as pessoas dizem, enquanto começam outro filme de apocalipse zumbi.

O que *é* isso? É autoproteção? Autoaversão? Medo da vulnerabilidade? É fingir que não nos importamos para não nos decepcionarmos? É algum machismo triste, não examinado, que nós, como sociedade, realmente, realmente precisamos trabalhar?

Acho que as histórias de amor são profundamente incompreendidas – em parte, pelo menos, porque não funcionam como outras histórias.

Histórias de amor não têm finais felizes porque seus autores não souberam fazer nada melhor. Elas têm finais felizes porque esses finais permitem aos leitores acessar uma forma rara e preciosa de felicidade emocional que só é possível quando esperamos por algo que importa.

Sim, a tristeza é importante.

Mas a alegria é tão importante quanto. As formas como cuidamos uns dos outros importam tanto quanto as formas como decepcionamos uns aos outros. A luz importa tanto quanto a escuridão. Brincar importa tanto quanto trabalhar, a gentileza importa tanto quanto a crueldade, e a esperança importa tanto quanto o desespero.

Até mais, talvez.

Porque a tragédia é inevitável, mas a alegria é uma escolha.

A ficção romântica prosperou durante a pandemia, e houve muitas teorias sobre o porquê. As pessoas achavam que estávamos solitários. Precisávamos de escapismo. Queríamos algumas risadas.

Tudo verdade.

Mas acho que, mais que isso, foi porque *o amor é uma forma de esperança*.

Todos nós sentimos isso lá no fundo, eu suspeito – além do sarcasmo e das aparências duronas. O amor cura. Nutre. É inegavelmente otimista. É o que nos leva de volta à luz.

Então escrevo histórias sobre como o amor faz isso – sobre pessoas se curando de coisas difíceis, e tentando se conectar, e trabalhando como loucas para se tornarem as melhores versões de si mesmas, apesar de tudo. Sobre a coragem emocional genuína que é necessária para amar outras pessoas e sobre a alegria que essa coragem pode nos oferecer. Espero que esta história tenha feito você rir. E suspirar. Espero que tenha feito você ficar acordado até tarde lendo, e que tenha dado a você aquela sensação extasiada, cheia de desejo, embriagada que todas as melhores histórias de amor criam. Espero que tenha dado a você algo em que pensar e talvez uma nova perspectiva. Mas o que sei com certeza é que ler histórias de amor faz bem para você. Que acreditar no amor é acreditar na esperança. E fazer isso – escolher, neste mundo cínico, ser uma pessoa que faz isso – realmente é fazer algo que importa.

AGRADECIMENTOS

Sempre entro em pânico quando chega a hora de escrever os agradecimentos porque tenho pavor de esquecer alguém. Não posso me esquecer de agradecer ao meu amigo Dale Andrews – membro fundador do nosso lendário Clube do Livro Romântico de Dois – por ler (e amar) os rascunhos iniciais deste livro e de *A guarda-costas*.

Muito obrigada também à minha amiga de muitos anos, Karen Walrond, que alegremente dedicou seu tempo para me ensinar sobre a cultura de seu país natal, Trinidad – inclusive me ajudando a pensar no guarda-roupa da dra. Nicole e assando um pão de coco caseiro para mim. Muita gratidão também à minha querida amiga Sue Sim, por me aconselhar sobre a personagem coreano-americana Sue Kim (cujo nome foi dado em homenagem a ela). A Sue real é uma das minhas pessoas favoritas de todos os tempos, e ela generosamente se encontrou comigo para tomar café muitas vezes – mesmo que sempre acabássemos nos distraindo e falando sobre nossos filhos. Muito obrigada também ao pai de Sue, o sr. Young Kim, por me permitir usar seu nome.

Devo agradecer também à minha amiga (e veterinária!) dra. Alice Anne Dodge, por me permitir passar um dia observando os bastidores da vida em sua clínica. Meus amigos Vicky e Tony Estrera gentilmente me permitiram usar seu sobrenome.

A artista Gayle Kabaker permitiu que eu a entrevistasse sobre retratos e a vida como pintora profissional, e também encontrei muita inspiração no trabalho de Sargy Mann, um artista que continuou pintando mesmo após perder completamente a visão. O trabalho de Chuck Close, um artista com prosopagnosia, também foi fascinante de conhecer, e devo muito ao artigo da BBC "Prosopagnosia: The Artist in Search of Her Face".

Ciência não é exatamente a minha área de especialização. Muito obrigada a Lauren Billings (metade da dupla de escritores Christina

Lauren), que viu uma postagem sobre minha pesquisa científica para esta história e me mandou uma mensagem dizendo: "Você sabe que tenho um Ph.D. em neurobiologia, certo?". Agradeço também a Paula Angus e Elise Bateman por compartilharem recursos sobre neurologia e memória. Aprendi muito também sobre o cérebro no livro de Jill Bolte Taylor, *My Stroke of Insight*. Gratidão profunda à dra. Erin Furr Stimming, professora de neurologia na UT Health Houston McGovern Medical School, por me permitir entrevistá-la – e também por me indicar o dr. Mark Dannenbaum, do Departamento de Neurocirurgia da McGovern Medical School, para que eu pudesse fazer algumas perguntas nada científicas (como "É um pouco como pescar no gelo?") sobre cirurgia cerebral. Ambos foram muito generosos com seu tempo e tivemos conversas deliciosas.

Minha pesquisa mais extensa, é claro, foi sobre prosopagnosia. Eu sabia muito pouco sobre a condição quando comecei a escrever e tinha muito o que aprender. Por isso, devo muito aos escritos do neurologista dr. Oliver Sacks sobre a prosopagnosia, uma condição que ele próprio tinha. Também ouvi todos os episódios do podcast de Jeff Waters, *Face-Blind* – alguns várias vezes – e os achei profundamente úteis.

Eu não poderia ser mais grata a duas pessoas com quem entrei em contato após ouvi-las sendo entrevistadas em um podcast sobre cegueira facial. O dr. Joe DeGutis, professor-assistente de medicina na Harvard Medical School, que também coadministra o Boston Attention and Learning Lab, dedicou um tempo para falar comigo e respondeu pacientemente a muitas perguntas. A encantadora e adorável escritora de ciências, Sadie Dingfelder, que conheceu Joe enquanto aprendia sobre sua própria prosopagnosia em seu laboratório, também conversou comigo extensivamente sobre a cegueira facial. O artigo de Sadie no *Washington Post*, "My Life with Face Blindness", foi uma fonte tremendamente útil, e estou muito feliz por, quando descrevi minha ideia para a trama deste livro a ela e perguntei: "Isso poderia acontecer?", ela ter respondido com muito entusiasmo: "Poderia totalmente acontecer!". Também sou imensamente grata a ela por dedicar um tempo para ler um rascunho inicial deste livro.

Nenhuma discussão sobre prosopagnosia estaria completa sem mencionar o site muito útil FaceBlind.org, administrado conjuntamente por Dartmouth, Harvard e a Universidade de Londres – onde se pode aprender muito mais e até participar de estudos online.

Muito obrigada às pessoas da St. Martin's Press – em particular a minha brilhante editora, Jen Enderlin; a designer de capa Olga Grlic; a incansável publicitária Katie Bassel; os geniais profissionais de marketing Brant Janeway, Erica Martirano e Kejana Ayala; e a adorável Christina Lopez. Um enorme obrigada também à minha agente fantástica, Helen Breitwieser, da Cornerstone Literary, que tem estado comigo desde o início.

Abraços para minha família. Meu marido incrivelmente entusiasmado e apoiador, Gordon, e minha mãe infinitamente prestativa e encorajadora, Deborah Detering, estão sempre empatados como Superestrelas Mais Prestativas quando se trata de escrever e lançar meus livros. Agradeço aos meus filhos divertidos, Anna e Thomas, por serem simplesmente seres humanos tão encantadores. Muita gratidão às minhas duas irmãs, Shelley Stein e Lizzie Fletcher, pelo apoio, e ao meu pai, Bill Pannill, por memorizar "The Walrus and the Carpenter" comigo quando eu era criança.

E por último – mas nunca menos importante: obrigada a *você*.

Se você está lendo isso, *obrigada*! Este é meu décimo romance, e estou disposta a apostar que não há escritor na Terra mais grato que eu por cada pequeno movimento de asa de borboleta de ajuda, disseminação de palavras e recomendação que os leitores – e livrarias e outros escritores – fazem. Minha carreira tem sido a definição de uma queima lenta e constante, e não há nada a respeito disso que eu dê como certo.

Escritores só podem escrever histórias se houver pessoas lá fora que queiram lê-las – e sou muito grata a você por ser uma dessas pessoas. E por ajudar a encontrar mais delas. E por me permitir passar minha vida obcecada por histórias e praticando a magia delas, que nutre almas e transforma vidas a cada página virada.

LEIA TAMBÉM

UMA GUARDA-COSTAS
VICIADA EM TRABALHO.
UM ASTRO DE
HOLLYWOOD RECLUSO.
QUATRO SEMANAS
FINGINDO QUE ESTÃO
APAIXONADOS.

Hannah Brooks parece mais uma professora de jardim de infância do que alguém que poderia te matar com um saca-rolhas. Ou com uma caneta esferográfica. Ou com um guardanapo de pano. Mas a verdade é que ela é uma Agente de Proteção Executiva (também conhecida como "guarda-costas") contratada para proteger um astro de Hollywood que está sofrendo nas mãos de uma stalker de meia-idade obcecada por ele – e por corgis.

Jack Stapleton era um dos atores mais conhecidos do mundo, mas largou o estrelato depois de uma tragédia familiar e agora leva uma vida praticamente anônima. Quando sua mãe adoece e ele precisa visitá-la, Jack se vê obrigado a contratar uma guarda-costas para não colocar sua família em risco. No entanto, ele tem um pedido peculiar... Para evitar que sua mãe se preocupe, Jack quer que Hannah finja ser sua namorada.

Apesar de ser uma mulher centrada e objetiva, Hannah começa a confundir o que é vida real e o que é fingimento. E é aí que está o grande problema. Porque, para ela, cuidar da segurança de Jack é fácil. Mas proteger o próprio coração? Essa vai ser a tarefa mais difícil de sua vida.

>< **Acreditamos**
>< **nos livros** ><

Este livro foi composto em Dante MT Std
e impresso pela Lis Gráfica para a
Editora Planeta do Brasil em dezembro de 2024.